카페레시피,
톨스토이 아끼서에
불과타다

카피레프트,
톨스토이 어깨에
올라타다

유니게 외 11명 지음

지식의 **풍경**

〈카피레프트, 톨스토이 어깨에 올라타다〉 후원자 명단(가나다순)

강하연	강호준	고영란	고천성	공승환
곽원영	권건욱	권혁만	기연택주	김광준
김경규	김경태	김나경	김서분	김승태
김영국	김영서	김재혁	김재현	김정애
김정웅	김준영	김태엽	김판석	김학수
김한울	김한별	김희진	나유진	남기웅
목연희	박건영	박경은	박기련	박세린
박정호	박진우	박현숙	박혜령	배상균
배영한	빛나는길TV	서승현	서지원	손성영
손정현	송재훈	안호성	언제나여름	연왕모
염명수	우 근	유대호	윤 나	윤호진
이경연	이규철	이백현	이성익	이승태
이주성	이진숙	이철민	이충권	이화용
이현숙	이호은	장동경	장혜란	전일성
정수연	정치영	조은이책	조재연	주상필
지구의아침	지동한	전라영	정정학	채희만
최낙용	최진영	최종태	최철	한상훈
한장희	함영준	황윤정	HOE	

차례

카피레프트 단편소설집을 펴내며

김찬휘

유튜브 '김찬휘TV' 대표 / 셀수스협동조합원

미적분학을 체계화하고 중력을 발견했으며 고전 역학을 완성한 천재 물리학자, 그의 이름은 아이작 뉴턴(Isaac Newton)이다. 그는 동료 과학자에게 보낸 편지에 다음과 같은 말을 남겼다. "If I have seen further, it is by standing on the shoulders of Giants."(내가 더 멀리 볼 수 있었다면, 그건 거인들의 어깨 위에 올라탔기 때문이다.)

뉴턴의 이 말은 이전의 위대한 지적 성과에 의거하여 현재의 지적 전진이 이루어지는 것을 의미하며, 하나의 은유 표현으로 영원히 남게 되었다. 따지고 보면 한 인간의 지식생산물은 아무리 창의적이고 참신하다 하더라도,

그 인간의 천재성에서 나오는 것이 아니라 역사적으로 쌓여온 인류 공통의 지적 '부' 위에 살짝 더해진 것에 불과하다.

'거인들의 어깨'라는 표현도 뉴턴이 처음 한 말은 아니다. 12세기 프랑스 철학자 베르나르가 이 말을 처음 사용한 원조이다. 이렇듯 인간의 어떤 지식 생산물도 하늘에서 뚝 떨어진 것은 없다. 어떤 이의 어깨 위에 다른 이가 올라타고, 또 다음에 오는 이가 그 어깨 위에 올라타는 식으로 인류의 진보는 이뤄졌던 것이다. 즉, 거인은 한 사람이 아니라 '복수(複數)', 다시 말해 인류라는 역사적 집합체인 것이다.

그런데 지금의 저작권 제도는 어떻게 되어 있는가? 개인의 저작물의 권리는 그가 살아 있을 때에 배타적으로 독점될 뿐만 아니라 그의 사후 70년까지 보장되고 있다. 이는 '거인들의 어깨'는 무시하고 어깨 위에 올라탄 한 사람의 능력만을 가치 있게 보는 태도이다.

우리는 이런 제도에, 이런 발상에, 이런 관습에, 이런 세태에 반기를 든다. 인류가 함께 만들어온 지식생산물은 모두가 자유롭게 공유하고 배포하고 수정할 수 있다고 우리는 외친다. 지식과 정보는 소수가 독점해선 안 된다. 왜냐하면 그것은 사회 구성원 모두의 공공자산이기 때문이다. 더 중요한 것은 기존의 지식에 자유롭게 접근하고 이를 활용할 수 있어야 새로운 지식의 생성과 인류의 진보가 가능하다는 것이다.

이 책에 실린 소설들은 이러한 '콘텐츠 무상공유'의 정신을 함께 나누고 있다. 그렇다고 이 소설들에 개인의 창의성이 부재하다고 말하는 것은 아니다. 작가들은 자신의 창작물이 갖는 지위와 한계에 대해서 알고 느끼고, 그래서 겸허하다. 이런 지적 겸허로부터 인류는 더 높은 수준으로 발전할 수 있을 것이라 우리는 굳게 믿는다.

뉴턴이 자기의 방정식에 저작권을 걸었다면 인류의 지금 모습은 어떠할까? 이번 셀수스협동조합의 《카피레프트, 톨스토이 어깨에 올라타다》에 자신의 글을 원고료도 받지 않고 공유해주신 12명의 작가들과 가상 인터뷰를 시도해주신 박정인 저작권보호심의위원회 심의위원, 재능기부로 정성껏 책을 편집해준 고영란 출판편집인에게 조합원들을 대표하여 감사드린다.

드라마, 영화, 웹툰 등 다양한 작품 소재로 활용되길…

최진영

한국저작권위원회 저작권정보센터장

우리나라 저작권법은 1957년에 제정되어 오랫동안 현실과 괴리된 채로 존재하다가 30년 만인 1987년 처음으로 전면 개정·시행되어 지금과 비슷한 형태가 되었다. 그 후 20여 년간 우리나라의 저작권 정책은 저작권 보호를 강화하는 방향으로 추진되어 왔다. 이는 우리의 저작권을 보호하기보다는 통상 압력으로 인해 해외의 저작권을 보호하기 위한 목적이 더 컸다. 그런 기운데 우리의 문화산업은 경쟁력을 키워 왔고, 2000년대 중·후반부터 우리의 드라마, 음악, 영화, 소설, 웹툰 등 다양한 분야의 콘텐츠는 세계로 진출하여 지금 한류는 전 세계에서 유례없는 인기를 얻고 있다.

그러나 한편으로 저작권의 보호가 강조되면서 창작의 소재가 되는 저작물을 이용하기 어려운 문제가 제기되었고, 정부는 저작권 기증, 저작권이 소멸된 저작물의 정보제공 등을 저작권법에 규정하여 저작물의 공정한 이용을 도모하기 위한 노력을 하고 있으나 저작권 공유 문화에 대한 인식은 아직도 부족한 현실이다.

미국과 유럽 등 외국에서도 저작권의 독점화와 보호 강화에 반대하는 사회적 움직임이 있었다. 소프트웨어 저작권 독점에 반대하는 오픈소스 운동은 1980년대 중반부터 본격화되었고, 이에 영향을 받아 2000년대 초반에는 크리에이티브 커먼스(Creative Commons) 운동이 시작되어 일반 저작물에 대한 저작권 공유 운동도 계속되고 있다. 오픈소스 운동과 크리에이티브 커먼스 운동은 국내에도 도입되어 저작권 공유 문화에 기여하고 있지만, 우리의 자생적인 저작권 공유 운동은 최근까지도 보기 어려운 것이 사실이었다.

그러던 중 셀수스협동조합(이하 '셀수스')를 만났다. 공공기관의 저작권 공유 사업 담당자로서 저작권 공유에 대한 인식조차 없는 여러 사람들을 만나고 설득하는 것이 큰 어려움이었는데, 셀수스의 회원들은 지금까지 보지 못했던 이상한 사람들이었다. 권리 주장에 예민하던 사람들만 만나다가, 아무런 조건 없이 무상으로 저작물을 제공하겠다니 낯설고 이상하지 않은가. 적어도 처음 몇 번의 만남에서 셀수스는 그렇게 보였다. 그러나 그들과 함께한 시간도 벌써 몇 년이 지났다. 우리나라에도 이런 생각을 가진 사람들이 있다는 사실에 감사하고, 많은 어려움에도 불구하고 이러한 생각을 직접 실행에 옮겨 나가는 셀수스의 노력에 감동을 받는다.

3년 전 《카피레프트, 우주선을 쏘아 올리다》를 처음 출간한 셀수스는 이번에 《카피레프트, 톨스토이 어깨에 올라타다》라는 두 번째 책을 출간한다. 이 책에 실린 12편의 작품은 드라마, 영화, 웹툰 등 다양한 작품의 소재로 자유롭게 활용될 수 있도록 작가가 2차적 저작물 작성권을 무상으로 제공하였다. 즉, 12편의 작품에 대한 2차적 저작물 작성권은 모든 이에게 무상으로 자유이용이 허락된다. 이 작가들의 어깨에 자유롭게 올라타서 다양한 장르의 새로운 작품들이 만들어지길, 그리고 이를 계기로 우리나라의 저작권 공유 문화가 더욱 확산되길 기대해 본다.

우리는 누구나 저작물의 이용자인 동시에 창작자이다. 저작권 보호만을 강조하는 것은 바람직하지 않다. 저작권의 보호와 자유로운 이용이 조화를 이루어야 건강한 저작권 생태계가 만들어질 수 있다. 하나의 날개로 비행기가 날 수는 없다. 카피 라이트와 레프트가 조화를 이루어 우리나라의 문화산업이 하늘 높이 날아오르길 희망해 본다.

톨스토이 어깨에 올라타기 전에

박정인

법학박사, 문체부 저작권보호심의위원회 심의위원

"거기에 볼 것도 없어요"

모스크바에서 남쪽으로 200km 떨어진 곳에서 주민들한테 톨스토이 무덤의 위치를 묻자, 내게 돌아온 답변이었다. 러시아가 자랑하는 세계적인 대문호 톨스토이의 무덤은 숲속의 오솔길 끝에 있었다. 흙더미 위에 풀만 무성히 자라나 있는 직육면체 무덤에 톨스토이가 묻혀 있었다. 그 흔한 묘비명, 장식품 하나 없는 정말로 볼 게 없는 소박한 무덤에서 농민 복장 차림의 한 남자가 유령처럼 걸어 나왔다. 그가 톨스토이란 것을 알아챘다. 나와의 인터뷰를 위해 죽은 지 100년 만에 '부활'한 것이다.

박정인	톨스토이 선생님 맞죠? 저는 한국에서 선생님을 만나러 온 박정인이라고 합니다.
톨스토이	먼 길 오느라 고생했소. 내가 쓴 책의 저작권을 포기한다는 1881년 선언에 동조하는 그룹이 한국에 있다는 얘기를 듣고 만나보고 싶었소.
박정인	선생님도 저승에서 이승으로 먼 길 오시느라 고생하셨습니다. 그런데 선생님 무덤이 생각보다 너무나 초라합니다.
톨스토이	무덤이 초라해서 내가 초라해 보이나?
박정인	그… 그건 절대 아닙니다.
톨스토이	내 딸아이한테 죽기 직전 유언을 했지. 내 무덤을 소박하게 만들고 장례식장에서 어떤 행사도 하지 말라고….
박정인	그런 선생님의 뜻을 아직까지 지켜내고 있는 러시아 사람들에게도 경의를 표합니다.
톨스토이	그런데 정인 씨는 셀수스조합원 말고 직업이 뭔가?
박정인	저는 저작권 관련 법학박사이면서 선생님이 말씀하신 1881년 선언에 동조하는 그룹 '셀수스협동조합' 조합원입니다.
톨스토이	내가 오늘 사람을 제대로 만났구먼. 1881년 이후 발행되는 나의 모든 책을 무상으로 사회에 환원하겠다는 내 뜻을 한국의 셀수스협동조합이 이어주고 있다니 참으로 고맙소. 협동조합 이름이 셀수스면, 로마시대에 있었던 최초의 도서관을 말하는 건가?
박정인	맞습니다. 모든 길이 로마로 통하던 시절, 그 길을 따라 전 세계의 책들이 셀수스 도서관에 모였듯이 우리 조합도 세상의 콘텐츠를 모아서 누구나 무상으로 공유 가능하도록 하고 있습니다.

톨스토이   내가 100년을 자다 일어나서 정신이 얼얼한데, 무상공유 운동이 정인 씨 세상에서 어떤 의미가 있는가?

박정인   지금 세계는 제도가 너무 많습니다. 국가 간의 약속은 또 얼마나 많은데요. 그중 저작권이라는 제도는 시민과 시민이 서로 감시하고 싸우게 하는 제도로 타락한 지 오래되었습니다. 선생님이 살아 계셨던 봉건제 사회, 교회시대의 법은 하나님 앞에 하나로 만들어주는 존재였지만, 현대로 와서 법은 종교인보다 더 타락한 법률가들의 먹잇감이라고 생각하시면 됩니다.

톨스토이   내가 살아 있을 때 영생설과 교회의 권위를 부정하다가 교회로부터 파문을 당했지. 그러고 나서 나는 농민들과 함께 살아가는 지역 공동체를 만들기 위한 운동을 했었지.

박정인   선생님 말씀처럼 지금도 사회경제적 약자들은 거대한 힘에 대응하기 위해 연대를 할 수밖에 없고요. 돈으로 쌓아놓은 높은 성벽을 무너뜨리는 자는 무상공유 운동을 할 수밖에 없는 거죠. 저작권을 독점하지 말고 저작권을 서로 함께 나눠 쓰자는 겁니다.

톨스토이   정인 씨! 저작권이 발생하는 창작행위는 가랑잎 같은 조그만 목선에 몸을 싣고 아침이면 그 배를 타고 바다로 노를 저어 나가서 해질녘까지 그물과 낚시를 이용해 고기를 잡는 일과 같아요. 모든 부조리를 한꺼번에 바꿀 수는 없지만 진정성 있는 노래 한 가락, 스토리 하나, 조각 하나에 마음이 움직이고 자신의 진짜 존재, 이 세상에 와서 그릇에 담아야 할 것이 무엇인지 깨닫는 것이지요.

박정인   선생님 말씀을 들으니 갑자기 동지의식이 불끈 솟습니다. 만국의 노동자여! 단결하라!

톨스토이 인터뷰 끝나고 저승으로 돌아가면 마르크스한테도 당신 이야기를 하겠소.

박정인 선생님, 1881년 선언을 한 그 당시 이야기를 들어보고 싶습니다. 특히 선생님 아내의 반대가 엄청났다고 들었습니다.

톨스토이 내 책 때문에 가족들 간에 출판권 싸움이 나서 정말로 내가 쓴 작품이 미워지더라고. 그래서 1881년 이후에 쓴 모든 작품을 러시아와 해외에서 무료로 출판할 권리와 공연권을 모든 사람에게 부여하겠다고 발표를 했었지.

박정인 그 당시 쇼킹한 발표였습니다.

톨스토이 코페르니쿠스의 지동설에 맞먹는 충격이었지.

박정인 선생님, 그건 조금 오버이십니다.

톨스토이 그런가? 흐흐…. 암튼 1881년 선언 이후 아내 소피아는 통제력을 잃어버렸소. 〈전쟁과 평화〉, 〈안나 카레니나〉를 쓸 때, 소피아는 나의 든든한 동반자였는데….

박정인 어찌 보면 선생님의 그 선언이 최초의 카피레프트 선언입니다.

톨스토이 카피레프트는 뭐요?

박정인 카피라이트(copyright)가 '저작권'이라는 영어 단어인데요. 이에 반해서 저작권을 무상공유하는 것을 카피레프트라 명명했습니다. 이 세상에 백퍼센트 자기가 창작한 저작물이 어디 있습니까? 다 여기저기 영향을 받아 만들어진 거죠.

톨스토이 그렇소. 내가 쓴 책, 소설은 온전히 내 것이 아니요. 세상으로부터 꾸어온 것이요.

박정인   선생님이 저작권 무상공유를 선언했을 때 러시아 사회 반응은 어떠했나요?

톨스토이 러시아에서 저작권 관련 조항이 처음으로 제정된 때는 1828년이었고, 1857년에 저작권 보호 기간을 저작자 사후 50년으로 규정하는 조항이 있었지.

차즘도 저작권이 사후 50년인가?

박정인   아닙니다. 사후 70년으로 기간이 연장되었고요 미국은 사후 120년을 만들기 위해 FTA를 준비하고 있습니다.

톨스토이 죽은 후에 영혼이 120년을 떠돈다는 게 무슨 의미가 있나? 나는 이런 부질없는 욕심에 대해 아내 소피아와 내 딸 알렉산드라에게 설명하고 1881년 선언을 한 거요. 그런데 그 선언 이후 나의 아내는 나를 떠났소.

박정인   그 문제보다는 부부의 인연이 다한 건 아닌가요?

톨스토이 앗! 큼큼… 남녀문제는 다음에 논하고, 다음 질문 하시오.

박정인   저작권이라는 권리는 어찌 보면 저작권자가 생존할 때까지만 누리라는 소유권인데, 이게 2대, 3대에 걸쳐 부가 세습되는 재산이 되어버렸습니다. 선생님 생존할 당시에 저작권도 작가를 위해 인정해준 창작지원제도가 아니라 출판업자들의 특권을 지켜주기 위한 세금 목적의 일시적 법이라고 볼 수 있습니다. 제가 살고 있는 지금은 그 법이 더욱 세분화됐습니다. 예술가는 자신이 협상할 권리를 법에 강요받고 있지요. 복제권, 배포권, 송신권 등 온갖 종류의 권리 이름조차 정해놨어요. 예술가들에게 예술의 자유만큼 그들이 행동할 자유까지 모두 묶어놓은 것입니다.

톨스토이　　내가 살아 있을 때 봉건영주로부터 농민이 해방되면 새로운 세상이 올 줄 알았는데, 정인 씨가 살고 있는 세상의 복잡한 법이 민중들의 삶을 더욱 수탈하고 고단하게 만들고 있구먼.

박정인　　그래서 한국의 셀수스협동조합을 대표해서 제가 선생님을 만나러 왔습니다. 톨스토이 공동체 정신을 지키고 싶어서요.

톨스토이　　톨스토이 정신이라… 자본주의 사회에서 셀수스협동조합처럼 불편한 진실을 말하면서 어떤 불안의 제도를 단호히 거절하는 무정부주의자의 면모가 느껴지는구먼. 나는 오늘 또 다른 선언을 하겠소. 나, 톨스토이는 한국의 셀수스협동조합의 카피레프트 운동을 지지한다.

박정인　　조합원 한 명이 바로 늘었습니다. 감사합니다. 카피레프트 운동은 콘텐츠 사용의 높은 가격, 조건 등 저작권 허가의 벽을 무너뜨리고 그러한 장벽 때문에 자유로운 이용이 포기되는 것을 막자는 것입니다. 이것은 창작자도 존중하지만 창작자와 관련된 자(권리신탁단체나 에이전시)에게 집중된 권력을 분산시키고자 하는 과정입니다.

톨스토이　　그렇지. 내가 살던 시절, 러시아에서 막심 고리키, 마야코프스키 등 인기 작가들은 그만한 대접을 받았어. 저작권법이 없어도, 책이나 연극이 모두 공짜라고 해서 함부로 문화를 처분할 수 있다는 뜻은 아니니까, 그냥 내가 쓴 작품에 조금 더 자유를 줬다고 생각했지.

박정인　　그런 멋진 생각이 지금 사라졌습니다. 요즘은 크리스마스 시즌에 캐롤송도 거리에서 함부로 틀 수가 없습니다. 모두가 부를 수 있는 노래가 있어야 하고, 누구나 러시아 문학에 접근하기를 바라며 함께 암송할 시도 있어야 하고, 형편에 따라 모방을 통해 스스로 필요한 저작을 할 수 있어야 하는데… 이것은 공유를 통해 가능합니다. 그렇다고 자유문화가 예술가들이 보상받지 않아도 된다는 뜻도 아니고, 재산권을 인정하지도 않는 것은 아니니까요.

톨스토이　그나저나 내 작품은 요즘 어떻소?

박정인　선생님 돌아가신 지 100년이 지나서 사후 70년 규정에서 벗어나 〈전쟁과 평화〉 등은 전 세계에서 뮤지컬, 연극, 영화 등 여러 가지 버전으로 만들어지고 있습니다.

톨스토이　그게 바로 내가 원했던 저작권의 무상공유요. 앞선 현인들의 지혜를 바탕으로 쓰여진 내 글을 후손이 다시 새롭게 만들어내는 것. 내가 한마디 명언을 남기고 싶소.

정인 씨! 이건 잘 적으시오.

박정인　네에! 말씀하세요.

톨스토이　젊은이여, 나의 어깨를 딛고 앞으로 한발 더 나아가라!

박정인　그건 중국의 소설가 '루쉰'이 한 말입니다.

톨스토이　아~ 그러면 표절인가? 인터뷰 끝나고 저승으로 가서 내가 루쉰을 만나면 바로 이 말도 무상공유하자고 설득하겠소.

박정인　이제 선생님과 헤어질 시간입니다.

마지막으로 선생님의 톨스토이 정신이 지금 이 세상에서 어떻게 실현됐으면 합니까?

톨스토이　내가 쓴 책 〈사람은 무엇으로 사는가〉에 보면 이런 내용이 있지. 하느님 말씀을 듣지 않아 형벌로 발가벗긴 채 인간세계에 내려온 미하일 천사는 아무것도 아닌 자신에게 구두장이가 옷을 주고 밥을 먹였을 때 인간의 마음속에만 있는 동정을 보았지. 구두장이를 도우며 일하던 중, 장화를 만들어달라고 온 신사가 한치 앞도 모르고 거드름을 피다가 결국 교통사고로 죽고 그 신발을 신지 못하는 걸 봤지. 그리곤 사람도 어쩌지 못하는 운명이 있다는 것을 알 수 있었지. 천사는 사실 쌍둥이 엄마를 빨리 하느님께 데려오지 못해 벌을 받았는데, 결국 사랑받으며 잘 사는 쌍둥이를 보면서 쌍둥이가 잘 살고 있는 것은 사람들 마음속에 사랑이 있기 때문이라는 것을 알았다네. 나는 지금 이승에 다시 와서 나의 1881년 선언에 대해 진심으로 공감하고 배려해주는 사람이 있다는 것을 알았네. 진정으로 예술이 영원한 생명을 얻게 하는 방법은 오직 돈만이 아니고 나눔에 있다는 것, 모든 사람이 자신의 저작물 앞에 겸허하고 더 많이 그 저작물을 퍼뜨리는 것, 그리고 자신의 욕심을 내려놓고 공유하는 것을 받아들이는게 진짜 사랑받는 방법이라는 것을 얘기해주고 싶네.

박정인   (감동받은 표정으로)

사실 제가 선생님 무덤에 처음 왔을 때, '정말 아무것도 볼 만한 게 없네'라는 생각을 했습니다. 그런데 지금은 너무나 볼 게 많습니다. 선생님의 생각, 사상 그리고 약자에 대한 사랑… 이 작은 무덤으로 선생님은 너무나 많은 것을 보여주고 있는데, 그걸 제대로 못 보고 있는 우리들이 정말 부끄럽습니다.

톨스토이   정인 씨! 스파시바!

박정인   스파시바? 왜 갑자기 욕을 하십니까?

톨스토이   감사하다는 러시아 말이야. 저작권을 무상공유하자는 쉽지 않은 운동을 하는 정인 씨와 셀수스협동조합에 연대의 깊은 애정을 보내네.

박정인   선생님! 스파시바!

마지막 인사

유니게

*
*
*

〈첫째 날〉

우리가 도착했을 때, 로키는 거대한 회색 구름에 덮여 있었다. 먹구름 사이로 이따금 밝은 빛이 나타났다가도 이내 사라졌다. 구름은 낮은 곳까지 내려와 희뿌연 안개이거나 연기인 것처럼 우리 주변을 서성였다. 구름 속에서 로키는 반쯤은 드러내고 반쯤은 감추며 자신의 정체를 숨기고 있었다. 언제라도 비가 쏟아질 것만 같았다.

우리는 운이 없었다.

이모와 나의 관계처럼, 로키의 날씨는 우중충하고 미스터리했다.

로키에 다녀온 후에 이모와 나는 헤어지기로 했다. 더 이상 붙어 있어봐야 좋을 게 없었다. 이모와 나는 하루가 멀다 하고 싸웠다. 이제는 그것도 지겨워졌다.

나는 집에 돌아오면 곧장 내 방에 처박혀버렸다. 한동안 이모는 밥상을 차려놓고 방문을 두드려댔지만, 내가 꼼짝도 하지 않자 욕을 한바탕 쏟아내더니, 얼마 전부터는 혼자 쩝쩝거리며 보란 듯이 밥을 먹었다.

상관없었다. 편의점에는 삼각김밥, 컵라면, 도시락 세트까지 먹을 게 널려 있었다. 나는 이따금 과식했다. 편의점 음식으로 살이 통통하게 쪄서 이모에게 복수해야지!

6개월 전, 우리의 싸움이 시작되었다.

"갚아!"

나는 고래고래 소리를 질렀다.

"당장 갚아! 당신이 뭔데 울 엄마 돈을 다 썼어! 누구 맘대로!"

나는 이모를 향해 눈을 부라렸다.

"갚아, 갚으라구!"

"못 갚아! 갚고 싶어도 지금은 못 갚아."

이모도 지지 않았다.

우리는 동네가 떠내려갈 듯이 소리를 질러대며 싸웠다. 뭐라 하는 사람은 하나도 없었다. 우리의 착한 이웃들이 내가 불쌍한 고아라는 것을 알았기 때문이었다. 게다가 그들도 나처럼 그날 처음 알게 되었다. 부모도 없는 내가 앞으로 살 길이 막막해졌다는 것을. 게다가 엄마 대신이라고 믿고 있던 이모라는 작자가 나를 그렇게 만들었다는 것을.

"그게 어떤 돈인데… 엄마가 어떻게 마련한 돈인데…!"

"나도 알아, 안다구!"

"그걸 아는 사람이 어떻게 그럴 수가 있어? 그러고도 사람이야?"

"그래, 내가 미친년이다. 그딴 놈에게 속아넘어간 내가 미친년이야."

"이제 어쩔 건데? 어쩔 거냐구!"

"몰라! 나도 몰라! 농약이라도 먹고 콱 뒈졌으면 좋겠다!"

"그런 말을 하면 누가 동정이라도 할 줄 알아?"

"너한테 동정해달란 적 없어. 그냥 죽고 싶다는 거지."

"이 지경으로 만들어놓고 죽겠다고? 누가 도망가게 놔둔대?"

"난들 오죽하면 그러겠냐?"

"갚아, 다 갚아. 어떻게 해서라도 갚아!"

며칠 동안 나는 미친 듯이 소리를 질렀다. 그래도 화가 풀리지 않았다. 풀리기는커녕 내 분노는 점점 더 활활 타올랐다.

그런데 주변 사람들이 변하기 시작했다. 내가 소리를 지르면 옆집에서는 벽을 두드리며 조용히 좀 하라는 신호를 보내왔다. 벽을 두드리는 소리는 매일 점점 더 성급해지고 점점 더 커졌다. 인터폰으로 항의하는 사람도 있었고, 경비아저씨가 올라와 타이르거나 야단치기도 했다.

이모는 점점 뻔뻔스러워졌다.

"애, 이제 좀 작작해. 다른 사람들도 좀 살아야지. 여기 너만 사냐?"

이모는 유유히 발톱을 깎으면서 말했다.

"네가 그런다고 없는 돈이 나오냐? 기다려봐. 나도 알아보고 있으니까."

이모는 커다란 엉덩이를 뒤뚱거리며 저만치 날아간 발톱을 주워왔다.

"그만 좀 노려봐라. 그런다고 내 몸에 바늘구멍이라도 뚫리겠냐. 괜히 네 눈만 아프지."

이모의 목소리에서 미안함이라고는 눈곱만치도 느껴지지 않았다.

아, 나는 정말 이모가 미워서 죽을 것만 같았다.

나의 분노가 극에 달했을 때, 이모가 나를 불러앉혔다. 이모가 나를 부른다고 순순히 다가갈 내가 아니었다. 나를 낚은 미끼는 한 장의 사진이었다.

그날도 나는 밤늦게 집으로 돌아왔다. 자율학습을 한다거나 학원에 다니는 것은 아니었다. 나는 거리를 배회했다. 버스를 타고 종점까지 갔다가 돌아오는 게 나의 주된 일과였다. 엄마가 죽은 후, 나의 삶은 단순해졌다. 나의 미래도 단순해졌다. 나에게 목표라든가 계획 같은 것은 사라졌다. 대학에 가야 한다고 끊임없이 잔소리를 해대는 사람도 없었고, 하루도 밀리지 않고 학원비를 납입하는 사람도 없었다.

어두워진 후에 집에 돌아오니, 집 안이 어수선했다. 조그마한 거실 가득 별의별 물건들이 널브러져 있었다. 그 한가운데 덩그마니 앉아, 이모는 고개를 푹 숙이고 있었다. 그러거나 말거나 내 방으로 직행하려는데, 이모가 나를 불러세웠다.

"해름아."

나는 못 들은 척했다.

"해름아, 잠깐만."

쌈닭처럼 날이 서 있던 평소와는 달리, 풀죽은 목소리였다. 그래도 무시하고 방으로 들어가려는데 이모가 또 불렀다.

"해름아, 이리 와봐. 엄마 유품이야."

나는 잠깐 주춤했다.

"일 년 전에 죽은 엄마의 유품은 왜 또 꺼내고 난리야."

톡 쏘아대면서도, 내 몸과 마음은 이미 그쪽을 향하고 있었다.

"이게 어딘 줄 아니?"

이모가 사진을 내밀며 물었다.

새파란 하늘. 눈에 덮인 산봉우리. 에메랄드빛 호수. 울창한 숲과 하양, 빨강, 분홍, 보라, 주황의 색색깔 꽃들이 심겨진 정원. 사진 속에는 지구상에 존재할 것 같지 않은 아름다운 풍경이 담겨 있었다.

"언니 일기장에 꽂혀 있었어. 언니가 여기에 가고 싶었나봐."

이모의 손에는 빨간색 표지의 다이어리가 들려 있었다.

"엄마가 일기를 썼어?"

"일기는 별로 안 썼어. 3년 동안 겨우 네 번 썼더라."

조금도 낡지 않은 것을 보니 엄마는 일기장을 좀처럼 열지도 않은 듯했다.

"루이스호수래. 캐나다 로키산맥에 있대."

엄마는 어디서 구했을까, 이토록 낯선 풍경을 담고 있는 사진을?

"죽기 전에 꼭 가볼 장소라고 써 있어."

나는 사진도, 빨간색 다이어리도, 엄마의 소망도 너무나 낯설었다. 이모가 거짓말을 하는 건 아닐까, 의심이 가기도 했다. 그런데 이모의 눈이 퉁퉁 부어 있었다. 저렇게 울다가 거짓말을 할 것 같지는 않았다.

"우리가 대신 가볼래?"

이모가 생뚱맞은 말을 했다.

나는 하도 기가 차서 아무 말도 나오지 않았다. 사람이 철이 없다 보면 저 지경까지 갈 수도 있는 거구나, 그런 생각이 들어서 헛웃음이 나올 뿐이었다.

"해름아, 우리가 가자. 언니 대신 우리가 가보자."

이모는 6개월 넘게 소리를 지르며 싸웠다는 것도 잊었는지, 내 옆에 찰싹 붙더니 팔짱까지 꼈다.

"무슨 소리야. 그게 말이 된다고 생각해?"

나는 진저리를 치며 이모를 물귀신 떨어내듯이 밀쳤다.

"그러지 말고 한번 진지하게 생각해봐."

이모가 눈웃음을 살살 치며 애원했다. 그 모습을 보니 정나미가 더 떨어졌다.

"돈이 어딨어? 누구 때문에 내가 쪽박을 차게 됐다는 것을 설마 벌써 잊은 거야?"

"이 집 전세금 빼자."

"뭐? 제정신이야? 미쳤군, 아주 제대로 미쳤어."

나는 자리를 박차고 일어났다. 이런 뻔뻔한 사람하고는 더 이상 마주 앉아 있고 싶지 않았다.

그날 밤 좀처럼 잠이 오지 않았다. 계속해서 이리저리 뒤척이고, 이불을 머리끝까지 뒤집어썼다. 그러다 벌떡 일어났다. 야광시계가 새벽 1시를 가리켰다. 거실로 살금살금 걸어 나왔다. 어디에 두었는지 엄마의 빨간색 다이어리는 보이지 않았다. 거실장 서랍을 모두 열어보고 주방 선반들까지 모두 찾아보았지만, 엄마의 다이어리는 찾을 수 없었다. 기운이 빠져서 물이나 마시려고 냉장고 문을 열었다. 시큼한 김치 냄새를 풀풀 풍기는 오래된 냉장고 안에서 무언가가 홀로 찬란한 빛을 발하고 있었다.

에메랄드빛 루이스호수.

이모는 가운데 선반을 모두 비워놓고 루이스호수 사진만 덩그러니 올려놓았다. 나의 시선을 끌고야 말겠다는 거였다. 나는 이런 이모의 빤히 보이는 속셈이 질색이었다. 정말 유치하기 짝이 없었다. 이모가 뛰는 놈이라면, 나는 나는 놈이 될 것이다. 나는 이모의 작전을 가볍게 무시할 것이다. 나는 결심을 단단히 했다.

하지만 내 뜻대로 되지 않았다. 나는 이모가 쳐놓은 덫에 철컥, 걸려들고 말았다. 도저히 나는 사진에서 눈을 뗄 수가 없었다. 루이스호수가, 로키의 빙하가 지구에 불시착한 UFO처럼 우리 집 냉장고에서 신비로운 기운을 뿜어내고 있었다. 아무리 보아도 사진 속 풍경은 도무지 엄마와 연결되지 않았다. 내가 아는 엄마는 늘 일만 하는 사람이었다. 젊어서 엄마는 항상 누군가의 식당에서 일했다. 분식집이든, 갈비집이든, 중국집이든 가리지 않았다. 설거지를 하고, 음식을 나르고, 청소를 했다.

내가 초등학교에 입학할 무렵, 엄마는 황태와 쭈꾸미 요리를 전문으로 하는 음식점에 들어갔다. 엄마는 누구보다도 성실하고 믿음직한 직원이었다. 몇 년간 주방과 홀을 오가며 일하던 엄마는 마침내 주방장의 보조가 되었다. 주방장만큼 요리를 잘하게 되자, 주인은 2호점을 내고 엄마에게 맡겼다.

2호점은 본점보다도 장사가 잘됐다. 불경기라 먹고 살기 힘들다는 소리가 들리고 주변의 음식점들이 문을 닫을 때에도, 엄마의 황태 쭈꾸미 전문점은 늘 사람들이 바글거렸다. 엄마는 마침내 주인으로부터 2호점을 사들였고, 간판을 바꿨다.

'해름 황태 쭈꾸미'

내 이름을 간판에 넣어도 좋을지 엄마가 나에게 한 번만 물었더라면, 절대로 일어날 수 없는 일이었다.

엄마 나이 서른아홉, 그렇게 성공하기까지 15년이 걸렸다. 사람들은 엄마가 대단한 여자라고 했다. 나도 그렇게 생각했다. 엄마는 내가 아는, 가장 부지런하고 바쁜 사람이었다.

하지만 나는 다른 엄마를 갖길 바랐다. 가끔은 극장에서 같이 영화도 보면서 팝콘과 콜라를 먹으며 깔깔거리거나 펑펑 울기도 하는 엄마. 싸구려 보세옷집이라도 좋으니 함께 돌아다니며 티셔츠와 청바지를 함께 골라주는 엄마. 밤늦게 출출하다며 치킨을 시켜달라는 나에게 눈을 흘기며 마지못해 주문 전화를 걸어주는 엄마. 내가 스스럼없이 농담을 하고 친구들과 선생님들에 대한 욕을 마구 해댈 수 있는, 친구 같은 엄마. 그런 엄마….

별의별 궁상을 떨어가며 악착같이 돈을 모으는 사람이 아닌. 3년 동안 고작 네 번 일기를 쓰는 엄마가 아닌. 고작 그만큼만 자신의 감정을 마주하고 솔직해질 수 있는 엄마가 아닌…. 밤늦게 돌아온 엄마는 방바닥에 등을 대기가 무섭게 코를 골았다.

그런데 엄마가 에메랄드빛 호수에 가고 싶었다고? 그게 엄마의 버킷리스트였다고? 왜? 다른 사람도 아닌, 그토록 일에 치여서 자신이 병에 걸린 것조차 몰랐던 엄마가, 왜?

엄마와 저 호수 사이에 도대체 무슨 상관이 있다는 건지, 도무지 이해가 안 되었다. 내가 모르는 엄마가 있다는 말인가? 나는 엄마에게 속은 것 같은 기분이 들었다.

그래서였다. 이모의 말도 안 되는 제안을 받아들인 것은. 도대체 바위처럼 단단한 엄마의 마음을 흔든 것이 무엇이었는지 내 눈으로 확인하고 싶었다.

"좋아. 로키에 가겠어. 단, 내 조건을 모두 받아들인다면."

밤을 꼴딱 새우고 난 뒤, 이모 방문을 열어젖히며 말했다.

"네 조건이 뭔데?"

부스스한 얼굴을 잔뜩 찌푸린 채 이모가 물었다.

"이 집 전세자금을 뺀 돈으로 원룸을 얻어주고, 나머지 돈은 모두 내 통장에 넣어줘."

"설마 너 혼자 살겠다는 말은 아니지?"

"맞아."

"야! 너 이제 겨우 열여덟이야."

이모는 흥분해서 소리를 빽 질렀다.

"반년 후엔 열아홉이야."

나는 더 이상 어린아이가 아니라는 것을 보여주기 위해, 차분하고 냉정하게 말했다.

"무슨 수로 혼자 산다는 거야?"

"어떻게 살아도 지금보단 나아."

이모는 나를 쏘아보았다. 어느새 잠도 달아난 모양이었다.

"오늘 저녁까지 생각해봐."

나는 차갑게 말하고 돌아서서 집을 나왔다.

학교에 있는 동안 나는 흔들리지 않으려고 애를 썼다. 마음이 약해지려고 하면 고개를 흔들고 이를 악물었다.

나는 이모에게뿐만 아니라, 엄마에게도 화가 났다. 엄마는 내가 아는 엄마가 아닌 것 같았다. 엄마에게 단단히 속은 것만 같아 혼란스러웠다.

그리고 그날 밤, 이모와 나는 로키에 다녀온 후에 헤어지기로 했다.

〈둘째 날〉

"오른쪽입니다, 여러분!"

가이드 아저씨가 우렁찬 목소리로 말했다.

버스에 타고 있는 마흔세 명의 관광객들이 일제히 가이드 아저씨의 손가락이 가리키는 쪽으로 고개를 돌렸다.

"와!"

곳곳에서 탄식이 쏟아져 나왔다.

어제와 달리 오늘은 날씨가 좋았다. 파란 하늘에 하얀 구름이 뭉게뭉게 떠 있었다. 그 아래로 만년설이 쌓인 산봉우리가 눈앞에 펼쳐졌고, 또 그 아래로 청록의 침엽수림이 빽빽하게 치솟았다. 가이드 아저씨가 '유 레이즈 미 업(You Raise Me Up)'을 크게 틀었다. 감동적인 노래와 함께 창밖으로 펼쳐진 풍경은 그야말로 천상의 아름다움을 자아냈다. 그 웅장함과 거대함과 신비로움에 이모는 입을 다물지 못했고, 내 입에서도 옅은 탄식이 새어 나왔다.

"여러분, 저 나무들이 얼마나 단단한지 아십니까?"

침엽수들은 가지가 짧아서 멀리서 보면 원통으로 보일 정도였다. 저렇게 가늘고 긴 나무가 단단하다고? 나는 믿을 수 없이 가는 몸통으로 하늘을 향해 높이 뻗어 있는 나무들이 신기해서 넋을 잃고 바라보았다. 아무리 봐도 질리지 않았다.

"혹독한 추위 탓에, 저 나무들을 잘라보면 나이테가 셀 수 없을 만큼 촘촘하게 붙어 있어요. 그래서 몸통이 저렇게 가늘고 길지만 엄청나게 단단하답니다. 집을 짓고 가구를 만들 때 사용하기 더없이 좋은 재료죠. 반면에 열대지방에서 자라는 나무는 나이테가 없다지요. 금방 쑥 커버리기 때문인데, 그런 나무는 약해서 쓸모가 없지요."

가이드 아저씨의 설명을 들으니 고개가 끄덕여지면서도, 더 신기하게 느껴졌다.

"꼭 너 같다, 저 나무."

이모가 뜬금없이 그런 말을 했다.

"무슨 소리야?"

"너처럼 깡마르고 키만 멀쭉이 크잖아. 게다가 성깔은 또 얼마나 대단한
지…."

"성깔은 이모도 못지않아."

"설마… 내가 무슨 수로 너를 쫓아가겠냐."

이모가 혀를 찼다.

여기까지 와서 또 시비를 거는 이모가 꼴도 보기 싫어서, 나는 창밖으로
시선을 돌려버렸다.

버스는 또 한참을 달렸다. 가는 곳마다 암벽으로 된 산이 나타났고, 짙푸
른 침엽수들로 이어진 숲이 계속됐다. 조금씩 색깔이 다른 강과 호수가 나타
났다 사라졌다. 때로는 죽은 나무들도 만났다. 해발 3,000미터쯤의 높이에는
수목한계선이 있어서 그 위로는 자로 금을 그어놓은 것처럼 나무가 없었다.
바위산에는 한여름인데도 만년설이 하얗게 쌓여 있었다.

어디를 가든 희고 아름다운 구름이 파란 하늘에 떠 있었다. 구름을 바라
보는 것도 나무들을 구경하는 것만큼 흥미로웠다.

"여러분, 드디어 루이스호수에 도착했습니다."

'루이스호수'라는 말에 눈이 번쩍 뜨였다. 나는 어느새 깜박 잠들어 있었
나보다. 일행이 모두 관광버스에서 내렸다.

가이드 아저씨를 따라 걸어가는 동안 가슴이 몹시 뛰었다. 드디어 엄마
에 대한 수수께끼가 풀리려나?

호수가 눈앞에 나타났다. 그 주위를 숲이 에워싸고 있었다. 호수 뒤 높

은 산에는 하얗게 빙하가 얹혀 있었다. 호수도, 숲도, 빙하도 아름다웠다. 하지만 사진 속의 풍경과는 차이가 있었다. 모두들 환호를 질러대는 사이, 나는 혼돈에 빠졌다. 관광객들은 삼삼오오 짝을 지어 사진을 찍기 바빴다. 나는 엄마의 사진을 든 채 멀뚱히 서 있었다. 내 모습을 본 이모가 가이드 아저씨를 데리고 왔다.

"왜요? 무슨 문제 있어요?"

가이드 아저씨가 물었다.

나는 대답 대신 엄마의 사진을 보여주었다.

"아, 여기요? 따라와 보세요."

가이드 아저씨가 빙그레 웃으며 앞장서서 걸어갔다. 가이드 아저씨가 크고 멋진 호텔 앞에서 걸음을 멈췄다.

"여긴 호텔 사유지여서 출입불가지만, 당당하게 걸으세요. 투숙객인 것처럼."

가이드 아저씨가 윙크를 하며 말했다.

이모와 나는 가이드 아저씨를 따라 호텔을 가로질러 갔다. 이모는 화려한 인테리어와 상점들, 로비에 앉아 차와 케이크를 즐기는 진짜 투숙객들을 정신없이 힐긋거렸다. 우리는 누가 봐도 투숙객은 아니었다.

"해름아, 여기서 차 한 잔 하고 갈까? 호수를 감상하면서."

이모가 나를 쿡쿡 찌르며 속삭였다.

"돈이 많은가봐?"

나는 이모를 한번 흘겨보고는 걸음을 재촉했다. 여행경비는 모두 내 지갑에 들어 있었기 때문에 이모는 내 동의 없이는 아무것도 할 수 없었다.

사실 마음 한편으로는 나도 그러고 싶었다. 저 외국인들처럼 나도 여유롭게 차를 마시며 호수를 바라보고 싶었다. 그러면서 이곳을 버킷리스트로 정한 엄마의 마음을 이해해보고 싶었다. 하지만 나는 이모를 기쁘게 해줄 생각은 추호도 없었다.

건물 밖으로 나오자, 놀라운 풍경이 펼쳐졌다. 눈이 시리도록 맑고 깨끗한 파란 하늘. 반짝거리는 하얀 눈에 뒤덮인 산봉우리. 신비로운 빛을 뿜어내는 에메랄드 호수. 울창한 청록의 숲과 알록달록 다채로운 꽃들이 심겨진 정원. 에메랄드빛 호수에는 주위의 경관이 비쳐서, 호수에 로키산맥이 풍덩 빠져 있는 것만 같았다. 봄의 꽃과 여름의 녹음, 가을의 정원과 겨울의 빙하, 사계절이 모두 한 장면에 들어 있었다.

"정말 아름답죠?"

가이드 아저씨가 흐뭇한 미소를 지으며 물었다.

"네, 정말… 정말… 정말 아름답네요!"

이모는 흐느끼다 싶이 말했다. 자칫 침도 질질 흘릴 태세였다.

"그런데 그 사진은 어디서 난 거죠? 여긴 한국인 단체관광객들에겐 잘 알려진 곳이 아닌데."

가이드 아저씨가 사진과 우리를 번갈아 보며 말했다.

"우리 언니 거예요. 이 애 엄마가…."

잘 알지도 못하는 사람에게 주절주절 이야기를 풀어내려는 이모를 나는 눈을 흘기며 말렸다. 정말 못 말리는 주책이다. 그러니까 바보같이 사기나 당하지.

"바로 이 자리에서 사진을 찍으면 그 사진의 풍경이 잘 잡힐 것 같은데, 한 장 찍어드릴까요?"

"어머, 그래요? 해름아, 우리 사진 찍자. 여기까지 왔는데 사진으로 남겨야지."

이모가 내 팔짱을 끼고는 포토존으로 만들어놓은 벤치로 끌고 갔다.

"이모 혼자 찍어."

"야, 무슨 소리야? 같이 찍어야지."

"아저씨, 각자 독사진으로 찍어주세요."

이모와 나 사이에서 눈치를 보던 가이드 아저씨는 결국 독사진 두 장을 찍어주었다. 이모는 어린애처럼 토라져서는 버스에 오를 때까지 한마디도 하지 않았다.

버스가 다시 달렸다. 나는 창밖을 물끄러미 내다보았다. 산 위에 걸린 구름이 하늘을 흐르는 것 같았다. 버스는 앞을 향해 쉼 없이 달리고, 거대한 구름은 조금씩 뒤로 물러났다. 구름 뒤로 해가 떠 있어서 이따금 찬란한 빛을 뿜어냈다. 구름은 이모와 내가 타고 있는 버스 위로 비스듬히 우리를 따라오는 것 같으면서도, 조금씩 조금씩 뒤로 물러났다.

이상하게도 나는 어느 순간부터 구름이 꼭 엄마처럼 느껴졌다.

"앗! 산양이다!"

버스 맨 앞자리에 앉은 사람이 소리쳤다. 버스는 속도를 늦추며 산양 무리 옆을 천천히 지나갔다. 매끈한 갈색 몸통에 엉덩이 부분만 하얀, 귀여운 산양들이 열 마리가량 모여 있었다.

"가족인가봐."

뒤에 앉은 누군가가 말했다.

가족이라는 말에, 나는 괜히 울컥했다.

"이모가 올 거야."

어느 날 엄마가 말했다.

"희주 이모가 와?"

"아니, 네 진짜 이모."

진짜 이모가 누구지? 며칠 뒤 지독히 촌스러운 여자가 현관문 앞에 서 있을 때까지, 나는 엄마가 말하는 진짜 이모가 누구인지 알지 못했다. 그리고 얼마 뒤에 나는 엄마가 나를 낳기 위해 외갓집 식구들과 인연을 끊고 살아왔다는 것을 알게 되었다. 할아버지가 돌아가신 후에야 엄마는 할머니와 연락을 하고 지냈던 것이다. 할머니마저 돌아가시자, 혼자 남게 된 이모를 엄마가 불러들였다.

이모는 엄마보다 열두 살 적고, 나보다 열두 살 많았다. 이모는 내가 한 번도 부려본 적이 없는 어리광을 부렸다. 사고를 쳐서 야단을 맞으면 눈웃음을 살살 치며 애교를 부렸다. 무뚝뚝한 엄마가 이모의 애교에 웃음을 터뜨렸고, 나는 배신감을 느꼈다. 어쩌면 그때부터였는지도 모른다. 내가 이모를 미워하고, 엄마에게 소심한 복수를 하기 시작한 것은. 나는 엄마 몰래 학원을 빠지고 불량한 아이들과 어울리며 밤거리를 쏘다녔다.

저녁식사는 캐나다식 뷔페였다. 다양한 음식들이 나왔지만, 나는 입맛이 없었다. 반면 이모는 계속해서 음식을 가져다 먹었다. 나는 그런 이모가 신기해서 멀뚱히 바라만 보고 있었다. 이모는 나에게도 좀 더 먹으라고 쉬지 않고 잔소리를 했다. 내가 들은 척도 하지 않자, 비싼 돈을 들여서 여기까지 와서는 본전도 못 뽑게 생겼다며, 투덜댔다. 자기 때문에 내가 가난하게 되었다는 것은 깡그리 잊은 모양이었다.

숙소는 화려하지는 않았지만 깔끔했다. 무엇보다도 널찍한 침대가 두 개나 놓여 있는 게 맘에 들었다. 적어도 이모와 한 침대에서 자는 일은 피할 수 있었다. 나는 대충 씻고는 잠자리에 들었다. 너무 피곤해서 손가락 하나도 까딱할 수 없었다.

잠결에 신음소리를 들었다. 처음엔 잘못 들은 줄 알았다. 그런데 신음소리가 점점 생생하게 들려왔다. 눈을 떠보니 옆 침대에 누워 있는 이모가 끙끙 앓고 있었다. 이모가 아픈가? 덜컥 겁이 났다. 여긴 한국이 아니라 캐나다였다. 나도 모르게 벌떡 일어나 이모에게 다가갔다.

"이모, 이모!"

이모의 어깨를 붙들고 흔들었다.

"으응."

이모의 목소리에 힘이 하나도 없었다.

"왜 그래? 어디 아파?"

"으응."

이모의 이마를 짚어보니 불덩이였다.

짐가방을 모두 뒤졌지만 해열제를 찾을 수 없었다. 나는 급한 대로 수건을 적셔다가 이모의 이마에 올려놓았다. 이마는 불덩이인데 손발은 얼음처럼 차가웠다. 손과 발을 주무르고 물수건을 새로 빨아다가 몸을 닦아주었다. 한참을 반복해서 했다. 내 이마에 땀이 송글송글 맺힐 즈음, 조금씩 차도가 보였다. 손과 발에 온기가 느껴지고 이마가 식어갔다.

"그만해. 그러다 너 골병 나."

이모가 끙끙거리며 말했다.

"그러게, 왜 여기까지 와서 아프고 난리야."

툴툴거리면서도 나는 다시 물수건을 갈아주었다. 이모의 팔다리도 주물렀다.

갑자기 엄마 생각이 났다. 엄마가 아플 때, 나는 왜 이렇게 하지 않았을까? 그런 생각이 들자, 울음이 터졌다. 나는 이모에게 들키지 않기 위해 소리를 내지 않으려고 기를 썼다.

엄마가 그렇게 갑자기 가버릴 줄은 상상도 하지 못했다. 엄마는 죽기 1년 전부터 몸이 좋지 않았다. 유독 피곤해 보였고, 식욕도 잃어갔다. 가게 문을 제때 못 열고, 일찍 닫았다. 결국 엄마는 병원에 갔고, 이미 암이 온몸에 퍼져서 손을 쓸 수 없는 지경이 되었다는 말을 들었다. 엄마는 이 사실을 이모에게는 말했고, 나에게는 말하지 않았다.

학교에서 돌아오면 엄마가 집에 있어서 이상했다. 게다가 엄마는 갑자기 친절해졌다. 언제나 바짝 힘이 들어가 있던 엄마의 눈은 풀어져서 촉촉이 젖어 있었다. 변해버린 엄마가 낯설어서 나는 엄마에게 다가가질 못했다. 아니, 어떻게 다가가야 할지 몰랐다.

결국 엄마는 입원했고, 그제야 나는 엄마의 상태가 심상치 않다는 것을 알게 되었다. 엄마의 병실을 지킨 사람은 이모였다. 나는 학교 수업이 끝나면 엄마의 병원에 들렀지만, 잠시 있다가 집으로 돌아왔다.

그날은 달랐다. 엄마는 이모에게 집으로 들어가서 쉬라며, 나에게 같이 있자고 했다.

"해름아, 이리 와."

엄마가 나에게 손짓을 했다.

"오늘은 여기서 같이 자자."

엄마가 침대를 가리켰다. 엄마가 한쪽으로 바짝 붙어 누우며 침대에 내 자리를 마련해주었다.

나는 눈동자를 굴리며 망설였다. 하필이면 그날 처음으로 나는 담배를 물어보았다. 몇 모금 빨다가 기침이 나와서 버려버렸지만, 엄마가 담배 냄새를 맡을지도 몰랐다.

"엄마도 참, 거기 두 사람이 어떻게 누워."

나는 엄마 침대 아래에 있는 보조침대를 끌어내서 그 위에 벌러덩 누워버렸다.

"그런가?"

엄마가 힘없이 웃었다. 엄마 얼굴이 쓸쓸해 보였다.

시간이 더 있을 거라고 생각했다. 오늘이 아니라도 엄마 옆에 누울 수 있는 시간이 더 있을 거라고 생각했다. 그때는 꼭 엄마 곁에 누워서 다른 엄마와 딸처럼 도란도란 이야기를 나눌 거라고 생각했다.

다음날 엄마는 혼수상태에 빠졌다. 급성 폐렴에 걸려버린 것이다. 학교에 다녀와 보니, 엄마는 중환자실로 옮겨져 있었다. 엄마 옆에서 잘 수 있는 기회는 영원히 사라졌다.

엄마에게 잘했어야 했다. 엄마는 그런 대접을 받고도 남을 만한 사람이었다. 그런데 나는 아무것도 하지 못했다. 엄마의 마지막 부탁도 매몰차게 거절해버렸다.

눈물이 잠들어 있는 이모의 팔뚝 위로 뚝뚝 떨어졌다.

그랬다. 이모가 엄마를 간호해 주었다. 엄마가 처음 병원에 다녀온 후부터 이모는 엄마 옆에 꼭 붙어 있었다. 엄마를 위해 죽을 끓이고, 집안일을 도맡아 하고, 잠자리도 아예 엄마 방으로 옮겼다. 병실을 지킨 사람도 이모였다.

이모는 지금 내가 하고 있는 것처럼 엄마의 팔다리를 주물러주고 물수건도 갈아주었을 것이다. 그리고 엄마가 두려워하지 않을 수 있도록 손을 꼭 잡아주었을 것이다. 갑자기 기분이 이상해졌다. 마음속에서 무언가가 무너졌다. 바짝 올라 있던 독기가 슬며시 녹아내리는 것 같았다.

그 밤, 이모를 용서할 마음이 생겨버렸다.

〈셋째 날〉

이모는 기어코 설상차를 타겠다고 우겼다. 어젯밤에 끙끙 앓았던 것은 벌써 잊어버린 모양이었다. 어마어마한 크기의 바퀴를 단 설상차가 아이스필드를 향해 뒤뚱거리며 올라갔다. 사방이 유리창으로 된 설상차 안에서 빙하가 쌓인 로키의 봉우리들을 생생하게 볼 수 있었다. 빙하가 녹아 물이 흐르는 곳도 있었다.

설상차는 거대한 아이스필드 앞에 우리를 내려주었다. 이모와 나는 조심조심 빙하 한복판까지 걸어갔다. 7월에, 두툼한 점퍼를 입었는데도 콧물을 훌쩍거릴 만큼 추웠다. 기분은 더없이 상쾌했다. 쨍한 햇빛에 눈이 시렸다.

수많은 시간 동안 쌓인 빙하의 두께가 무려 300미터가 넘는다고 했다. 하지만 전 세계적으로 빙하가 녹는 속도가 빨라지고 있어서 앞으로 많은 시간이 지나면 빙하 체험은 하고 싶어도 할 수 없는 일이 될 거라고 했다.

빙하가 녹은 물을 마시면 젊어진다는 소문을 듣고, 준비해온 물통에 빙하 물을 담는 사람들이 많았다. 이모는 넘어가서는 안 된다고 쳐놓은 가이드라인 바로 앞까지 가서 물을 떴다. 잘못했다가는 물웅덩이에 빠지기 십상이었다. 저런 위험한 짓을 왜 하는 건지, 정말 못 말리는 사람이다. 이모가 물을 담아서는 나를 향해 뛰어왔다. 저러다 넘어지면 어쩌려고.

"자, 마셔."

이모가 나에게 물통을 내밀었다.

"얼른! 좋은 물이라잖아."

이모가 물통을 흔들며 재촉했다.

나는 어쩔 수 없이 물통을 받아 한 모금 마셨다. 차고 깨끗한 맛이었다. 나는 다시 벌컥벌컥 마셨다.

"너, 내년에 고3이잖아. 공부할 거지? 엄마 없다고 막 살고 그러지 않을 거지? 네가 그렇게 살면 나중에 내가 네 엄마 얼굴을 어떻게 보냐?"

이모가 흡족한 얼굴로 말했다.

우리는 다시 설상차를 타고, 또 셔틀버스를 타고, 우리의 관광버스가 있는 곳으로 돌아왔다.

"근데 이모는 왜 로키에 오고 싶었어?"

"네 엄마가 내 롤모델이었잖냐. 지금은 아니지만."

"엄마처럼 성공하고 싶어서?"

"응."

"근데 지금은 왜 아니야?"

"성공하면 뭐 하냐. 아파서 자식을 혼자 두고 죽어버린걸."

이모가 한숨을 푹 쉬었다.

나는 시선을 창밖으로 돌렸다.

"근데 너, 그거 아냐?"

"뭐?"

"네 엄마가 옛날엔 그런 사람이 아니었어."

"그게 무슨 말이야?"

"그런 악바리가 아니었다고."

"그럼 어떤 사람이었는데?"

"순진하고 착하고 게으르고, 어리버리하고… 한마디로 대책 없는 사람이었지."

"설마."

"진짜야. 그러니까 네 아빠가 떠난 뒤에도 대책 없이 너를 낳아버렸지. 그런데 자식이 무섭더라. 너를 낳고는 어떻게든 살아보겠다고 발버둥을 치더니… 어떻게 그렇게 변해버리니? 우리 언니지만, 나는 존경스럽다."

나는 아무 대답도 할 수 없었다. 가슴이 먹먹하고 묵직해졌다. 눈물이 나올까봐 침을 꿀꺽 삼켰다.

구름은 여전히 우리를 따라오고 있었다. 엄마가 보았어야 할 로키를 우리가 대신 보았다. 어쩐지 그 사진은 엄마가 보내온 초대장 같았다.

"엄마는 왜 여길 오고 싶었을까? 무슨 특별한 이유라도 있었을까?"

"특별한 이유? 그런 게 왜 필요해. 네 엄마도 보상받고 싶었겠지. 자기 자신은 잊고, 앞만 보고 열심히 달려온 것에 대한 보상 같은 게 필요했을 거야."

내가 어려워했던 수수께끼를 이모는 별 게 아니라는 듯이 풀어버렸다.

"식물의 힘이 참 대단하지? 이 추운 곳을 뚫고 나오잖아."

이모가 혼잣말처럼 말했다.

"계집애야, 저 나무 닮았다는 거, 너 욕하려는 거 아니었어. 너처럼 마르고 약해 보이지만 단단하다고 말하려던 참이었어. 넌 네 엄마 닮아서 쓸모 있는 사람이 될 거라고…. 쪼그만 게 이모가 말하면 끝까지 들을 생각은 안 하고 덤비기는. 제 엄마한테는 꼼짝도 못하면서 만날 나만 보면 난리야. 이렇게 바득바득 대들고 싶어서 어떻게 참았대?"

이모 말대로 나는 엄마에게 한 번도 대든 적이 없었다. 착한 아이가 되어야 하는 것은 미혼모의 딸인 나의 숙명이었다. 하지만 나는 뒤에서 끊임없이 엄마에게 반항했다. 엄마를 좋아하기에는 너무 서운한 게 많았다.

"자, 이거 받아."

이모의 손에는 엄마의 일기장이 들려 있었다.

"이걸 왜 여기서 주는데?"

"네가 끝까지 로키 안 가겠다고 하면, 이걸로 협상하려고 했지."

"치사하기는."

"네가 뭐라고 욕해도 상관없어. 어쨌든 내 목표는 달성했으니깐."

이모와 나는 한동안 말없이 창밖만 내다보았다.

"안 읽어볼 거야? 안 궁금해? 네 엄마가 뭐라고 썼는지."

이모가 불쑥 물었다.

"뭐, 몇 장 안 된다며."

나는 퉁명스럽게 말했다.

"무심하기는."

이모도 퉁명스럽게 대꾸했다.

우리는 다시 침묵 속으로 들어갔다. 얼마 지나지 않아 이모가 고개를 떨궈가며 깊은 잠에 빠져들었다. 나는 비로소 엄마의 일기장을 펼쳤다.

아주 오랜만에 꿈에 엄마가 나왔다.

"엄마, 미안해요. 나 때문에 많이 속상했지?"

나는 엄마 손을 붙잡고 말했다.

엄마는 조용히 웃기만 했다. 엄마 손이 따뜻했다.

"내 인생도 억울한 게 많지만, 엄마 인생도 참 억울했을 거 같아요."

나는 엄마의 눈을 보며 말했다.

이상하게 눈물은 나오지 않았다. 어느새 나는 눈물마저 말라버린 여자가 되어 있었다.

"억울하지 않은 부모가 어디 있다더냐. 부모는 본래 다 억울한 거다."

엄마가 말했다. 엄마는 여전히 웃고 있었다.

나는 같이 영화를 보며 깔깔거리거나 펑펑 울지 않는다고, 함께 돌아다니며 티셔츠와 청바지를 골라주지 않는다고, 야식으로 치킨을 먹으며 스스럼없이 농담을 나누지 않는다고, 엄마를 원망했던 게 미안했다.

옆에서 코를 훌쩍이는 소리가 났다. 이모가 잠든 게 아니라 자는 척을 한 모양이었다. 나는 성급히 고개를 돌렸다. 촉촉하게 젖어버린 눈을 이모에게 들키고 싶지 않았다.

"돈은 걱정하지 마. 몇 년이 걸리더라도 갚을 거니까."

"퍽이나."

"쪼그만 게 또 무시하기는."

이모가 눈을 흘겼다.

"이번엔 진짜야. 어젯밤에 언니한테 약속했어."

이모가 한숨을 쉬며 말했다.

가이드 아저씨가 〈클리프 행어〉라는 영화를 틀어주었다. 로키를 배경으로 하는 영화라고 했다.

이모는 영화를 보지 않고 창밖만 내다보았다.

"뭐 해? 영화 안 보고?"

"너는 어리니까 나중에 또 올지도 모르지만, 나는 이제 두 번 다시 못 올 거야."

어쩐지 나도 아쉬워져서 영화를 보는 대신 창밖으로 시선을 돌렸다. 드넓은 하늘 위에 구름이 그려 놓은 그림이 끝없이 펼쳐졌다. 하늘색 바탕에 회색과 흰색과 은빛의 구름이 물결무늬를 그리다가, 구불구불 회오리바람을 그리다가, 얇고 보드라운 실크 스카프처럼 흘러내리다가, 양털처럼 몽글몽글 뭉쳐 있다가, 천사의 날개처럼 활짝 펼쳐졌다. 어느 지점에서는 해를 품은 구름이 무지갯빛으로 빛났다. 황홀하고 아름다운 광경이었다. 엄마가 보내온 마지막 선물이었을까?

나는 지치지도 않고 하늘과 구름과 높게 솟은 나무들과 웅장한 바위산을 바라보다가 어느새 잠이 들었다.

"천국이 이런 곳일까?"

잠결에 이모의 목소리가 들렸다.

"네 엄마 친구, 희주 아줌마 있지? 그 아줌마가 그러는데, 천국이라는 곳이 있다더라. 죽어서 천국에 가는 사람의 얼굴은 이상하게 행복해 보인다더라. 그런데 네 엄마 얼굴이 행복해 보였어. 웃고 있는 것처럼."

우리를 버리고 가는 엄마 얼굴이 행복해 보였다고? 내가 고아가 되게 생겼는데? 나는 기분이 나빴다. 서럽고 외로워졌다.

"근데 거긴 아픈 사람이 없다더라. 슬픈 사람도, 남을 괴롭히는 사람도."

나는 아무 대꾸도 하지 않았다.

"그 말이 사실이라면… 언니가 거기 있었으면 좋겠어."

내가 잔다고 생각했는지 이모가 중얼중얼, 혼잣말을 했다. 이모가 어린 애처럼 코를 훌쩍였다.

나는 다시 깊은 잠으로 빠져들었다. 꿈속에서 나는 천국에 있는 엄마 모습을 얼핏 본 것도 같았다.

엄마, 안녕!

나는 나지막이, 엄마에게 마지막 인사를 했다.

유니게

소설가. 2006년 경인일보 신춘문예 단편소설 당선. 《우리는 가족일까》, 《그 애를 만나다》, 《원 테이블 식당》, 《내 이름은 스텔라》 등

- 아이든 어른이든, 지금껏 알지 못했던 것을 깨닫게 되는 순간에 훌쩍 성장한다고 믿는다. 로키를 다녀오며 나이테가 만들어지는, 성장의 순간에 대해 쓰고 싶었다.
- '어떻게 살아야 할 것인가'를 고민했던 위대한 작가 톨스토이의 발자국을 흉내 내보는 것만으로도 영광이다. 이 책을 많은 분들이 읽고 공유해 준다면, 기쁘고 감사할 것이다.

아직 오로빌인가요

김정애

*
*
*

1

개와 고양이들이 숨쉬기조차 힘든 듯 마당에서 헉헉거렸다. 고양이 한 마리가 두리번거리다 그늘 쪽으로 가서 배를 깔고 늘어졌다. 배가 불룩하고 느린 걸음으로 보아 새끼를 밴 것이다.

바람 한 점 불지 않았다. 하얀 흙먼지에서도 쟁쟁한 빛이 났다. 파리 같은 날벌레가 기승을 부렸다. 이들이 강한 햇볕에 타지 않는 게 신기하다. 낮이고 밤이고 오로빌은 오직 벌레들 천지다.

한낮 기온이 40도를 웃돈다. 오로빌에서 일 년 중 가장 더운 오월이다. 사람이든 짐승이든 사는 것이 아니라 견디고 있는 분위기다. 오로빌 전체가 사막 한가운데로 덩그마니 옮겨온 것처럼 적요하다.

오로빌리언 중에는 여름을 못 견녀 본국에서 여름을 나고 돌아오는 사람들이 많다. 오로빌의 오월이 텅 빈 집처럼 고적한 이유다. 고적함은 사람에 대한 갈증을 불러일으킨다. 누군가를 간절하게 기다리게 만든다. 나는 텅 빈 고적함이 좋아 당초 계획보다 좀 더 오로빌에서 머물게 됐다. 지독하게 더운 여름 한가운데 열일곱 살 딸 태인이와 오로빌에 있다.

우리가 머물고 있는 삼층 아파트는 커리지라는 공동체에 있다. 오년 전 오로빌리언이 된 한국인 유민규의 집이다. 유민규는 아래층에 살고 있는 스페인 여자와 사랑에 빠져 살림을 합쳤다. 오로빌 공동체가 운영하는 베이커리 숍에서 제빵사로 일하는 유민규는 한국 여행자들에게 아파트를 임대해 부수입을 얻는다. 오로빌 법에 위배되는 일이지만 월급이 적다는 이유로 몇몇 오로빌리언들이 부수입을 올리는 방법이다.

아파트 내부는 아주 단출하다. 거실과 주방이 이어져 있고 큰방과 작은방, 욕실, 식탁과 의자, 몇 가지 주방용품과 냉장고, 텔레비전과 오디오가 있어 생활하는 데 불편하지 않다.

오로빌이 텅 빈 것 같지만 일상은 변함이 없다. 집집마다 집을 돌보며 청소하는 인도인들이 드나들고, 어디에도 가지 않고 여름을 견디는 오로빌리언들이 있다. 그들의 소리가 간간이 베란다를 통해 들린다. 이웃의 소리다. 오로빌이 살아 움직이는 소리다.

그녀가 왔다. 모자를 쓴 그녀는 몸보다 부피가 큰 배낭을 메고 들어왔다. 등에 진 큰 배낭과 앞에 멘 작은 배낭, 또 다른 손가방. 세 개의 배낭을 내려놓고 허리를 펴며 그녀가 웃었다. 그녀는 마르고 왜소했다.

"날씨가 더워요."

"살인적이죠."

그녀는 무거운 짐 따위는 아랑곳하지 않는 듯했다. 배낭들을 거실로 옮겨놓고 모자를 벗었다. 비구니처럼 삭발한 모습이다. 웃옷인 면 티셔츠가 땀으로 범벅이 되어 몸에 달라붙었다. 작은 젖꼭지가 얇은 티셔츠 속에서 도드라진 것이 눈에 띄었다. 그녀는 브래지어를 하지 않았다. 순간 내 웃옷을 매만졌다. 이 더위에 실내에서 브래지어를 하는 게 이상한 일이다. 나도 하지 않았다. 다행히 내 옷은 몸에 달라붙지 않았다.

"따님은요?"

"시장에 보냈어요."

"아, 그래요?"

"짐은 천천히 푸시고 샤워하세요. 한결 나을 거예요."

"그래야겠어요."

그녀의 배낭은 그녀가 사용할 오른쪽 작은방으로 들여졌다. 그녀는 갈아입을 옷가지를 들고 욕실로 들어갔다. 나는 내 방, 아니 오늘부터는 딸 태인과 함께 사용할 방으로 들어가 노트북 전원을 켰다.

두 달 전 허름한 게스트하우스에서 커리지로 이사 온 이래 누렸던 호사가 끝났다. 처음부터 아파트 전체를 얻은 게 아니고 방 하나를 얻었지만, 작은방에 손님이 차지 않아 그 작은방마저 우리 방처럼 사용했었다. 여행하는 동안 내내 태인과 방을 함께 쓰는 것은 고통이었고, 방을 따로 쓸 수 있는 것은 행운이었다. 어떻게 하면 태인과 갈등하지 않고 평화롭게 지내며 쓰던 소설을 마무리하고 이 여행을 끝낼 것인가. 노트북이 마음의 불안을 감지했는지 자판의 글이 쳐지지 않았다. 노트북 전원을 껐다.

아파트 층계를 올라오는 특유의, 쿵쿵거리는 태인의 발자국 소리가 들렸다. 얼굴이 발갛게 달아올라 땀이 줄줄 흐르는 태인이 시장 가방을 내밀었다.

"더워 죽겠어."

"시원한 물 좀 마셔. 지금 그 여자 와서 샤워하고 있거든."

소곤소곤 말했다.

"좋은 시절 다 갔네."

"쉿! 조용히 해. 그동안 공짜로 방 하나 더 쓰면서 잘 지냈잖아. 그걸로 만족하자."

우리는 남모르는 음모를 꾸미듯 서로가 감수해야 할 고통을 공감했다. 태인이 역시 나와 같은 생각으로 욕실의 여자가 반갑지 않은 것이다.

"알아. 불편한 건 사실이잖아."

"절대로 내색하면 안 돼."

"알았어. 내가 어린애야?"

태인은 어린애가 아니었다. 싫은 내색을 할 수 있는 여지는 내 쪽이 많았다. 태인은 참을성이 많은 편이다.

넉 달 전 인도에 처음 왔을 때, 원하는 게스트하우스를 구하지 못해 온갖 악취와 벌레가 들끓거나 곰팡이 핀 열악한 공간을 여기저기 전전해야 했다. 정작 참을 수 없어 발악을 한 것은 태인이 아니고 나였다. 겨우 열일곱의 딸이 견디는데, 그것도 못 견디냐고 물었다. 태인은 우리가 호화판 여행을 하려고 인도에 온 거 아니지 않느냐고, 여행자가 어떻게 한국에서처럼 좋은 공간을 바랄 수 있냐며 훈수를 두었다. 그러니 못 견디겠는 온갖 감정들을 더 이상 자신에게 쏟아놓지 말라고 단호하게 말하곤 했다.

태인의 말처럼 내가 못 견디는 것은 환경이었는지, 마음이었는지, 지금도 갈피를 못 잡기는 마찬가지다. 어쨌든 그 후 우리는 지금 살고 있는 이 쾌적한 아파트로 옮길 수 있었다. 방값이 조금 비싸기는 했지만 더 이상 태인에게 내가 다스리지 못하는 감정들을 쏟아붓지 않게 된 것이 좋았다. 더욱이 각방에 다른 침대를 쓸 수 있다는 것은 태인이와 내가 숨을 쉴 수 있다는 것이었고, 우리들의 관계나 인도에서의 여행이나 모든 게 겨우 정상화된 느낌이었다. 그렇게 한 달을 이 집에서 평화롭게 보냈다. 덕분에 인도에 와서 시작한 장편소설이 어느 정도 틀을 갖춰갔다. 조금만, 조금만 더 몰아붙이면 바로 탈고할 수 있을 것 같았다.

태인이 사 온 감자를 넣고 된장찌개를 끓이고 밥을 안쳤다. 압력밥솥에서 김이 빠지는 소리가 날 때 그녀가 욕실에서 나왔다.

"와! 이거 된장찌개 냄새 맞죠?"

"그동안 한국 밥 제대로 못 드셨죠? 이 아파트에 쟁여 있는 밑반찬으로 늘 한국음식 해먹고 있어요. 여기 다녀간 사람들이 두고 간 고추장, 된장, 미역. 없는 게 없다니까요."

"그래요? 여행하며 한국 음식 먹는 거 포기한 지 오랜데. 이게 웬 복이야? 안녕? 네가 태인이구나."

"안녕하세요?"

"잘 부탁해. 심주영이야. 앞으로 아줌마나 선생님, 그런 호칭은 사양할게. 그냥 주영 씨라고 불러줘."

"네. 주영 씨. 호호."

태인이 경쾌하게 응대해주었다.

"그래 태인, 맘에 든다."

식탁은 된장찌개와 상추, 고추장, 무김치로 차려졌다. 김이 빠진 압력밥솥에서 밥을 퍼 공기에 담았다.

"선생님, 이쪽으로 앉으세요."

"선생님 호칭 사절한다고 했는데, 금방 잊으셨네요? 저, 혜인 씨 선생님 아니거든요."

그녀가 식탁 의자에 앉으며 못 박듯 말했다.

"아! 네, 주영 씨. 정 원하시면…. 근데 제가 좀 구식이라. 직업이 영어선생님이라면서요? 선생님이 자연스럽지 않나?"

"너네 엄마 못 말리겠구나."

주영이 장난 섞인 투로 말했다.

"좀 그렇죠."

태인과 주영이 어느새 맞장구를 쳤다. 첫 대면인데 뭔가 기가 꺾이는 기분이었다. 뭐든 쉽게 넘어가지 않는 까다로운 여자인 게 분명했다. 첫 대면부터 왠지 못마땅했다.

"밥이 너무 맛있어요."

주영은 며칠 굶은 사람처럼 맛있게 먹었다.

"주인 남자가 살림살이를 제법 갖춰놓은 덕분에 우리가 이렇게 압력밥솥에 밥을 해 먹네요."

맞은편에 앉은 주영은 샤워 후에도 몸에 달라붙는 셔츠를 입었다. 소녀처럼 작은 젖꼭지가 여전히 도드라져 보였다. 자꾸만 시선이 그쪽으로 쏠렸다.

'왜 저런 옷을 입고 있는 거야? 보는 사람 불편하게. 스님도 아니면서 머리는 또 왜 삭발을 했어? 여자가 너무 튀어.'

처음 만난 심주영에 대해 이리저리 분석을 하고 재느라 밥맛이 없었다. 그런 면에서 태인은 자유로워 보였다. 주영의 외모나 말투, 그 어떤 것도 개의치 않겠다는 표정으로 밥을 맛있게 먹었다.

"인도 와서 한국음식을 먹다니. 앞으로는 제가 먹는 거 신경 쓰지 마시고 두 분 드시고 싶은 대로 해 드세요. 저는 저대로 알아서 해 먹을게요."

주영은 분명한 것을 좋아하는 성격인 모양이다. 첫날부터 선을 긋고 폐 끼치고 싶지 않다는 말로 들렸다.

"어차피 저는 여기 미성년자를 거둬야 해서, 밥 챙기는 건 제 몫일 수밖에 없어요. 그러니 부담 갖지 마시고 설거지나 가끔 하시든지요."

말은 이렇게 했지만 실제 숟가락을 하나 더 얹는다는 게 쉬운 일은 아니다. 말을 하면서도 과연 부담 없이 매일 함께 밥상에 앉자고 할 수 있을지 나조차도 의문이었다.

"그러죠, 그럼. 설거지는 제가 할게요. 아! 커피, 커피 좋아하세요? 커피를 매일 고급 원두로 갈아 직접 끓여줄게요. 제가 짐이 많은 이유가 있죠."

"아, 커피? 제가 커피를 안 마시면 일을 못하죠. 고급 커피라면 저야말로 횡재네요."

어쨌든 저울은 어느 정도 공평해진 것 같았다.

우리는 밥을 다 먹고 일을 분담했다. 설거지는 태인이 하고 주영은 배낭에서 커피와 관련된 도구들을 한 살림 꺼냈다. 즉석에서 갈 수 있는 분쇄기, 여과지, 커피 원두. 분쇄기에 원두를 갈고 물을 끓이고 식히고, 여과지에 커피 가루를 담고 물을 붓기 시작했다. 그녀의 행동은 너무나 진중해 보였다. 밥도 아니고 단지 향 좋은 커피를 마시기 위해 여행하며 가방 하나를 더 들고 다녀야 한다는 것이 보통 어려운 일이 아니라는 것을 너무나 잘 알고 있다.

커피를 내미는 그녀의 손이 할 일을 다 한 듯 흡족해 보였다. 짙은 커피 향이 거실을 가득 채웠다. 커피 향만큼 맛있는 커피를 마셔볼 수 있을지. 역시 커피는 여과되는 순간의 향만큼 좋지는 않았다. 그 향만이 좋았다.

2

　밤이 되자 온도가 조금 내려갔다. 나는 오늘 세 번째 샤워를 하고 나왔다. 하루에 서너 번은 샤워를 해야 겨우 견딜 만한 더위다.

　엄마 혜인은 체질상 더위를 덜 타는 편이지만 그냥 앉아 있어도 숨 막히게 더운 이 인도 남부의 기온을 감당하기에는 버거운 모양이다. 주영 씨가 외출하자마자 욕실에 들어가 몸을 식히고 나와 그대로 차가운 대리석 거실 바닥에 누웠다.

　주영 씨는 영화를 좋아한다고 했다. 오로빌 숲속 마을 한가운데 있는 오디토리움 공연장에서 프랑스 영화 주간 행사를 하고 있다. 그곳에 영화를 보러 갔다. 저녁을 먹는 자리에서 그녀는 자신에 대해 많은 것을 설명하려고 애썼다. 그녀는 오로빌 방문이 두 번째이며 오로빌리언이 되는 일에 관심이 있고, 그것을 위한 사전조사 차원이라고 말했다. 다양한 나라 사람들이 모여 살며 다양한 문화가 공존하는 오로빌이라는 작은 숲속 도시가 자신이 꿈꾸던 이상적인 공동체인지 아닌지 다시 한 번 확인 차 온 셈이다. 우리가 사는 아파트에 오기 전 그녀도 이미 오로빌 내에 게스트하우스 몇 곳을 돌면서 오로빌에 대해 나름 공부를 한 모양이다. 그 과정에서 이미 오로빌리언이 되는 일에 대해 마음을 접은 듯했다.

　이 지구상에 그녀가 꿈꾸는 공동체는 그냥 이상일 뿐이라는 대목에서 왠지 허전해 보였다.

　"농사를 지으며 자급자족하고 싶었는데, 이곳은 기후가 너무 더워 농사 일이 한정돼 있고, 그렇다고 다른 노동으로 생계를 꾸려갈 수 있는 일거리가 부족해요."

저녁 식탁에서 오로빌이 안고 있는 현실적인 문제에 대해 주영 씨가 한 말이다. 그런 면에서 혜인과 생각이 같았다.

혜인도 오로빌 공동체에 대해 호기심은 있지만 경제적인 문제가 해결되지 않는다면 불가능하다고 결론 냈다. 아직 자급자족이 어려운 오로빌 공동체 구조상 오로빌리언들은 개인적으로 여윳돈이 없으면 생활이 어렵다. 오로빌에서 돈을 벌 수 있는 일에는 한계가 있었다. 오로빌리언들이 이 더운 여름이면 오로빌을 떠나 본국으로 돌아가는 이유가 돈 때문이기도 하다. 그런 현실적인 문제가 해결되지 않는 한 오로빌은 영원한 안주보다는 잠시 머물다 가는 정거장 같은 역할만 하게 될 뿐이라는 게 두 여자가 저녁 내내 이야기한 요점이다. 오로빌의 구조적인 문제부터 딸과 여행을 하게 된 구구절절한 사연까지. 둘은 마치 오랫동안 알고 지낸 사이 같았다.

나는 샤워를 하고 나왔지만 다시 겨드랑이로 땀이 흐르기 시작했다. 유민규의 DVD플레이어에 CD를 집어넣고 혜인이 곁에 누웠다. 혜인은 눈을 감고 있었다.

"혜인 씨, 자?"

어렸을 때부터 나는 엄마라는 호칭보다 혜인 씨가 익숙하다. 아빠가 엄마를 혜인 씨라 불렀고, 아빠 이름과 엄마 이름 한 글자씩을 따서 내 이름을 만들었다는 걸 알고부터 입에서 혜인 씨, 태구 씨를 오물거렸던 습관이다.

"아니. 왜?"

"고단하구나?"

"좀 그러네."

"주영 씨는 맘에 들어?"

"맘에 들고 말고가 어딨어? 그냥 있는 동안 잘 지내야지."

주영 씨는 프랑스 영화를 좋아해 프랑스대사관에서 일 년간 불어를 배울 정도로 매사에 적극적이다. 그런 주영 씨 기질에 대해 혜인은 몇 가지로 정리했다. 지적인 욕심이 많고 자신을 끊임없이 드러내고 싶어 한다가 첫 번째였다. 아, 그리고 소나무 숲을 찍은 한국 사진작가 사진전 포스터를 벽에 붙이는 것을 보면서, 문화적인 사치를 누리며 살고 싶어 한다는 게 혜인의 생각이었다.

밖은 이미 어두워졌다. 혜인은 방으로 들어갔다. 아마도 노트북을 들여다보고 있는 것 같았다. 나는 거실에서 영어공부 차원에서 한글자막이 없는 외국 영화를 보고 있다. 영어 실력 향상을 위한 듣기 훈련이 필요하다는 혜인의 묵시적인 압력 덕분에 영화에 빠져 나날을 보낼 수 있다. 유민규 아저씨의 DVD 복제품 영화마저 없었다면 무슨 낙으로 이 척박한 땅에서 견딜 것인가. 더할 나위 없는 행운이다.

내 꿈은 혜인과 헤어져 혼자 인도 여행을 하는 것이다. 하지만 여러 가지 이유를 들며 혜인은 허락하지 않는다. 미성년자에다 여자라서 떼어놓기가 불안하다는 것이다. 그 이유는 나보다는 혜인 입장에서 만든 이유일 뿐이다. 내가 보기에 인도에서 나보다 더 걱정되는 사람은 혜인이다. 외국인과 만나도 영어 한마디 내던질 줄 모른다. 음식도 한국 음식이 아니면 좋아하지 않았다. 잠자리도 가리고 무서움도 많이 탄다. 그런 그녀가 나를 배짱 좋게 떼어놓을 리 없다.

나는 그녀가 인도에 와 새롭게 시작한 장편소설이 어서 끝나기를 간절하게 기다리고 있다. 그 길만이 우리가 이 더위에서, 정체된 여행길에서 벗어날 수 있기 때문이다.

혜인은 몇 권의 책을 출간했지만 운이 따라주지 않는 것인지, 작품성이 부족한 것인지, 제대로 이름 한번 띄워보지 못하는 삼류 소설가다. 그런 혜인의 몸부림이 때로는 안타까웠다. 그녀는 소설이 자신의 전부라고 생각한다. 소설을 접으라는 충고는 돌아가신 외할아버지도, 신조차도 할 수 없는 일이다. 그러니 그녀가 어서 탈고하기를 기다리는 수밖에 없다.

혜인이 쓴 소설을 한 번도 읽어보지 못했다. 그녀는 보여주고 싶어 하지 않았다. 나 역시 그녀의 소설을 읽는 일이 썩 내키지 않았다. 그러나 그녀가 쓰는 소설 내용들은 대략 알고 있다. 그녀에게 미안하지만 스토리가 좀 진부하다. 잃어버린 고향 이야기이거나 무기력에 빠진 중년 남자의 문제이거나, 뭐 그런 따위의 이야기가 얼마나 식상한지 그녀만 모르고 있는 것 같다.

영화를 보면서도 방 안에 있는 혜인의 소리가 자연스럽게 들렸다. 오늘따라 노트북 자판 소리가 좀 둔탁하다. 뭔가 어긋나고 있다는 것을 의미한다. 이래 봬도 눈치가 구단인 나다. 노트북 자판 두드리는 소리만 들어도 그녀의 정신 상태를 감지할 수 있다. 상태에 따라 현명하게 대처하지 않으면 무척 피곤하다. 불안한 감정이 내게 꽂힌다. 내가 민감하지 않을 수 없는 노릇이다.

혜인이 언제 나와 나의 고요를 깰지 몰라 긴장된 마음으로 영화를 보고 있다. 우리 사이에 종종 발생하는 갈등이라는 게 생겨 지금 보고 있는 영화가 중단된다면 아마도 나는 베란다에서 뛰어내리겠다고 포악을 떨지 모르겠다. 오래간만에 보는 일본 영화 〈러브레터〉다. 나는 이 〈러브레터〉와 지금 사랑에 빠져 있다. 누구에게도 방해를 받고 싶지 않다.

불안은 현실이 되었다.

"무슨 영화니?"

"일본 영화. 〈러브레터〉라고."

"나도 볼까?"

"그래."

"시작한 지 오래 됐어?"

"아니 방금."

혜인이 내 옆에 앉았다.

"그 대신 아무 말도 묻지 말고 그냥 봐. 보다 보면 스토리 저절로 알게
돼."

혜인과 한글 자막이 없는 영화를 같이 볼 때 늘 하는 말이다. 하지만 한
번도 약속을 지켜준 적이 없다. 같이 영화를 볼 때, 그녀는 영어나 일본어를
듣지 않는다. 영상만 보고 궁금하면 수시로 내게 물어대는 통에 내가 즐기는
기분을 망가트리곤 한다. 삼척동자도 알아들을 수 있는 수준의 말도 집중해
서 듣지 않는다. 지금 주인공이 뭐라고 한 거니? 저 나쁜 놈은 왜 저런 말을
하는 거니? 이렇게 지겹도록 훈수를 두는 게 그녀의 특기다.

여지없이 시작됐다.

"여자 주인공들 얼굴이 똑같이 생겼네. 일인 이역야? 남자가 죽었구나.
어쩌다 죽었대?"

결국 혜인은 방으로 돌아갔다. 자신의 노트북 앞으로. 그녀를 돌려보내
는 법은 간단하다. 대답을 안 해주는 것이다. 대답을 해주지 않아도 잘 넘어
가는 때가 있고, 때에 따라 한바탕 전쟁을 치르고 나야 고요해지는 때가 있
다. 오늘은 전자인 셈이다.

노트북 자판 두드리는 소리가 여전히 좋지 않다. 무엇이 그녀를 심란하
게 하는 것일까? 오늘 주영 씨가 새롭게 들어왔다는 사실을 상기시켰다.

공교롭게도 주영과 혜인은 동갑이다. 주영은 결혼한 이력은 있지만 아이
가 없다. 그래서일까? 나를 혹처럼 달고 있는 혜인보다 주영 씨가 더 젊고 자

유로워 보였다.

그녀들은 점심 식사 후 커피를 마시면서부터 저녁이 되어 주영 씨가 영화를 보러 나갈 때까지 줄곧 함께 있었다. 오로빌에 와서 혜인이 누군가와 그렇게 오랜 시간 이야기를 한 것이 처음이다. 가끔 한국 오로빌리언들이나 여행자들을 만나지만 잠시 차 한 잔을 나누는 정도다. 혜인은 기관지와 목청을 약하게 타고나서 오랫동안 얘기하는 것을 힘들어하는 데다, 일상적이고 사적인 대화를 재미없어했다. 좀처럼 타인에게 자신을 드러내지 않는 혜인에게 일상의 변화라면 변화일 수 있다. 하루 종일 주영을 상대했으니 피곤할 법도 하다.

혜인이 내게 느닷없이 여행을 제안할 때 특별한 이유를 대지는 않았다. 어느 날 말을 많이 하는 사람들이 넌덜머리난다는 것과, 몇박며칠이 아니라 사는 것처럼 여행자로 살아보는 것이 소원이라는 것이었다. 그 넌덜머리나는 사람 중에 태구 씨가 포함된 것인지는 모르겠다. 태구 씨가 혜인에게 말을 많이 했는지는 잘 모르겠다. 적어도 두 사람이 넌덜머리나도록 대화를 나누는 것을 본 적이 없기 때문이다.

오히려 태구 씨는 집에 없었다. 북을 치는 것이 직업인 그는 끊임없이 어디론가 떠돌았다. 나는 공연 때문이라고 이해했다. 어쩌면 혜인 주변에 사람들이 모였던 것은 그 덕분인지도 모르겠다. 남자의 부재. 사업이 부도났다는 혜인의 지인이 찾아와 울다 갔고, 사랑에 실패한 지인이 와 신세한탄을 하다 갔고, 자식 농사를 잘못 지어 살맛이 안 난다는 이웃집 여인이 와 한숨짓다 가곤 했다.

혜인은 어느 날 벽에 걸린 아버지의 옷을 만지작거리면서 내게 인도 여행을 제안했다. 거절할 이유가 없었다. 고등학교 들어가 죽어라 공부할 자신도 없었고 야간자습하며 형광불빛 아래서 내 청춘을 삭아내리게 만들고 싶지 않았다. 단번에 오케이를 선언했다. 혜인은 마치 내 대답이 핑계가 된 듯, 낯선 곳에서 사는 것 같은 여행자가 되어보는 것이 꿈이라는 목표를 이뤘다.

3

태인이 잔다고 해서 노트북을 들고 거실 식탁으로 나왔다. 자정이 가까운 시간에 마치 고양이처럼 살금살금 주영이 현관문을 밀고 들어섰다.

"안 자고 있었어요?"

"아직 잘 시간 안 됐어요. 선생님은, 아니 주영 씨는 영화 재미있게 봤어요?"

"네. 너무 감동적이었어요. 내일은 이차대전과 관련된 다큐 영화를 하는데, 혜인 씨도 아주 좋아할 것 같아요. 시간 되면 함께 가요."

주영은 무엇을 보고 내가 프랑스 전쟁 다큐멘터리 영화를 좋아할 것이라고 생각했는지 모르겠다. 고작 만난 지 하루도 채 되지 않는 사이에.

"봐서요. 뭐로 오셨어요? 차 소리 안 났는데…."

"걸어왔죠."

"이 시간에 혼자?"

"달도 뜨고 별도 떴어요."

"그래도 그렇지. 안 무서워요?"

"저는 밤에 산책하는 거 좋아해요."

믿어지지 않았다. 도시와 달리 한밤중 오로빌에서 혼자 나다니는 일은 여간 위험한 게 아니다. 대중교통 수단이라고는 택시와 오토릭샤가 전부다.

이들을 이용할 때는 미리 예약해 불러야 한다. 대부분 오로빌리언들은 자전거나 오토바이를 타고 다닌다. 숲속 길 가로등도 신통치 않은 데다 오토바이를 타고 가다가 소매치기 사고를 당하는 일도 있다. 보통 강심장이 아니고는 엄두를 내지 못하는 일이다. 태인과 함께 오토바이를 타고 외출해도 밤이 되기 전에 들어와야 했다. 아무튼, 이 여자는 가냘픈 외모와는 다른 무엇이 있었다.

택시를 불러 타고 오디토리움 공연장으로 갔다. 해마다 한 차례씩 프랑스 영화주간 행사를 하는 공연장은 극장도 되고 공연장도 되는, 오로빌의 유일한 극장이다. 우리는 프로그램 리플릿을 받아 들고 극장 안으로 들어섰다. 프로그램은 불어로 돼 있어 무슨 내용인지 알 수 없었다. 좌석은 드문드문 사람들이 앉았지만 인도 현지인들보다는 외국인들이 많았다.

영화가 시작됐다. 흑백 화면에 남자가 내레이션을 해주었다. 이차대전 당시 나치의 잔인한 학살 내용이다. 사람들을 무자비하게 잡아가고 죽이고 실험하고, 죽은 사람들을 웅덩이에 밀어가며 땅에 묻는 장면은 너무나 처참했다. 마른 장작처럼 야윈 사람들은 흡사 사람이 아니고 털이 뽑혀나간 새나 다른 짐승 같았다. 눈을 뜨고 있는 사람, 눈을 감은 사람, 팔이 없는 사람, 다리가 없는 사람, 노인, 젊은이, 여자, 남자, 아이들까지. 일반 극장에서는 공개되지 않은 필름이라는데, 유일하게 이곳 오로빌에서만 종종 볼 수 있는 다큐멘터리 영화란다. 결국 전쟁은 나쁘고 나치는 반성해야 하고 세상은 평화를 원한다. 뭐 그런 내용이다.

끔찍한 장면들이, 왠지 오히려 슬픈 감수성을 자극하지는 않았다. 마치 공상과학 영화를 보는 것처럼 지나치게 비현실적이어서 지루했다. 옆에 주영 씨를 보니 모자를 눌러 쓰고 자고 있었다. 그토록 영화 보기를 갈망하던 여자가 잠이라니, 의외였다. 다음 편 예고와 함께 잠시 쉬는 시간이었다. 주영 씨 몸을 흔들었다.

"고단하면 집에 갈까요?"

그녀가 잠에서 깨 눈을 부볐다.

"깜박 잠들었어요."

"가서 쉬죠?"

"그래야겠어요. 다음 영화는 여러 번 본 거라 안 봐도 될 거 같아요."

우리는 일어나서 영화관을 나왔다. 영화관 마당을 지나 신작로로 들어서 자 가로등이 없어 어두웠다. 한낮이 그토록 더웠던 만큼 밤은 살 만했다. 정 작 피곤하다고 말했던 주영은 택시를 부르지 말고 걸어가자는 제안을 했다. 나는 거절하지 않았다. 밤공기가 좋았고, 오로빌에서 어둠 속을 걸어보는 일 이 처음이었다. 태인이 아니고 주영이 옆에 있다는 게 안심이 되기도 했다.

우리는 걸으며 이야기를 나눴다. 그녀는 샘물과 같았다. 어쩌면 그토록 할 이야기가 많은지. 그녀는 오로빌에 오기 전에는 유럽을 여행했고 스페인 산티아고 순례 길을 걸었단다. 그렇게 여행을 하며 평생을 살겠다는 그녀다.

"여행은요…. 여행은 좋은 사람을 만나는 게 가장 큰 기쁨이에요. 길에서 우연히 만난 처음 본 사람이 느낌이 좋으면 아주 오래도록 알던 사이 같은 진 한 우정을 느낄 때가 있거든요. 마치 십 년을 사귄 친구처럼요."

몇 달째 여행이랍시고 인도에 와 있지만, 오로빌을 떠나지 않고 오직 노 트북만을 두드리며 앉아 있던 내게는 별 감흥이 와 닿지 않는 이야기다. 더욱 이 낯선 타인에게 마음의 문을 열어놓고 누구든 내게 오시오 하기보다는 누 구든 내게 올까 겁이 나 문을 꼭꼭 닫는 편이다.

숲 사이로 난 황톳길을 걷고 또 걸었다. 집으로 향하는 내내 그녀는 쉬지 않고 삼 년 전에 만난 독일 남자 율리안에 대한 애틋한 감정을 고백했다. 그러면서 그녀가 추구하는 사랑은 섹스가 아니라는 말을 전제로 했다. 그렇다면 대체 사랑과 섹스가 분리될 수 있다는 말인가.

그녀는 머리를 깎은 이유에 대해서도 설명했다. 수행자로서의 삶을 추구하고 있고, 사랑한다던 그 독일 남자 율리안 역시 자신과 같이 머리를 삭발했으며 절반은 수행자처럼 살고 있다는 얘기였다. 삶의 도반으로서 그를 사랑하고 있다는 것이다. 그렇게 자신의 삶이 정리되기까지, 한때는 그 욕정을 잠재울 수 없었단다.

"그럴 정도면 욕구를 해소하면 되지, 왜 참아요?"

"참는 것도 사랑이고, 이젠 두 번 다시 그런 욕정에 나를 함몰시키고 싶지 않아요. 그게 사람을 얼마나 황폐하게 만들고 고통스럽게 하는지 몰라요."

"글쎄… 그렇게 욕정에 빠질 수가 있나요?"

"소설가 맞아요? 사랑 안 해봤어요?"

"사랑하면 보고 싶고, 보면 만지고 싶죠. 그렇다고 섹스가 먼저 하고 싶고 그것 때문에 못 견디지는 않죠."

"그런 말 하는 사람들 위선자처럼 보여요."

"호호. 그러니 사람마다 모두 다른 거겠죠. 체질적으로 섹스가 귀찮거나 싫은 사람, 유난히 좋은 사람."

"싫다는 것은 섹스를 제대로 해보지 않았거나 정신적인 문제가 있는 거죠."

그녀는 생각을 굽히지 않았다.

"좀 심하다. 나는 여태 그런 게 문제 된다고 생각한 적 없는데."

"그렇다면 불쌍한 거죠. 적어도 소설가라면 섹스를 제대로 알아야 사랑

애기를 할 수 있지 않을까요? 모든 소설에 사랑이 안 들어가는 이야기가 있나요? 전 세계, 전 인류의 공통 주젠데."

딱히 대답할 말이 떠오르지 않았다. 그녀의 말이 옳고 그름을 떠나 그동안 뭔가 중요한 것을 놓치고 산 것 같은, 뒤통수를 한 대 얻어맞은 기분이었다.

"그럼 주영 씨가 멋진 소설 한 편 쓰면 되겠네요."

다소 빈정대는 마음을 담아 말했다.

"한때는 소설가를 꿈꿨지만 어느 날 박상륭의 〈평심〉을 읽고 독자로 남아야겠다는 생각을 했어요. 그를 뛰어넘을 자신이 없거든요."

그녀는 여전히 내 말투를 의식하지 않았다.

"욕심이 컸군요. 누군가를 뛰어넘기 위해 쓰는 게 아니고 자신이 뱉어내지 못하면 견딜 수 없으니 쓰는 거죠. 주영 씨는 다른 곳에 발산할 곳이 있으니 접은 거구요. 그게 혹시 섹스였나요?"

"그럴 수도 있겠네요. 정말이지 한때 섹스가 인생의 전부였던 고통스러운 시절이 있었어요."

그녀는 오래전 지나간 사랑에 대해 남의 이야기를 하듯이 아주 객관적으로 말했다.

간간이 숲에서 나뭇잎이 바스락거리는 소리가 들렸다. 어쩌면 누군가 우리의 가방을 날치기하기 위해 뒤따라오는 사람의 소리일 수도 있었다. 불안은 긴장감을 주었고 그녀와 나누는 은밀한 이야기에 더욱 몰입하게 되었다.

주영의 첫 섹스는 사랑하는 남자와 이루어졌다. 당연한 이야기 같으면서도 그녀는 그 부분을 짚고 넘어가야 할 듯 말했다. 삶이나 사람은 보이지 않고 어느 순간부터 사랑하는 이의 육체만 보였고, 사랑이 아닌 세상의 그 무엇도 관심을 가질 수 없었다. 사랑에 함몰되어 시도 때도 없이 섹스에 탐닉한 주영은 그것이 너무 고통스러워 그 남자를 떠날 수밖에 없었다.

자신과의 싸움이 시작되었다. 오랜 싸움 끝에 내린 선택이 언젠가는 수행자의 길로 가야 한다는 것이다. 하지만 이성적으로는 수행자의 삶을 원했지만 육체는 광란의 섹스를 잊지 못했다. 사랑하는 남자를 떠나온 고통을 이겨내기 위한 방편으로 그녀는 사랑하지 않는 남자와 계약결혼을 했다. 세월이 흘러 몸이 저절로 갱년기에 접어드는 변화가 찾아왔다.

수행자의 길을 갈 수 있는 때가 왔다. 계약결혼 생활을 끝내고 길을 나서기 시작했다. 어느 날 오로빌에서 비슷한 생각을 가진 율리안을 만났다. 율리안은 공교롭게도 첫사랑을 떠올리게 했다. 다시 사랑에 빠지게 될까 두려워 율리안과 함께할 수 없었다.

주영의 이야기는 지독히 더운 여름밤이 아니라면 견딜 수 없는 말들이었다.

한낮 기온이 40도를 넘어도, 밤이 되면 어김없이 뜨거운 땅의 열기가 식는다. 온도차가 많을수록 한밤중 땅에서 올라오는 하얀 수증기는 오로빌 풍경을 신비롭게 만들어주었다. 밤안개로 한치 앞이 보이지 않았다. 걸어야만 길이 보였다. 오로빌의 밤은 비현실적인 그녀의 이야기와 닮았다.

4

혜인이 가장 좋은 상태는 십 분 정도 자판을 마구 두드리다가 십 분 정도 창밖을 보거나, 커피를 한 모금 마시거나 한 후에 다시 십 분을 숨도 쉬지 않고 두드려 대는 습관을 보일 때다. 그런데 어제, 그제, 오늘, 며칠째 그 규칙적인 리듬에 문제가 생겼다.

혜인이 달라졌다. 문제가 지속될 경우 어느 날 내 머리채가 잡히거나, 컵이 박살나거나, 책을 집어던지거나, 뭔가 사달이 나는 것은 불 보듯 뻔한 일이다. 이럴 때 내가 알아서 대처를 해야 하는데, 어디 달아날 곳도 없고 피해 있을 곳도 없고 누군가 불러내 놀 사람도 없다. 나 역시 사면초가인 셈이다.

아무래도 주영의 등장과 관련이 있는 것 같았다. 그것이 긍정적인 것이든 부정적인 것이든 어느 쪽으로 폭발할지 불안하기는 마찬가지다. 둘만 지낼 때와 다르게 불편할 것이라는 예측은 했었다. 여행지에서 타인으로 인한 불편함쯤이야 얼마든지 있을 수 있는 일이라고 예상했고, 소설가라는 사람이 그 정도의 불편함 때문에 자신의 시간을 소진하진 말아야 한다고 말하던 혜인이다.

곰팡이가 가득한 벽 앞에 앉은 것도 아니고, 다리가 많이 달린 긴 벌레가 사방을 휘젓고 다니던 방도 아니고, 전기가 들어왔다 나갔다 하는 음침한 방도 아닌, 이 쾌적한 공간에서 혜인이 불안한 것은 주영 씨의 등장 외에는 별달리 이유가 없다.

대체 주영 씨의 무엇이 혜인의 일상을 불안하게 하는 것일까. 주영 씨는 오로빌에서 늘 바쁘다. 잠을 제대로 자지 않는 그녀의 습관 또한 기이하다. 그녀의 말로는 쪽잠을 잔다고 한다. 아주 고단할 때 십 분, 혹은 한 시간 정도 자고 일어나 책을 보거나 뭔가를 하고 다시 자고 일어나 노동을 하거나 뭔가를 보고 듣고 배우며 외출을 한다. 하루 이십사 시간 중 고작 잠을 자는 시간은 두어 시간이라니. 잠과 씨름해야 하는 혜인과는 근본적으로 다르다. 혜인은 잠과 씨름하는 것이고 주영은 스스로 길들여놓은 습관 덕분에 잠을 정복한 셈이다. 주영 씨 말에 의하면 가장 잠이 절실할 때 단 몇 분 잠을 자면 그 절실함이 해소가 되도록 오랫동안 길들여져 왔다고 했다.

주영은 이른 새벽이면 산책을 나가는 것으로 하루를 시작한다. 그녀의 산책은 정도를 넘어선다. 혜인과 내가 그녀의 산책을 따라나선 적이 있다. 그녀의 발걸음이나 보폭을 따라갈 수 없어 다음부터는 따라나서지 않았다. 주영은 산책이 아니라 아침 달리기를 하는 것이다. 그렇게 하지 않으면 중년의 뱃살이 언제 그녀를 덮칠지 모른다는 게 그녀의 생각이다.

머리를 깎은 수행자가 살찔 것을 염려한다는 게 이해가 안 됐지만 그 역시 나름의 논리가 있었다. 살이 찐다는 것은 게으르다는 것이고 육신이 게을러지면 정신이 게을러지고, 나태함은 수행자의 덕목이 아니라는 것이다. 체중을 늘 같은 상태로 유지하는 것 또한 수행자가 가야 할 바른 길이란다.

그런 면에서 혜인은 복 받은 체형이다. 결코 그런 논리를 펴며 몸을 고달프게 만들지 않아도 늘 같은 몸무게를 유지할 수 있으니 말이다. 하루 종일 잠만 자며 게으름 피우거나 밤새 글쓰기와 씨름하며 달콤한 비스킷을 달고 살아도 몸무게가 느는 법이 없다. 주영과 같은 그런 수행 어쩌구 하는 이유를 대지 않고도 수행자처럼 마른 체형을 유지하며 살 수 있으니 말이다.

대체 몸에 군살이라는 것이 붙어 있지 않은 혜인은 한창 몸의 균형이 생기는, 딱 중학교 이학년의 몸을 갖고 있어 나조차도 질투할 수밖에 없는 체질이다. 아마도 혜인의 체질이 어린 시절 유명한 현대무용가를 이상형으로 삼는 계기가 되지 않았을까 생각해본 적이 있다.

나는 혜인이 춤추는 모습을 한 번도 본 적이 없다. 내가 태어나 사물을 인지하게 되었을 무렵 그녀는 소설가였다. 왜 춤을 추지 않고 소설을 쓰게 됐는지도 알 수 없었다. 소설에 대한 집착의 강도가 그녀가 한때 춤꾼이었다는 것을 상상할 수 없게 만들 정도다. 그녀가 춤꾼이었다는 것을 알게 된 것은 젊은 시절 혜인과 아버지 태구 씨가 한 무대에서 공연하는 장면을 찍은 사진을 통해서다. 혜인과 아버지가 어떻게 만나 사랑했는지 짐작할 수 있는 사진이었다.

두 사람이 똑같이 말랐지만 주영의 살은 근육이고 혜인의 살은 근력 없는 살이다. 그런 혜인의 살에 대해 주영이 핀잔을 준 적이 있다.

"그 체력으로 무슨 소설을 쓰겠어요? 체력관리 차원에서 몸 움직이는 일을 규칙적으로 하세요."

혜인의 산책과 주영의 산책은 개념부터 달랐다. 혜인은 산책이 사물을 관찰하고 느끼는 시간이고 주영은 운동이다. 혜인이 주영 씨와 산책을 시도했다는 게 가상했다.

혜인은 안 하던 짓을 하거나, 평생 안 먹어본 음식을 먹거나, 평생 가보지 않은 세미나에 주영의 권유에 못 이겨 따라나서곤 했다. 이즈음 혜인의 변화였다. 왜 그녀는 안 하던 짓을 하는 걸까.

혜인이 안 하던 짓을 하는 것은, 그녀의 사전에 소설 포기란 없을 테고 소설을 미룬 것으로 짐작할 수밖에 없다. 만약 소설 쓰기를 미뤘다면 저렇게 고요할 수가 없는 노릇이다.

주영은 아침 운동 외에 하루에 서너 시간은 오로빌에 있는 사원에 나가 정원 일을 하거나 오로빌 공동식당에서 주방 일을 한다. 노동으로 하는 자원봉사가 수행의 한 과정이란다. 뱃살을 찌우지 않는 일이나, 정원에 잡초가 나지 않아야 하는 일이나, 그것을 같은 맥락으로 바라본다. 그렇게 쉼 없이 자신의 육체를 담금질하는 주영이 혜인의 일상을 흔들어놓는 것은 분명했다.

주영은 일본인이 주관하는 차 모임에 갔다. 혜인은 차마 거기는 함께 가지 않은 모양이다. 혜인은 커피 외에 다른 차를 즐기지 않았다. 주영이 없는 공간에서 그녀의 자판 두드리는 소리가 여전히 불안하다.

영화 〈동사서독〉을 보고 있다. 왕가위 감독의 오래전 중국 영화다. 〈동사서독〉을 보게 된 이유는 특별한 게 아니다. 지난밤에 혜인과 주영 씨가 보고 빼놓지 않은 DVD를 꺼내지 않은 채 그대로 보는 것이다.

어젯밤에 그녀들은 와인을 마시면서 나란히 〈동사서독〉을 밤늦도록 보았다. 두 사람이 두런두런 이야기하는 소리가 들렸다. 그녀들은 영화 속 주인공들의 사랑이 눈물겹다고 말했다. 주영은 첫사랑이 생각난다고 했고 혜인은 영상미가 탁월하다고 했다. 동문서답을 하는 것 같았지만 서로는 와인을 즐기면서 〈동사서독〉에 빠져 있었다.

중국 배우들이 이렇게 아름다웠던가. 자살했다는 장국영을 그곳에서 보았다. 그는 왜 자살했을까. 문득 소울 카페에서 만났던 이스라엘 남자 사무엘이 생각났다. 동양 남자들과 다르게 서양 남자들은 대부분 키만 크면 이목구비가 뚜렷해 봐줄 만했다.

잘생긴 사무엘은 이스라엘 장교 출신이다. 미국에서 워싱턴대학을 다닌다. 방학을 맞아 학점을 잘 받기 위해 오로빌의 친환경 실험농장 프로스트에 자원봉사 차 왔다고 했다. 사무엘은 농장에서 한 달 정도 머물 계획이다.

"마치 시간이 거슬러 올라간 것 같아. 나뭇가지로 엮어 만든 룸에서 누우면 천장 틈으로 별이 보이지. 물을 최대한 절약하느라 샤워를 제대로 못하고 음식은 절제해야 해. 내가 보는 소변과 대변은 다시 농산물을 위해 거름이 되지. 미국에서는 상상할 수 없는 세상이야."

사무엘은 농장에서의 경험을 마치 다른 세상 이야기를 들려주듯 했다. 불현듯 무료한 내 일상의 탈출구를 찾은 기분이었다. 사면초가에 놓인 내 처지에서 벗어나는 길은 농장이었다.

사무엘을 만나기 위해 〈동사서독〉을 끄고 카페로 향했다. 사무엘이 봉사를 마치고 카페에 와 있을 시간이다.

70

소울 카페에서 사무엘이 커피를 마시며 인터넷을 하고 있었다.

"헬로, 사무엘."

"오우 태인. 어서 와."

"네가 머물고 있는 농장에 가고 싶어. 어떻게 해야 하지?"

나는 다짜고짜 물었다.

"간단해. 우선 전화로 예약하고. 이 주일에 이천 루피만 내면 먹여주고 재워주는 거지. 물론 하루에 다섯 시간은 봉사해야 하고. 나머지는 자유시간."

"좋아. 전화번호 좀 줘."

"내일부터 프로스트 농장에 가기로 했어. 이주만 있다 올게. 이천 루피가 필요해."

나는 혜인에게 통보했다.

이스라엘인 부부가 운영하는 프로스트 농장에 대해 혜인은 이미 알고 있었다. 여러 가지 이유를 들어 반대할 것 같아 의견을 묻지 않고 통보하듯 말했다. 평상시와 다른 대화법이지만 왠지 이 방법이 아니고는 어려울 것 같았다. 하지만 혜인은 의외로 선뜻 허락했다.

"그래? 가서 지내봐. 거기 환경이 무척 열악하다는데, 좋은 경험이 될 거야. 외국인들 틈에서 영어도 더 늘 테고."

늘 뭔가 의미와 목적을 부여해야 직성이 풀리는 혜인은 나의 농장행에 명분을 붙여 허락해주었다.

이튿날 우리는 빵과 채소, 커피로 아침을 먹었다. 주영이 온 후 아침 식탁이 훨씬 풍성해졌다. 고기나 밥보다는 채소를 좋아하는 주영은 시장을 봐올 때 과일과 채소를 중심으로 사왔다. 우리가 인도에 와서 먹어보지 않았던 각종 이름 모를 야채가 풍성하게 아침 식탁을 꾸며주었다.

"제가 없는 동안 두 분 잘 지내세요."

"너나 말썽 피지 말고 잘 지내. 나이도 어린 것이 다섯 살, 열 살 많은 외국인들하고 친구 먹고 있으니."

혜인이 나를 걱정하는 것인지, 나무라는 것인지 알 수 없었다. 사무엘이 나보다 열 살이나 많으니 혜인의 말이 틀린 것은 아니었다.

"내가 보기에 엄마가 독립해야 할 것 같은데, 이번 기회에 아주 잘됐지 뭐. 너 없는 동안 혜인 씨가 독립하게 도와줘야겠어."

주영 씨가 환하게 웃으며 말했다.

"무슨 소리예요?"

혜인이 눈을 흘기며 말했다.

사실 주영 씨 말이 틀리지 않았다. 한때는, 아니 불과 3년 전만 해도 나는 혜인에게 많은 것을 의존했고 혜인이 없으면 살 수 없다고 생각했었다. 하지만 열일곱 살인 지금은 그 반대다. 몸살이 날 만큼 혜인에게서 독립하고 싶다.

내가 이만큼 자라는 동안 늘 옆에 있어주었던 혜인이다. 내가 다 컸다고 '이제 당신 없이도 살 수 있어'라고 차마 말할 수는 없다. 그 말이 혜인에게 얼마나 잔인한 말인지 알고 있기 때문이다.

언젠가부터 혜인은 내가 어린 시절 하던 행동을 고스란히 물려받은 것 같은 기분이 들었다. 내가 눈에 안 띄면 불안해하거나 내가 없으면 시장도 갈 수 없고, 징그러운 벌레가 나타나면 화들짝 놀라며 내가 벌레를 잡을 때까지 기다렸다. 결국 내 손으로 징그러운 벌레를 죽여줘야 한다.

한국에서도 마찬가지였다. 형광등 램프가 나가면 내가 갈아줘야 했고, 무거운 것을 들어야 할 때도 나를 불렀다. 여행을 하자고 말만 했을 뿐 항공

예약에서부터 여행 중 이동을 위해 버스나 기차표 예매도 내가 해야 했다. 심지어 오로빌에 와서 오토바이를 배우는 일도 미성년자인 내가 배워 혜인을 태우고 다녔다.

모든 잡다한 일들이 내가 아니면 안 되는 것처럼 되어갔다. 혜인은 하루에도 수십 번씩 내 이름을 부른다. 나름 방법을 찾아야 한다고 생각했다. 프로스트 농장행은 기발한 탈출구였다.

며칠 만에 주영 씨는 우리 모녀의 관계를 정확하게 파악하고 있었다.

"주영 씨 말이 맞아요. 우리 엄마 부탁드려요. 호호."

"나쁜 것! 자식 키워봐야 다 소용없다는 어른들 말씀이 정답이야. 흥!"

혜인이 뽀로통한 표정으로 말했다.

혜인이 내게 나쁜 년이라고 말하지 않는 것은 그녀의 원칙인 것 같았다. 감정이 극에 달해 소리를 지르거나 물건을 내던지는 한이 있어도 상스러운 욕만큼은 하지 않았다. 그 점만큼은 혜인을 존경한다.

"사람마다 살아가는 모양새가 다 다른 거지. 주영 씨와 내가 다르듯이."

우리는 그렇게 아침 식탁의 서로 다른 삶을 잘 넘겼다.

5

태인이 없는 하루는 자유로웠다. 아무리 소중한 물건도 늘 달라붙어 있으면 귀찮아지고 내다 버리고 싶어질 때가 있듯이, 나는 태인을 종종 내다 버리고 싶을 때가 있었다. 늘 함께 있는 시간이 많아 어느 순간 서로의 감정이 포화 상태에 다다라 누군가 하나가 못 견디면, 한바탕 푸닥거리하듯 난리를 치러야 다시 며칠 잠잠하게 지내곤 했다. 후덥지근한 날씨 탓일 수도 있는,

우리 모녀지간에 때가 감지될 즈음 태인은 알아서 떠나주었다.

시간이 더 지나자 자유는 묘한 갈증을 일으켰다. 조금씩 태인이 그리워졌다. 거실에서 영화를 보거나 수시로 뭔가 먹을 것을 달라거나, 마당에 나가 들고양이들과 있어야 하는 태인이 보이지 않는다는 게 낯설었다.

태인이 없으니 소설에 더 몰입할 줄 알았지만 정반대였다. 쉼 없이 돌아가는 선풍기 소리도 거슬렸다. 창밖 환한 빛과 구름 한 점 없는 파란 하늘이 지겨웠다. 내내 집중이 안 되었다. 마지막 뒷심을 발휘해 보겠다고 안간힘을 썼지만 마음이 다잡아지지 않았다.

주영 씨나 태인의 지적처럼 내가 태인으로부터 독립을 못한 때문인지도 모른다. 나는 태인을 버리고 싶다가도 태인이 외출하고 나면 태인이 그리워지는 이상한 병을 갖고 있다. 그것은 그냥 길들여진 습관 같기도 하고, 뭔가 심리적으로 문제가 있지 않을까 싶기도 하다. 아니면 단순히 모녀관계에서 형성되는 질긴 핏줄의식일 수도 있겠다. 태인이 보고 싶었다.

주영이 평소보다 일찍 귀가했다. 시내에 나갔다 와인을 샀다고 내밀었다. 주영과 함께 종종 와인을 마셨다. 프랑스산 와인이라는데, 나는 그런 상표를 잘 기억하지 못하고 알아보지도 못한다. 주영은 그런 면에 전문가다. 어떤 와인은 맛이 떫고 어느 나라 산 어떤 와인은 좀 달고. 주영은 와인을 따면서 많은 설명을 하지만 나는 관심이 없다. 단지 와인을 한 잔 한 잔 마시면 취기가 오른다는 것, 그것만이 중요했다.

유민규는 영화뿐 아니라 음악도 좋아하는 모양이다. 덕분에 공연실황이 담긴 DVD나 CD로 음악을 들을 수 있었다. 한국에서 즐겨 듣던 재즈 음반이 몇 장 있었다.

주영이 음악을 틀고 불을 끄고 초를 켰다. 초는 주영이 커피 다음으로 좋아하는 소모품이다. 특별한 향초나 마음에 드는 디자인의 초를 만나면 어김없이 구입한단다. 그녀의 배낭에 짐이 늘어나지만 매일 밤 초를 켜 소모시킨다.

촛불과 붉은 포도주가 있는 거실 식탁에 앉았다. 촛불을 보면서 나는 저것이 자칫 넘어지면 불이 날 수 있겠다는 걱정이 들었다. 내 우려를 알아챈 것일까? 그녀가 말했다.

"여행지에서 하루 일정을 마치고 허름하고 냄새 나는 게스트하우스에 들어왔을 때, 가장 먼저 촛불을 켜요. 어둠속에서 촛불을 밝히면 마음이 편안해져요. 위안이 되죠. 제 배낭에 촛대와 초는 필수품이에요."

배낭을 꾸릴 때는 늘 우선순위가 있다. 내 경우 우선순위에 밀리는 것은 사치스럽다고 생각되는 것들이다. 사치 기준을 두고 태인과 내가 다를 때가 있지만 우리는 대체로 맞추었다. 사치를 누리기에는 배낭을 짊어졌을 때 느끼는 현실적인 고통이 크다는 것을 알기 때문이다. 하지만 주영은 내가 사치라고 여기는 촛불이나 커피가 가져다주는 행복이 배낭의 무게를 감수할 만큼 우선순위다.

"혜인 씨는 무엇으로 위안을 삼나요? 외롭거나 혼자라고 생각될 때."

"…"

바로 대답이 나오지 않았다.

"그냥 아프죠. 아파하면서…. 그러다 말죠. 어쩌다 욕구불만이 쌓여 폭발하면 태인이와 한바탕 난리를 치르기도 하는데, 욕구불만이라는 게 외로움을 견디지 못해 생긴다고는 생각하지 않아요."

"참 나쁜 엄마예요. 왜 그걸 타인에게, 그것도 어린 딸에게 풀죠? 알아서 해결해야지. 어른답지 못해요."

"제가 좀 그렇죠."

며칠 전만 해도 밤이면 공기가 제법 선선했다. 이젠 밤마저 더웠다. 한국에서라면 열대야라고 할 수 있겠지만 한국에서의 열대야하고는 비교할 수조차 없을 만큼 덥다. 실내에 가만히 앉아 있어도 겨드랑이와 등줄기에서 땀이 흘렀다.

알코올 기운이 올라와 몸이 더 덥게 느껴졌다. 아무리 더워도 잘 입지 않는 민소매 티셔츠를 입어 겨드랑이 땀이 갈 곳을 잃은 것처럼 옆구리와 팔뚝으로 흘러내렸다. 주영은 더위와 무관한 사람처럼 평정심을 잃지 않은 수행자다웠다. 평온해 보였다.

"오늘 와인은 좀 독한가봐요."

와인이라도 탓해야 할 것 같았다.

"도수는 별 차이 없는데."

음악과 촛불이 출렁거렸다.

"낯선 여행지에서 촛불이 정말로 위안이 되나요?"

"그럼요. 사람이 옆에 있는 것보다 더."

"주영 씨는 늘 훈련을 좋아하니 그것도 훈련된 덕분일까요?"

"그렇게 비칠 수도 있겠네요. 칙칙한 방에 처음 문을 열고 들어가면 형광등 불빛이 싫을 때가 있어요. 너무 다 잘 보이잖아요. 혜인 씨가 싫어한다는 곰팡이나 벌레들. 그런 거 보고 싶지 않을 때는 그냥 촛불만 켜고 잠자리에 눕는 거죠. 그러면 누추한 방 안이 따뜻해지는 기분이 들어요. 그렇게 하루하루 견디는 거죠. 음, 어쩌다 남자가 그리운 날은 어쩌지 못하고 이불깃을 질겅질겅 씹어야 하지만요. 하하하."

"사랑하고 싶으면 해보죠?"

"다시 돌아가고 싶지 않아요. 참는 고통을 즐겨보려구요. 그래서 이렇게 몸을 다스리려고 안간힘 쓰고 있잖아요. 힘든 노동이나 잠을 안 자는 일이나, 몸을 혹사시키는 것이 욕정을 잠재우기 위한 수단이기도 해요."

"그렇게까지요?"

"그걸 이해 못하니 혜인 씨는 그 나이에 미숙하다는 소리를 듣는 거예요."

"일찍 겉늙었다고 생각했는데, 주영 씨는 거침없이 미숙하다는 표현을 쓰네요."

"기분 나쁘세요?"

"그런 건 아니고. 내일 모레면 쉰인데. 덩치가 산만 한 딸도 있고."

마음이 상한 것은 사실이다. 나조차도 모르고 있던 약점을 찾아 정곡을 찔린 것 같았다.

"딸 있는 게 무슨 무기라도 되나요? 몸은 청소년 정도의 경험밖에 한 게 없는데, 마음은 칠십 년을 산 것처럼 무겁잖아요. 산전수전(山戰水戰)이라는 말, 아세요? 마음만 산전수전을 겪었을 뿐이고 몸은 너무나 고요해요. 불균형한 거죠."

"너무 공격적인 거 아세요? 주영 씨가 몰라서 그렇지, 내 몸도 고단하게 살았어요. 내 팔뚝 가늘고 살 없는 거, 다 체질이고, 내가 살아온 내력하고는 상관없거든요."

"하하. 퍽도 고단하게 살았겠어요. 더구나 섹스의 본질도 모르는, 쉰을 앞둔 여자가 있나요?"

"섹스의 본질?"

와인 몇 잔에 생각이 출렁거려 더 이상 주영의 말을 받아칠 거리가 떠오르지 않았다. 단지 그 체력으로 무슨 소설을 쓰겠어요? 했던 주영의 거침없는 비아냥이 떠올라 빙글빙글 돌았다.

몸의 고통? 주영은 몸을 고통스럽게 만들기 위해 잠을 자지 않거나 하루에 두 시간을 뛰고, 그것도 모자라 사십 도가 넘는 뙤약볕 아래서 일을 한다. 그녀가 잠재우고 싶은 몸의 고통이 대체 뭐길래 그토록 자신을 혹사시키고 있단 말인가.

내가 잠재우고 싶은 고통이란 온통 정신이라는, 마음의 고통뿐이었다. 언제 몸이 고통스러워본 기억이 없다. 한때 춤을 추지 않기로 결정한 후 약간 힘들었던 기억은 있다. 하지만 그것은 몸의 습관이라고 생각했고, 소설에 입문한 후 그 고통은 한순간에 날아가버렸다.

지금은 내가 춤꾼이었던 적이 없었던 것처럼 다 잊혔다. 몸을 움직이는 일이나 몸을 구성하는 근육과 뼈, 살갗을 잊었다. 삶이 고단하다는 표현은 마음이 고단하다는 것이었다. 삶이 넌덜머리가 난다는 말은 마음이 넌덜머리가 나 마음속을 걸레가 휘젓고 다니는 느낌이라는 것이다. 사람이 싫었던 것은 그 사람이 갖고 있는 마음이 싫었던 것이다. 단 한순간도 몸과 마음을 하나라고 생각해본 적이 없다. 마음이 상위 버전이라면 몸은 하위 버전이고, 생애에서 오직 중요한 것은 마음이라는 것을 철칙으로 알고 살아간다. 덕분에 삶에서 춤을 휴지통에 버리듯 쉽게 버릴 수 있었는지 모르겠다.

이 여자 주영은 몸의 중요성을 끊임없이 가르치고 있다. 아니, 마음은 하찮은 것이고 오히려 몸이 사람의 전부라는 것을 온몸으로 보여주고 있다. 몸에 의해 마음이 좌우되고 몸에 의해 삶이 달라지고 몸에 의해 미래가 결정되는 것처럼, 그녀는 오로지 몸을 만드는 일에 전력을 다하고 있다. 대체 그녀의 몸과 내 몸의 다른 점을 나는 도무지 이해할 수 없다.

이튿날에도, 그리고 그 이튿날에도 우리는 밤마다 붉은 와인을 마셨다. 그녀는 자신의 지난 삶을 그리고 앞으로의 삶을 끊임없이 풀어놓았다. 마치 내게 자신을 온전히 드러내 보여 자신의 모든 것을 알지 않으면 안 되는 것처럼 강요하듯, 이야기를 끝없이 했다. 어떤 이야기는 두세 차례 들었던 이야기이고 어떤 이야기는 처음 듣는 이야기였다. 들을 때마다 생소한 그녀의 인생은 매번 한 편의 영화 같았지만 늘 재미있지는 않았다.

때로 이야기에 신물이 났다. 그녀의 이야기를 들어주느라 몸도 고단했다. 그녀처럼 잠깐 눈을 붙여 깊은 잠을 잘 수 없으니 몸의 피로가 누적됐다.

낮에 그녀가 외출하는 틈을 타 잠깐씩 졸거나 낮잠을 잤다. 하지만 낮잠이 깊은 잠으로 이어지지 않았다. 피로회복에 도움이 되지 못했다.

다시 밤이 돼 그녀가 와인 병을 따면 무엇에 중독된 사람처럼 그녀 곁에 앉아 그녀의 이야기를 들었다. 나도 모르게 그녀의 이야기에, 그녀의 삶에, 그녀가 중요하다고 수없이 말하는 사람의 몸에, 어느 결에 마음이 몰입되기 시작했다.

발이 엉성한 방충망으로 작은 날벌레들이 사정없이 들어왔다. 날벌레가 촛불 주변으로 모였다. 굵은 촛대에서 흘러내린 촛농이 고대 신전을 옮겨놓은 것 같았다. 식탁 의자에 더 이상 앉아 있을 수 없어 바닥으로 내려왔다.

주영이 와인 잔과 촛불과 치즈가 담긴 접시를 하나하나 들고 내려왔다. 그녀와 나란히 벽에 기대앉았다.

주영은 한동안 말이 없었다. 늘 말을 많이 하는 그녀가 잠시 침묵했다.

"뭐 하세요?"

"잤어요. 벽에 기대니 잠이 금방 와서 잠깐 잠을 푹 잤어요."

"그 사이? 정말 신기하다."

"이렇게 습관을 들이면 편해요. 시간을 많이 활용할 수 있고."

"시간을 활용하자고 그 달콤한 잠을 포기하고 싶지는 않아요."

"열 시간을 자는 것보다 오 분 깊이 자는 게 훨씬 달콤하다는 걸 몰라 그래요."

주영은 한마디도 지지 않았다. 다시 잠깐의 침묵이 흘렀다.

"내 몸이 그렇게 볼품없이 말랐나요?"

"볼품없다기보다는, 성인 같지 않아요. 화가가 중년 여인의 몸을 그림으로 그린다고 생각해봐요. 혜인 씨 몸을 모델로 쓸 수는 없죠. 그건 상식적으로 생각해도…. 연륜이라는 건 마음만 있는 게 아니라 몸에서도 생기는 법이죠. 혜인 씨에게는 그런 연륜이 없어요. 태인이보다도 더 어린 몸 같아요."

웃옷을 잡고 올렸다. 젖가슴을 만져보았다.

"늙어 볼품없다고 생각한 내 몸이 미숙한 아이라고요?"

"늙어 볼품없는 것이 아니라 나이에 맞게 늙지 않은 것이 볼품없는 거죠. 성적인 매력이 없어요."

육체는 가치가 없는 것이고 사람의 매력은 육체와 무관하다고 여겼던 게 사실이다. 그럼에도 불구하고 내 육체가 성적인 매력이 없다는 말은 자존심이 상했다.

"내 몸을 제대로 보지 않았으면서, 만져보지도 않았으면서 어떻게 그렇게 잘 알아요?"

"꼭 만져봐야 알아요? 그냥 보면 실루엣만으로도 알 수 있어요."

바닥으로 내려온 촛대는 우리의 눈높이보다 낮아졌다. 촛불을 보려면 이제는 내려다봐야 했다. 소년처럼 머리카락이 곤두섰던 주영의 머리가 파랗게 빛났다. 샤워를 하며 한 시간 동안 자신의 머리를 스스로 민다는 그녀다. 중도 제 머리를 못 깎는다는데, 주영은 바리캉을 들고 다니며 언제나 제 머리를 스스로 깎는다. 촛불이 그녀의 파란 머리만 비추었다.

그녀가 내 검은 머리카락을 만졌다.

"이것 보세요. 머리카락도 이렇게 검고 윤이 나잖아요. 내 머리…. 내 머리는 마흔 살부터 하얗게 세기 시작하더니 어느 날 걷잡을 수 없이 돼버렸어요. 어차피 수행자가 되기로 마음먹었으니 삭발하는 것도 좋겠다 싶어 밀기 시작했는데 너무 편해요. 여행하면서 샴푸 안 써도 되고. 혜인 씨는 머리카락도 아이 머리카락 같아요. 이렇게 부드럽고 찰랑거리는 머리카락은 처음 봐요."

주영이 머리카락을 만지는 느낌이 싫지 않았다. 나는 와인을 한 잔 더 마셨다. 머리카락을 만지고 있는 주영의 손 쪽으로 몸이 기울어졌다.

그녀는 자신의 잃어버린 머리카락을 찾고 있는 것처럼 내 머리카락 속을 집요하게 더듬었다. 그녀의 손끝이 두피에 닿을 때 그녀는 손끝에 힘을 주었다. 지압이 되는 것처럼 시원했다. 그동안 쌓였던 피로가 날아가는 것 같았다. 온몸이 짜릿하게 전율하면서 그녀의 손길이 멈추지 않기를 바랐다.

그녀가 내 머릿속 깊이 손가락을 넣었고 내 몸이 자연스럽게 그녀의 가슴 쪽으로 기울었다. 브래지어를 하지 않는 그녀의 가슴이 내 얼굴에 닿았다. 젖가슴의 살조차 마르게 만들고 있다는 그녀의 가슴은 흡사 남자의 가슴 같았다. 내 몸이 그녀의 몸 쪽으로 더 기울었다. 그녀의 몸은 운동으로 단련된 남자의 몸 같았다. 팔뚝이나 몸통, 배, 닿는 곳마다 근육이 딱딱하고 탄력 있었다.

그녀의 살은 힘이 있었고 그 힘은 마치 내 몸을 빨아들이는 것 같았다. 그녀의 몸은 스펀지가 되어 와인을 잔뜩 머금은 내 몸을 빨아들였다. 붉은 와인이 자꾸만 입속으로 넘어가는 것을 느꼈다. 그것은 와인이 아니고 그녀의 입술이었다.

나는 점점 주영의 몸속으로 깊이 묻혔다. 머리가 그녀의 허벅지에 닿았고 그녀의 손이 내 가는 팔뚝을 부여잡았다. 그리고는, 내 몸이 꼼짝할 수 없을 정도로 휘감아주었다.

그녀가 휘감고 있는 내 몸이 묶여 있는 것이 아니라 누군가를 향해 활짝 열리는 것 같은 묘한 기분이 들기 시작했다. 단 한 번도 누군가를 향해 열리지 않았던 몸이 열리는 느낌이었다.

언젠가 아주 오래전 태인의 나이 무렵이었다. 학교 정문 앞에서 정신이 나간 남자가 자신의 성기를 드러내놓고 휘둘러대던 모습을 본 이래 나는 지금까지 그 장면을 기억 속에서 지울 수 없었다. 그 후 내 몸은 경직되었고 열쇠를 채우듯 몸을 채웠다는 것은 나만이 알고 있는 아집이었다.

춤 선생님은 몸이 굳었다며 도무지 춤꾼이 될 수 없다고 몰아세웠다.

"기교가 아무리 좋으면 뭐 하니? 네 춤에서는 감동을 느낄 수가 없어. 왠지 아니? 딱딱하게 경직돼 있기 때문이야. 춤이 물 흐르듯 부드럽게 흐르지 못하고 부러질 것처럼 경직돼 있단 말야."

선생님의 나무람에도 하던 일이어서 중도에 춤을 포기하지 못했다.

결혼 후에도 마찬가지였다. 남편은 밤마다 나를 안으며 딱딱하게 굳은 몸이 풀어지기를 아이 보채듯 했다. 몸은 풀어질 기미가 보이지 않았다. 결국 남편은 내 몸을 피했고 끝내 경멸했다. 그 후 남편과 한 무대에 서지 않았다. 나도 더 이상 춤을 추지 않았다.

몇 날 며칠의 붉은 와인 덕분일까. 오로빌의 더운 날씨 때문일까. 주영의 손길이 닿는 곳마다 열일곱 살에 죽었던 세포가 살아나고 있는 것 같았다. 전율했다. 세포 하나하나가 소름이 돋고 세포의 미세한 구멍들이 숨을 쉬겠다고 안달했다. 주영의 손은 점점 더 깊은 곳의 몸을 건드려주었다. 그럴수록 깊게 닫힌 몸의 문이 기지개를 펴듯 열어제치는 느낌이었다.

나는 그것을 밀어내고 싶지 않았다. 오히려 내 몸이 점점 그녀를 원하고 있는 것 같았다. 마치 세상에서 가장 안전한, 엄마의 자궁 속 같은 느낌이었고 결코 그 속에서 빠져나오고 싶지 않았다. 이대로, 모든 게 이대로 멈춰주기를 바랐다. 그녀의 말처럼 이것이 고통이 될지언정, 생애 단 한순간처럼 느껴지는 지금 이 순간을 결코 비켜가고 싶지 않았다. 내 몸이 그녀의 몸속으로 아주 깊이 스며들어 한 몸이 되어주기를 바랐다. 바람대로 주영은 구석구석 내 몸의 빈약한 곳을 그녀의 살로 가득 채워주었다.

태인이 돌아왔다. 얼굴과 몸이 까맣게 타 훨씬 성숙해 보였다. 그동안 제대로 씻지 못했는지 욕실에 들어간 태인은 아주 오랫동안 때를 밀었다. 사춘기 이후 등의 때 밀기를 거부하던 태인이 나를 불렀다.

"아무래도 등 좀 밀어줘야겠어."

때가 끝도 없이 나왔다. 태인의 몸이 실하다는 느낌이 들었다.

"너를 참 잘 먹여 키웠어."

"흥! 사육 수준이었지. 혜인 씨는 나를 사육한 거야."

"그래도 에스 라인이 제대로 잡혔어. 유전자를 잘 만난 덕분인 줄 알아."

"그건 인정하지."

"네 가방에 담배꽁초 있더라. 담배 배웠니?"

"흥! 언제 그건 또 점검했어?"

태인이 눈을 흘기며 말했다.

"가방이 때에 절었더라. 네 몸처럼. 빨려고 짐 꺼내다 봤어."

"친구들이 권하길래 맛 좀 봤지."

"계속 필 거야?"

"아니, 내 취향이 아냐. 됐으니까 이젠 그만 밀어."

"하수구 막히겠다. 웬 때가 이렇게 많니?"

"오십 도 뙤약볕 아래서 흙벽돌 만드는 일 했어. 그렇게 땀 흘리는데 하루에 씻을 수 있는 물이 고작 천 리터로 한정돼 있다면 엄마는 견딜 수 있겠어? 그런 데서 이주 동안 자원봉사하고 왔단 말야."

"정말?"

"그래. 그러니 아무 말 말고 빨리 나가줘."

태인의 등에 달라붙어 있는 때는 끝도 없이 더 나올 것 같았다.

가방에서는 담배꽁초뿐 아니라 태인이 그동안 즐기고 누렸을 잡다한 것들이 증거품처럼 쏟아져나왔다. 태인은 왜 담배꽁초를 버리지 않고 가방에 구겨 넣어 왔는지 모르겠다. 마리화나인지, 뭔지 모를 잎사귀 꽁초 역시 한구석에 처박혀 있었다. 태인이 폐부 깊숙한 곳으로 연기를 빨아들이고는 폐기 처분한 듯 버려져 있었다. 몸에 문신하듯 그리는 헤나며 주렁주렁 구슬이 매달린 목걸이, 귀걸이 들이 한 주먹 쏟아져나왔다. 프로스트 농장 글자가 인쇄된 작은 노트가 있었다. 그 노트를 펼쳐보니 몇 장의 그림이 있다.

태인은 평상시에도 심심하면 그림을 그린다. 그림 속에는 그동안 태인이 어디에서 어떤 생활을 했는지, 도저히 숨길 수 없이 그대로 담겨 있다. 어떤 것은 사실적으로 묘사했고 어떤 것은 만화처럼 단순하게 그렸고, 어떤 것은 정물화고 어떤 것은 풍경화다.

오로빌 근교 도시 폰티체리 바닷가 카페 풍경 그림은 나도 한 번쯤 가보고 싶을 만큼 멋졌다. 해변을 즐기는 연인들의 뒷모습이 사랑스러워 그 해변이 궁금했고, 태인이 머물렀다는 방 풍경은 너무나 소박해서 사람의 집이라기보다는 과수원의 원두막이거나 소나 말이 기거하는 헛간 같았다.

그림의 갈피마다에는 내가 없었다. 태인은 나로부터 떨어져나갔다.

6

우리는 일주일 후면 한국으로 돌아간다. 육 개월의 인도 여행을 마치고 가야 하는 것이다. 비자 만료 시한과 맞물려 있는 것도 그렇지만 처음부터 날짜를 정해놓고 여행을 왔기 때문에 당연히 돌아가야 한다. 혜인이 쓰던 장편소설도 육 개월 만에 끝낸다는 계획이었다.

혜인은 원고 마감을 포기했다. 불과 한 달 전, 아니 주영이 커리지에 들어오긴 전까지만 해도 혜인은 한 달이면 넉넉하게 장편소설을 마감할 수 있다고 장담했다. 내가 보기에도 노트북 자판을 두드리는 소리가 아주 경쾌했었고, 작품 수준이야 어떻든 그녀가 원하는 시간 내에 끝낼 수 있다고 믿었다. 그런데 아니었다. 그녀는 어느 순간부터 같은 페이지를 열어놓고 더 나아가지 못했다.

혜인은 내가 집을 비운 사이 소설에 대한 마음을 접었는지, 아니면 다른 대안을 찾은 것인지, 대체 불안한 기색마저 없어졌다.

소설의 쪽수가 넘어가지 않아도 그녀는 아무렇지 않게 밥을 했고 상을 차리고 음악을 듣고 영화를 보곤 했다. 무엇보다 내 머리채를 잡거나 컵을 집어 던지거나 할 분위기가 느껴지지 않았다. 심지어 그녀는 원고지 쪽수가 제자리임에도 웃었다.

내가 봐온 17년간, 한순간도 보지 못했던 모습이다. 혜인은 늘 삶이 넌덜머리나는 거였고, 권태로운 것이었다. 그녀가 쓴다는 소설도 꼭 그 모습일 것이라고 짐작했다. 어쩌면 혜인의 소설은 쪽수만 앞으로 나가지 않는 게 아니라 그녀가 만들어내는 무수한 이야기들도 앞으로 나가지 못하고 있는 것 같은 느낌이 들었다.

웃는 그녀의 몸은 더 날렵해졌다. 봉긋한 엉덩이와 움푹 들어간 허리를 가진 그녀의 뒷모습은 첫사랑을 막 시작한 열다섯 살의 내 친구를 떠올리게 만들었다. 복도에서 옆 반 남학생 교실을 기웃거리며 몸을 이리저리 움직이는, 여성의 본성을 키워가던 친구.

"태인! 영어 많이 늘었겠다."

주영이 과일 접시를 들고 다가왔다.

"제가 원래 회화가 좀 되잖아요."

"그래. 이제 어휘력만 키우면 되겠어. 책 많이 읽어야지 뭐."

"네. 오늘은 어디 안 나가세요?"

"음. 요즘 사원 일도 쉬고 있어. 날이 너무 덥잖니. 저녁에 공부 모임만 다녀오면 돼."

"무슨 공부예요?"

"라즈니쉬의 정신세계를 공부하고 서로 의견을 나누는 거야. 거기 가면 영어공부 많이 된다. 같이 갈래?"

"싫어요. 저는 마음공부니 수행이니, 그런 거 별로 와닿지 않아요. 실은 이렇게 사는 게 수행이라고 생각하거든요. 히히."

"치, 어린 것이 도를 닦은 사람 같다니까."

혜인이 끼어들었다.

"네 말이 맞다. 이렇게 하루하루 사는 게 수행이 아니고 뭐겠니? 수행이라는 말만 거창할 뿐이지."

"그렇다니까요. 수행이 멀리 있나요? 일상이 수행이지. 농장에 가니까 노동이 수행이더라구요. 제가 주영 씨를 좀 이해했어요."

혜인이 내팽개친 노트북을 들고 방 침대 위에서 뒹굴며 영화를 보았다. 섬뜩한 호러 영화다. 영화가 끝나자 괴기스러운 공포가 느껴졌다. 밖으로 나오자 거실에서 음악을 듣고 있어야 할 혜인과 주영 씨가 보이지 않았다. 그녀들은 아파트 옥상으로 올라가 별을 보곤 했다. 그녀들을 찾아 옥상으로 오르는 계단을 성큼성큼 밟았다.

어둠 속에 달과 별이 떠 있었다. 달은 옥상을 밝히는 가로등 같았다. 한 쌍의 연인이 옥상 난간에 기대 서로를 부둥켜안고 진한 애무를 나누고 있었다. 영화 속에서나 프로스트 농장 근처 해변에서 흔히 보던 풍경이다. 자동으로 발걸음이 멈춰졌다.

달빛 아래서 서로를 안은 연인들은 그림자극을 하고 있는 것 같았다. 두 몸은 조금씩 움직이다가 어느 순간에 격하게 요동쳤고, 한 몸이었다 나뭇가지가 뻗어나가듯 부챗살을 만들기도 했다. 그들은 서로의 몸을 밀착시켜 몸을 만지거나 서로를 깊이 안았다. 어두운 무대 한가운데서 유일하게 조명을 받은 무용수들이 온 정성을 다해 춤을 추고 있는 것 같았다.

그들의 움직임을 숨죽여 지켜보았다. 문득 인도의 아파트 난간은 부실해 매우 위험하다고 궁시렁댔던 혜인의 말이 떠올랐다. 저러다 난간 아래로 떨어지기라도 하면 어쩌지 하고 생각할 때 달빛을 받아 하얀 주영 씨 머리가 보였다. 합쳐진 몸이 내 몸만큼도 안 되는 왜소하고 깡마른 몸 덩이가 아파트 난간을 흔들고 있었다. 아주 고요했다.

밤에 본 그녀들의 모습을 노트에 그렸다. 달빛 아래 연인들이 서로를 부둥켜안고 있는 모습이거나 식탁 위에서 서로의 손을 매만져주고 있는 모습이다. 침대 위에서 서로의 머리를 맞대고 있기도 했고 숲속에서 천천히 걷는 연인들의 뒷모습이기도 했다.

"일주일 후면 한국에 가는 거 알지?"

"음."

"근데 왜 준비 안 해?"

"무슨 준비?"

"비행기 예약 확인도 해야 하고, 친구들 선물도 사야 하고. 그런 거 준비 안 해?"

"글쎄? 선물은 안 살 거야. 그러니 천천히 해도 돼."

"그럼 비행기 좌석 확인은 해야지."

"그건 네가 좀 해. 너는 한국에 빨리 가고 싶은가보다?"

"가고 싶어. 갈 거야."

"가서 뭐 하게?"

혜인은 심드렁하게 물었다.

나는 그냥 가고 싶다. 그렇게 꼭 할 일이 있어 가고 싶은 것은 아니다. 그냥 그곳, 우리 집이어서, 태구 씨가 일 년에 몇 번은 나를 봐주러 오는 곳이어서 그곳에 있고 싶다. 아침이면 그곳의 새소리에 잠이 깨고 싶고, 그곳의 공기를 느끼고 싶고 그곳의 나무나 그곳의 저녁노을을 보고 싶다. 가끔 집에서 북을 두드리던 태구 씨의 둥둥둥 북소리도 듣고 싶다. 무엇보다 너무나 더운 오로빌 여행을 두고두고 추억하며 결코 잊고 싶지 않아 나는 그곳으로 가고 싶다.

우리는 택시를 불렀다. 나는 한국으로 가기 위해 공항으로 갈 것이고 혜인과 주영 씨는 네팔로 넘어가기 위해 기차역으로 갈 것이다. 우리 모두는 비자 만료일 때문에 오로빌에 더 머물 수 없다. 어딘가로 떠나야 한다. 주영 씨는 네팔 국경을 넘어 여행을 계속할 것이고, 혜인은 지금은 한국으로 갈 수 없다는 게 한국행 비행기를 타지 않는 이유다. 지금은 아니라는 것이 혜인과 내가 달랐다.

공항에는 비행기 티켓이 있는 사람들만 안으로 들어갈 수 있다. 공항 입구에서 그녀들과 헤어져야 했다. 혜인과 주영 씨는 나를 함께 안았다.

"너를 알게 돼 기뻤다."

"저두요."

"사랑해. 잘 지내고."

혜인이 말했다.

내게 아직도 혜인은 미숙한 엄마다. 하지만 이곳 더운 나라 인도 오로빌에 와서 얻은 게 있다면 혜인이 더 이상 소설에만 빠져 자신의 몸을 소진시키고 음지로 밀어붙이지 않게 되었다는 것이다. 비록 그녀가 계획한 장편소설을 완성하지는 못했지만, 소설 외에 그녀가 추구할 다른 세상도 있다는 것을 조금은 알게 된 것 같았다. 그렇게 변할 수 있는 혜인을 보게 된 것이 내겐 매우 다행스러웠다. 적어도 더 이상 내 발목을 부여잡지는 않을 테니.

그녀들은 내게 손을 흔들어주었다. 사람들 틈을 비집고 들어가는 내 뒷모습을 바라보고 있다는 것이 느껴졌다. 뒤돌아 그녀들을 향해 손을 흔들어주었다. 안녕. 사랑해 혜인, 그리고 주영 씨.

* 오로빌(Auroville)은 인도 남부 타밀나두주에 있는 국제적인 친환경 생태공동체 마을이다. 1968년에 설립돼 현재 50여 개국에서 온 2,700여 명의 주민이 살고 있다. 오로빌은 민족과 국가의 경계, 이념과 종교를 초월해 자급자족하며 인류의 일체성 실현이라는 목표를 향해 끊임없이 실험하고 도전하는 과정에 놓여 있다. 세계에서 많은 사람들이 인류의 화합과 세계 평화를 지향하며, 혹은 개인의 꿈과 이상을 찾아 오로빌 공동체를 찾아온다. 오로빌리언이 되기 위해서는 오로빌이 정한 나름의 과정을 거쳐야 한다. 과정을 통과하는 사람들도 있지만 지나친 이상을 기대하고 왔다 실망하고 돌아가는 사람들도 많다. 하지만 오로빌은 완성된 공동체가 아니다. 오로빌이 정한 가치 실현을 위해 한걸음씩 나아가고 있는 중이다.

김정애

소설가, 신문 기자. 2000년 단편소설 〈개미 죽이기〉로 허난설헌문학상 수상. 단편소설집 《생리통을 앓고 있는 여자》, 《손에 관한 기억》, 장편소설 《부용꽃 붉은 시절》 등

– '몸은 하찮은 것'이라는 편견을 가진 전직 무용수가 딸과 함께 떠난 인도 오로빌에서 독특한 여자를 만나 몸과 정신은 하나로 연결돼 있음을 깨닫게 되는 이야기이다.
– 너도나도 부자가 되고 싶은 열망이 들끓는 사회다. 자신의 것을 타인과 나눈다는 셀수스협동조합의 정신을 지지한다. 제작비용이 부족해 어려움을 겪고 있는 젊은 콘텐츠 제작자들에게 무상으로 원천 스토리를 제공함으로써 다양하고 실험적인 콘텐츠 제작 시도에 도움이 되기를 바란다.

동경에서 만난 사람

안재성

*
*
*

1

2018년 12월 8일, 자유게시판에 새 글이 달렸다. 〈김정은 위원장의 역사적인 서울 방문이 거의 확실하네요〉라는 제목이다.

뭔가 감동적이네요. 북한 최고지도자가 서울을 방문하는 날이 이리 빨리 올 줄이야. 그동안 적폐 친일 군사독재 세력들이 막아온 철의 장막이 무너지고 민족이 하나 되는 역사적인 신호탄으로 봐야겠네요. 강성대국의 그날까지!

올린 글에 환영하는 댓글들이 먼저 달린다.

↳ 평화와 경협을 위해 서로 윈윈하는 전략을 잘 짜서 강대국들 사이에서 살아남아 안정되고 부강한 한반도가 되기를 기원합니다.

↳ 끊임없이 교류하다 보면 김정은도 느끼는 게 많을 거고, 그게 곧 북미 간에도 좋은 영향을 줘서 결국 핵 폐기로 갈 겁니다.

뒤로 갈수록 부정적인 댓글이 많아진다.

↳ 김정은 서울 오는 거 보면 탈북자분들은 얼마나 치가 떨릴지! 6.25전쟁, 천안함, 연평도 도발에 대한 사과는 희생자들을 위해서라도 꼭 필요하다고 봅니다.

↳ 수백만 살육한 전범단체 조선로동당의 괴수가 온다는데 위인맞이 환영단 만드는 인간들은 뭔가요? 애국자 한 분 나서서 도시락 폭탄이라도 하나 던져 주었으면 좋겠네요.

나중에는 싸움판이 되어 버린다.

↳ 천안함 사건이 북한 소행 맞기는 해요?

↳ 북한 소행이 아니면, 우리 군이 격침시켰다는 거야? 너 간첩이야?

↳ 노인네는 태극기 들고 쥐박이, 박그네 면회나 가세요.

↳ 그렇게 돼지새끼가 좋으면 너나 북으로 가라. 가족 데리고.

댓글은 금방 100개에 육박하고, '회원 분란 유도 게시물' 신고도 잇따르더니 글 자체가 열람 금지되어 버리고 만다.

김정은으로 검색하니 비슷한 글들이 읽기도 지겹도록 반복되고 있다. 문득, 동경의 박 선생은 어떻게 생각할까 궁금해졌다.

외국 여행이라곤 해보지도 않은 내가 혼자서 동경을 방문한 이유는 늙은 사회주의자 박 선생을 만나기 위함이었다. 10년이 더 지난 2007년의 일이다.

2

박 선생은 사회주의자였고, 내가 만났을 때도 여전히 사회주의자였다.

식민지 시절, 일본에서 대학을 다니며 유물론자가 된 그는 해방 후 조선 공산당 당원으로 시작해 남로당 고위간부로 활동하다 월북했으나 남한 출신 들에 대한 숙청이 시작되자 중국을 통해 일본으로 밀항한 후 그곳에서 평생 을 보내온 인물이었다.

박 선생은 외로운 사람이었다. 그는 자신의 책이나 대담에서 남로당의 정당성을 옹호하는 대신 북한 정권을 비난함으로써 반공을 국시로 삼은 남한 에서 살아남은 드문 경우였다. 생존의 대가는 외로움이었다.

남한의 보수우익은 남로당을 지지하든 북한을 지지하든 상관없이 그를 잔존 공산주의자로 취급했다. 그들은 박 선생은 믿을 수 없는 공산주의자라 고 비난했다.

북한 정권은 그를 죽이고 싶도록 미워했다. 해방 직후 사회주의 운동가 들에 대해 쓰기 위해 이리저리 증언자를 찾던 내가 박 선생의 생존을 확인한 것도 그에 대한 테러 소식이 신문에 보도된 덕분이었다. 이미 사망한 줄 알았 던 그가 아직 일본에 생존하고 있으며, 두 차례나 암살의 고비를 넘겼다는 내 용이었다.

일본 땅에서 테러를 피해 숨어 사는 그의 종적을 찾기는 쉽지 않았다. 북한 민주화운동 단체를 만들어 활동해온 그는 남한의 사학자들에게는 증인으로서의 가치를 상실해버린 지 오래였다. 여러 역사학자들에게 문의를 해봤으나 "여든여덟 살인 그가 아직도 살아 있느냐"는 반문이 더 많았다. 북한을 탈출한 늙은 사회주의자들을 모아 북한 임시정부를 만들었다든가, 두 번이나 테러를 당했다는 정보는 오히려 내가 전달해주어야 했다.

사방에 부탁을 넣은 끝에 그의 사무실 전화번호를 입수해준 이는 모 일간지의 일본 주재 통신원이었다. 테러 사건으로 인해 모르는 사람 만나기를 꺼린다는 충고와 함께였다.

전화 통화는 힘들었다. 이틀이나 계속 걸어보았으나 받는 이가 없었다. 통신원에게 다시 문의를 해보니 번호는 맞다고 했다.

"모시, 모시?"

사흘째 되던 날, 전화기에서 처음 나온 소리는 '여보세요'란 뜻의 일본어였다. 일본어를 거의 모르는 나는 과감히 한국어로 물었다.

"안녕하십니까? 여기는 한국인데요, 박 선생님이십니까?"

"…."

상대방은 갑작스런 한국어에 놀란 듯 잠시 말이 없더니 한국말로 응답을 했다.

"한국이요? 어디, 누구입니까?"

여든여덟 살이라고 짐작하기 어려운 맑고 또박또박한 말씨였다. 일제강점기와 해방 직후의 사회주의 운동사에 관심이 많은 작가라고 나를 소개하고, 박 선생이냐고 다시 물었다.

"내가 맞소만… 무얼 물으시려는 겁니까?"

여전히 조심스런 말투였다.

"박 선생님 맞으시군요? 음성이 젊어서 못 알아봤습니다. 반갑습니다, 선생님. 제가 전화 드린 건, 박 선생님과 함께 활동하신 조선공산당과 남로당 지도자들에 대해 알고 싶어서입니다."

"남로당 사람이 한둘도 아니고, 구체적으로 누구에 대해 알고 싶습니까?"

한결 누그러진 말투였다. 나는 솔직히 말했다.

"김삼룡, 이주하, 이현상 같은 분들에 대해 알고 싶습니다."

돌연 수화기로 낮은 웃음소리가 전해져 왔다.

"허허허… 김삼룡? 이주하? 이 나이 되도록 수많은 인터뷰를 했지만, 그분들에 대해 물은 사람은 댁이 처음이오. 언젠가 이현상 씨에 대해 묻는 사람이 있긴 했지만… 공산주의가 망한 지 벌써 언젠데, 그분들에 대해 이제 와서 뭘 알고 싶어서 그러시오?"

"해방 직후 좌우 대립에 대해 쓰다 보니 남로당 이야기가 자주 나오는데, 실제로 남로당 지도자들을 만난 분을 한국에서는 찾기가 어려워서 말입니다. 박 선생님의 책에 김삼룡, 이주하 같은 분들을 만난 이야기가 나오기에 찾아뵈려고 전화를 드렸습니다."

박 선생은 솔직했다.

"함께 활동하기는 했어도 개인적으로는 잘 모릅니다. 아무래도 그분들은 일제 때부터 활동했던 쟁쟁한 거물들인데, 나는 나이도 한창 어린 데다 연륜도 적어 개인적인 친분을 가질 정도는 아니었지요. 그래도 꼭 필요하다면 아는 대로 말씀드릴 수 있습니다. 그런데….".

잠시 말을 끊더니 물어왔다.

"나는 벌써 두 번이나 암살을 당할 뻔했던 사람이오. 당신을 어떻게 믿습니까?"

"제가 쓴 책이 일본에서도 번역되었으니 그걸 읽어보시면 이해가 될 겁니다."

"그렇습니까? 아까 이름이 무어라 하셨지요? 책 제목하고 출판사, 댁의 전화번호를 불러주시오. 책을 사서 읽어 보고 전화 드리리다."

일주일 후, 이쯤이면 책을 읽었으리라 생각하고 먼저 전화를 걸려는데 국제전화가 걸려왔다. 박 선생은 사뭇 들떠 있었다.

"당신 책 사서 읽었습니다. 참 좋게 읽었습니다. 그 옛날 이야기를 어찌 그리 재미있게 쓴 거요? 나도 몰랐던 이야기가 참 많더군요. 나이도 젊은 분이 어떻게 이리 많은 이야기를 모은 거요? 아주 잘 읽었습니다."

"과찬이십니다. 그럼 일본으로 건너가 선생님을 찾아뵈도 되겠습니까?"

이야기는 술술 풀렸다.

"물론이지요. 어서 만나 이야기를 좀 나눠봅시다. 내가 해줄 이야기도 많지만 당신이 내게 해줄 이야기도 많을 것 같소."

혼자 해외에 나가보기는 처음이었지만 걱정과 달리 퍽 쉬운 여행이었다. 비자도 없이 여권만 있으면 아무 때고 두 시간 만에 건너갈 수 있는 곳이 일본이었다. 언어 소통도 쉬웠다. 공항에도 지하철에도 택시에도 상가에도 한글로 된 안내판이 널려 있었다.

2007년 11월 말 어느 흐린 날 저녁, 나는 동경 지하철 진보쵸역 계단을 밟아 지상으로 올라섰다. 고서점이 밀집해 있는 대학가였다. 하나둘씩 전등불이 밝혀지고 있는 어스름한 거리는 그다지 번잡하지 않았다. 일본어로 된 간판을 빼면, 70년대 서울 종로통 같았다. 7, 8층짜리 나직한 건물들이 여유라곤 없이 촘촘히 서 있었고 도로도 좁았다. 작은 공원까지 갖춘 수십 층짜리 대형 빌딩들이 즐비한 서울보다 더 소박해 보였다.

일본에 살다 온 친구를 통해 예약해 놓은 호텔은 일본 전역에 수십 군데나 지점이 있는 저렴한 체인 호텔이었다. 그중에서도 가장 싼 방을 잡았더니 완전히 지하 방이었다. 그래도 창문 쪽을 지상으로 터놓아 1층 같은 느낌을 주었고, 시설은 깔끔했다.

하릴없이 밤이 깊어가니 배가 고팠다. 카드키를 챙겨 들고 밖에 나오니 출판사와 인쇄소가 늘어선 뒷골목은 일찌감치 인적이 끊어지고 있다. 군데군데 불을 밝히고 있는 우동집의 검고 붉은 장식들만이 눈에 띄었다.

국물 진한 우동에 사케까지 한 잔 마시고 나오니 거리는 적막하도록 고요했다. 불 꺼진 고만고만한 건물들 사이로 환하게 불이 밝혀진 사무실 하나가 눈에 띄었다. '일본공산당 동경지부'라 쓰여 있었다. 들어가 보고 싶기도 했지만 참았다. 박 선생 연락처를 알려준 기자가 일본공산당 사무실이나 조총련 사무실에는 절대 가지 말라고 충고했기 때문이었다.

호텔 방으로 전화가 온 것은 다음 날 오전 10시경이었다. 일본인 직원의 말을 알아들을 수 없어 무작정 로비에 나가 보니 박 선생이 기다리고 있었다.

"반갑소. 책에 나온 사진대로구려."

"선생님도 책에 나온 젊은 시절 모습과 별로 다르지 않으세요."

젊어서 상당히 큰 키와 잘생긴 얼굴을 가졌을 박 선생의 체형은 옛 사진 그대로 유지되고 있었다. 다만 웃음이 조심스럽다는 느낌을 주는 것은 너무 오랜 세월 웃지 못하고 살아온 때문이 아닐까 싶었다.

박 선생의 사무실은 호텔에서 200미터밖에 떨어지지 않은 곳에 있었다. 사무실 입구에는 아무런 간판도 붙어 있지 않았다. 한국에서라면 단독주택도 지으려 하지 않을 좁은 터에 지어진 낡은 빌딩의 4층이었다. 승강기는 둘이 들어가 서 있으니 서로의 콧김이 느껴질 정도로 비좁았다. 사무실도 마찬가지였다.

"일본은 녹차가 좋습니다. 차를 타드릴 테니 잠시 앉아 계시오."

댓 명이 앉아 이야기하기에 딱 맞을 사무실은 창문 쪽을 제외한 세 벽이 모두 책으로 꽉 차있었다. 일본어 책들이라 무슨 내용인지 알 수 없으나, 박 선생이 쓴 책은 알아볼 수 있었다.

"한국에서 보지 못한 책들이네요."

한 권을 꺼내 들고 말하자 박 선생은 전기 주전자로 찻물을 끓이며 대답했다.

"일본에서 꽤 많이 팔린 책들입니다. 일본 사람들은 좌파, 우파 할 것 없이 북한 문제에 관심이 많습니다. 전쟁이 일어날까 걱정하기 때문이기도 하지만, 북한 체제 자체가 마지막 남은 전체주의 공산주의 국가니까 그렇습니다. 일본인은 북한 여행이 자유롭기 때문에 한국에는 잘 알려지지 않은 정보도 많습니다. 오히려 한국에는 운동권에 친북적인 사람들이 많아서 북한의 실상에 대해 말하기가 어렵지 않습니까?"

뭐라고 대답하기가 어려운 질문이었다.

"한국 진보운동가 중에는 북한 체제가 옳다고 보는 이들도 있는 게 사실입니다. 하지만 대다수는 남북통일을 위해 남한 사람들이 북한을 미워하지 않도록 북한의 좋은 점을 이야기하는 정도인데, 우익들이 이를 두고 친북이니 종북이라고 비난하는 거라고 저는 봅니다."

박 선생은 웃었다.

"한국에서 진실을 이야기하기란 쉬운 일이 아니지요?"

그리고는 차를 따르며 말했다.

"작가 선생 들어보시오. 내가 북한 체제를 비판한다고 해서 우파들과 같은 입장인 것은 아닙니다. 남한 우파들의 주장대로 북한 정권을 붕괴시켜 흡수통일하려고 했다가는 또 전쟁이 납니다. 북한 정권이 무너져 혼란이 오면 궁지에 몰린 북한 군인들이 가만히 있겠느냐 이겁니다. 남한에 흡수되느니 중국의 일부가 되겠다고 나설지도 모릅니다."

"그러면 어떤 방식으로 통일이 되어야 할까요?"

"당장 통일하려 하지 말고 일단 남북이 경제적으로 너무 큰 차이가 나니까 한 동안 두 개의 나라를 유지하면서 북한의 민주화와 경제 발전을 지원하면서 서서히 합치자는 겁니다. 그 길밖에 없습니다."

진보운동권이라면 누구나 하는 이야기지만 그것이 어떻게 현실화될지는 막막할 때였다. 그로부터 11년 후 갑자기 남북이 당장 합쳐질 것처럼 통일 분위기가 될 줄은 아무도 예상하지 못하던 시절의 대화였다.

북한 문제로 더 토론하고 싶은 생각은 없었다. 동경을 방문한 목적은 해방 직후 박 선생과 함께 활동한 사회주의자들의 인물됨과 인품, 인상착의 같은 구체적인 글감을 얻으려는 것뿐이었다.

"녹음을 해도 되겠습니까? 말씀이 공개되는 게 불편하시면 녹음은 안 해도 됩니다."

"언제 죽을지 모르는 이 나이에 못할 말이 뭐 있고, 숨길 말이 뭐가 있겠소? 그래, 무슨 이야기를 들으려는 겁니까?"

"전화로 말씀드렸다시피 해방 직후 남한의 사회주의 운동에 관해서라면 다 듣고 싶습니다. 특히 개인사진이라곤 겨우 한두 장뿐일 정도로 알려지지 않은 혁명가들에 대해 알고 싶습니다."

"자, 어디부터 시작할까요?"

일본 녹차가 맛있다는 말은 맞다. 11월 말임에도 따로 온방장치가 없는 서늘한 사무실의 냉기를 뜨거운 녹차로 풀며, 나는 녹음기를 눌렀다.

일제하 사회주의자 지도자들이 대부분 그랬듯이, 어려서부터 수재 소리를 들었을 박 선생은 아흔 살의 나이에도 명석한 기억력과 단어 하나 어긋나지 않는 놀라운 언어구사력을 보여주었다. 나는 길고도 슬픈 이야기의 터널 속으로 빨려들어갔다.

3

먼저 김삼룡 씨에 대해 이야기합시다. 내가 김삼룡 씨를 처음 만난 건 해방되던 해 1945년 가을이었소. 일본 와세다대학에서 사회주의자가 되어 일제 말기 약간의 항일운동을 한 경력으로 조선공산당 기관지 해방일보의 기자로 들어가면서였지요. 내가 스물여섯 살이었으니 그분은 서른다섯이었을 거요.

처음 만난 날의 기억은 아련한데, 그도 그럴 것이 그 사람은 도무지 막강한 권력을 가진 정당의 최고지도자 같지가 않았기 때문이오. 해방 직후 남한에 난립한 수십 개 정당 중 최고는 단연 조선공산당이었소. 일제 말기까지 투쟁한 것은 거의 공산주의자들이었기 때문에 대중적인 인기가 상당히 높았지요. 김삼룡은 조선공산당은 물론 남로당 최고 실권자의 한 사람이었소. 그런데도 거만하거나 권위의식이라곤 느낄 수 없었어요. 참말로 서민적이었지요. 체격은 권투선수처럼 단단한 데다 십 년 가까이 감옥살이 할 때 권투를 많이 해 코가 뭉그러져 뭉툭했지요. 얼굴은 크고 넓적한 데다 입술은 두껍고 눈은 자그마했어요. 웃을 때 보면 정말 시골 농부나 부잣집 하인 같았지요. 처음 보는 사람이나 하급당원에게도 시원시원하게 인사를 하고 손을 내밀어 악수를 하고 친근하게 이야기를 나누는데, 어떻게 반하지 않을 수 있겠습니까? 한참 어린 초보당원인 내게도 만날 때마다 먼저 아는 체를 하고 수고한다고 악수를 하고 어깨를 두드려 주었지요. 참 사람 좋았어요.

아, 이주하 씨는 좀 달랐어요. 이주하 씨는 가난한 화전민 출신이지만 일본에 건너가 일본대학 사회과까지 다닌 지식인 아닙니까? 학비가 없어 졸업은 못했다지만 대단한 지식과 이론을 가지고 있었지요. 해방 후 여러 신문에 이주하 씨의 글이 실린 기억이 납니다. 그런데 이주하, 이 양반은 도대체 웃는 일이라곤 없어요. 나보다 열네 살인가 더 많아서도 그랬는가, 내 앞에서 농담하는 모습을 본 적이 없고 다정하게 감싸준 적도 없어요. 참말로 철두철미한 분이었지요. 언젠가 내가 심하게 몸살이 걸려 이틀간 결근을 했더니 그까짓 몸살 때문에 사업을 미루느냐고, 면전에 대고 무섭게 야단을 치는 겁니다. 어찌나 몸 둘 바를 모르게 호되게 야단을 치는지 지금도 그 생각을 하면 얼굴이 붉어집니다. 아마 김삼룡 씨였다면 어디 아프냐 물어보고 약이라도 지어 먹으라고 용돈이라도 주었을 텐데 말입니다. 허허….

하지만 지금 와서 생각하면 그런 이주하 씨도 학교에서 흔히 볼 수 있는 엄격한 선생님 정도였지, 고지식하고 무서운 사람이라는 생각은 들지 않습니다. 박헌영 씨나 이현상 씨도 그랬듯이, 공산당 지도자들은 하나같이 선생님들 같았지요. 혹시 박헌영 씨의 연설을 들어보았다면 어디 시골의 서당 훈장같이 점잖은 말투에 놀라실 겁니다. 반공 교재에는 공산주의자들이 피도 눈물도 없고 제 부모 형제도 죽이는 악마로 묘사되지만, 말도 안 되는 모함이지요.

제가 가장 좋아했던 사람은 이관술 씨였습니다. 일제하 투쟁 경력으로나 조선공산당 총무 겸 재정부장이라는 직함으로 보나, 박헌영 씨에 이어 조선공산당 제2인자였는데 양복 한 번 입고 다니는 걸 못 봤어요. 깡말랐어도 체

조선수처럼 단단한 몸을 가졌는데 얼굴은 눈도 코도 입도 자그마한 게 좀 옹졸하게 생겼다고나 할까, 미남은 아니었어요. 해방 전에 몇 년 동안 넝마주이로 위장해 전국을 돌아다니며 조직을 했기 때문인지 몰라도 얼굴 피부도 새까매서 영락없는 촌부였어요. 울산의 큰 부잣집 아들이라 일제 때 많은 땅을 팔아 독립운동 자금으로 썼다는데, 해방 후 나하고 같이 당사에서 일할 때도 늘 일본군들이 버리고 간 졸병 군복을 입고 낡은 운동화를 신고 다녔지요. 참 소박했습니다.

이관술 씨 하면 생각나는 게, 해방 이듬해인 1946년 4월 17일 조선공산당 창립기념일입니다. 조선공산당은 일제 치하 1925년 4월 17일에 창립되었다가 붕괴를 거듭한 끝에 해방 후 재건되었지 않습니까? 사회주의 세력이 막강한 때라 창립식도 거창했지요. 종로 YMCA 강당에서 열린 기념식에 다들 양복 빼입고 모자 쓰고 멋쟁이 차림으로 등장해요. 이때 나는 처음이자 마지막으로 이관술 씨가 양복 입은 모습을 보았습니다. 그것도 외국에서 구호물자로 신고 온 중고 양복이 분명해요. 팔이며 어깨가 너무 길어서 허수아비 비슷해 보였지요. 와이셔츠 칼라도 쭈글쭈글하고 넥타이도 한 십 년은 맨 듯이 색이 바랬어요. 이관술 씨가 양복을 입고 나타나자 사람들이 다들 놀래서 난리예요. 그중 한 사람이 "이관술 동무! 오늘 꼬까옷 입었네?" 하는 겁니다. 다들 얼마나 웃었는지… 그만큼 검소한 사람이었단 말입니다. 지금도 이관술 씨나 김삼룡 씨를 생각하면 저절로 존경의 마음이 우러납니다.

아, 그분들의 단짝이던 이현상 씨도 큰 인물이지요. 이현상 씨라면 일제 치하 서울에서 노동운동을 하다가 13년이나 감옥살이를 한 분 아닙니까? 어떤 사람이 대단한 항일운동가라고 칭찬할 때면 "이현상만큼 옥살이를 많이 한 사람이다"라고 했을 정도니까요. 나중에 지리산에 들어가 5년간이나 빨치

산 투쟁을 한 사람 아닙니까? 이력만으로 보면 쥐어짜도 피 한 방울 안 나올 것 같은 사람이지요. 그런데 실제 이현상 씨는 말수가 적어서 그렇지, 참으로 너그럽고 온후한 사람이었습니다. 하부당원이나 간부들에게 하는 걸 보면 조선시대 선비가 따로 없어요. 뭣보다 인상 깊은 건, 아무리 어린 사람에게도 꼭 존댓말을 써준다는 겁니다. 항상 점잖은 존댓말로 조용히 말했지요. 생기기도 참 잘생겼어요. 사내답게 넓고 큰 얼굴에 부리부리한 눈이 어찌나 빛나는지 똑바로 바라보기가 겁날 정도였지요.

요즘 한국의 역사학자들이 말하길 우리가 극좌모험주의였다는데, 참 모르는 소리들입니다. 동서냉전이 시작되면서 탄압이 극심해지자 총파업으로 맞선 건 사실이지만 당 차원에서 무장투쟁을 선동했던 적은 없어요. 대구폭동, 제주폭동, 여순반란 모두 인민들이 자발적으로 일으킨 사건들입니다. 친일파 민족반역자들이 또다시 권력을 잡고 탄압하는데 어찌 가만히 있겠습니까? 우리가 잘못한 게 있다면 이러한 혁명적 열정을 수습하고 조직하지 못한 데 있지요.

사실, 인민봉기를 지도하고 조직하고 싶어도 힘들었습니다. 우익과 미국의 탄압이 워낙 극심해서 당 조직을 보존하는 일조차 허덕였으니 말입니다.

탄압 중에도 제일 억울한 건 '정판사 위조지폐 사건'이었지요. 정판사 사건이라는 것이 우리 조선공산당이 위조지폐를 찍었다는 건데, 맹세하건대 우리는 위조지폐를 찍은 적이 없습니다. 우익과 미군정의 조작이란 말입니다. 그 증거는 수도 없이 많은데, 부각되지 않은 이야기 중에 이런 일도 있어요. 경찰은 사건의 주범으로 이관술 씨를 지목했는데, 정작 수배가 된 이관술 씨는 두 달 동안 서울 시내 자기 집에 살고 있었습니다. 잡히던 날도 자기가 운영하던 해방서점에 들러 책을 몇 권 챙겨가지고 집에 돌아갔다가 체포되었어요. 이게 말이 됩니까? 도피에는 남다른 경험을 쌓은 이관술 씨가 자기 집에 머물 정도로 태평스러웠던 데는 남모르는 이유가 있었습니다. 당시 경찰 최고책임자인 장택상 쪽에서 이 사건은 김창선 등 몇 명을 체포하는 것으로 끝날 것이니 이관술은 도망갈 필요가 없다고 언명했기 때문입니다. 그 이야기를 전해 준 사람은 장택상의 딸이면서도 우리 쪽과 가까웠던 장병민이었습니다. 나중에 장병민도 월북합니다만… 그 이야기는 나중에 합시다. 아무튼 이관술 씨가 정말 위폐를 만들었다면 그렇게 무심하게 체포를 기다렸겠습니까? 결국 체포되어 대전형무소에 무기수로 있다가 전쟁이 터지자 처형되고 말았지요. 참 아까운 분입니다.

잘 아시겠지만, 조선공산당은 해방 이듬해에 남로당으로 확대되는데요, 남로당은 공개적이고 합법적인 대중정당이기는 했지만 미군정의 탄압이 워낙 심했기 때문에 김삼룡, 이주하, 이현상 같은 실질적인 지도자들은 아예 사무실에 나오지를 않았습니다. 사무실에는 나 같은 하부 간부들이나 형식상 위원장인 허헌 씨 같은 분만 드나들었지요. 일제시대부터 유명한 민족주의 변호사이던 허헌 씨는 참 인격자였지만, 그의 넓은 방에는 드나드는 사람이 거의 없어서 내가 가끔 들어가 두어 시간씩 말상대를 해주곤 했을 정도입니다.

정태식 씨를 아시오? 아, 작가 선생이 쓴 책에 정태식이 나오니 당연히 아시겠지요. 정판사 사건 때 미군정이 우리의 합법적인 기관지를 폐간했기 때문에 우리가 주로 한 일은 지하신문 발행이었습니다. 이 일을 지휘한 이가 정태식 씨였어요. 요즘 사람들이야 모르는 이름이지만, 일제 때는 상당히 유명한 인물이었지요. 삯바느질 하는 홀어머니 아래 어렵게 자라나고서도 경성제대 법대를 수석으로 졸업한 천재로, 그 사연이 신문에 크게 나기도 했습니다. 덕분에 상당한 부잣집 딸과 결혼했는데, 공주처럼 자란 여자이다 보니 황후마마처럼 모셔달라고만 하니 이상이 맞질 않았지요. 그나마 나하고 함께 일할 무렵에는 교통사고가 일어나 부인이 죽고 혼자 살고 있었어요.

정태식 씨는 체구가 작고 곱상하게 생긴 얼굴에 세심하고 정이 많은 사람이었습니다. 약간 곱슬머리에 웃으면 잘은 옥니가 가지런한 것이 빈틈없이 치밀한 인상을 주었습니다. 체격은 작아도 고문에는 엄청 강해서 김삼룡, 이현상, 이관술 씨와 함께 대표적인 고문강자로 불렸지요. 정태식 씨는 지하 남로당 총책인 김삼룡 씨를 정기적으로 만나 신문기사 내용을 상의했고, 나는 그 밑에서 신문기사를 쓰고 인쇄하고 자금을 끌어모으는 여러 가지 일을 다 했어요. 김삼룡 씨는 우리에게 운동이론을 연구하는 이론 블록도 맡겼기 때문에 수십 명의 지하조직까지 직속으로 관리했지요.

김삼룡 씨를 다시 만난 것은 우익의 탄압이 최악으로 치닫고 있을 때였습니다. 1948년 4월 3일 제주도에서 폭동이 일어나고, 10월에는 이를 진압하라고 파견 명령을 받은 여수 14연대 사병들이 무장반란을 일으켰잖습니까? 두 사건 모두 남로당원들이 주동하긴 했으나 당 중앙에서는 전혀 지시한 적이 없는, 우발적인 폭동이었어요. 여수에서 또 반란이 일어났다는 소식을 접한 정태식 씨가 "또 터졌구나" 하며 한숨을 쉬던 모습이 기억납니다. 비록 지시를 한 적은 없지만 어떻게 하겠습니까? 인민들의 의로운 싸움을 외면할 수는 없었지요. 이현상 씨를 반란군 지도자로 지리산에 보냈습니다. 선비 같은 분인데 빨치산 책임자가 된 거지요. 이때부터 남한은 내란상태가 되었고, 남로당의 운신의 폭은 더욱 좁아졌지요. 이런 상황에서 어느 날 정태식 씨가 누굴 만나는데 같이 가자고 하는 겁니다. 말하지 않아도 김삼룡 씨를 만나러 간다는 걸 알았지요.

접선 시간은 한밤중이었습니다. 당시는 전기사정이 나빠 서울 시내에도 가로등이 없어 밤중만 되면 큰길이고 골목이고 깜깜했어요. 달빛마저 없는 날은 맞은편에서 누가 걸어오는지도 몰라 몸이 부딪힐 지경이었지요. 경찰의 추적이 집중된 우리에게는 이 어둠이 유리하기는 했는데, 너무 어둡다 보니 우리 편끼리도 알아보지 못하고 그냥 지나칠 때가 있었어요.

접선 장소는 동대문에서 서울운동장으로 가는 큰길가였어요. 사람이 제법 다니는 대로변인데도 깜깜했지요. 나는 김삼룡 씨가 우리를 알아볼 수 있도록 피우지도 못하는 담배에 불을 붙여 슬슬 흔들며 걸어갔어요. 나는 깨끗한 양복에 중절모까지 갖춘 신사 차림이었는데, 정태식 씨는 귀와 턱까지 덮어 공장노동자 비슷한 차림이었지요. 경찰이 불심검문을 하게 되면 양복 입은 내게 관심이 집중되도록 하기 위함이었지요.

담뱃불을 돌리며 천천히 걸어가고 있으려니 맞은편에 중년 남자 하나가 걸어와요. 술에 취한 모양으로 약간 비틀거리는데, 옆구리에는 볏짚으로 묶은 명태 몇 마리를 끼고 있어요. 가까이에서 보니 일본군이 쓰던 털 달린 방한외투를 입었고, 방한모까지 썼어요. 영락없이 동대문시장의 노무자가 술 한 잔 걸치고 명태 몇 마리 사서 집에 돌아가는 모습이었지요. 그래도 내게는 심상치 않아 보였어요. 그 사람도 담뱃불 빛을 유심히 봤는지 가까이 와요. 어둠 속에서 아주 잠깐 마주치는데, 얼굴은 털모자에 가려 잘 보이지 않았으나 눈에서 불이 번쩍 하는 느낌이었습니다. 순간적으로 누군가 알 수 있었지요. 나는 모르는 척 그냥 지나쳤어요. 몇 걸음 지나 뒤를 돌아보니, 아니나 다를까 정태식과 나란히 서울운동장 뒷길로 접어드는 것이었어요. 김삼룡 씨였던 거지요.

나는 얼른 돌아서서 그들의 뒤를 천천히 따르기 시작했습니다. 한참을 따라가다가 행인들이 없는 걸 확인하고 옆에 따라붙었습니다. 그러자 방한모 쓴 김삼룡 씨가 반갑게 나를 부르는 겁니다.

"박 동무! 얼마나 수고가 많소?"

김삼룡 씨는 귀에 익은 음성으로 반가워하며 어둠 속에서 더듬더듬 내 손을 찾아 꽉 쥐었습니다. 얼마나 반갑고 감동이 되던지, 지금도 그 두꺼운 손이 기억에 생생합니다.

"참 오래간만입니다."

개인적인 정담을 나눌 시간은 없었습니다. 두 사람은 나란히 서울운동장 뒷길을 걸어가며 밀담을 나누고 나는 그 앞뒤로 오가며 호위를 했습니다. 앞쪽에서 누가 걸어오면 얼른 서너 걸음 앞에 나가 방어태세를 갖추고, 뒤에서 누가 오는 소리가 나면 뒤로 처져 방어태세를 취했지요. 만일 경찰이 체포하려 들면 육탄으로 막아 두 사람을 달아나게 해줘야 했기 때문입니다. 당시 경찰은 여차 하면 총을 쏘아대니 생명까지 걸고 막아야 했지요.

여기서 잠깐 쉬었다가 합니다. 그날 밤을 생각하니 눈물이 나서 말입니다. 참으로 어려운 시절이었습니다. 우리 남로당 본부에서 벌어진 일들이며 김삼룡, 이주하 씨가 잡혀 죽은 이야기는 제 책에 나왔으니 읽어보시는 게 나을 겁니다. 말하자면 자꾸 눈물이 나서 말입니다.

4

마침 점심시간이 가까워져 있었다. 녹음을 중단하고 사무실을 나오니 전봇대 위의 까마귀 떼가 기괴한 울음소리를 내고 있었다.

박 선생은 진보초 전철역 입구에 있는 지하 초밥집으로 앞장섰다. 목로와 식탁마다 일본인들이 초밥을 먹고 있었다. 대개 중년 남녀들로, 술을 마시는 사람은 보이지 않았다. 크지 않은 웃음소리와 두런대는 이야기 소리가 적당히 듣기 좋은 식당 안에는 나직하게 비틀스가 틀어져 있었다.

박 선생은 메말라 핏줄이 파리한 손으로 나무젓가락을 들어 초밥을 집으며 말했다.

"드셔보시오. 이 집 초밥이 근방에서 제일 맛있답니다. 나는 이제 일본 음식이라면 지겹지만, 모처럼 오셨으니 마음 놓고 드시오. 내가 살 테니. 부족하면 더 시키고."

"아닙니다. 젊은 제가 사야지요. 선생님이야말로 마음 놓고 드십시오. 그런데 선생님은 일본에 사신 지가 얼마나 되신 건가요?"

"1957년 북한을 탈출해 중국을 거쳐 일본으로 왔으니 꼭 50년째요."

"일제 때 일본말을 배웠고 이곳 동경에서 와세다대학까지 나오셨으니 적응하기가 어렵지는 않았겠네요?"

박 선생은 웃으며 손을 저었다.

"남의 나라에서 사는 게 어찌 쉽겠습니까? 온갖 막일을 하며 살았던 이야기를 다 하자면 너무 깁니다."

"왜 한국에 돌아와 정착하지 않으셨나요?"

"남로당 간부 출신에 월북자를 누가 환영합니까? 박정희 대통령 시절에 고위직을 하던 와세다대학 동창의 도움으로 한국을 방문하면서 신분이 보장되기는 했지만, 이미 일본에서 결혼해 아이들을 키우니 갈 수가 있습니까? 돌아가고 싶지도 않았고."

"일본에서 처음 결혼하신 건 아니지요?"

"해방 전에 벌써 결혼을 했지요. 어린 나이에 강제로 결혼한 거지만 그래도 자식들을 낳았고, 전쟁 때 후퇴하는 인민군을 따라 북한으로 데려갔었지요."

"그럼 지금도 가족들은 북한에 계시겠네요?"

박 선생은 쓸쓸한 표정을 지어 보였다.

"내가 일본에서 반북활동을 한다는 사실이 알려져 식구들은 모두 강제수용소에 끌려갔다고 들었습니다. 죽었겠지요."

몰랐던 이야기였다.

"아픈 추억을 여쭤보아 죄송합니다. 그렇다면 남한 정부나 우파들이 선생님을 보호하거나 아니면 뭔가 도움을 주려고 하겠네요?"

박 선생의 어두웠던 얼굴에 엷은 웃음이 피어났다.

"내가 아무리 북한 정권에 반대한다고, 어찌 반공우익으로부터 인정을 받아 그들과 손을 잡겠습니까? 한평생 사회주의자의 신념을 지키며 살아온 내가 그럴 수는 없지요."

그는 잠깐 말을 멈추었다가 이었다.

"그렇다고 남한 좌파가 나를 반기는 것도 아닙니다. 1980년대 이후 남한의 진보운동은 민족주의자들이 주류가 되지 않았습니까? 그네들은 더 나를 미워합니다. 좌우익 어느 쪽에서도 환영받지 못하는 게 우리 남로당 출신들이오. 내 머리를 한번 보시오."

박 선생은 자신의 뒤통수를 보여주었다. 손가락 길이만큼 찢어졌다가 아문 자리가 남아 있었다.

"한번은 맹독을 넣은 음료수로 독살을 당할 뻔 했고, 한번은 이렇게 쇠파이프로 뒤통수를 맞아 한 달이나 입원해 죽다 살아났지요."

"북한 공작원이 한 짓일까요?"

"당연하지요. 범인을 잡지 못했으니 알 수는 없지만 뻔한 일 아닙니까?

나는 남한의 주사파란 사람들이 참으로 이해가 되질 않는 것이, 북한이란 나라가 도저히 인간이 살 수 없는 곳이라는 걸 그렇게도 모른단 말이오? 그 사상의 원천이 김일성의 주체사상인데, 세상에 인간 위에 설 수 있는 이념이 어디 있고, 인민을 지배할 권리를 가진 위대한 영웅이 어디 있단 말이오? 굶주리고 억압받는 북한 인민들을 생각하면 피눈물이 납니다. 내 젊음을 바쳤던 사회주의 이념의 잘못이고, 김일성을 막아내지 못한 남로당의 잘못이란 생각에 잠이 오지를 않습니다."

식당의 일본인들은 우리가 무슨 대화를 나누는지 알지 못하지만 언성이 높아지자 흘끔흘끔 바라보았다. 밥 먹는 시간보다 박 선생의 이야기가 더 길었던 긴 식사 끝에 자리에서 일어나는데 여전히 비틀스가 노래하고 있었다.

5

작가선생, 들어보시오. 1950년 6월 25일, 수백만을 죽인 전쟁을 일으킨 사람이 누구겠습니까? 한국에 가보니 소위 진보라는 이들이 말합디다. 미국이 먼저 일으켰다느니, 미국이 일부러 전쟁을 유도했다고 말입니다. 박헌영이 전쟁만 일으키면 남한의 남로당원 이십만이 봉기한다고 큰소리쳤다는 말도 있습디다. 참으로 모르는 소리들입니다.

제주와 여수의 반란으로 사실상 내란상태가 되면서, 남한의 좌익 탄압은 더욱 극심해졌습니다. 수많은 남로당 간부와 당원들이 체포되어 고문을 받다가 죽거나 산으로 도망쳐 빨치산이 되고 있었습니다. 남로당 조직은 거의 붕괴되었고, 자연히 남로당원들은 생명이 아직 붙어 있을 때 북한에서 인민군이 내려와 구원해 주었으면 하는 기대를 가졌던 건 던 사실입니다.

박헌영 씨의 생각은 달랐습니다. 1949년 12월의 일입니다. 북한 땅 해주에 올라가 박헌영 씨를 만난 이주하 씨가 새로운 명령을 가지고 왔더군요. 1950년 5월에 있을 국회의원 총선에 진보적인 후보들을 대거 내세울 것과 남한 인민들이 어떠한 통일 방식을 바라고 있는가를 3월말까지 보고하라는 내용이었습니다. 남한에서 합법적인 정치진출을 강화하라는 거였습니다. 박헌영 씨가 김일성의 무력통일론을 막기 위해 국회를 우리 편으로 만들고, 여론조사를 하라고 지시했던 겁니다.

우리는 시키는 대로 다 했습니다. 남로당에 우호적이거나 중립적인 인물들을 국회의원에 당선시키기 위해 총력을 다했습니다. 그 결과 조소앙, 안재홍, 윤기섭, 박건웅 등 양심적인 세력들이 대거 국회의원에 당선되지 않았습니까? 우리의 직접적인 노력이 아니라도, 보수우익에 대한 인민들의 감정은 나빴습니다. 국회의석 210석 중 극우파인 독립촉성회 계열과 한민당 계열은 다 합해도 50석이 넘지 않았습니다. 만일 전쟁이 일어나지 않았다면 이승만 정권은 저절로 소멸되고 말았을 것입니다.

비밀리에 여론조사도 했지요. 당연히 평화통일을 원한다는 여론이 압도적이었습니다. 박헌영은 분명, 총선의 승리와 남한 민중의 전쟁반대 여론을 들어 김일성과 대적하려 했던 것입니다. 하지만 박헌영 씨와 우리의 노력은 수포로 돌아가고 맙니다.

1950년 3월 27일 밤, 기억도 생생합니다. 얇은 미농지에 깨알 같은 글씨로 가득한 보고서를 단단하게 접고 검은 종이로 싸서 봉하니 바둑알보다 조금 큰 정도가 되었습니다. 나는 언제든지 바닥에 떨어뜨려 발로 뭉갤 수 있도록 보고서를 손에 감추고, 정태식 씨와 함께 김삼룡 씨를 만나러 갔습니다.

약속장소는 을지로 6가에서 신당동 방향으로 향하는 뒷골목이었습니다.

김삼룡 씨는 시계바늘처럼 정확히 약속을 지키는 사람이었습니다. 그러나 이 날 밤, 김삼룡 씨는 나타나지 않았습니다. 상대방이 시간을 어기면 바로 철수 하는 게 원칙이었지만, 김삼룡 씨의 신변이 걱정되어 자리를 뜰 수가 없었습 니다. 만일 잡혔다 해도 우리와의 약속을 경찰에 누설할 사람은 아니라는 믿 음도 있어서 30분이 지나고 50분이 되도록 같은 장소를 맴돌았으나 낯익은 그의 모습을 발견할 수 없었습니다. 김삼룡, 이주하 두 사람이 체포되었다는 사실은 다음날에서야 알게 되었습니다.

정태식 씨는 지나칠 만큼 온정적인 사람이었습니다. 두 사람이 이미 경 찰의 손에 넘어갔으니 냉정하게 잊고 신임 남로당 총책으로 역할을 해야 할 텐데, 나보고 무장대를 조직해 경찰서를 습격해 두 사람을 구출하라는 것입 니다. 일제 때부터 절친했던 김삼룡이 죽게 된다는 생각이 이성을 마비시킨 것 같았습니다. 나는 불가능한 일이라고 만류했지만 정태식 씨는 포기하지 않고 검찰에 선을 넣어 석방 시도까지 합니다. 그러다가 그만 자기까지 체포 당하고 말았습니다. 두 사람이 체포된 지 불과 열흘 만이었지요.

정태식 씨가 체포된 뒤, 나는 당내 서열에 따라 자동적으로 남로당 지하 당 총책이 되었습니다. 공식적으로는 여전히 해주의 박헌영 씨가 지도자였지 만 남한의 지하조직은 제가 맡게 된 것입니다. 오래가지는 않았습니다. 불과 두 달 후 전쟁이 터져버렸으니까요. 뭘 해볼 만한 시간은 아니었습니다.

전쟁이 나기 한 달 전인 1950년 5월 17일을 잊을 수가 없습니다. 체포된 남로당 지도부 세 명에 대한 재판이 있던 날이었지요. 수배된 몸이라 참석할 수 없었지만, 며칠 후 장병민을 만나 자세히 이야기를 들을 수 있었습니다.

여기서 장병민에 대해 이야기를 하지 않을 수 없군요. 장병민이 수도경 찰청장으로 좌익 탄압의 선봉이던 장택상의 친딸이란 건 아까 말했지요. 장병민은 아버지 장택상이 한량 기질이 많아 어머니의 속을 많이 썩였기 때문에 어려서부터 등을 지고 살았다고 합니다. 게다가 남편 채항석이 우리 편이다 보니 우리와 친해져 2년간이나 자신의 집에 정태식을 숨겨주었던 것입니다. 경찰총수의 친딸 집에 남한 최고 수배자가 2년이나 숨어 살았다니 참 재미있는 일이지요. 장병민뿐 아니라 당시에는 국회의원, 검사, 경찰, 군인 중에도 우리에게 호의적인 사람들이 상당히 많았습니다. 남로당에 가입한 정부 관리로부터 활동자금을 지원받은 적도 있었지요. 정태식 씨는 결국 장병민의 집에서 체포되었고 장병민 부부도 함께 연행되었는데, 아버지 덕분에 석방된 후 민간인으로 유일하게 재판을 방청할 수 있게 된 것입니다.

장병민은 재판정에서 일어난 일을 내게 자세히 말해줍디다. 김삼룡을 선두로 이주하와 정태식이 재판정 입구로 들어섰을 때, 갑자기 김삼룡이 뒤돌아서서 두 사람에게 무언가 말을 하더랍니다. 그러자 두 사람은 알았다는 뜻으로 고개를 끄덕여 응답을 하더랍니다.

잠시 후 최후진술 시간이 되자 정태식 씨는 "만일 앞으로 나에게 생명이 있다면 대한민국 안에서 대한민국의 인간으로 이 나라의 민주화와 발전을 위해 노력하겠다."고 발언하며 눈물을 흘리더랍니다. 고문강자로 이름난 그가 하루아침에 전향을 선언한다는 게 말이 됩니까?

두 번째로 재판정에 선 이주하 씨는 "할 말은 많지만 단 한마디로 나의 심정을 표현한다면 나의 아이는 절대로 정치가는 시키지 않겠다."고 담담히 말한 게 전부랍니다. 고향이 북한 땅 원산인 이주하 씨는 서울에 데려온 애인과 결혼해 갓난아이를 두고 있었습니다. 그렇다고 해서, 평생을 사회주의 혁명운동에 바친 인물의 최후진술로는 이해할 수 없는 발언이었지요.

마지막으로 등장한 김삼룡 씨만이 자신은 아무 할 말도 없으니 더 이상

욕보이지 말고 처형해 달라고 했답니다. 이주하와 김삼룡에게는 사형이, 정태식에게는 20년 형이 구형되었지요.

장병민은 말하길, 김삼룡이 두 사람에게 위장전향하라고 급히 지시를 내렸을 거라고 하더군요. 그 말이 맞았습니다. 한 달 후 전쟁이 터지는 바람에 감옥에서 풀려나온 정태식 씨가 내게 말해줍디다. 김삼룡이 법정에 들어서면서 재빨리 말했답니다. 자기 혼자 다 뒤집어쓸 테니 두 사람은 전향하여 나가라고 했다고 말입니다. 정태식 씨는 명령이니 따라야 했지만 적들 앞에서 목숨을 구걸하는 최후진술을 하자니 눈물이 절로 나왔다고 하더군요.

그리고 1950년 6월 25일 새벽, 북한 인민군이 일제히 38선을 넘어 남침을 시작했습니다. 명분은 국군의 공격에 대한 반격이었습니다. 해방 후 남한 군대가 툭하면 38선을 넘어 북한을 공격한 게 사실입니다. 하지만 1949년 9월부터는 38선 일대에 교전이 거의 없었으니 말도 안 되는 핑계였지요.

예전이나 지금이나, 내가 아무리 남로당 지도부가 전쟁에 반대했다고 말해도 믿어주는 사람이 없습니다. 오히려 박헌영이 위기에 빠진 남로당원들을 구하고자 전쟁을 일으켰다고 멋대로 주장하는 사람들이 많습니다. 김일성은 죄가 없다는 거지요. 참으로 모르는 소리들입니다.

이주하가 가져왔던 명령 말고도, 박헌영이 전쟁에 소극적이었다는 근거는 많습니다. 월북한 남로당 간부의 한 사람인 조두원은 전쟁 중 나를 만났을 때 말해줍디다. 남침 결정은 1950년 4월 김일성이 단독으로 소련을 방문해 최종승인을 받아왔으며, 남로당 출신들은 눈치만 채고 있었지 정식으로 통보를 받거나 의견을 말할 기회조차 없었다고 말입니다. 해방 직후부터도 박헌영은 중요한 사안마다 소련과 김일성의 동의를 얻어야 했는데, 이북에 올라가서는 형식적으로만 부수상이지 연설문조차 당에서 써준 그대로 낭독했다고 합니다.

　조선공산당 최고 지도자이던 박헌영 씨가 이 정도니 서울의 우리는 어땠
겠습니까? 전쟁이 터지던 일요일, 나는 아무것도 모르는 채 비밀 아지트에서
쉬고 있었습니다. 우리는 국회의원의 절대다수가 양심세력으로 구성되었다
는 점에 고무되어 조만간 조소앙, 안재홍 씨에게 남로당을 다시 합법화시켜
달라고 요구할 계획까지 세우고 있었습니다. 비록 임시지만 남로당 총책인
나를 비롯한 어느 누구도 북한 인민군이 전격적으로 남침을 해오리라 예상하
지 못하고 있었던 것입니다.

　아지트 주인 할머니가 전쟁이 났다고 알려왔을 때 하늘이 노래지는 기
분이었습니다. 할머니는 피난민들이 미아리고개를 넘어 밀려들고 있다고 말
해주었습니다. 서둘러 미아리고개에 나가보니 정말 보따리를 지고 소를 몰
고 오는 피난민들로 길이 미어터지고 있었습니다. 라디오에서는 이승만이 미
국에 무기를 요청했다는 소식과 유엔 한국위원회가 북한의 철군을 요구했다
는 방송을 하고 있었습니다. 기가 막혔지요. "이런 제기랄!" 하는 탄식이 절
로 터져나옵디다. 그날의 암담함을 생각하면 60년이 지난 오늘까지도 가슴
이 떨립니다.

　이관술 씨는 당시 대전형무소에 수감 중이다가 국군에게 처형되었다고
들었습니다만, 천만다행으로 정태식 씨는 서대문형무소에서 무사히 구출되
었습니다. 그러나 우리에게는 암담한 내일만이 기다리고 있을 뿐이었습니다.

　인민군이 서울을 점령했던 3개월 동안 나는 예전 직위로 돌아가 해방일
보 논설위원으로 일하고 있었어요. 노동당 간부부에서 일해보려고 이력서를
내기도 했지만 남로당 핵심 중 하나이던 권오직이 추천했다는 이유로 거절당
했거든요.

116

9월 말, 미군이 인천에 상륙해 인민군의 허리를 끊어버리면서 나는 가족을 데리고 북으로 오르는 피난민 대열에 끼었습니다. 남로당 출신들은 북한에 올라가봐야 찬밥이라는 말이 돌았지만, 남한 땅에 남아 있어도 부역자로 몰려 맞아죽을 형편이니 어쩔 수 없이 월북을 택한 것입니다.

전쟁 중 북한 땅을 지나며 목격한 참상을 다 말하자면 한이 없습니다. 미군의 폭격도 무섭지만 인민공화국 5년 동안 피폐해질 대로 피폐해진 북한 주민들의 모습은 큰 충격이었습니다. 남한도 어렵기는 마찬가지였지만 그래도 자유는 있었는데, 북한은 밥도 자유도 없었습니다. 사회주의 공화국을 세운 지 겨우 몇 년도 안 되었을 때인데도 말입니다.

여러 나라 말을 할 줄 알던 나는 우여곡절 끝에 평양에 있는 문화선전성 구라파 부장으로 임명이 되었습니다. 정치적 힘은 없지만 유럽과 아프리카, 남미 등 외국에서 오는 예술가, 학자, 기업가들을 접대하는 편안한 자리였습니다.

접대란 게 전쟁의 정당성과 북한 체제의 우월성을 선전하는 관광코스를 도는 거였는데, 이탈은 허용되지 않았어요. 그래도 동구 사회주의 국가에서 온 이들은 갑자기 관광코스를 벗어나 시키면 콩과 옥수수로 가득한 주민들의 밥그릇을 열어보기도 하고, 벽지도 바르지 못한 컴컴한 방을 들여다보며 인상을 찌푸리기도 합디다. 오히려 잘사는 일본에서 온 이들은 얌전하게 시키는 대로 구경하고 돌아가요. 그리고는 일본 잡지에 김일성을 찬양하는 글을 써대고, 자기가 무슨 북한 전문가인 양 행세를 합디다. 요즘도 남한이나 일본, 미국의 진보란 사람들이 평양에 가서 대접 잘 받고 와서 북한 찬양을 하는 걸 보면 참으로 가소롭기만 합니다.

미군 폭격기들이 갈까마귀 떼처럼 날아다니는 북한 땅에서 외국인들을 접대하느라 나름대로 편하게 지내던 내게 위기가 다가온 것은 전쟁이 끝나던 해인 1953년 3월 하순이었습니다. 어느 날 밤중에 갑자기 지프가 들이닥치더니 평양 교외에 있는 오두막으로 연행이 되었습니다. 굴밤나무 밑에 보초막사가 있고 그 앞에 혼자 누우면 꽉 차는 조그만 벽돌집이었습니다. 같은 무렵 이승엽, 이강국 등 남로당 출신 간부들이 모조리 연행되었다는 걸 나는 몰랐지요.

아, 다시 사람 이야기로 돌아갈까요?

남로당 지도부 중에 이승엽이라고 있습니다. 잘 아시겠지만, 일제 치하에서 저명한 항일운동가였지요. 전쟁 중에는 사실상 남한 전역을 지휘하는 서울시당 위원장을 하는 그 사람입니다. 그런데 나는 이승엽과는 사이가 나빴습니다. 내가 보기에 이승엽은 기회주의, 출세주의자였습니다. 해방된 바로 다음날 일제하 전향자들을 모아 조선공산당을 만들더니 박헌영이 등장하자 해산하고 박헌영에게 붙어 충복이 됩니다. 박헌영과 함께 월북한 후로는 박헌영을 배신하고 김일성에게 붙어 내무상이 되지요. 이런 자가 권력을 잡았으니 온갖 오만방자한 짓을 많이 할 수밖에요. 그렇다고 이승엽이 미국의 간첩이란 건 말도 되지 않는 소리지만, 대개 남로당 간부들은 이승엽을 좋아하지 않았던 게 사실입니다.

지도부 중에는 이강국 씨도 유명했지요. 정태식 씨처럼 가난한 농민의 아들이 경성제대에 수석 입학하면서 유명해진 데다 부유하던 처갓집 덕분에 독일에 유학 가서 공산당에 가입한 분이지요. 귀국해서는 해방되기까지 여러 잡지를 만들어 심도 깊은 사회주의 이론을 퍼뜨린 똑똑한 사람입니다. 듬직한 풍모에 인품도 좋은 분이었습니다. 전쟁 때 평양 교외에서 대령 계급장을 달고 헝가리 의료단이 봉사하는 웬그리아병원의 병원장으로 일하고 있었는데, 내가 쓰러져 입원하자 어찌나 잘해주는지 몰라요. 병원장이 호방하니까 그 밑에 일하는 간호사나 환자들도 웃음을 놓을 때가 없었어요. 마치 전쟁터 속의 작은 휴식처 같았지요. 병원에 있는 동안 이강국 씨와 자주 이야기를 나눴는데 참 좋은 기억으로 남아 있습니다.

여기서 이현상 씨 이야기를 다시 하지 않을 수 없군요. 여순반란을 이끌기 위해 지리산에 내려간 이현상 씨는 전쟁이 끝난 직후 시신으로 발견됩니다. 남한 국군과 경찰은 서로 자기네가 이현상을 사살했다고 주장합니다만 믿을 수 없는 말입니다.

내가 이현상 씨의 죽음에 대해 알게 된 것은 월북해 평양에서 외국인 접대소 일을 하고 있던 1956년입니다. 어느 날 평양 시내를 걸어가는데 뒤에서 어떤 여자가 "오빠!" 하며 부르는 겁니다. 조복애였습니다.

조복애는 나의 고향과 가까운 경남 하동 여자로, 일제 때부터 사회주의 운동을 하면서 알고 지내던 사이였지요. 이관술 씨와 함께 정판사 사건의 누명을 쓰고 죽은 박낙종 씨의 며느리이기도 한데. 해방 직후 공산당 탄압을 피해 박헌영 씨를 따라 월북했습니다. 조복애는 전쟁이 터지기 직전인 1950년 6월 10일 남로당 핵심간부 7, 8명과 함께 38선을 넘어 내려오다가 체포됩니다. 그런데 인천경찰서에서 조사를 받던 중 전쟁이 터지는 바람에 무사히 살아났다가 전세가 역전되자 지리산에 들어가 이현상 씨와 함께 빨치산을 했지요. 그러다가 이현상 씨가 죽은 후 구사일생으로 산을 내려와 대구에서 채소 행상을 하며 버티다가 무사히 월북한 것입니다.

오빠, 동생 하며 지내던 조복애를 살아서 만나다니 얼마나 반가운지. 하지만 남한 출신들이 언제 끌려가 반동으로 몰릴지 모르는 상황이라 맘 놓고 재회를 기뻐할 수도 없었습니다. 그 짧은 시간에 조복애는 내게 놀라운 이야기를 해주었습니다.

조복애의 말은 이런 내용이었습니다. 휴전이 된 후 산중의 빨치산 중 이현상 다음 가는 사람에게 북한에서 무전 연락이 왔다고 합니다. 다름 아닌, 이현상을 죽이라는 명령이었습니다. 조복애는 이름을 말해주지 않았지만, 나중에 기록을 보니 아마 전남도당 위원장 박영발이 무전을 받았으리라 짐작됩니다. 남로당 4인방 중 마지막까지 남아 있던 이현상 씨가 아닙니까? 남로당 숙청의 희생자가 되었을 거라고 저는 봅니다. 다행인 건 남한 군경이 서로 자기들이 죽였다고 허세를 부리니까 북에서는 이현상을 영웅으로 칭하고 부인과 자식들에게는 피해를 주지 않았지요. 만일 이현상 씨 죽음의 진실이 드러났거나 살아서 월북했다면 그 역시 미제의 간첩으로 몰렸겠지요.

나는 평양 교외의 벽돌집에 갇혀 혼자서 꼬박 2년간 연금되어 있다가 1956년 봄에 풀려났습니다. 그해 2월 소련의 흐루시초프가 스탈린의 개인숭배를 비판하면서 그 여파가 북한에도 밀려온 덕분이었습니다. 김일성 일당독재까지 바꾸지는 못했지만 지도자에 대한 우상화와 개인숭배를 배격하고 서구와 화해 분위기가 조성되면서 북한도 할 수 없이 정치범들을 석방하게 된 것입니다. 물론 일시적이었지요. 김일성과 모택동(마오쩌둥)은 오히려 자신들에 대한 우상화를 강화하면서 거꾸로 소련을 수정주의라 비판하게 되는데, 어쨌거나 나는 천재일우의 기회로 목숨을 건진 것입니다.

평양으로 돌아와보니 정태식 씨는 몇 번 잡혀가서 문초를 받았으나 다행히 풀려나와 북한 정부 기관지인 민주조선에서 내는 잡지 《인민》의 교정부원으로 일하고 있었습니다.

장병민 부부도 살아 있었습니다. 장병민은 전쟁이 일어나자 아버지 장택상이 함께 피난가자고 권했지만 거부하고 북한을 택했다고 합니다. 그런데 남한 출신들이 모조리 숙청되면서 그녀와 남편도 평양 교외로 쫓겨나 노동일을 하고 있었습니다.

십 리 길을 걸어서 찾아간 장병민 부부가 살고 있는 집은 방 두 칸짜리 초라한 초가였습니다. 그나마 부엌이 달린 안방은 다른 가족이 살고 작은 방에 살고 있더군요. 헌 신문지로 바른 방문에는 문고리도 없이 새끼를 손잡이라고 달아놓았습니다.

"채항석 선생! 장병민 부인!"

불러도 대답이 없었습니다. 방문 앞에 다 떨어진 여자 신이 한 켤레 있는 것을 보고 새끼줄을 당겨 문을 여니 어두침침한 방 안에 웬 여자가 귀신처럼 누워 있었습니다. 장병민이었습니다.

"부인! 어디 아프시오?"

황급히 일으켜 앉히니 장병민은 나를 알아보고는 서럽게 울음을 터뜨리는 것이었습니다. 공산주의자들을 도와주기는 했어도 시대를 호령하던 경찰청장의 딸로 남부럽지 않게 살던 여자가 폐인처럼 더러운 몰골로 병들어 누운 것을 보니 나도 눈물이 나와 견딜 수가 없었습니다. 한참이나 둘이 손을 잡고 대성통곡을 한 뒤에 장병민은 말해주더군요.

"아이를 낙태하고도 얼음장 같은 냉방에서 미역국 한 그릇 먹지 못하고 굶어 아랫도리를 쓰지 못하게 되었어요. 일어날 수가 없어요."

"부인! 나를 용서해주시오. 내가 6·25 때 채 선생을 은행에 취직시킨 것이 잘못이요. 그렇지 않았다면 이런 곳에 오지 않았을 것이오."

인민군이 서울을 점령한 동안, 나는 장병민 가족의 생계를 위해 채항석을 은행에 취직시켜준 적이 있습니다. 채항석은 미군이 올라오자 부역자로 몰려 죽음을 당할까봐 인민군 후퇴 대열에 끼지 않을 수 없었지요. 내가 취직만 안 시켰더라도 북한에 올라가지는 않았을지 모릅니다.

"아닙니다, 박 선생님. 우리 아버지가 내가 어렸을 때 매일 술만 먹고 기생첩을 얻어 우리 어머니를 얼마나 고생시켰는지, 원한이 박힌 탓이지요. 그 모순을 공산주의가 해결해줄 줄 알았는데… 나는 죽어도 좋아요. 우리 집 주인과 아이들만 살아서 고향에 돌아갈 수 있다면…."

말하면서 다시 엎어져 우는데, 가만히 보니 방바닥에 풀뿌리가 몇 개 보입디다. 아이들이 하도 배가 고프다고 해서 풀뿌리를 먹으려고 뽑아오라 했다는 겁니다. 내게도 돈이라곤 한 푼도 없으니 도와줄 수도 없었습니다. 남편 채항석은 새벽 6시에 일을 나가서 밤 10시가 되어야 돌아온다니 그를 만나볼 수도 없었습니다.

아무것도 도와주지 못한 채 가슴에 천근 같은 한만 얹고 나오는데 밭두렁에서 장병민의 딸이 나물을 캐고 있었습니다.

"경숙아!"

서울에서 부르던 그 애 이름을 불러보았습니다. 입술이 새파란 경숙이가 찬바람에 벌벌 떨며 멍하니 바라보는데, 가슴이 미어지는 기분이었습니다. 서울에서는 그렇게 예쁘고 활달하던 아이가 영양실조로 바싹 마른 얼굴로 추위에 떨고 서 있는 모습이 얼마나 마음 아프던지, 돌아서는데 또다시 눈물이 앞을 가립디다. 평양으로 돌아오는 길 내내 눈물을 멈출 수가 없었습니다.

이날 나는 죽어도 북한을 탈출해야겠다고 결심했습니다. 내가 가졌던 모든 이상을 포기한 것은 아닙니다. 일제하에서 사회주의 노선은 항일투쟁에 가장 효과적인 수단이었고, 사회주의 이론이 가진 휴머니즘의 원칙들은 영구히 유효하다고 지금도 생각합니다. 그러나 북한은 마르크시즘도 사회주의도 아닌, 김일성 일가를 위한 독재국가라는 확신을 가지게 된 것입니다. 북한 정권을 무너뜨리는 것이야말로 민주주의 혁명이요, 사회주의 혁명이라는 신념을 갖게 된 것입니다.

이듬해인 1957년 6월, 나는 마침내 중국에 가게 된 기회를 이용해 북한을 등졌고, 북경과 광동을 지나 홍콩에서 일본행 밀항선을 타는 데 성공했습니다. 그리고 일본에서 꼬박 50년째 살고 있습니다. 남한도 북한도 내가 살 수 있는 곳은 아니었기에, 이 외로운 땅에서 반세기를 보내고 죽음을 기다리는 처지가 되었습니다. 더 이상 말을 할 수가 없구려. 이제, 이제 그만합시다.

6

박 선생은 눈물이 많은 사람이다. 그의 자서전에는 통곡을 했다는 장면이 열 군데도 넘는다. 자서전의 제목도 통곡이란 단어로 시작된다. 그날 저녁까지 이어진 긴 인터뷰도 기어이 눈물로 끝을 맺었다.

박 선생은 북한의 해방을 위해 가만히 있지는 않았다. 박 선생을 포함해 북한에서 고위직을 지내다가 중국이나 소련으로 망명한 이들이 1992년 1월 모스크바에서 조선민주통일구국전선을 조직했다고 했다. 남로당 출신들에게 유격전술을 가르쳐 빨치산으로 남파시키던 강동정치학원 원장이던 박병율, 휴전협상 때 북측 대표로 나온 이상조, 북한의 노동조합총동맹의 위원장이던 서휘 등 십여 명이 지도부를 구성하고 4백여 명의 회원을 조직했다고 했다. 박 선생은 이상조, 서휘와 함께 공동의장을 맡았다.

"아무도 우리의 의견은 듣지 않습니다. 북한은 우리를 죽이려 하고, 남한은 공산당 출신이라고 우리를 불신합니다. 당연하지요, 그래도 우리는 사회주의니까요. 이렇게 우리는 역사의 미아가 되고 말았습니다."

세월은 흐르고, 구국전선의 초기 집행부는 거의 다 사망해버렸다. 박 선생은 눈물을 거두고 말했다.

"다들 죽었습니다. 나도 이제 머지않아 죽게 될 것입니다. 한반도, 한민족에게 다시는 전쟁의 비극이 없도록 애써왔지만, 이제 더 이상은 역할을 하기 어렵게 되었습니다. 찬바람 부는 들판에서 덜덜 떨며 풀뿌리를 캐고 있던 채경숙이의 파리한 얼굴이 지금도 생생합니다. 아직 살아 있는지 알 수 없지만, 만일 살아 있다면 꼭 탈출시켜 자유로운 세상을 보여주고 싶습니다. 그렇지만 할 수가 없겠지요?"

말하는 박 선생의 눈에 다시 눈물이 고였다. 뭐라고 위로의 말을 찾을 수 없었다. 일제강점기와 전쟁을 온몸으로 겪은 이들을 만날 때마다 느끼는 왜소함이다. 억울하고 원통한 무수한 죽음들 속에 외롭게 살아남은 이들의 한맺힌 인생 앞에 우리 세대 민주화투쟁의 고통은 사치스럽게 느껴졌다.

박 선생과 늦은 저녁까지 술을 마시고 헤어지니 동경 거리는 또다시 깊은 어둠에 잠겨 있었다. 홀로 남겨져 배회하는 거리에는 그날도 일본공산당 사무실만이 환하게 불을 밝히고 있었다. 일본공산당도 민족주의로 전향했다는 사실을 몰랐다면 기자의 충고를 무시하고 음료수라도 사들고 올라가보았을지 모르겠지만, 그대로 지나쳤다.

박 선생이 한국을 방문한 것은 이듬해였다. 89세 노인이 혼자 비행기 여행을 한 이유는 생애 마지막 정리를 위함이었다. 그중 한 가지는 박헌영의 아들을 만나는 일이었다. 일본에 갔을 때 박헌영의 아들이 남한에 살아 있다는 이야기를 해주었더니 꼭 만나겠다고 온 것이었다. 기꺼이 안내를 맡았다.

남한에서는 소련을 추종하는 공산주의자라 쫓기고, 북한에서는 자본주의 종주국 미국의 간첩이라며 처형당한 박헌영의 자손은 일찍 스님이 되어

평택의 한 고찰에서 주지를 맡고 있었다.

나이 차이가 스무 살이 넘지만 함께 늙어가는 처지인 두 사람은 오래 헤어졌다가 재회한 형제처럼 반가워했다. 서로 몰랐던 이야기들을 나누느라 종일 시간을 함께했다. 어린 나이에 김삼룡과 이주하의 체포 현장에 있었던 스님은 세상에 잘못 알려진 이야기들을 수정해주었고, 박 선생은 평양에서 박헌영을 만났던 이야기를 해주었다.

"내가 스님 아버님을 마지막으로 만난 건 전쟁이 한창일 때였습니다. 거의 매일 미군기가 날아와 융단폭격을 퍼부을 때였지요. 김일성은 평양 외곽의 지하 벙커에 있었지만 아버님은 언제 폭탄이 떨어질지 모르는 임시 청사에서 일을 보고 있었지요. 외국인 접대 문제로 허가를 받을 일이 있어 찾아간 길에 내가 남로당 출신들에 대한 박대가 심하다는 말을 했습니다. 그러자 아버님은 그러더군요. 남에서 올라온 동무들은 왜 그리 불만이 많냐며, 공화국에 불만을 가지면 안 된다고, 꾹 참고 살라고 말입니다."

박 선생은 웃으며 덧붙였다.

"정말로 점잖은 분이었습니다. 실은 그래서 나는 박헌영 선생에게 지금도 불만이 남아 있기도 합니다. 그때 왜 그렇게 죽은 듯 가만히 있었던 건지, 어차피 당할 걸 좀 더 과감하게 북한 정권의 모순을 지적하지 못하고 희생양이 되어버린 건지, 그랬다면 그 죽음이 역사적 가치라도 가졌을 텐데 말입니다. 참으로 아쉽습니다."

"우리 아버님만 아니라 일제 때 쟁쟁하던 투사들이 다들 그러셨으니, 이제와서 어쩌겠습니까?"

스님은 박헌영의 아들로서 남한 땅에서 어떻게 살아남았는가를 이야기해 주었고, 박 선생은 북한에서 탈출하던 이야기를 해주었다. 두 사람의 대화는 반세기 세월을 넘어 눈앞에서 일어나는 일처럼 생생했다. 박 선생은 재미있는 이야기도 해주었다.

"내가 평양에서 외국인 접대 일을 할 때인데 말입니다. 책임자가 허정숙 씨였단 말입니다."

허정숙이라면 남로당 위원장이던 허헌 변호사의 딸로, 식민지시대 여성운동부터 항일무장투쟁까지, 나중에 북한 정권에서는 여성으로서 최고위직에 올랐던 인물이다.

"매일 미군의 폭격으로 평양이 불바다가 되고 있던 어느 날입니다. 허정숙 씨가 한밤중에 별다른 용건도 없이 나를 호출하는 게 아닙니까? 방에 가보니 야릇한 촛불 아래 위스키와 안주가 차려져 있고, 허 여사가 때 아닌 한복 차림으로 앉아 있는 겁니다. 무슨 용건인가는 설명도 없이 내게 양주를 권하는데 영 분위기가 야릇합디다. 아주 이상해요."

웃음이 터져나왔다. 내가 물었다.

"허정숙이라면 네 명의 남자와 결혼해 당당히 성이 다른 네 자녀를 낳아 키운 성평등주의자 아닙니까?"

"그렇지요! 놀라시겠지만 일제시대에도 페미니즘이란 말이 있었습니다. 지식인 남성들은 페미니스트들을 은근히 두려워했습니다. 이강국 씨가 무슨 수필에서인가 페미니즘을 언급했던 것도 기억이 납니다. 아무튼 묘한 분위기가 어찌나 나를 유혹하던지 혼났습니다."

다시 폭소가 터져나왔다.

"그래서 어찌 되었습니까?"

스님의 물음에 박 선생은 손을 저으며 웃었다.

"아무리 술과 한복으로 유혹을 해도 그렇지, 나보다 거의 스무 살은 많

126

으니 넘어가기가 어렵더군요. 쩔쩔매다가 도망쳐 나오고 말았답니다. 아무튼 대단한 여걸이었지요. 다른 여성 독립운동가들도 말할 것 없구요."

70년 전 이야기다. 그때 그 사람들은 이제 다 죽고 없다. 박 선생도 살아 있다면 아흔아홉 살이다. 인터넷에 사망 기사가 검색되지 않는 걸 보니 아직 생존해 있으리라. 아니면 기자들이 부고조차 내주지 않을 정도로 잊힌 인물이 되어버렸는지도 모르겠다.

오늘은 2018년 12월 18일, 김정은의 서울 방문이 올해 안에는 어려울 거라는 뉴스들이 뜬다. 신기하게도 뉴스 밑에 거의 아무런 댓글도 달리지 않는다. 열흘 전만 해도 뉴스가 나오자마자 댓글이 줄을 잇더니 조용하기만 하다. 내가 잘 들어가는 사이트의 자유게시판에도 김정은이니 서울 답방이니 하는 키워드로 검색해봐야 열흘 전 글만 나온다. 이 침묵의 뜻이 무얼까? 박 선생이 생존해 있다면 해설을 해주실까? 나는 모르겠다.

안재성

소설가. 장편소설 《파업》으로 제2회 전태일문학상 최우수상 수상. 장편소설 《황금이삭》, 《연안행》, 《경성 트로이카》, 《아무도 기억하지 않았다》, 《명시》 등

– 10여 년 전, 해방 직후의 시대상을 취재하려고 도쿄에 가서 만난 박갑동 선생이 해준 이야기를 소설 형식만 빌려 쓴 사실 기록이다. 박 선생은 2021년 현재 103세일 텐데 아직 부고가 없다. 아니면 누군가에 의해 소리 없이 사라졌을까?

– 인류의 지적 재산이란 혼자 이뤄진 것이 없다. 그것을 엮은 노력에 대한 일정한 초기 보상은 필요하지만, 일단 사회화된 후에는 내 재산이 아니라 모두의 것이다. 누구나 에펠탑 사진을 무료로 찍어 소유할 수 있듯이, 필요한 누구라도 내 글을 활용해주시면 감사할 뿐이다.

봄날 저녁 바람

이은

*

*

*

그 오월의 어둠이 담을 넘어와 마당을 뭉텅 지우고 스르르 창문으로 스며들어 덩그러니 앉아 지내는 푸른 젊음의 발과 몸, 얼굴을 지워버렸다. 동면 속에서 편히 쉬고 있던 풀들이 무덤 위에서 모진 삶을 다시 시작하는 '잔인한 사월'이라고 했던가?

오월은 더 잔인했다. 영원히 살게 해달라고 기원하다가 정말 천년을 넘게 살아 쪼그라든 몸을 항아리 입구에 걸치고 굶주림과 목마름 속에서 이제 죽고 싶다고 울부짖는 전설 속의 마녀처럼 몇 년 동안 숨 막히는 봄날을 맞이했다. 그나마 그 숨 가쁜 오월의 공기가 견고한 젊음을 빨리 산화시켜 다행이었다. 오월의 목마름과 허기도 견딜 만한 나이가 쉬이 찾아왔다.

그때 우리는 금서와 금지곡에 열광했다. 별것도 아닌 책들이 문화공보부에 의해 금서로 지정되었는데, 호기심을 이용한 상술 때문인지 아니면 기밀 유지 비용이 더 들어서인지 대부분 어렵고 비싸게 구해야 했다. 너무 비싸게 산 《양키 고 홈》은 읽기 어려울 정도로 활자가 엉망이었고, 《역사란 무엇인가》는 너무 지적이고 철학적이었으며, 《페다고지》는 읽어나가다 보니 신학 서적이었다.

다행히 금지곡은 선정위원의 수준 높은 기준 덕분에 거의 모든 노래가 명곡이었다. 그가 아니었다면 어떻게 핑크 플로이드를 알게 되고 지미 핸드릭스와 블루 오이스터 컬트의 음악을 듣기나 할 수 있었겠는가? 더 클래쉬, 아이언 메이든이나 도어스까지 장르를 넘나드는 그의 폭넓은 선곡을 한군데 모아 해적판 레코드로 판매하는 가게의 뒤편은 실로 젊음이 찬연하고 화려하게 넘쳐흘렀다. 그는 진정 우리와 동시대를 살며 우리에게 밥 말리의 레게 음악도 선물한 은인이었다. 길에서 흥얼거린다 해도 그와 우리 이외에 어느 누가 금지곡인지 알겠는가? 세상의 밋밋한 미디어에 지친 귀가 그 강력한 사운드 샤워 한번이면 가뿐해졌다.

대통령이 술을 마시다 일행의 총에 맞아 죽었다.
비상 계엄령 선포와 대학의 휴교령이 내려졌다.
천정 벽지의 반복되는 문양을 전부 셀 수 있었다.

갑자기 정규 방송 프로그램이 중단되고 모든 미디어에서 끊임없이 반복되는 '페르귄트 조곡'을 들어야 했다. 페르귄트의 어머니인 오제가 죽어가는 장면이 더 애절하고 장중하게 연상되는 건 첼로의 음색 때문이라고 생각해내기까지 음악은 연일 반복되었고, 우리는 자취방에 모여 술을 마셨다.

나는 혼자서 '이류 영화'를 상영하는 극장에 들락거렸다. 〈파비안느(From

hell to victory)〉, 한글 영화 제목은 원제와 다르게 여주인공의 이름이었다. 영화를 보러 간 것은 순전히 영화 포스터에 있는 '사랑을 팝콘으로 아는 이 시대와 전쟁을 스포츠로 생각하는 당신에게'라는 이상한 문구와 여주인공의 깊은 눈빛 때문이었다. 전부 여섯 명이었던가?

여자 한 명을 포함해 다섯 명의 배역이 진행하는 스토리가 너무 복잡했다. 2차 대전 직전 프랑스 파리에 모였던 유럽 각지의 젊은이들이 전쟁이 벌어지자 나치와 레지스탕스, 그리고 연합군으로 프랑스에서 다시 만난다. 전쟁이 끝나고 모두 만나기로 한 날, 술집에 모인 두 명의 생존자가 술병을 번갈아 들고 마시며 친구들의 이름을 하나씩 부를 때마다 옛 친구의 다정한 장면이 차례대로 화면에 오버랩된다.

전쟁 중에 죽은 세 명의 친구를 위해 술을 기울인 다음 네 번째 술병을 추켜올리며 '파비안느'를 불렀을 때 커다란 비치 모자를 쓴 파비안느의 아름다운 모습이 화면을 가득 채웠다. 레지스탕스 활동 중 체포된 파비안느도 죽었다고 생각한 순간이었다. 그때 감방에서 풀려난 파비안느가 오른쪽 이마에 핏자국이 선명한 채 뛰어 들어온다. 아름다운 파비안느를 차례로 포옹하는 결말 부분을 그대로 간직한 채 자취방에 온 날, 잠들기 힘들었다.

나는 얼마 전 출시된 '솔' 담배와 함께 끽연을 시작했다. 폐부까지 솔향이 연기와 함께 밀려들면 타르 12mg의 독성으로 머릿속이 일순간 무덤덤해졌다. 그래서 밤이면 건강하고 푸른 청춘을 집 안에 가두고 음악과 함께 잠재울 수 있었다.

그러나 세월은 극장처럼 수동적인 공간에만 앉아 있게 내버려두지 않았다. 봄날 개학과 함께 학교 안까지 밀고 들어온 페퍼포그 차량에서 최루가스가 날리고 지랄탄이 제멋대로 날아다녔고, 강의실 복도에 사과탄 파편이 튀었다. 어깨동무하고 종일 뛰다가 다리에 경련이 일어 절름거리며 뛰기도 했다.

뒤로 처져 최루가스 연기 속에서 마스크에 치약을 바르며 호흡을 가다듬고 있는데 갑자기 모두 뒤로 돌아섰고, 나는 곧바로 맨 앞이 되었다. 검은 페퍼포그 차량과 체포조가 수탉처럼 앞장서서 달려오고 그 뒤로 스타워즈의 다스베이더 복장을 한 전투경찰들이 밀려들었다. 나는 포식자들로부터 다리의 약점을 들키지 않도록 높이 그리고 힘껏 뛰었다. 표적이 되지 않았고 잡히지 않았다.

금지된 사상 서적을 같이 연구, 발표하는 '언더 스터디' 조직의 모임 도중 내 손이 남자치곤 너무 곱다며 쓰다듬는 여자 선배의 손길에 땀을 흘리다 못해 온밤을 세워버린 적도 있었다. 예쁜 여자 선배는 외모와 달리 카랑카랑한 목소리로 시위의 선두에 섰다. 파비안느, 내 눈에 보이는 아름다운 여자들은 모두 그녀였다. "아~ 다시 못 올, 꽃다운 내 청춘"을 외치던 우리들은 그렇게 지는 봄꽃처럼 시간 속으로 흩날려갔다.

언젠가 선배의 자취방에 모인 우리는 젊은 열기로 방문을 열어놓고 열띤 토론을 하고 있었다. 얼마 전 '함석헌 선생'의 강연회에서 맨 앞자리에 앉아 질문을 한 것도, 그날 언더 스터디에 《전환시대의 논리》라는 책을 두 번 읽고 나간 것도 다 선배 때문이었다. 그러나 우리는 그날, 용감하기에는 너무 무모하게 살이 찐 형사를 보살피는 일로 하루를 마감했다.

그 형사는 붉은색 기와지붕에 거꾸로 매달린 채 우리 모두의 모습을 사진에 담으려 했다. 그리고 그가 사진기 셔터를 누르는 순간 실수로 플래시가 터지고 일대 소동이 벌어지는 사이, 우리보다 더 놀란 그가 낡은 기와 몇 장과 함께 마당으로 곤두박질쳤다. 그가 정말 용감하다는 것은 엉덩이부터 떨어져 비명을 지르면서도 사진기를 놓치지 않았다는 것이다. 엉치뼈를 심하게 다쳐서 움직이지 못하는 그를 치료차 마당에 눕히는 순간, 선배는 카메라 몸체를 열고 코다크롬 필름을 길게 풀어냈다.

선배는 시위를 취재하다 카메라를 빼앗긴 신문기자의 사진기에서도 그렇게 필름을 풀어헤친 적이 있다. 신문기사에도 실리지 않을 저들의 사진 기록이 간혹 경찰의 수사 기록이 되었기 때문이다. 그 형사 때문에 우리의 스터디는 중단되었고 나는 다시 선배의 집에 갈 기회를 잃는가 싶었다.

5월 17일 토요일, 시내로 달려나가던 우리는 예전과 다른 광경을 보게 되었다. 푸른 옷을 입은 군인들이었다. 우리의 친구이며, 우리의 적, 그리고 우리가 조만간 몸담아야 할 군대가 총을 들고 시내에 들어서 있었다.

우리는 M16으로 무장한 군인들에게 쫓기기 시작했다. 그들의 표적은 대학생으로 보이는, 그러나 '그냥 젊은 사람들' 모두였다. 구경에 나선 무수한 동네 사람들과 우리를 구별하는 것은 바로 젊음이었다. 숨을 헐떡이며 혼신의 힘으로 뛰면서 생각했다. 아, 나는 빨리 늙어서 나무 그늘에 누운 노인이 되고 싶었다.

나는 시위대를 벗어나 반대로 뛰다가 골목 안에 몰려 있는 수많은 인파 속에 몸을 던졌다. 사람들은 나를 품지 않았다. 내가 뛰는 길 앞에 기적처럼 인파의 물결이 갈라지고 골목 끝에 이르러 돌아선 나는 내가 만든 물결을 타고 군인들이 총을 들고 달려오는 모습에 현기증을 느꼈다.

잠시 뒤로 물러섰다가 도움닫기를 한 후 높이 뛰어오른 나는 담장에 매달렸다. 거의 날아올라서 건물 위를 뛰던 우리는 하늘의 굉음을 들었다. 헬기였다. 우리들은 헬기 밑에서 미로 학습에 나선 쥐처럼 날뛰다가 건너편에서 달려드는 군인들의 총구에 찍히고 개머리판에 턱을 맞고 군화로 명치를 차이며 쓰러져갔다.

정신을 차렸을 때 학교 운동장에 길게 누워 있는 내 몸은 추위에 떨고 있었다. 나는 타인처럼 내 자신에게 일어나라고 소리쳤고 곧 그렇게 했다. 의무병이 체포 당시 찢긴 내 이마의 상처를 소독만 하고 거즈와 반창고를 붙였다. 20도가 넘는 낮과 달리 5도 아래로 떨어진 온도 속에 반팔 차림의 나는 떨리는 몸을 멈출 수 없었다. 군인 하나가 누군가가 벗은 듯, 아니 누군가로부터 벗긴 듯 피가 범벅이 된 점퍼를 가져다주었다. 뻣뻣하게 굳은 점퍼 천에서 녹슨 쇠붙이 냄새가 강하게 풍겼다. 피 냄새였다. 몸이 따뜻했다.

또다시 비상계엄이 선포되었다고 했다. 착검한 총을 든 군인들에게 구타당하며 나일론 줄에 굴비처럼 줄줄이 묶였다. 43사태와 보도연맹 사건, 거창 사건이 떠오르자, 문득 나도 이유도 모른 채 죽을 수 있다는 생각을 했다. 알고 싶고 또 알아야 했다. 내가, 우리가 왜 이 나이에, 이 순간에, 이 장소에 와서, 이런 자세로 엎드려 총칼 앞에서 생명을 구걸해야 사는 것인지 당연히 알아야 했다.

우리는 손이 포박된 채 살처분당하는 짐승처럼 트럭에 넘치게 실렸고 어딘가로 이송되었다. 트럭에 엎드린 우리의 몸 위로 군홧발이 지나다녔다. 다행히 피 묻은 옷을 입은 나는 열외였다. 일어서려다 발에 차여 이가 부러지고 거품 같은 피를 토하는 친구들을 본 순간, 저들의 기분에 의해 죽을 수도 있다는 것을 감지했다. 쿠데타를 일으킨 군인의 역사에 순장당할 수는 없었다. 살아야겠다는 생각으로 온몸의 힘을 정신으로 끌어모았다.

상무대 탈영병 감방에 들어서며 신분증과 함께 소지품을 바구니에 담았다. 자해 방지를 위해 허리띠도 풀라고 했다. '자해', 그 단어를 듣자 더욱 바짝 정신을 차리기로 했다. 5년 전 독립투사인 장준하 선생도 등산 도중 실족사로 처리되었다. 시신에 주삿바늘 자국이 있어 의문점을 제기했다는 이유만으로 기자 한 명이 '긴급조치 위반'으로 구속되었다. 누구도 실족사를 발표하는 정권을 믿지 않았다.

감방 안에 또 작은 독방이 있었고, 그 안에 먼저 투옥되어 있던 수염투성이의 사상범이 빙그레 웃으며 우리를 반겼다. 나는 붙잡힌 사람들 속에서 무릎을 그러안고 앉았다. 70명 정도가 비좁은 감방에 모여 앉아 한풀 꺾인 눈빛으로 서로의 두려운 눈빛을 확인하며 하루 종일 한숨을 쉬며 보냈다. 떠들던 누군가가 손을 창살 밖으로 내밀어 양 손가락을 깍지 껴야 했고 그 위로 헌병의 곤봉이 무자비하게 내려앉았다. 그는 맞으면서도 거의 소리를 내지 않았다.

내 지독한 밀실 공포증은 너무도 작은 공간에서 누울 수도 없이 앉은 상태에서 종일 공포 속에 떨다가 그대로 선잠을 자던 그때부터 시작되었다. 서로 어깨를 붙이고 웅크리고 자다가 잠시 깼을 때 답답한 감방 철창에 몸이 부서져라 던지고 싶었다. 몇 번인가 형사의 조사를 받기 위해 감방을 나가 취조실에서 곤욕을 치르는 것도 나쁘지 않았다.

감방 복도를 걸으며 창문 너머 봄을 만났다. 막 봄비가 시작되는 운동장을 건너 창문에 스미는 바람 속에서 봄 흙냄새가 풍겼다. 아직 욱신거리는 이마의 상처가 덧나 온몸에 열꽃이 피었고 복도를 걷는 길에서 몇 번인가 휘청거렸던 것 같다. 붕대의 반창고가 얼굴 표정이 변할 때마다 흘러내렸다.

형사는 캐러멜 한 개를 주고 내게 많은 질문을 했다. 옆에서 누군가가 다른 형사의 몽둥이를 맞으며 신음으로 참고 있었다. 취조실 여기저기서 항변하는 소리가 들렸다. 학원을 나오다 잡혀온 재수생과 결혼식장에 예약하러 가다가 갑자기 달리는 사람들의 무리에 섞여 같이 도망치다 잡힌 남자가 억울함을 호소하고 있었다. 그는 결혼식장으로부터 너무 멀리 도망쳐와 있었다.

캐러멜을 두 개 더 받은 나는 시위에 참여했던 수많은 날들에 대해 일목요연하게 설명했다. 어차피 저들의 녹화 자료에 내가 들어 있을 것이었다. 그런데 형사의 반응이 의외였다.

"야, 너 법정에서 그렇게 줄줄이 말하면 이 년 넘게 살아야 할걸."

형사는 갑자기 동네 형처럼 말투를 바꾸며 나를 진정시켰다. 맹렬한 속도로 종이를 두드리는 '크로바 타자기'가 그렇게 말했다.

주동자는 아니며 모범생으로 보임.
뭔지 모르는 의기투합에 휩쓸렸음.
일부 극소수 좌경용공분자는 아님.

'모범생'이라는 단어만 뺀다면 그의 표현이 맞을 것이다. 긴 복도를 걸어 들어오며 나는 붉게 핀 영산홍이 있는 작은 화단을 보았다. 군부대에, 그것도 탈영병 감방에서도 누군가 꽃을 가꾸고 있었다. 마치 휴식이나 평화의 상징처럼 피어나는 오월의 영산홍은 산기슭의 무덤과 가장 잘 어울린다.

'어머니 도시락'이라고 적힌 흰쌀밥 도시락과 단무지가 몇 번 나왔다. 언젠가 학교 근처에서 경찰차에 기대어 앉아 그 도시락을 먹고 있는 전투경찰들을 본 적이 있다. 친구 중 한 명이 논산훈련소에서 전경으로 차출되어 데모 진압을 한다고 했다. 데모 진압을 하고 중대본부에 귀대하는 날이면 '이삿짐을 나르고 여행을 다녀온 것처럼 피곤하다'라고 이상한 표현을 했지만, 우리는 그 느낌을 정확히 알 수 있었다.

벽에 달랑 매달린 뺑끼통(변기)이 하나밖에 없었으므로 여러 명이 번갈아 소변을 봐야 했다. 삼 일 동안 나는 물도 마시지 않았고 소변도 보지 않았다.

벽에 매달린 변기에 대변을 보는 사람도 있었으나 모두 뒤돌아 질끈 눈을 감았다.

총소리에 잠에서 깼다. 우리는 담장 밖에서 울리는 총소리와 간혹 장갑차의 포격 소리 같은 굉음을 듣고 허리를 곧추세우고 앉았다. 우리가 끌려가서 죽었다는 소문이 있다고 했다. 시위대가 장갑차를 몰고 와 우리의 석방을 요구했단다.

"모두 석방한다"라는 헌병의 고함이 들렸다. 우르르 철창 밖으로 향하던 우리는 독방에 그대로 갇혀 있는 사상범을 뒤돌아보았다. 나는 조용히 눈인사로 미소 짓는 그에게 고개를 숙여 인사하고 돌아섰다.

'삼성 카파' 브랜드라며 허둥지둥 손목시계를 차던 재수생이 그냥 감방에 있고 싶다고, 무섭다고 했다. 새신랑은 이미 맨 앞에서 뛰고 있었다. 우리는 감방을 지나 총소리로부터 멀어지는 방향으로 뛰기 시작했다. 그러나 한참 달리다 보니 총소리가 사방에서 들리기 시작했다.

석방된 우리는 그렇게 전쟁터로 변한 도시로 뛰쳐나갔다. 너무 긴장한 나머지 이마의 거즈는 사라지고, 염증 섞인 피가 흘렀다. 모두들 마치 걷기라도 하면 총에 맞을 것처럼 주먹까지 불끈 쥐고 가쁜 호흡으로 목울대가 뜨거워 탈 때까지 뛰었다. 고립된 세상에서 난무하는 벽보의 공포에 찬 글귀들과 도심에 날리는 전단지를 마주치면서 도대체 누가 이런 잔인한 역사를 만들고 있는지 이유를 알 틈도 없었다. 비명과 피, 그리고 그 뒤를 따르는 통곡이 골목에 넘쳐흐르고 길거리의 성난 군중의 분노와 함께 온 도시가 들끓고 있었다.

우리가 감방에 있던 18일, 공수부대의 발포로 많은 학생과 시민들이 죽었다고 했다. 살아남기 위해, 살아서 군사쿠데타에 대항하기 위해 시민군이 무장을 시작했다. 상무대 탈영병 감방 근처의 아세아자동차 공장에서 군용차량과 장갑차를 탈취한 시민군들이 카빈총과 M1 소총으로 무장을 하고 대응하고 있었다.

총상으로 죽어가는 사람들과 분노로 이미 제 얼굴을 잃어버린 사람들, 두려움으로 피신처를 찾아 헤매는 사람들로 도시는 거의 넋이 빠져 있었다. 불탄 차량과 시신, 울부짖는 사람들과 바리케이드를 통과했다. 밤들어 거리에 찾아온 봄날의 추위와 공포에 쫓기며 주택가 골목에 들어서자 따뜻한 불빛이 흘러나오는 세상의 모든 창을 두드리고 싶었다. 낯익은 창문을 발견하자 그렇게 했다. 문이 열렸다. 종교가 없던 나는 흐릿한 눈빛 앞에 성모마리아가 서 있다고 생각했다.

삼 일 저녁을 선배의 하숙집에서 보냈다. 내 자취방이 위치한 시내로 가는 도중에 있는 은영 선배의 하숙집 마루 위에 앉는 순간 내 몸은 무너져내렸다. 방 안에 있던 복학생인 '영우' 선배와 나와 같은 이 학년인 '경호'가 나를 부축해 방에 눕혔다.

열꽃 핀 내 뺨을 짚어보던 선배는 상처를 치료하자고 했으나 사망자와 환자로 넘쳐나는 병원에 가는 것은 아무래도 무리였다. 무정부 상태인 시내의 약국들이 문을 열었고, 무료로 약을 지어주었다고 경호가 말했다. 이마를 소독하고 분말 항생제를 뿌린 후 깊이 잠들었다. 잠에서 깬 나는 아무도 없는 방에 나 혼자 누워 있다는 걸 알고 이상한 느낌이 들어 얼굴을 만졌다. 선배의 손길이 스친 내 뺨에는 좁쌀만 한 두드러기가 나 있었다.

세 사람이 외출했다가 저녁 무렵 둘만 돌아왔다. 영우 선배는 시민군에 합류했다고 했다. 경호가 선배에게 물었다.

"영우 형이 은영 선배 좋아하는 거 맞지요?"

선배는 대답하지 않았다. 이 풍진 세상에 연애 타령 하는 후배를 핀잔하는 표정이었다. 내가 더 궁금했으나 나도 모르게 비슷한 표정을 따라 하고 있었다. 저녁으로 컵라면을 먹던 중, 나는 파비안느 영화 얘기를 했다.

"아, 그래 선배가 파비안느 닮았다는 거지?"

경호 녀석은 눈치가 빨랐다. 멀리 총소리가 들리면 커지는 선배의 눈이 파비안느였다. '깐깐 오월'이라고 했는데 봄날 밤이 빠르게 미끄러져 지나갔다.

가까운 화순이 집인 경호 녀석은 시내에 나와 시위대에 합류했다가 시 경계에 포진한 군인들 때문에 집에 가지 못했다고 했다. 날이 밝자 경호는 화순으로 가는 시민군들의 트럭을 타겠다고 했다. 선배가 경호를 힘껏 껴안았다.

"별일 없겠지. 우리 다시 만나자!"

"그래요. 영우 형까지 모두 내년 5월 22일 오전 10시에 선배 집에서 만나요."

경호가 시민군의 버스를 타고 떠난 날 저녁, 화순 너릿재에서 시민군이 탄 버스가 공수부대의 총탄 세례를 받아 서른 명이 죽었다고 했다. 다음 날 나는 이마에 붕대를 감은 채 도청 앞의 체육관인 상무관에 들러 시체 속에서 경호를 찾으러 다녔다. 입관된 시신과 달리 아직 가족을 만나지 못해 무명천에 덮인 시신을 확인하는 중 눈물이 쏟아져내렸다. 총상으로 팔이 잘리고 얼굴이 뭉개진 시신들이 풍기는 시큼한 냄새가 향냄새와 어우러져 속이 뒤집혔다. 세상 끝에 다다른 그 광경 속에서 분노가 척추를 타고 올라 호흡을 마비시켰다. 화장실에서 토하고 나서 숨을 쉴 수 있었다.

다행히 경호는 거기 없었다.

금남로의 아치형 간판 밑을 지나다가 누군가의 목소리를 들었다. 며칠 전 "발사된 총알이 간판 옆의 은행나무에 맞으며 방향이 틀어져서 양복점 안에서 재단을 하던 점원의 머리에 맞았다"고 했다. 아치에 있는 총탄 자국을 보며 발걸음을 재촉했다. 나는 무정부 상태의, 그러나 더욱 평화로운 시내를 지났다. 주먹밥을 만들어 나온 사람들, 음료수를 나눠주는 사람들, 어깨동무를 하고 노래를 부르는 사람들의 행렬을 지나 주택가로 향했다. 해가 기울고 세상도 그렇게 기울고 있었다.

선배의 집에 가는 길 골목 어귀의 공원 모퉁이에 매혹적인 자태로 핀 라일락 꽃송이들이 보였다. 청보라색 꽃잎이 봄날 저녁 바람에 흔들리며 특유의 농밀한 향을 퍼뜨리고 있었다. 나는 까치발로 서서 큼지막한 꽃 한 송이를 꺾었다.

선배는 책상에 비스듬히 기댄 채 잠들어 있었다. 숨 쉴 때마다 가볍게 흔들리는 머리카락 아래로 희고 가지런한 얼굴과 가녀린 목과 턱선 위에 피어난 연분홍색 입술이 한 송이 꽃이었다. 나는 조용히 그 무릎 위에 라일락 향을 바쳤다.

선배는 눈을 뜨자마자 물 적신 수건으로 내 이마와 얼굴을 닦고 약을 바른 후 상처가 깊지만 많이 나아졌다고 했다. 붕대를 감으며 다시 내 뺨을 토닥이자 정신을 차릴 수 없었다.

"아니, 무슨 바람이 불어서 꽃을 가져왔어?"

"그냥요. 봄날 저녁 바람요."

"…"

다음 날 아침 선배의 집을 떠나 내 자취방으로 향하며 선배에게 "꼭 살아서 만나자"라고 말했다. 선배가 나를 안았다. 가슴 한가운데가 따뜻해졌고 돌아서자 뜨거워졌다. 나는 아무 말도 못하고 한참 걷다가 내가 정말 형편없는 놈이라고 생각했다. 돌아섰을 때 선배는 보이지 않았다.

선배 집 건너편 어린이놀이터는 햇빛 찬란한 오월의 날씨 속에 텅 비어 있었다. 아이들을 태우고 흔들리던 그네와 시소, 어지럼증을 주던 원심분리기, 그리고 울타리의 라일락나무까지 모두 정지된 한 장의 사진으로 보였다.

도청 앞을 지나다가 철모를 쓰고 시민군을 위해 경계를 서고 있는 영우 형을 만난 나는 환호성을 질렀다. 그 시민군 형은 나를 보자마자 은영 선배에 대해 물었다. 별일 없었고, 앞으로도 별일 없을 거라고 대답한 나를 영우 형이 와락 껴안았다.

"어서 집에 가거라. 우리 살아서 만나자!"

과묵한 영우 형은 눈빛으로 나를 밀어냈다. 물론 나도 1학년 때 병영 훈련을 받아 M1 소총을 사용할 줄 알기는 했지만 시민군에 가입하기에는 역부족이었다. 겁이 많았고 살고 싶었다.

자취방에 돌아온 나는 잠깐 집 앞 큰길에 나가 벽보를 읽고 돌아오는 게 전부였고, 거의 칩거했다.

미군 7함대 소속 항공모함이 부산에 도착했습니다.
조금 더 버텨야 합니다.

군대조직인 미군이 정의의 사도가 될 리도 없지만, 항공모함이 도착했기에 군사반란의 주역들은 서둘러 광주를 점령하고 그 거대한 조직에 꼬리쳐야 할 것이다.

나는 더 급박해진 사태 속에 모든 촉각을 곤두세우고 밤에도 선잠을 잤다. 이미 밤과 낮의 경계가 허물어져 밤이면 어두운 방에 앉아 끝없는 생각에 빠졌고, 낮이면 벽에 기대어 쪽잠을 잤다.

그날, 외국인들이 썰물처럼 전부 빠져나가고 모든 전화선이 끊겼다. 위험을 감지했음에도 불구하고 나는 27일 새벽, 저녁 겸 아침을 먹고 도청 방향으로 슬리퍼를 끌고 나갔다. 그냥 영우 형을 한번 본 뒤 재빨리 돌아올 요량이었다. 도청 직전에 있는 YWCA 근처를 걷던 중 갑자기 총성이 울렸다. 도청 근처를 달리는 지프차에서 확성기를 통해 "시민군을 도와달라"는 절박한 여자의 목소리가 들리는가 싶더니, 헬기 소리가 이어지고 앙칼진 기총소사 소리가 들렸다. 더 이상 확성기의 소리는 들리지 않았다.

재빨리 YWCA 건물에 숨어든 나는 강의실로 기어 들어갔다. 그러나 강의실 책상 사이에 몸을 숨기는 순간 창 밖에서 불빛이 들어오는 동시에 유리창 파열음과 함께 암녹색 칠판 표면의 도료가 부서지고, 그 밑의 나무 합판에 후두둑 느낌표처럼 구멍을 뚫으며 파고드는 총알을 보았다. 강의실 안에 나 외에도 다섯 명 정도가 있다는 걸 알았고 군인들이 우리의 움직임을 감지한 이상 우리는 우선 도망쳐야 했다. 기어서 문 쪽으로 향하는 동안 깨진 창문 너머로 시내 곳곳에서 무수하게 발사되는 총기의 불꽃이 보였다. 헬기에서 또 다른 여성이 앙칼진 목소리를 하늘 아래로 내던졌다.

"폭도들은 듣거라. 무기를 버리고 투항하라!"

모든 사람이 이미 폭도로 내몰려 길모퉁이에서, 건물 안에서, 가로수 뒤에서 미동만 해도 그 헬기에 장착된 구경 7.62㎜의 M60 기관총의 표적이 되고 있었다.

"저건 스치기만 해도 두 동강 난다."

누군가 소리치며 계단을 향해 뛰기 시작하자 나 역시 그를 따라 건물 입구까지 가다가 발을 멈추었다. 거기 한 사람의 시신과 그가 바닥에 길게 남긴 핏자국이 있었다. 그가 마지막으로 크게 눈을 뜬 채 시선을 던진 곳은 허공이었다. 마지막 순간 누군가를 그리워했을까? 뒤에 서 있던 중년의 남자가 다가가 손바닥으로 그의 눈을 쓸어내렸으나 이미 경직된 그의 눈꺼풀은 세상을 닫지 못했다.

길거리로 나와 골목길을 뛰기 시작했을 때 이 지구상의 손바닥만 한 도시 속 골목의 풍경은 너무나도 참혹했다. 등 뒤로 다시 무수한 폭발음이 들렸으나 나는 뒤돌아보지 않았다. 뛰다 지쳐 네 발로 기어서라도 본능적으로 나를 살려야 했다.

새벽길을 뛰던 나는 자취방 근처 길에서 홀로 리어카를 밀고 시내로 향하는 50줄의 아주머니를 보았다. 교련복을 입은 채 리어카에 누워 있는 고등학생은 눈을 반쯤 뜬 채 죽어 있었다. 커다란 총상으로 옆구리가 거의 없어진 학생의 창백한 얼굴 위에 샛노랗게 변한 눈물 자국이 송진처럼 채 마르지 않고 엉겨 있었다. 병원에 가고 있다는 아주머니를 한사코 말렸지만 귀담아듣지 않고 다시 총성이 요란한 시내로 향하고 있었다. 한 시간 전만 해도 따뜻한 온기를 전해주던 아들이 아직 가슴속에 펄펄 살아서 도저히 죽음을 받아들일 수 없다고 했다. 아들이 총에 맞은 순간 자신의 목에도 가시가 박히고 숨 쉴 때마다 칼날이 폐에 가득 차서 숨을 쉴 수 없다고 했다. "다시 아들을 살려내러 가야 한다"라고 했다.

자취방으로 돌아가자마자 나는 마루를 뜯어내고 그 속에 웅크리고 앉아 다시 머리 위를 마루 널빤지로 덮었다. 시가전이 벌어지면 방도 뒤질 수 있다는 생각이 들었다. 도청 건물을 향해 난사되는 총소리를 들으며 영우 형을 걱정했다. 그리고 은영 선배가 집에 안전하게 있기를 기도했다.

나는 담요를 뒤집어쓰고 가려운 몸을 긁으면서 위험에 처한 거북처럼 언제 험한 세상 밖으로 머리를 내밀지 몰라 벌벌 떨면서 울었다. 나는 살고 싶었고, 아무 문제 없이 살아낼 정도로 충분히 비겁했다. 그 뒤로도 그랬다. 몇 년 동안의 오월을 그렇게 숨죽여 버텨냈다.

복학생이던 시민군 영우 형은 기록 사진으로 남아 있다. 훗날 트럭 앞에서 전투경찰 철모를 쓰고 우경계층 자세로 서 있는 그의 사진을 보면서도 나는 침묵했다. 내가 분노하는 순간, 나는 '일부 극소수 몰지각한 좌경 용공 학생'이 될 형편이었다. 선배는 5월 27일 도청을 사수하다가 죽었다.

다음 해 5월 22일 경호와 나는 선배의 집이 아닌 교도소에 갔다. 도청에서 체포되어 3년 형을 언도받은 은영 선배를 교도소에서 만났을 때 나는 선배에게 왜 도청에 갔느냐고 몇 번이나 숙설거리다가 결국 눈물을 쏟고 말았다.

"그래도, 영우가 마지막 가는 길을 배웅했어…."

"왜 죽이고 또 왜 가두는지…."

"다 잊어. 우린 할 만큼 했다. 너도, 그리고 나도, 앞으로 모든 일을 다 잊고 살아가는 거다. 그래야 살 수 있고, 살아갈 수 있어! 꼭 그렇게 하는 거다!"

나는 대답했고 또 그렇게 했다. 경호도 그렇게 했다. 시가전 중, 그리고 시가전이 끝난 뒤 계엄군들이 붙잡은 여학생들을 성추행하고 폭행까지 했다고 수군거렸으나 피해자는 물론 가해자도 입을 열지 않았다. 우리는 잘 참아 넘겼다. 한번 폭발하면 삶까지 내놓아야 하는 분노를 술에 넣어 마시고 담배로 태웠다.

졸업할 때까지 어떤 단체에도 가입하지 않았고 또 어떤 모임에도 가지 않았다. 갑자기 외국어 공부를 하고 싶었다. 내 입속에 답답하게 맴도는 모국어보다 꼿꼿이 된 외국어가 싱싱하게 자랄 수 있도록 진종일 단어와 발음을 떠올리며 하루하루를 살았다. 언젠가 이 나라를 떠날 기회가 온다면 모국어도 버리기로 했다. 세상의 모든 날처럼 졸업도 마침내 다가왔고, 경호와 나는 졸업식에 가는 대신 자취방 골목에서 베개로 축구를 했다.

우리가 봄날 꽃과 같았던 시절, 친구들이 그렇게 가장 아름답던 시절, 그 찬연하고 서럽던 봄날이 그렇게 지나갔다.

졸업 후 군에 입대한 나는 그 단순한 조직에 아주 잘 적응했고 제대를 했으며, 취업을 위해 서울로 향했다. 당시 학적부와 신원조회까지 점검하는 입사 시험에서 번번이 떨어지던 나는 취업이 더 까다롭다는 외국인 회사의 필기시험과 까다로운 면접까지 합격했다. 외국인 부사장이 "그래, 그렇게 열심히 한번 일해봅시다!"라고 했다. 나는 그렇게 했다. 넥타이를 매고 출퇴근하며, 출장을 다니며 국내외 영업을 데모하듯 해냈다.

여자를 만났다. 두어 번 만난 후 신사동 식당가를 걷다가 그녀와 손이 스쳤다. 그녀가 살며시 손을 잡았다. 그러나 바로 그때 길에서 들리는 총소리에 나도 모르게 그녀의 손을 억세게 이끌고 골목으로 뛰었다. 그녀는 아프다며 내 손을 힘껏 뿌리치고 돌아섰다. 요금 인상을 요구하는 수많은 택시가 길을 점령하고 엔진 조작을 통해 만든 '노킹 소음' 소리였다. 수동기어를 급히 변속해서 만든 폭발음이었으나, 내게 그 소리는 분명 도청 광장에서 울리던 총소리였다. 나는 다시 돌아서서 인파 속에서 그녀를 찾았지만 보이지 않았다. 그녀에게 몇 번인가 전화를 했으나 받지 않았다.

공기업에 입사한 경호를 만난 자리에서 나는 출소한 지 일 년도 안 된 은영 선배가 결혼했다는 소식을 듣고 놀랐다. 오랫동안 우리와 연락을 끊은 선배의 소식은 뜻밖이었다. 야학 교사나 인권단체 등을 생각했던 우리의 생각은 터무니없는 것이었다. 끝내 학교에 돌아가지 못한 선배는 요리사가 되었다고 했다. 그리고 꽤 실력 있는 요리사의 끈질긴 구애로 결혼을 했는데 우리 누구도 초대받지 못했다. 경호 녀석이 쓸데없는 소리를 했다.

"무슨 사정이 있었겠지. 너한테도 연락 안 한 걸 보면….."

나는 그날 집에 돌아와 혼자 엄청난 술을 더 마셨다. 잠에서 깨어 화장실에 가려고 겨우 몸을 일으켰지만 내 몸을 들고 화장실로 가는 길이 너무 멀었다. 화장실의 거울 속에서 퉁퉁 부은 얼굴을 본 순간 나도 모르게 한마디 중얼거렸다.

"널 데리고 사는 게 제일 힘드네."

나는 여러 차례 선을 보았지만 결혼에 성공하지는 못했다. 그리고 '인생은 노력한 만큼 가치 있다'라는 화장실의 문구에 감동하는 평범한 직장인으로 열심히 살았다. 외국인 회사를 그만둔 뒤 경험을 살려 무역업을 시작하면서 세계 곳곳을 돌아다니며 수많은 거래선을 만나는 분주함으로 세월을 보냈다. 외국인 친구들에게는 모국어가 아닌 외국어로 후련하게 말을 털어놓아도 절대 뒤끝이 없었다. 내 분노와 내 안타까움과 내 비겁함을 저들은 미소로 끄덕였다.

그 시절의 모든 기억을 가슴에 묻은 우리는 마음의 감옥 속에서 장기수로 세월을 살아냈다. 80년대에 숨죽여 이야기하던 광주가 90년대 후반부터 오월마다 방송에서 마치 순례지에 다니는 것처럼 보도되기 시작했고, 마침내 대통령이 참배하는 장소로 변해갔다.

나는 가지 않았다. 고통의 터널을 빠져나온 내게 기억은 아직 끝없는 암흑이었다. 그리고 분노하고 싶지 않았다. 찢긴 사지를 수습해 비닐봉지에 담는 장면이나 대검에 찔린 주검을 기억의 창고에 닫고 녹이 슬고 먼지에 묻히기를 기다렸다. 나는 알고 있다. 세월이 몇 수십 년 지난 지금, "그래, 빨갱이들이 일으킨 폭동 한가운데 내가 있어서 아는데…"라고 음험하고 무지막지한 거짓을 배설하는 사람들이 아직 있다.

나는 비즈니스석이라 해도 비행기 안쪽 자리에 앉지 못했다. 언젠가 이 코노미석의 중간에 끼어 유럽까지 스무 시간을 비행하던 중, 시베리아 상공에서 급기야 가슴이 저려오기 시작해서 비상구를 열고 뛰어내릴까 생각했다. 나는 그렇게 끙끙거리며 몸부림치다가 자신의 복도 자리를 내게 양보한 그녀와 결혼까지 갈 뻔했다. 비상구를 잊게 한 생명의 은인이었다. 같이 프랑크푸르트에 머물다가 가까운 도시 마인츠에서 만난 우리는 라인강에서 뱃길로 로렐라이언덕을 따라 세상 끝까지 올라갔다. 그녀와 긴 세월 동안 같이했다.

"너, 무슨 결혼 못하는 문제가 있는 건 아니냐?"

경호의 둘째아들 돌잔치에 모였을 때 동창 녀석이 그렇게 말했다. 녀석에게 화를 낸 것 같다. 그래서 더 오해를 산 것 같기도 했지만 실로 내 인생은 내게도 오해투성이였다. 사랑의 감정으로 질주하다가 금세 멈추고 뒤돌아보면 그것도 오해 같아 상대에게 미안했다.

직장 생활을 하던 30대는 매일이 똑같았다. 사업을 시작한 40대는 항상 시간에 허덕였고 밤잠을 설쳤다. 잠들기 전에 머릿속에 추억 대신 엑셀 시트가 흘러갔다. 여유가 좀 생긴 50대가 되자 명절이면 정해진 질문으로 스트레스 받는 가족 모임보다 해외여행을 선택했다. 나는 멀리 몽골과 키르기스스탄까지 오지 여행을 즐겼다. 물론 그녀는 절대 따라나서지 않았다.

"사람 사는 곳이긴 해? 먹을 건 있어?"

항상 그런 질문을 하는 그녀는 친구들과 유럽 패키지 여행과 쇼핑을 즐겼다.

수입식품을 판매하는 회사의 오너이기도 한 그녀는 아침 일찍 일어나 운동을 하고 유기농 식품을 선별하고 안락하고 말끔한 장소를 선호했다. 여자

148

라면 누구나 그러고 싶겠지만 그녀만큼 작정하고 철저히 지켜내며 한순간도 흐트러지지 않기는 어려울 것이다. 그에 비해 나는 늦게 일어나 커피부터 마시고 포화지방이 그득한 술안주를 즐겼다. 우리는 다르지만 그렇게 일관성을 가지고 자신의 생각대로 묵묵히 살아가는 상대를 인정하는 점에서는 같았다. 그렇게 십이 년의 세월이 지나던 어느 순간부터 우리는 만남의 기쁨은 차치하고 그 의미조차 바닥을 드러내고 있다는 것을 알았다.

키르기스스탄의 해발 1,600미터 위에 있는 이식꿀('따뜻한 호수'를 의미)의 광대한 물결을 바라보고 있을 때 나는 여행이야말로 내게 가장 큰 선물이라는 것을 알았다. 왕의 이발사가 당나귀 귀를 가진 왕의 비밀을 우물 속에 털어놓았다가 참지 못한 그 우물이 끓어 넘쳐 호수가 되었다는 이식꿀 호수에서 문자를 보냈다.

따뜻한 이식꿀 호수 곁의
이 멋진 도시 카라콜에서
홀로 자유롭게 살고 싶네

통신이 먹통인 지역이었고 당연히 문자는 가지 않았다. 그러나 우리는 이상하게 귀국해서도 서로 연락을 하지 않았다. 나는 그녀의 잔소리 덕분에 담배를 끊을 수 있었고 더 열심히 여행을 다닐 수 있었다. 모든 인연이 그렇지만 특히 그녀는 내게 긴 세월 동안 징검다리였고, 삶의 급류를 건너게 해준 소중한 인연이었다. 그런데, 그게 끝이었다. 간혹 풍문으로 서로의 근황을 알게 될 때면 나는 나와 다르지만 좋은 사람인 그녀가 잘 지내기를 바랐다.

결혼을 하지 못한 데는 정말 별다른 이유가 없었다. 머뭇거리는 사이에 세월은 나를 끌고 너무 멀리 가버렸고 그럴수록 결혼은 더 어려워졌다. 물론 나이가 더 들어 재혼 상대를 소개받기도 했는데, 더없이 훌륭하게 삶을 꾸려온 그녀에 비해 내 삶은 너무 단순했고 조촐했다. 나처럼 결혼의 굴레에서 원심분리되어 멀리 팽개쳐지는 사람들은 어느 순간부터 '외로움의 자유'에 깊이 길들여진다. 독신이 부지기수인 요즘에는 나 같은 사람들이 더 평범해 보이기도 하는데, 사람들은 막상 사정을 알고 나면 '어쩐지…'라고 자신의 없던 예지력을 내세운다.

나는 여유가 생기면서 주택에 살기 시작했고 정원에 라일락과 수수꽃다리를 심었다. 주택은 당연히 스피커 음악을 즐기기에 최고였다. LP 플레이어와 진공관 스피커를 사고 출장 갈 때마다 한나절을 음반 가게에서 보냈다. 5장 이상을 같이 포장하면 여행용 캐리어 안에서도 별 탈 없이 견디기 때문에 출장이 잦은 나는 어느덧 수집광에 속하는 앨범을 소유하고 있었다. 언젠가 타워레코드의 음반 코너를 뒤지다가 제프백의 '라일락 와인'을 발견하고 그 5장 속에 넣었으나 돌아와서 잊고 지냈다.

봄이 간지럽게 찾아온 휴일 아침 이를 닦다가 그 음반을 생각한다. 음반을 걸고 카트리지를 올리다 말고 커피 생각이 간절하다. 집 앞의 커피숍을 다녀와 음악과 함께 정원을 바라보며 마시고 싶다. 오랫동안 혼자 살다 보면 막심 고리키가 쓴 〈사람이 혼자 있을 때 하는 짓〉이라는 글처럼 혼자 모자에 햇살을 담아 따뜻하게 머리를 덮기도 하고, 혼잣말로 자신에게 위로도 하고, 간혹 물건들에게도 말을 걸기 마련이다. 그래서 거울을 보고 손바닥을 펼쳐서 내뻗으며 "커피 한 잔 어때?"라고 질문하고, 곧 주문 전화를 걸고 집을 나선다.

"안녕하세요?"

집을 나서던 내가 정원의 라일락 향기 때문에 잠시 서성이다 대문을 열었을 때다. 은영 선배다. 어린 은영 선배가 서 있다. 환장할 노릇이다. 오래전 그 목소리가 바로 앞에서 꿈길처럼 메아리친다. 은영 선배가 과거로부터 도움닫기 한 번으로 내 앞에 착지해 그 모습 그대로 서 있다. 아득한 현기증 속에서 선배의 이름을 소리쳐 부르려는 순간 목소리가 또 들린다.

"안녕하세요. 하연이라고 합니다."

갑자기 따끔거리는 이마를 만진다. 오른쪽 이마 윗부분, 언제나 약간 머리카락을 내려 가리는 부분의 흉터가 만져진다. 다시 눈을 들어 햇살을 등진 여자를 본다.

"서은영 씨 딸입니다."

'은영 선배?' 그래, 그 목소리. '다시 만나자'고 하더니, 그 오래전의 목소리로 내 앞에 다시 나타난 것이다. 입을 다물며 미간을 찌푸리고 다시 바라보자 그녀는 은영 선배보다 키가 약간 더 크다.

경호 녀석이다. 전화로 나를 불러냈는데 나는 그냥 집에 있겠다고 했었다. 하연이를 데려온 녀석이 먼발치에 서서 우리를 보고 손짓하고 다가온다.

"나도 얼마나 놀랐는지 몰라. 그래, 은영 선배 어렸을 때와 똑같지?"

경호 녀석은 나보다 훨씬 잘 살고 있었다. 광주시청 선양과를 통해 영우 형의 어머니를 찾아 인사를 다녔고 가끔 묘지에도 갔다. 그러던 중 얼마 전 은영 선배의 소식도 들었다고 했다. 선배가 남편과 함께 시작한 카페는 서울과 가까운 남양주 조안에서 유명한 맛집이라고 했다. 선배의 남편이 4년 전에 암으로 세상을 떠났고, 예쁜 딸이 하나 있다고 친절하게 설명했다.

사실 나는 외면해왔다. '해리성 기억상실증'처럼 지우고 싶었던 기억이 나중에는 생각조차 나지 않았다. 이마가 찢어지며 혼절하던 기억과 상무관의 처참한 시신들과 길거리 고등학생의 시신도 기억 속에서 지워야 했고, 결국 희미하게 지워졌다. 살아서 이유를 알고 싶어 했던 그 의지도 같이 지워져버렸다.

그런데, 재난 영화만 봐도 숨을 쉴 수 없었다. 삼풍백화점 붕괴, 대구 지하철 폭발, 성수대교 붕괴 뉴스 때도 가슴의 통증으로 숨쉬기 힘들었고, 세월호 뉴스를 본 날은 깊은 물속에서 숨이 멎어 몸부림치는 꿈을 꾸었다.

광주의 운동을 남파간첩이 선동한 폭동으로 일컫거나 폭도에게 보상금을 주는 이유를 항의하는 것도 참기 힘들었지만, 군사반란을 미화하는 무지함은 참아낼 수 없어 아스피린을 먹어야 했다. 분노하다 죽을 수도 있다. 그리고 실제 그런 사람들도 있다.

나는 다시 은영 선배의 딸 '하연'이를 바라본다. 큰 키와 하얀 얼굴에 시원한 눈매 위의 깊은 쌍꺼풀, 그리고 전체적으로 당당한 표정이 다시 봐도 내 기억 속의 선배다.

"아직도 혼자 궁상떠는 네 녀석을 보고 싶어 하는 사람이 있다. 가자!"

"어딜?"

"어디긴, 파비안한테 가는 거지."

"글쎄, 파비안은 화초 이름이고 파비안느? 아니 은영 선배?"

나는 급히 방에 들어가 옷을 갈아입는다. 그러다가 넥타이를 매고 있는 나를 발견하고 다시 옷을 갈아입는다. 거실에서 '라일락 와인'의 블루스 기타 음이 향기처럼 문틈으로 잔잔하게 스며들어온다. 경호 녀석이 이미 카트리지가 올려져 있는 LP 플레이어를 작동한 모양이다. 원래 청바지 차림대로 안방을 나서는 나를 바라보던 경호 녀석이 빙그레 웃는다.

핸들을 잡은 녀석의 염색한 머리를 보다가 문득 반백에 가까운 내 머리가 신경 쓰인다. 녀석의 눈치는 예나 지금이나 빠르다.

"뭐, 60 된 스무 살도 있고 20 된 육십 살도 있지. 아직 총각이니 넌 젊잖아?"

"그럼요. 아까운 총각님이네요."

"아차차, 그런데 커피를 안 찾았네…."

경호의 차가 두 개의 터널을 지나 조안으로 길게 피턴하고 있다. 새가 편안한 동네 조안(鳥安), 팔당호 주변을 자유롭게 날고 있는 새들을 보면서 선배의 식당도 동네 이름처럼 편안할 거라고 상상한다. 그런데 갑자기 내비게이션이 근처를 알리는 순간 가슴이 벅차오른다. 스카이다이버가 되어 까마득한 상공에서 아찔한 허공에 몸을 날려 과거로 수직 낙하하는 느낌이다.

"응, 엄마. 다 와가."

하연이가 휴대전화기를 내려놓는 순간 저 앞 길가에 누군가 나와 있다.

저 멀리 바람이 가꾸는 꽃밭처럼 저녁놀이 스민 붉은 구름꽃이 하늘 가득 피어나고 있다. 차가 멈추자 열린 창틈으로 보이지 않는 숨은 봄꽃 향기가 흘러들어온다. 선배다.

그녀의 뒤로 '봄날 저녁 바람'이라는 카페가 보인다. 언젠가 길을 지나다가 특이한 이름의 이 카페가 너무 궁금했지만 혼자였기에 그냥 지나친 적이 있다. 오늘 거기 와 있다. 봄날 저녁 바람 속으로 들어선다.

사십 년의 세월이 앞에 있다. 눈빛과 표정은 세월과 그대로 같이 흐른다. 화사하게 웃는 모습이 봄꽃처럼 시원스레 아름답다.

이은

소설가, ㈜SMC 대표이사. 1989년 단편소설 〈말의 화장(火葬)〉으로 《월간문학》 신인상 당선. 《인간과
문학》, 《월간문학》 등에 〈불빛 너무 하늘〉, 〈50° 100°〉를 발표, 중편소설 〈꼬리를 위한 연습곡〉, 장편소
설 《신발》, 장편동화 《황금나무숲》 등

– 오월 햇살을 빛내며 은어 떼처럼 뛰어오르는 기억. 광주 민중항쟁을 다시 만나러 가는 사람의 이
 야기이다.
– 더 깊이 다가서는 진실, 무상공유 정신이다.

개 한 마리 키우기

김남길

*
*
*

그동안 다녔던 직장에서 은퇴하고 개 한 마리를 키울 수 있는 공간을 마련했다. 지방 마을에 위치한 한적한 전원주택이다. 주택은 20평, 마당은 150평 정도 되었다. 사실은 아내와 노후를 보내기 위해 준비한 것이다. 하지만 아내는 두 아이가 독립할 때까지 도시에 남아 있기로 했다. 혼자 지방에 내려가서 지내게 되었지만 한편으론 바라던 바였다. 얼마 동안이든 누구의 간섭도 받지 않고 홀로의 공간을 누릴 수 있잖은가! 그토록 키우고 싶어 했던 개 한 마리를 키우면서.

딸과 아들은 어릴 때부터 개 한 마리를 사 달라고 졸랐었다. 텔레비전에 개들이 등장할 때마다 화면을 쓰다듬어 줄 정도였으니까. 나 역시 개를 키우고 싶었기 때문에 아이들의 편에 서 주었다. 그러나 반려견을 집 안에 들이는 일은 꿈도 꿀 수 없었다. 번번이 아내의 반대로 무너졌다.

"개는 절대로 안 돼. 동물은 모름지기 흙을 밟고 살아야 해. 특히 개가 흙 구덩이를 파고 놀지 못하는 것은 아주 불행한 일이야. 나중에 마당 있는 집으로 이사 가게 되면 그때는 열 마리라도 기르게 해줄게."

당시 아내는 현실적으로나 물리적으로 불가능한 선택을 강요했다. 가족이 교육, 직장, 쇼핑을 무시하고 수도권에 있는 아파트의 생활권에서 쉽게 벗어날 수는 없었다. 아내는 단지 개를 키우지 않겠다는 일념으로 그렇게 에둘러 말했었다.

"여보, 개를 좋아하는 것과 기르는 것은 달라요. 아이들은 처음에 개를 얻어 낼 목적으로 수단 방법을 가리지 않는 습관이 있어요. 처음엔 개 훈련, 목욕, 산책, 똥치우기 등등의 자질구레한 일들을 자기들이 해결하겠다고 자신 있게 말하죠. 보나마나 말뿐이에요. 아이들은 개를 안아주고 쓰다듬어 주는 것만 좋아하지 뒤처리는 신경도 안 쓴다고요. 내 주위의 사람들은 아이들을 믿고 개를 분양받았다가 얼마나 후회하고 있는지 몰라요. 결국에 뒤처리는 모두 엄마 몫으로 남으니까요."

아이들은 실망했고 나는 아내의 주장을 꺾기에 역부족이었다. 아내는 될 수 있는 한 아이들의 의사를 경청하는 민주적인 엄마가 되려고 노력하는 사람이었다. 그럼에도 불구하고 개를 강력하게 거부하는 까닭은 따로 있었다. 아내는 누구보다 개를 사랑하는 사람이었다. 그녀는 처녀 때 말티즈 한 마리를 애지중지 키웠다. 그 녀석은 장장 13년 동안 아내와 동거동락하다 세상을 떠났다. 아내는 말티즈의 빈자리 때문에 한동안 우울증을 앓았다. 그 후 다시는 개를 키우지 않으리라 다짐했었다. 아내는 개에 관하여 처음부터 책임지지 못할 일은 아예 벌이지 말라는 뜻으로 가족들에게 이야기했지만, 그것은 어디까지나 핑계에 불과했다. 아내는 순간순간 말티즈가 떠오를 때마다 여전히 마음이 아프다고 했다. 아마도 개를 키우는 기쁨보다 이별의 슬픈 기억이 더 두려웠기 때문이리라. 그렇게 개를 포기하고 살아온 세월이 어느덧 25년이나 되었다.

손 없는 날 이사를 했다. 간단한 옷가지만 챙기고 나머지는 현지에서 조달하기로 했다. 아내가 대동하여 집 안 청소를 거들었다. 새 거주지는 위치가 좋았다. 집 뒤로 낮은 야산이 둘러싸여 있고 전방으로는 너른 들녘이 펼쳐 있었다. 산 개울의 줄기는 남향집의 왼편을 끼고 내리막을 향해서 흘렀다. 굳이 풍수지리를 따지지 않아도 그 집터는 명당에 버금가는 훌륭한 자리였다. 이제 마당에서 뛰어노는 개 한 마리만 있으면 새 거주지의 세팅은 무사히 끝이나는 것이다.

집 정리를 마치고 아내와 뒷산을 올랐다. 전체적인 뒷산의 배경은 구릉성 산지로 크고 작은 몇 개의 산들과 연결되어 있었다. 가벼운 산책이나 적당한 트레킹을 하기에 좋을 것 같았다. 오솔길이 나 있는 잡목 숲은 비교적 헐렁한 편이었다. 여름에 숲이 우거지면 그런대로 시원해지리라. 아내는 주위 환경이 모두 만족스럽다고 했다. 나는 한술 더 떠서 아내가 이주하기 전까지 집 주변을 완벽하게 가꾸어 놓을 계획이었다. 큰 나무도 심고….

바위에 걸터앉아 아내와 이런저런 이야기를 나누는데 들개 한 마리가 나타나서 컹컹 짖었다. 환영인사 치고는 제법 쌀쌀맞은 태도였다. 들개는 우리를 감시하듯이 노려보며 주위를 맴돌았다. 이빨을 드러내며 으르렁거리는 모습이 무척이나 사나워 보였다. 들개는 멀리 달아나지 않은 채 주변에서 경계하며 짖었다. 젖이 길게 처져 있는 것으로 보아 새끼를 낳은 것 같았다. 아마도 어딘가에 은신처를 마련하여 새끼들을 돌보고 있는 모양이었다. 괜히 물리기 전에 자리를 피하는 게 상책이었다. 아내와 나는 뒷걸음치며 바위를 벗어났다. 들개는 한참이나 우리를 쫓아오며 짖다가 되돌아갔다.

아내는 두 아이가 있는 집으로 돌아갈 준비를 했다. 필요한 세간은 혼자서 천천히 준비하기로 했다. 아내와 마당을 나서는데 느닷없이 불청객이 나타나서 소리쳤다.

"개 팔아요. 개 삽니다. 개 파쇼!"

50대쯤으로 보이는 중년의 남자가 오토바이를 탄 채 지나가고 있었다. 그의 뒷좌석에는 확성기가 묶여 있었다. 확성기의 멘트는 마치 '당장 개를 끌고 나오시오!' 하는 것만 같았다. 그 말은 예전에 식용을 목적으로 개를 거래할 때 개장수들이 전문적으로 쓰는 용어였다.

법적으로 보호받지 못하던 시절의 개들에게 개장수란 그야말로 저승사자였다. 동네나 마을에 개장수가 출현하면 온 동네의 개들은 어떻게 알았는지 침묵하며 자기의 존재를 드러내지 않았다. 아무리 사납게 울부짖던 개라도 개장수를 보는 순간, 꼬리를 뒷다리 사이에 감추고 애써 개장수의 눈을 피했다. 개들은 영혼을 본다고 한다. 개장수의 아우라에는 죽은 개들의 영혼들이 덕지덕지 붙어서 따라다닌다. 개들의 눈에는 그 지옥의 모습이 보이기 때문에 그 자리에서 설설 기며 오금을 저리게 된다. 괄약근이 저절로 풀리며 오줌과 똥을 싸지 않고서는 못 배기는 상태가 되는 것이다. 나는 굴욕적인 개들의 그 모습을 탐사보도로 보았던 기억이 생생하게 떠올랐다. 지금 개장수는 당시의 동물학대 현장을 재현하고 있는 셈이었다.

"개 팔아요. 개 삽니다. 개 파쇼!"

개장수는 날마다 시도 때도 없이 내 집을 겨냥하여 소리치고 다녔다. 시끄러운 것은 둘째 치고, 순전히 고의적인 행동이라는 것에 화가 치밀었다.

"이봐요! 잠깐 봅시다!"

내가 개장수를 부를 때마다 개장수는 들은 체도 하지 않았다. 쫓아가면 오토바이를 몰고 쏜살같이 사라졌다. 도대체 뭐 하자는 짓인지! 개장수의 억지스러운 도발이 나를 이상하게 흥분시켰다. 우리 집은 마을에서 꽤나 떨어져 있는 단독 세대이다. 주위 500미터 이내에 다른 집은 없었다. 더구나 나는 강아지 한 마리 키우지 않는 상태고. 비록 개장수의 행위가 합법이라 하더라도 굳이 내 집 주위에서 기웃거리며 개를 구걸할 이유가 전혀 없는 것이다.

그 의문은 오래되지 않아 풀렸다. 마을 주민들과 인사를 나누다가 자연스럽게 개장수에 대한 이야기를 들었다. 개장수는 이웃 마을에 사는 토박이 농부였다. 그는 본디 외지인들이 마을에 와서 사는 것을 달가워하지 않는 사람이었다. 그 와중에 외지인과 땅 문제로 시비가 붙은 사건이 벌어졌다. 도시에서 살다 온 귀농인이 땅을 샀는데, 그 땅의 일부가 개장수의 토지와 겹쳐 있었던 것이다. 지적도상으로 개장수 소유의 과수원이 귀농인의 토지를 일부 침범해 있었다. 약 대여섯 그루의 과실수를 베어내야 서로 간의 경계가 구분되는 위치였다. 귀농인은 개장수에게 지적도에 표시되어 있는 자기 토지를 돌려달라고 요구했다. 그러기 위해서는 개장수 소유의 과실수를 뽑아서 옮기거나 베어내야만 했다.

개장수는 단호히 거부했다. 오히려 과실수가 심어져 있는 그 땅은 집안 대대로 물려받은 자기 소유의 토지라고 주장했다. 토지는 예전부터 먼저 사용하던 사람에게 우선권이 있다는 논리였다. 귀농인은 그의 주장을 당연히 인정하지 못했다. 그래서 서로의 경계를 확실하게 하기 위해 지적측량을 신청했다. 그러나 관청에서는 지적측량이 계속 보류되었다. 먼저 분쟁 당사자끼리 원만한 합의를 한 후에 측량을 해주겠다는 것이었다. 큰 싸움이 벌어질 것이 뻔했기 때문이었다. 농촌에는 불합리한 관행이 관습처럼 자리 잡고 있었다. 특히 원주민들의 텃세는 법의 잣대로 해결하기 어려운 문제들이 많았다. 사소한 토지라도 문제가 생기면 외지인에게만큼은 불리하게 작용하는 게 현실이었다.

귀농인은 할 수 없이 과실수가 살아 있는 동안에는 그 땅을 개장수에게 양보하기로 합의했다. 나중에 과실수를 교체할 때 측량하여 토지를 회수하기로 했다. 서로 얼굴 붉히지 않으며 살아가려니 어쩔 수 없는 선택이었다. 하지만 그 일로 개장수는 심사가 단단히 뒤틀리고 말았다. 안 그래도 외지인들을 좋지 않게 보았던 시선에 피해의식까지 더해지게 되었다. 그래서 외지인들이라면 무조건 싸잡아 비난하게 되었고, 그 불만의 표시로 자기만의 거부 행사를 하고 다니게 되었다고 한다.

"개 팔아요. 개 삽니다. 개 파쇼!"

나는 비로소 개장수의 요구가 '이 마을에서 당장 나가라!'는 뜻임을 알아차렸다. 알고 보니 전 주인도 개장수의 등쌀에 못 이겨 집을 내놓았던 것으로 전해졌다. 개 한 마리 키우는 게 숙원사업이었는데 나가라니! 어처구니가 없었다. 개장수의 무모한 행위는 엄연히 불법이었다. 실제로 개를 사는 것이 아니라도 주민들에게 피해를 주는 악성 소음만큼은 민원의 대상이었다. 하지만 그 역시도 이해하기 어려운 벽에 가로막혀 있었다. 한 외지인 아주머니가 이렇게 말했던 까닭이다.

"그동안 우리가 가만히 있었겠어요? 저 개장수 좀 어떻게 해달라고 면사무소, 지구대, 군청에 민원을 얼마나 넣었는데요. 해결이 안 돼요. 여기 사는 사람들은 모두 사돈의 팔촌으로 엮여 있어요. 한 다리만 건너면 조카가 경찰서장이고 아재가 도의원이에요. 관청에서 통지하는 내용은 하나같이 '마을사람들끼리 융합하여 사이좋게 지내시오.'라는 것뿐이라고요."

또 다른 문제도 있었다. 집을 비운 사이에 누군가 현관 앞에 똥을 싸놓거나 한밤중에 돌멩이가 날아오는 일들이 가끔 발생한다고 했다. 하나같이 외지인들이 겪는 고충이었다. 나는 할 말을 잃었다. 겉으로는 아름다워 보이는 마을이 이렇게 심각한 골병이 들어 있을 줄이야! 그러고 보니 나는 집을 구할 때 마을의 속사정 따위는 전혀 고려하지 않았다. 인터넷에 떠 있는 급매물을 보자마자 너무 마음에 들어 덥석 물어버렸다. 아, 이제 와서 어쩌랴. 기차가 떠나도 개는 짖듯이 나는 이미 집을 샀고 개는 키워야 한다.

"개 팔아요. 개 삽니다! 개 파쇼!"

개장수는 오늘도 확성기에 대고 핏대를 올렸다. 그는 외지인들하고는 아예 말을 섞지 않았기 때문에 대화가 불가능했다. 피차 무시하는 처지가 되었다.

머리가 아파 뒷산으로 올라갔다. 그나마 위안을 삼을 수 있는 장소가 있다는 게 얼마나 다행스러운지! 희끗희끗 가벼운 눈발이 날렸다. 봄날을 기다리는 꽃샘추위가 마지막 눈꽃 축제라도 열리는 모양이었다. 바위가 있는 곳에 잠시 걸터앉아 쉬었다. 낑낑 소리가 들렸다. 주위를 살펴보니 바위 밑에 작은 굴이 있었다. 입구에는 짐승이 드나든 흔적이 있었고, 굴 안에는 어린 강아지들이 숨어 있었다. 얼마나 예쁘던지! 지난번에 보았던 들개의 새끼들인 것 같았다. 어미는 배를 채우러 갔는지 보이지 않는다. 강아지들은 내 눈치를 보며 슬금슬금 뒷걸음질쳤다. 어미는 열악한 환경에도 젖을 잘 물렸는지 강아지들은 토실토실 살이 쪄 있었다. 만져 보려고 했으나 손이 미치지 않는다. 한 마리가 슬그머니 기어 나와 내 손바닥을 핥았다. 여러 마리 중에 응당 호기심이 많고 붙임성이 좋은 녀석이 있기 마련이다. 그 녀석을 몇 번 쓰다듬어 주고 다시 굴 안으로 밀어 넣었다. 어미가 사람의 냄새를 맡고 싫어할

지도 모른다. 한 번씩 올 때마다 강아지의 상태를 지켜보기로 했다.

"개 팔아요. 개 삽니다. 개 파쇼!"

개장수의 쩌렁쩌렁한 확성기 목소리는 여전했다. 그는 하루에도 족히 서너 번씩은 우리 집을 왕래하고 있었다. 아직은 농한기라 여유가 있을 것이다. 곧 바쁜 농사철이 다가오면 한가하게 확성기 따위나 들고 다닐 시간은 나지 않겠지. 그때쯤에 개 한 마리를 분양받으리라 생각했다. 좋은 개를 분양받는 것은 일도 아니다. 굳이 돈을 들이지 않아도 강아지를 분양해 주겠다는 지인들이 여럿 있었다.

"개 팔아요. 개 삽니다. 개 파쇼!"

오늘 따라 개장수의 멘트 중에서 '파쇼!'라는 외침이 유난히 귀에 거슬렸다. 아무리 생각해도 그가 외치는 파쇼는 분명히 폭력이 동반되어 있는 파쇼적인 짓거리였기 때문이다.

1980년, 중학교 수업시간 때였다. 대부분의 선생들은 분필로 절반의 수업을 진행했고, 나머지 시간은 몽둥이로 가르쳤다. 당시의 교실은 시시때때로 몽둥이 타작 소리가 메아리쳤고 학생들은 신음으로 몸살을 앓았다. 학교에서도 폭력이 암묵적으로 용인되던 파쇼 시절이었다. 나는 친구들이 대걸레 자루에 맞아 엎어지는 모습을 볼 때마다 잔뜩 겁에 질렸었다. 매를 맞기 위해 기다리는 공포의 그 숨 막힘이란! 빠르게 요동치는 심장은 그 상황이 얼마나 무섭고 두려웠던지 가슴 밖으로 튀어나갈 것 같았다.

나는 그 두려움이 싫어서 매를 맞을 때마다 가장 먼저 엎드려뻗쳤다. 첫 번째로 맞는 사람은 이유를 막론하고 가장 세게 얻어터졌다. 선생은 가장 힘이 좋을 때 팔뚝을 걷어붙이고 본보기로 대걸레를 사정없이 휘둘렀기 때문이었다. 먼저 맞는 매는 아팠다. 열 대를 맞고 난 허벅지는 순식간에 부어올라

새파란 줄무늬가 생겼다. 의자에 앉기가 고통스러울 정도였다. 그렇다 하더라도 속담처럼 매는 먼저 맞는 게 나았다. 적어도 기다리며 느끼는 공포의 시간만큼은 사라졌으므로.

　문제는 그 다음에 생겼다. 나는 자리에 앉은 채로 아이들이 맞는 모습을 느긋하게 지켜보았다. 그때 매 맞는 아이들의 고통스러운 표정들이 어찌나 익살스럽게 보였던지! 아이들이 이를 악물고, 인상을 쓰고, 찡그리고, 엉덩이를 들썩이고, 몸을 비트는 장면 연출은 그야말로 개그 자체였다. 나는 웃음을 참기 위해 입을 틀어막고 버티다가 급기야는 빵 터뜨리고 말았다. 그 대가는 처절했다. 보너스로 대걸레 다섯 대를 더 맞았다.

　그 후에도 특정 수업시간마다 똑같은 연출이 반복되었다. 선생은 나를 반항아로 지목하고 귀를 잡아당기며 '개또라이'라 저격했다. 당시 나는 교실 안에서 개처럼 끌려다니는 수모를 당했다. 억울했다. 당시의 그 웃음은 그냥 웃겨서 웃은 것뿐이었으니까. 웃는 것도 죄가 되었던 그때의 '개 파쇼' 사건은 아직도 잊지 못한다. 지금도 깊은 트라우마로 남아 있다.

　"개 팔아요. 개 삽니다. 개 파쇼!"

　"개 파쇼! 당신이야말로 개 파쇼야, 이 파쇼 놈아!"

　나는 악을 쓰듯이 개장수를 향해 욕을 퍼부었다. 한 번도 아는 체 하지 않던 개장수가 힐끗 뒤돌아보았다. 그러고는 다시 부르릉 도망치듯이 사라졌다.

　그 날 이후, 개장수의 멘트가 바뀌었다.

　"약 내려 드립니다! 바둑이, 똘똘이, 발바리, 멍멍이, 왈왈이, 점박이, 개똥이. 진하게 내려 드려요!"

　들자하니 개장수는 한때 진짜 개장수를 했었다고 한다. 그 말이 사실인지는 모르겠다. 하지만 멘트가 자연스러운 것으로 보아 빈말은 아닌 것 같았다. 실성하지 않고서야 저럴 수는 없는 것이다. 개 한 마리 키우기가 이렇게 어려울 줄은 정말 몰랐다. 나는 부동산에 집을 내놓아야 할지를 심각하게 고민하게 되었다.

봄이 성큼 다가오고 있었다. 어느 순간, 길가의 쑥들이 눈에 띄게 파릇파릇하게 자라 있었다. 아지랑이가 피어오르는 길을 따라 산책하고 있을 때였다. 오솔길 옆에서 강아지 한 마리가 불쑥 나타났다. 얼마나 뒹굴었는지 온몸이 흙투성이다. 녀석은 꼬리를 사정없이 흔들며 내 발밑에서 칭얼거렸다. 몇번 만났다고 아는 체 하는 것일까? 보아하니 호기심이 많고 붙임성이 좋았던 그 녀석이었다. 아직은 어미의 품에서 자라야 할 것 같아 녀석을 데리고 바위굴을 찾아갔다.

굴 안은 텅 비어 있었다. 어미는 나머지 새끼들을 데리고 어디론가 떠난 것 같았다. 이 강아지는 나를 위해 운명처럼 남겨진 것일까? 문득 그런 생각이 들었을 때, 저 아래서 개장수의 멘트가 아련하게 들려왔다.

"약 내려 드립니다! 바둑이, 똘똘이, 발바리, 멍멍이, 왈왈이, 점박이, 개똥이. 진하게 내려 드려요!"

김남길

아동작가. 《소똥구리가 배고프대요》, 《나무들이 재잘거리는 숲 이야기》, 《참으로 당돌한 학교》 등

- 〈개 한 마리 키우기〉는 현대인들이 자기만의 공간을 자기 의지대로 갖기 어려운 처지를 그린 콩트이다. 시골 민심 또한 예전 같지 않아 더불어 살아가기 어려운 실상을 이야기하고 있다.
- 서로 나누고 널리 공유하는 셀수스협동조합의 정신에 입각하여 이번 작품집에 참여했다.

빽판 혁명

김형진

$$*$$
$$*$$
$$*$$

1. 아인슈타인의 탄생

　누군가 유령처럼 나를 따라왔다. 지하철을 타면서부터 미행당하는 낌새를 느꼈다. 미행자가 눈치 채지 못하게 지하철 신문 판매원한테서 스포츠 신문 한 장을 샀다. 1면에 큰 글씨로 인쇄된 〈1982년 프로야구 코리안 시리즈 우승컵의 행방은?〉 헤드라인을 보는 척하면서 촉각을 세웠다. 그러나 형사로 예상되는 미행자는 보이지 않았다. 종로3가역에서 내렸다.

　내 가방 안에는 인류 최초 공산주의 국가를 건설한 레닌의《무엇을 할 것인가?》영문판 책도 들어 있었다. 이 책은 국가보안법 위반 이적표현물이다. '광주학살 원흉 전두환 정권 타도하자' 시위 주동 혐의로 나는 수배 중이다. 지하철역을 빠져나오면서 미행자를 따돌릴 곳을 찾는데 세운상가 건물이 보였다. 건물 평당, 서울에서 인구밀도가 가장 높다는 저곳은 미행자를 따돌리

168

기에 적합한 장소다. 건물 외벽에 설치되어 있는 시멘트 계단을 통해 2층으로 올라갔다. 그리고 구름다리 쪽으로 천천히 걸어갔다. 양쪽 건물 2층끼리 연결한 공중보도를 '구름다리'라고 불렀는데 거기엔 늘 사람들이 북적거렸다. 내 예상이 맞았다. 거기서 판매하는 불법 복제 음반인 빽판을 구매하려는 학생들 사이에 끼어들었다.

도망칠 기회를 엿보고 있던 내게 그 순간이 다가왔다. 대형 중고 냉장고를 리어카로 운반하는 인부들이 지나가며 내 몸을 가릴 때 건물 안으로 뛰어들어갔다. 그리고는 비상구 쪽으로 빠져나가 건물 구석, 대형 변압기 뒤쪽에 몸을 숨겼다. 한동안 가쁜 숨을 몰아쉬며 있는데 '사원모집 공고' 종이가 보였다. 여기는 외진 곳이라 지나가는 사람이 없는데, 이걸 왜 여기 붙여놨을까? 하는 의구심이 '팝송상식 겸비자 우대'라는 문구에 사라졌다.

경찰 수배 상황에서 얼떨결에 나는 세운상가로 숨어들었다. 여기는 천국이다. 정부의 검열로 발매금지된 도색잡지, 포르노 비디오 Tape, 게임기, 그리고 해외 음반사에 로열티를 안 주고 찍어내는 음반, 빽판까지 구하지 못하는 게 없는 불법천국이다. 한편 내게는 추억 어린 장소이기도 했다. 고등학교 시절 팝송에 심취했던 나는 주말마다 빽판을 사러 세운상가에 왔다. 그래서 미행자를 따돌릴 수 있다는 자신감도 이곳의 특별한 건물구조를 잘 알고 있기 때문이다. 세운상가 1층부터 3층까지는 전자제품 판매점이 빽빽하게 들어차 있고 4층부터 8층까지는 초창기엔 아파트였다고 했다. 그러나 지금은 대부분 공장으로 사용되고 있었다.

내가 근무하고 있는 세운상가 나열 702호, 출입문에는 '월드뮤직'이라는 아크릴판 회사명이 걸려 있다. 불법으로 레코드판을 제조하는 '월드뮤직'은

음반 도매상으로 위장한 업체다. 어제 첫 월급을 받았으니 여기서 일한 지 1개월이 됐다.

가을 날씨 치고는 서늘했지만 가내수공업 방식의 10평 남짓한 공장 안은 선풍기를 틀어놓고 있었다. 지름 30cm 플라스틱 빽판의 검정판 틀을 만들기 위해 PVC와 카본을 섞은 후 보일러로 가열하고 있었다. 덜덜거리며 돌아가는 환풍기 팬에는 먼지가 덕지덕지 붙어 있는데, 제작에 쓰이는 화학원료 냄새를 배출하고 있는지 굳이 알고 싶지 않았다.

나의 업무는 프레스 기계로 빽판을 찍어내고 팝송 제목 라벨을 만들어 부착하는 거였다. 빽판의 모태가 되는 금형 니켈판을 떠내는 고도의 기술을 요하는 작업은 유일한 동료인 박씨 아저씨 몫이다. 연말을 앞두고 캐럴 음반 특수에 덩달아 빽판 캐럴 주문도 숨 돌릴 틈이 없었다. 나는 흥건히 젖은 러닝 셔츠만 입고 오전 8시부터 점심까지 팻분(Pat Boone)의 크리스마스 캐럴 음반 1천 장을 찍어내고 있었다. 내가 체력의 한계를 절감하고 있을 때, 사무실로 전화 한 통이 걸려왔다.

"월드뮤직입니다, 네! 사장님."

박씨 아저씨가 '네 알겠습니다'로 전화통화를 끝내고 다가왔다.

"빽판 하나가 노났는데, 물량을 더 뽑자고 사장이 원판 갖고 밤에 오신다네."

초대형 히트를 쳤다는 세운상가 은어인 '노났다'는 빽판을 갖고 오겠다는 사장은 소매점 유통 배달까지 직접 챙긴다고 했다. 워낙 바쁘신 몸이라 공장엔 한 달에 한 번 정도 방문한다는데 오늘이 그날인 셈이다.

"미스터 킴은 사장님 얼굴 본 적 없지?"

"예~ 여기 들어올 때도 아저씨가 면접 봤잖아요."

"그러네, 나는 점심 먹을 겸 해서 장모님 입원해 있는 병원에 좀 갔다 올게."

아들 뻘인 나한테 호칭을 미스터 킴이라고 불러주는 마음씨 좋은 박씨 아저씨가 나갔다. 후덥지근한 보일러 열기에 화학원료 냄새가 버무려져 정신이 혼미했다. 아마도 접착제 본드 흡입이 이럴 것 같다. 일단 보일러 스위치를 내렸다. 세상이 조용해졌다. 살 것 같다. 공장 한쪽 벽면은 도서관처럼 빽판 수만 장이 진열대에 채워져 있다. 거기서 내가 가장 좋아했던 레드 제플린의 노래 'Stairway to Heaven(천국으로 가는 계단)'이 수록되어 있는 레코드판을 꺼내 턴테이블 위에 올려놓았다. 익숙한 영어 가사를 나지막하게 따라 불렀다. 약간의 여유가 생겨 창밖을 본다. 종로3가 빈민가 주택 지붕 위에 폐타이어들이 난잡하게 얹혀 있다. 혹시라도 불어닥칠 거센 바람에 빈약한 지붕이 날아가는 것을 방지하기 위해서다.

세운상가 건물 주변의 전봇대들을 등나무 줄기처럼 휘감고 있는 전깃줄은 좁은 골목 깊숙한 곳까지 침투해 있었다. 나는 여기서 숙박을 해결하며 박씨 아저씨 퇴근 후, 레닌의 영문판 책을 번역하고 있다. 1917년 무장봉기 혁명으로 러시아에 공산주의 국가를 건설한 레닌의 저서 《무엇을 할 것인가?》 영문판은 대기업에 다니는 서클 선배가 일본 출장을 갔다가 구입해준 거다. 한 달 동안 매일 밤 레닌 책 번역에 매달려온 나는 꿈에서도 레닌을 만나 책 내용을 잠꼬대처럼 얘기했을 정도로 몰두했다. 번역이 매끄럽지 못할 때는 여기 있는 레코드판 노래를 들었다. 마침내 《무엇을 할 것인가?》 한글 번역을 다 했고, 이제 타이핑할 일만 남았다.

환기를 위해 늘 열어놓는 출입문을 닫고 문의 손잡이 버튼을 꾸욱 눌러 잠갔다. 타자기에 A4용지 한 장을 걸었다. 드르륵 하며 경쾌한 소리로 흰 종이가 첫 타이핑을 받아들일 준비를 완료했다. 타이핑을 해서 한 부를 완성한 후 그걸 원본으로 복사본 30부 정도를 만들어 주요 대학에 전달한다. 그러면 그걸 또 복사해서 학생들에게 배포하는 것이다. 그러나 레닌의 《무엇을 할 것인가?》 제목을 곧이곧대로 타이핑하면 문제가 발생할 수 있다. 이 책자를 갖고 있다가 경찰 검문에 걸리면 불온서적 소지죄로 처벌받기 때문이었다. 그래서 책 내용 중에 경찰이 보기에 불순한 단어는 아예 바꿔버렸다. 러시아는 미국으로, 사회주의 혁명은 회사주의 개발로, 무장봉기는 무봉 등으로 단어를 변경했다. 그렇지만 운동세력 학생들은 대충 감안해서 읽을 수 있다.

자, 그러면 레닌은 누구로 바꿀까? 대체할 만한 유명인물이 얼른 떠오르지 않아서 주위를 둘러보다가 영국 그룹 롤링 스톤즈의 'Sympathy For The Devil' 레코드판을 발견했다. 표지에 있는 롤링 스톤즈의 보컬, 믹 재거가 혀를 길게 내민 사진이 레닌 이름 변경에 결정적인 도움을 줬다. 기자들 앞에서 장난스럽게 혀를 내밀고 사진촬영 포즈를 취하던 아인슈타인을 연상케 한 것이다. 아인슈타인 빙고! 이제 레닌의 '무엇을 할 것인가?'는 아인슈타인의 '상대성 이론으로 무엇을 할 것인가?'로 위장이 시작된다. 제일 먼저, 제목을 피아노 건반 치듯 타닥타닥 타이핑했다. 먹줄도 새 걸로 교체한 지 얼마 되지 않아 선명한 글씨가 또박또박 찍혀 나왔다.

이때 출입문 손잡이가 돌아가는 소리가 들렸다. 누가 왔다. 부리나케 레닌의 원본 책과 타자 중인 용지를 숨겼다.

"누구세요?"

내 물음에 '사장'이라는 단어가 문 밖에서 짧게 들려왔다. 저녁쯤 온다고 했는데 너무 일찍 왔다. 문을 열자마자 사장이 성큼 들어왔다. 덩치는 작지만 눈매가 매서운 50대 중반의 전형적인 세운상가 장사치 모습이었다.

2. 음악의 진실 보존 법칙

"사장님! 처음 뵙겠습니다. 저는 김병근이라고 합니다."

사장이 묻지도 않았는데 가명으로 나를 소개했다. 그러자 팝송 영어 제목을 타자기로 틀리지 않고 잘 친다는 얘기를 박씨한테 들었다고 사장이 칭찬한다. 하지만 공업고등학교 졸업한 걸로 신분을 위장한 내가 영어 타이핑을 잘한다는 건 약간 의심을 살 만한 행동이었다. 세운상가에서 발매되는 빽판의 영어 제목은 오탈자투성이다. 예를 들어 'Stairway to Heaven'에서 'Stairway(계단)'이 'Star way(별길)'라는 엉뚱한 단어로 바뀌어도 구매자 누구도 불평을 하지 않았다. 영어 스펠링도 일부러 틀리게 타이핑했어야 했는데, 그것까지 내 생각이 미치지 못했다.

사장이 메고 온 배낭에서 레코드판 한 장을 꺼냈다. 오늘 찍어낼 빽판의 오리지널 원판인 레인보우(Rainbow) 레코드판이었다. 오랜 벗을 만난 듯 반가웠다. 고등학교 시절, 세운상가에서 영국 그룹 레인보우 1집을 빽판으로 샀던 기억이 났다. 그러나 나는 아는 체를 하지 못했다.

본격적인 작업에 앞서, 보일러 가열을 위해 연료탱크에 등유를 부어 넣었다. 보일러 등유는 그을음이 심했지만 세운상가에서는 싼 맛에 다 이걸 썼다. 사장은 니켈판 금형 틀을 만들기 위해 커팅판 상태를 현미경으로 세밀하게 살펴보고 있었다. 잠시 후 니켈판 금형을 짜기 시작했다. 박씨 아저씨만큼 능숙한 솜씨다.

"이게 아빠판이야."

사장이 처음 만들어진 판을 손가락으로 가리켰다. 아빠판 한 장으로 열 장의 복사판을 찍어내는데 그건 '엄마판'이라고 불렀다. 그리고 엄마판 한 장으로 약 이천 장 정도의 빽판이 만들어지는데, 그 이상을 찍으면 음질이 조악해지고 겉 표면도 거칠해져 턴테이블 바늘이 잘 넘어가지 않는다. 불량품이다. 빽판 제조 공정은 학생운동 세력의 유인물 제작과 흡사했다. 우선 타자기의 자판 요철만으로 스텐실 페이퍼에 타이핑을 하고, 이 스텐실 페이퍼를 등사기에 부착한다. 그리고 검은 잉크를 묻힌 롤러를 일일이 손으로 밀면 반정부 유인물이 찍혀 나온다. 보통 200장 정도 유인물을 밀고 나면 스텐실 페이퍼가 너덜너덜해져, 글자가 흐릿해진다. 그러면 새로운 스텐실 페이퍼로 교체한다.

첫 프레싱으로 탄생한 빽판을 사장이 조심스레 뽑아들었다. 마치 산부인과 의사가 갓 태어난 아기의 몸 상태를 살피는 장면을 방불케 했다. 그리고 턴테이블 위에 빽판을 올려놓는다. 생산된 제품의 품질 테스트다. 턴테이블 카트리지의 바늘이 헬기가 착륙하듯 사뿐히 빽판에 내려앉는다. 잠시 지지직거리는 잡음이 들리고 양쪽 스피커를 통해 음악이 흘러나왔다.

"좋아, 오케이, 땡큐!"

사장이 흡족한 듯 앰프의 베이스 볼륨을 높이자 드럼사운드가 스피커 우퍼를 빵빵 쳐댔다. 잠시 음악감상을 하고 있는데 사장이 레인보우 그룹의 원판과 전두환 정부의 심의를 거친 라이선스판을 각각 양손에 들고 퀴즈를 냈다.

"영국 원판이랑 라이선스 한국판이랑 비교해서 빠진 노래가 뭔지 알겠어?"

원판에는 있지만 정부의 심의, 검열로 삭제되어 라이선스판에는 수록되어 있지 않은 노래를 찾아보라는 거였다. 금방 찾으면 안 될 것 같아서 내가 뜨문뜨문거리자 사장이 답답한 듯 손가락으로 원판의 'Side A' 첫 번째 노래 제목을 지목했다.

"Kill the King이라는 노래잖아! 그러면 이게 왜 한국판에는 없을까?"

174

사장의 연이은 질문에 'Kill the King' 제목에서 "King이라는 단어가 대통령 전두환을 떠오르게 해서 심의에 걸렸다"고 똑 소리나게 설명하려다가, "잘 모르겠는데요"로 말꼬리를 흐렸다. 그러자 사장이 목소리를 낮추고 "왕을 죽이라는 영어 제목이 이 사람을 생각나게 해서 그런 거잖아" 하면서 자신의 벗겨진 대머리를 손으로 쓰윽 밀어 넘겼다. 그러고 보니 사장의 머리 모양새가 전두환 대머리랑 비슷했다. 사장은 고난의 역사를 자기가 다 짊어진 듯한 폼으로 담배 한 가치를 꺼내 입에 물었다.

"우리가 비록 불법으로 빽판을 찍어내지만, 그 덕분에 원판에 있는 금지곡이 빠지지 않고 사람들한테 알려진다고. 이게 바로 음악의 진실 보존 법칙이야."

담배 연기를 내뱉으며 사장이 유식해 보이려고 '음악의 진실 보존 법칙'이라는, 분명 자기도 이해 못하는 문장을 구사했다. 하지만 이런 사장 밑에서 일하는 게 다행이었다.

나는 한 시간 동안 쉬지 않고 프레싱 작업을 했다. 고막이 얼얼할 정도의 기계 소음 속에서 걸려온 전화를 사장이 용케도 알아듣고 받았다. 어깨 한쪽에 수화기를 걸치고 오른손으로 소매상 상호와 빽판 수량을 종이에 받아 적었다. 전화를 끊자마자 또 다른 업무지시가 내려왔다.

"가게들마다 물건 달라고 난리가 났어! 영업 뛰러 가자."

3. 빽판 제조에서 유통까지 보안수칙

오랜만의 외출이지만 수배자인 내겐 달갑지 않았다. 그나마 차를 타고 빽판을 배달하는 거라 검문은 피할 수 있었다. 세운상가 정문 계단 앞 도로변에서 늘 대기하고 있는 지게 아저씨들이 '82년 히트송 가요 모음집' 빽판들이 담긴 박스들을 용달차에 실어 날랐다. 올해 히트했던 가요들만을 골라서 제작한 일종의 편집앨범 레코드판이다. 요거 한 장만 사면 기존의 정식 허가받은 라이선스 레코드판 열 장 구매의 효과와 맞먹는, 즉 사장의 기획력이 돋보이는 불법 행위였다. 삼륜 용달차는 교통체증이 심한 세운상가 도로를 벗어나 청계고가도로에 올라섰다. 여기서부터는 시원하게 뚫릴 줄 알았는데 막히기는 매한가지였다. 앞좌석 조수석에 앉은 내가 운전 중인 사장에게 행선지를 물었다.

"사장님, 어디로 배달 가는 거예요?"

"서울대 지역."

사장의 대답에 내가 당황하며 되물었다.

"서울대 지역이면 서울대학교인가요?"

"그건 아니고 서울대 근처 신림동, 봉천동 레코드방에 가는 거야."

하마터면 내가 시위 주동을 했던 대학교에 빽판을 배달하러 갈 뻔했다. 사장 말에 의하면 빽판 수요가 많은 대학별로 배달지역을 나눴는데, 그래야 영업 관리가 한눈에 들어온다고 했다. 동부, 서부, 남부, 북부 지역으로… 이래저래 학생운동 조직과 비슷한 행보를 보이는 불법음반 제작, 유통 조직이다. 삼륜 용달차가 신림 사거리 빨간 신호등 앞에 멈춰 섰다. 창밖으로 대기 중인 전투경찰 버스와 전경들이 보였다. 차 안이라 전혀 문제가 없는데도 괜히 불안했다. 고개를 왼쪽 운전석으로 돌려 사장과 이야기를 나누는 척했다.

"사장님, 올해 최고로 노가 난 판이 뭐예요?"

"그거야 오늘 배달하는 히트송 가요 모음집이지. 그런데 이게 쬐까 껄끄러운 일이 생겼어."

"일이라뇨?"

"요 판에서 내가 건전가요를 빼버렸어. 그래서 지금 들리는 소문이 안 좋아."

전두환 정권은 한국가요 레코드판 마지막 트랙에 의무적으로 건전가요라 불리는 '군가', '정권찬양가' 등을 한 곡씩 삽입하게 했다. 그런데 건전가요를 뺐다는 행위만으로도 전두환 정권에 저항하는 듯 보여서 사장에게 동지적 애정을 느꼈다. 비장하게 내가 다음 질문을 던졌다.

"왜 건전가요를 빼셨어요?"

"그건 말이지…."

원하는 멋진 답변을 기다렸는데 사장은 나의 기대를 저버렸다.

"히트곡 하나라도 더 넣어서 많이 팔려는 거지."

아마도 구두쇠 스크루지 영감이 우리 사장처럼 생기지 않았을까? 그런 상상을 하고 있는데 가파른 언덕길을 숨차게 넘어가던 용달차가 어느 레코드 판매점 앞에 멈춰 섰다.

"내리자!"

사장의 지시에 나는 비명을 지를 뻔했다. 내가 소속된 운동조직의 비밀 아지트가 있던 동네였다. 내가 도살장에 끌려가는 소마냥 비척대고 있는데 사장이 빽판이랑 두루마리 휴지도 같이 옮기라고 했다.

"휴지는 왜요?"

"혹시라도 경찰이 보면 휴지 파는 걸로 위장하는 거야."

사장의 지시대로 동네 레코드판매점 진열대 밑으로 빽판이 들어 있는 박스를 넣어줬다. 라이선스판을 파는 진열대 밑에 빽판을 숨기고 보이지 않게 커튼으로 가려놓는다. 규모가 큰 세운상가는 아예 드러내놓고 팔지만 동네 레코드판매점들은 숨겨놓고 팔았다. 단골한테만 빽판을 팔고 모르는 사람한테는 절대 팔지 않는다고 했다. 다들 원칙에 충실하지 않으면 문제가 터진다고 사장이 강조했다. '서울대 지역' 판매점 여섯 군데 배달을 무사히 마치고 돌아오는 길에 사장이 라디오를 틀었다. 올해의 최대 히트 가요가 흘러나왔다. 운전대를 잡고 전방만 주시하는 사장이 장황설을 늘어놓는다.

"우리가 만약 빽판을 공급하지 않으면, 노래도 돈 많은 부자들만 들었을 거야. 물 건너온 원판 한 장이 광화문 레코드방에서 삼만 원인데, 빽판은 구백원이야. 물론 우리가 소매상에 밀어내는 가격이지만."

이 와중에도 사장은 장사꾼답게 도매 이윤까지 계산하고 있었다. 그러나 이런 사장이 밉지만은 않았다. 오랜만에 보는 서울 시내 거리, 가을 햇살의 노곤함에 깜박 잠이 들었는데 사장이 흔들어 깨웠다. 세운상가에 도착한 것이다.

월드뮤직 사무실로 올라가기 전에 미로 같은 골목 안에 있는 인쇄소에 사장과 함께 들렀다. 여기서 빽판 음반 재킷을 제작하는데, 사장은 인쇄된 레인보우 앨범 재킷 한 장을 살펴본다. 레인보우 그룹을 상징하는 무지개 그림이 갱지보다 조금 나은 재질에 단색으로 인쇄된 재킷이다. 조잡한 인쇄인데도 사장은 숙련된 도공이 가마에서 구운 도자기를 꺼내 탐색하듯 눈 깜빡임도 없었다.

"레인보우가 무슨 뜻이지?"

사장이 시선을 앨범 재킷에 고정한 채 내게 물었다. 너무나 쉬운 영어단어까지 모른다고 하면 바보소리 들을 것 같아 정답을 말했다.

"무지개입니다."

"근데 우리는 빽판 제조가격 낮추는 게 생명이라, 달랑 한 가지 색깔로밖에 인쇄를 못 뽑아내니… 일곱 색깔 무지개를 이렇게 색맹으로 만들어버렸어. 아~ 돈이 밉다, 미워!"

나름 빽판 제작의 미학적 감성을 보이는 사장이 우스꽝스러우면서도 은근히 존경스럽다. 그러나 그것도 잠시뿐, 사장이 돈 아낀다고 지게 아저씨를 안 부르는 바람에 내가 레인보우 레코드판 재킷 일천 장을 등짐으로 지고 사무실까지 날랐다. 오늘따라 엘리베이터도 고장났다.

아직까지 박씨 아저씨가 오지 않았다. 뭔 일이 있나? 저녁 먹을 시간이 다 됐는데…. 다행히 사장이 박씨 아저씨 행방을 묻지 않아 나도 굳이 말을 안 했다. 사장이 "오늘 수고했다"면서 짜장면 두 그릇을 시키라고 했다. 피곤한 듯 사장은 소파에 퍼질러 앉아 담배 한 개비를 꺼냈다. 내가 잽싸게 재떨이를 갖다주면서 조서를 꾸미는 형사처럼 물었다. 반말 대신 존댓말로.

"원판은 어디서 갖고 오세요?"

영업 비밀을 묻는 내게 사장이 흔쾌히 입을 열었다

"의정부 미8군 나이트클럽에서 틀어주는 레코드판을 우리랑 거래하는 군무원이 빼내서 주는 거야."

"아~ 그렇군요."

내가 맞추는 장단에 신이 났는지 사장은 한 가지 더 추가했다.

"또 하나는, 미국 양키 병사들한테 마이낀 땡겨주고, 얘들이 지네 나라 휴가 갔다 오면서 팝송판 잔뜩 갖고 오는 거야. 그러면 내가 아도쳐서 사오는 거지."

선금을 내고 전부 산다는 '마이낀'과 '아도치는' 것까지 경찰은 알아듣기 어려운 은어로 사장이 털어놨다. 필터까지 타들어간 담배꽁초를 재떨이에 비벼 끄는 사장은 지금 뭘 해도 불법조직의 대장처럼 보였다.

"짜장면이요!" 하면서 중국집 배달원이 제 집 드나들듯 들어왔다. 내가 탁자 위에 신문지를 깔고 짜장면과 단무지를 올려놓는 동안 사장은 TV를 켰다. 프로야구 코리안 시리즈 마지막 경기 6차전이 열리고 있었다. 사장은 그릇 바닥에 거의 남아 있지 않은 짜장 소스를 단무지로 싹싹 훑으면서 벽시계를 쳐다봤다. 그리고 손등으로 대충 입가에 묻은 짜장을 닦아내며 채널을 변경했다. 가요순위를 발표하는 KBS 프로그램 〈가요 톱텐〉이 TV 화면에 나왔다. 방송시간을 정확히 사장이 알고 있었다.

"가요 톱텐 10월 두 번째 주, 인기 순위를 알아보겠습니다."

가요 톱텐 MC의 멘트가 나오자마자 사장은 탁자 위에 깔아놓은 신문지 한쪽 구석 여백에 가요순위를 받아 적기 시작했다. MC가 말해주는 송골매 '어쩌다 마주친 그대', 조용필 '못 찾겠다 꾀꼬리'… 노래 제목과 가수를 사장이 따라 말했다. 초등학생이 받아쓰기 시험 보는 모습이었다.

"사장님, 그건 왜 적으세요?"

"국민들이 좋아하는 노래의 흐름을 늘 파악하고 있어야 이 바닥에서 밥 먹고 살 수 있는 거야."

방금 튀어나온 사장의 어록에서 나는 《무엇을 할 것인가?》에서 레닌이 "혁명운동은 대중과 함께 호흡해야 한다"는 문구가 떠올라 지화자! 하면서 무릎을 탁, 칠 뻔했다. 감화 감동은 사장의 벗겨진 머리를 레닌의 대머리급으로 격상시켰다. 처음 만났을 때는 전두환 대머리라고 생각했는데.

짜장면 빈 그릇 2개를 신문지로 덮어서 복도에 내놨다. 이때 십여 명의 남자들이 주변을 힐끔힐끔 살피며 계단으로 올라간다. 앞장선 야바위꾼 업주를 따라가는 모양새로 봐서 포르노 비디오를 보러 온 사람들이다. 복도 맨 끝에는 어른 키보다 큰 산타클로스 인형이 혼자 서 있다. 백화점에 납품될 인형이라는데 전자 칩이 내장되어 '메리 크리스마스' 소리를 쉼 없이 반복하고 있다. 불법천국에 숨어 있는 내게도 산타클로스가 찾아와 선물을 줄까? 잠시 쓸데없는 나약한 감상에 빠졌다.

이곳 세운상가는 4층부터 8층까지는 건물 내부가 뚫려 있는 미국 교도소 같은 구조다. 옥상 지붕을 강화유리로 투명하게 만들어 낮에는 태양광 자연조명으로 실내가 환했지만 밤이 되면 분위기가 역전된다. 복도에 조명등이 없기 때문에 밤은 음산할 정도로 어두웠다. 유령이 돌아다닐 분위기였다. 낮과 밤이 이렇게 상반되는 건물구조 때문에 음지에서 불법이 싹트는 것 같았다.

4. 레코드판이 사라질 수도 있다

짜장면 그릇을 밖에 내놓고 들어온 내게 사장이 뭔가를 보여줬다.

"CD 음반이라고 들어봤어?"

레코드판보다는 훨씬 작고 겉 표면이 은빛인데, 이건 진짜로 몰랐다. 처음 보는 거였다. 사장 말에 의하면 레코드판처럼 이 안에 노래가 담겨 있다는 거였다.

"오늘 미8군에 갔다가 하나 얻어왔어."

"사장님, 들어보고 싶은데요?"

"아직 못 들어. 이거를 작동시킬 기기가 세운상가에 없어."

호기심 어린 표정의 내게 사장이 유언비어를 유포한다.

"미8군 애들 말에 의하면 레코드판 시대가 끝날 거래."

"말도 안 돼요, 레코드판 사는 사람이 얼마나 많은데요?"

내가 정색을 하자 사장이 머리를 좌우로 흔들며 자백을 한다.

"사실 레코드판은 듣기가 너무 불편해. 판에 먼지 잘 묻지, 판에 기스만 살짝 나도 바늘이 틱틱거리며 넘어가지도 못하고, 사람들은 편한 걸 원하잖아."

불법으로 빽판 찍어서 먹고 사는 양반이 자기 장사에 기스 나는, 흠집 나는 발언을 하시다니. 사장님도 빽판 제조 화학약품에 취하셨나? 오늘 일이 끝나간다. 내가 프레싱한 빽판을 사장이 레인보우 앨범 재킷에 하나하나 집어넣어 바닥에 차곡차곡 쌓았다. 그건 마치 겨울 김장철, 양념을 버무린 배추가 빨간 고무대야에 쌓이는 모습을 방불케 했다. 틀어놓은 TV에서 프로야구 중계가 끝나고 KBS 9시 뉴스가 시작됐다. 9시를 알리는 시계 소리에 맞춰 뉴스 앵커가 늘 해대던 '전두환 대통령께서는'이라는 말 대신 프로야구 결과를 먼저 전했다.

"OB베어스의 김유동 선수가 삼성 라이온즈 이선희 투수를 상대로 역전 만루 홈런을 쳐서 OB베어스가 한국 프로야구 원년 우승을 차지했습니다."

뉴스의 거의 절반을 차지하는 프로야구 소식이 끝나고 들려온 앵커의 멘트에 나는 의자에서 벌떡 일어섰다. 연말연시를 앞두고 검찰은 불법복제 음반 단속을 대대적으로 벌이겠다고, 곧이어 눈에 익숙한 프레싱 기계, 라벨링 기계, 타자기, 그리고 빽판들이 보였다. 경악스런 내 표정과는 달리 사장은 올 것이 왔다는 듯 덤덤하게 TV 화면만 응시하고 있었다. 발본색원 일망타진을 목표로 검찰은 건전한 음반시장의 유통질서를 어지럽히는 불법음반을 제작 판매한 자는 1년 이하 징역, 2천만 원 이하 벌금형에 처하고… 뉴스가 끝났는데도 사장은 눈만 끔벅거리고 있었다. 그런 사장이 답답하게 보였다. 아니면 충격이 너무 커서 저런 건가.

"사장님, 몸을 피하셔야 하는 거 아닌가요?"

수배 중인 내가 지금 남 걱정할 처지가 아닌데. 이때 갑자기 밖이 소란스러워졌다. 수많은 사람들이 동시에 이동하는 구둣발 소리가 요란하게 들렸다. 조심스레 복도로 나가보니 경찰들이 발길질을 하며 사람들을 연행해 가고 있었다. 아까 봤던 업주가 잡혀가는 걸로 봐서 포르노 비디오 상영 가게를 경찰이 급습한 거다.

"일단 여기를 나가는 게 좋을 것 같습니다."

내가 사장의 팔을 잡아끌자 사장은 원판 레코드판들을 배낭에 챙겨 넣었다. 나도 숨겨놨던 레닌의 원본 책자 등을 가방에 넣었다. 1층까지 내려가는 엘리베이터가 있었지만 그걸 탈 엄두가 안 났다. 그래서 컴컴한 세운상가 복도 계단으로 둘이 내려갔다. 4층 계단에서 잠시 걸음을 멈췄다. 창문을 통해보니 세운상가 정문 도로에 전투경찰 버스가 대기하고 있었다. 그래서 정문을 피해서 돌아가려는데, 누군가 우리를 불러 세웠다. 2인 1조 전투경찰들이다. 그들 손에서 들려오는 무전기 소리에 내 가방 안에 있는 레닌의 《무엇을할 것인가?》 원본 책자가 숨을 죽인다.

"야! 가방 열어봐."

나보다 어려 보이는 전경 하나가 사장과 나를 향해 반말을 지껄였다. 다른 전경 하나는 내 옆에 바짝 붙어섰다. 내 목울대를 넘어가는 침 소리가 들렸다. 가방을 열었다. 전경의 손이 레닌의 한글 번역본을 먼저 집어냈다. 제목을 읽었다. 피가 바짝 말랐다. 호흡도 멈췄다. 아인슈타인의 상대성 이론처럼 지금 이 순간이 일 년처럼 느껴졌다.

"아인슈타인의 상대성 이론으로 무엇을 할 것인가? 아인슈타인이면 과학자?"

검문 전경이 자기가 묻고 답하며 확신이 반반인 듯 내 얼굴을 쳐다봤다.

"예! 과학자 아인슈타인의 상대성 이론 논문입니다."

내가 차분히 응대했다. 그러자 '맞췄지' 하며 잘난 척 하듯 다른 전경에게 어깨를 으쓱했다.

다행이다. 그래도 아인슈타인이 누군지는 아는 놈이 검문을 해서.

5. 마침내 미행자가 밝혀지다

내 가방 안에서 포르노 비디오테이프가 나오길 바라던 전경이 사장이 메고 있는 배낭을 열어보자고 제안했다. 이상했지만 무사통과하는 게 급선무였다. 박사과정 실험에 필요한 전자제품을 사러 세운상가에 왔다는 나의 위장된 발언에 검문 전경이 격려까지 해줬다.

"이래서 세운상가가 달나라에 우주선도 쏘아 올릴 수 있다는 말이 나온 거라니깐!"

전경이 나를 '노벨상 과학부문 후보자'로 과대평가하고 잘 가라는 손 경례까지 해줬다. 아차! 사장은 내가 공고 졸업생으로 알고 있는데, 아인슈타인 논문에 박사과정이라고 했으니… 사장의 눈치를 살피는데 사장은 걸어가면서 자백하듯 뇌까렸다.

"이제 사라질 일만 남았어."

사라지자는 말을 도망치자는 걸로 이해한 나는 고개를 끄덕였다. 그러자 사장은 월드뮤직 공장에서 했던 말을 반복했다

"CD 음반이 나타나면 레코드판이 사라지고, 그러다가 CD도 뭔가에 밀려서 사라지겠지?"

촌각을 다투는 이 상황에서 뚱딴지 같은 소리를 하는 사장이 음악의 진실 보존 법칙을 또 꺼냈다.

"그러나 레코드판이 사라진다고 그걸 들었던 그때 추억까지 없어지는 건 아니야. 음악의 진실 보존 법칙 때문이지."

"네, 맞습니다. 사장님, 빨리 가시죠."

사장을 재촉했다. 세운상가 정문 반대쪽인 구름다리 쪽으로 빠져나왔다. 거기에는 1층으로 내려가는 외벽 계단이 있기 때문이다. 누군가의 미행을 따돌리려고 세운상가로 올 때도 이 계단을 이용했고, 지금도 이 계단의 도움을 받는 셈이었다. 레드 제플린의 노래 제목(Stairway to Heavern)처럼 이 계단이 천국으로 가는 계단이라고 생각하는데, 갑자기 미행당하는 느낌이 휙 스쳐갔다. 긴장의 끈이 팽팽히 내 목을 조이며 살기 섞인 공기 흐름이 주위를 압박해왔다. 바로 한 달 전, 지하철에서부터 나를 유령처럼 따라온 그 미행자가 다시 쫓아온 것이다.

1층으로 내려가는 계단을 한 발 디디기 직전, 걸음을 멈췄다. 그리고 천천히 아주 천천히 고개를 돌렸다. 다행히 등 뒤에는 사장이 서 있었다. 어어? 그런데 왜 내가 여기까지 함께 걸어온 사장을 미행자로 착각한 거지? 내가 생각의 조각난 퍼즐을 맞추려 하는데 사장이 선언을 했다.

"지하철역부터 자네를 따라서 여기에 왔는데, 이제 헤어질 때가 된 것 같네."

지하철역에서부터 나를 따라온 미행자가 사장님? 내 눈동자가 움찔움찔거리며 점점 커졌다.

"그 동안 우리가 꿈에서 종종 만나다가 오늘 하루는 직접 만나 짜장면도 같이 먹고 참으로 행복했어."

내가 꿈에서 만난 사람이라면… 소름이 돋았다. 팔다리가 덜덜 떨렸다. 그러나 사장은 나와 달리 차분히 다음 이야기를 유언처럼 했다.

"한 시대와 함께 사라지는 것을 두려워하지 않는 게 우리가 할 일 아닐까? 그게 레코드판이든 뭐든 간에 말이야."

빙글빙글 돌아가는 레코드판이 환영처럼 내 눈앞에서 속도를 최대로 높였다. 검문 전경들이 왜 사장을 그냥 지나쳤는지, 비로소 그 이유를 알 것만 같았다. 그들 눈에는 사장이 보이지 않았던 것이다. 떠나려는 사장을 향해 내가 떨리는 목소리로 "사장님! 누구세요?" 하고 물었다. 그러자 사장이 뒤돌아서 혀를 살짝 내밀며 미소를 지었다.

"나? 아인슈타인."

자신을 아인슈타인이라고 소개한 사장은 건물 구석, 변압기 쪽으로 빠르게 움직였다. 놓치지 않으려고 내가 따라갔다. 그런데 변압기 뒤로 모습을 감춘 사장이 보이지 않았다. 거기는 길이 없어서 갈 곳이 없는데 유령처럼 사라졌다. 사방을 둘러보자 한 달 전, '팝송상식 겸비자 우대사원 모집 공고'가 붙어 있던 변압기에 내 수배 전단이 붙어 있다. 죄명은 '반정부 불법시위….' 정신이 몽롱해지고 멀리 보이는 남산타워 야간 조명 불빛에도 내 눈이 마비당한다. 발밑에서는 빽판 제조 화학물질 냄새가 기어올라와 스멀스멀 내 코로 들어온다. 환각된 나는 진공상태 세운상가 공간을 붕붕 떠다니고 있다.

"미스터 킴! 사무실 비워놓고 어디 갔었어?"

박씨 아저씨 목소리에 정신이 들었다. 세운상가 나열 702호 월드뮤직 공장 문 앞에 박씨 아저씨가 서 있었다. 얼이 빠져 있는 나를 박씨 아저씨가 걱정스런 눈빛으로 쳐다본다. 멍한 시간이 꽤 지나고 내가 울듯이 물어봤다.

"아저씨, 왜 이렇게 늦게 오셨어요?"

"늦다니? 장모님 병원도 안 가고 밥만 먹고 바로 왔는데."

"어어? 이상하다. 사장님이랑 제가 빽판까지 만들었어요."

"뭔 소리야? 밥 먹으러 가다가 사장님 만났는데, 원판에 기스가 심해서 오늘 작업 못한다고 했어."

"네에? 여기 레인보우 빽판 다 찍었는데요?" 하면서 내가 공장 바닥을 가리키는데, 수북이 쌓아놨던 레인보우 빽판들이 하나도 보이지 않았다. 사라진 빽판들을 찾으려고 복도로 뛰어나갔다. 어디에도 보이지 않았다. 저쪽 복도 끝에 서 있는 산타클로스 인형이 '메리 크리스마스' 하며 내게 인사를 했다. 빽판 찾는 걸 포기하고 뒤돌아서는데 문 바로 옆에 놓여 있는 짜장면 빈 그릇이 보였다. 사장과 함께 먹고 내놓았던 두 개의 빈 그릇이었다. 나는 아인슈타인으로 자기를 소개한 레닌을 만났다.

세월이 흘렀다. 꽤 오랜 시간이 지나갔다. 1982년에 CD 음반이 발매되면서 레코드판은 급격히 쇠퇴했고 한국에서는 2004년에 제작이 중단됐다. 하지만 레코드판의 추억을 그리워하는 마니아들에 의해 레코드판은 최근 소량의 기념 음반으로 재발매되고 있다.

1917년 레닌이 혁명으로 세운 소련(소비에트 사회주의 공화국 연방)이 1991년에 붕괴되었다. 그러나 레닌을 그리워하는 옛 소련 공산당원들이 5월 1일, 노동절 기념식에서 레닌 사진을 들고 시위를 하고 있다. 세운상가에서 1982년에 헤어진 빽판 사장님을 지금 다시 만난다면 작별인사를 제대로 하고 싶다.

"사장님! 한 시대와 함께 사라지는 것에 기꺼이 동의합니다. 그래도 우리의 심장은 왼쪽에서 뜁니다."

김형진

방송제작 프로듀서. KBS 어린이 프로그램 〈꼬꼬마 텔레토비〉, 〈엄마와 함께 동화나라로〉 등 연출. MBC 드라마 〈스쿨버스〉, SBS 드라마 〈똑바로 고쳐라〉 대본. 씨네21 시나리오 공모전 〈2424〉로 당선. 동화 《몽당분교 올림픽》 등

- 오랫동안 소장해온 레코드판의 노래를 들으려 했지만 전축 턴테이블이 고장 났다. 아쉽게도 노래는 듣지 못하고 레코드판에 인쇄되어 있는 노래 가사만 읽지만 그래도 좋다.
- 독점하기 위한 경쟁은 피곤하다. 무상으로 주고받는 공유가 편하다. 자원 절약도 되고 세상 편하게 살자.

석류 아가씨

임성용

*
*
*

마른 잎 떨어져 거리에 가벼운 한숨 날리네
살아, 하고 싶은 말들이 하도 많아서
나무들은 빈 가지 흔들며 낙서를 쓰네
누가 낱낱이 읽어주겠는가?
하늘은 허공에 하얀 백지로 떠 있는 것을
꽃 피고 바람 불고 눈비가 내리고
떨어진 모든 잎들은 남몰래 숨겨둔 사랑을
헐벗은 나무에게 고백하고 있네
돌이켜 밑줄 그어 생각할 얘기는 아무것도 없는데
나는 왜, 아직도, 사람이 그리운가?

봄과 여름 사이, 석류꽃이 열리네. 오렌지빛 감도는 붉은 꽃이 종알종알 열리네. 흔히 꽃이 핀다고들 하지만, 석류꽃은 말이야. 꽃이 열린다고 해야지. 그래야 겹잎이 없고 통으로 입술을 벌린 꽃 속에서 낭랑한 종소리가 울릴 것 같거든. 붉은 빛에 너무 눈이 시린 사람은 그보다 색정이 연한 주황색 꽃잎에 눈썹을 씻어봐. 샛노란 꽃술은 또 얼마나 아린가! 그 꽃가슴, 속 깊은 거기, 방울져 흐르는 이슬에 입맞춤을 하면, 네 눈물 고운 첫사랑처럼 그리움이 머물다 지나간 자리, 그 흔적마다 낭랑한 종이 울리지. 종은 아지랑이 아득한 봄을 부르고, 열망처럼 뜨거운 여름 내내 푸르고 푸르게 타올라 저마다의 가지와 잎사귀에 열매를 만들고, 바야흐로 가을… 원형의 전설을 담은 종탑들이 수없이 부딪치며 맑은 종소리를 쏟아내지. 가을 하늘을 울리는 제 소리를 제 귀로 들으며, 석류는 비로소 수정처럼 빛나는 투명한 가슴을 살짝, 열어 보이지.

오, 그래! 그러면, 네가 그토록 기다리던 석류의 계절이 찾아온 거야. 가을의 시린 태양에 눈 못 뜨고 그만 석류의 가슴이 열릴 때, 들어봐! 알알이 흩어지는 저 종소리들. 유리구슬처럼 말갛게 익은 열매들이 수줍은 속살을 빛내며 어찌 그리 맑은 소리를 낼까, 들어봐.

가지가 아담하게 벌어지고 손을 뻗으면 닿을락 말락 키가 나지막한, 그 작고 아름다운 석류나무는 노동조합 사무실이 있는 본관 앞, 잔디밭 화단에 있었어. 붉은 꽃등을 달고 석류가 열리기까지, 나는 그것이 석류인 줄도 몰랐어. 개나리와 철쭉이 피고 지고, 목련과 라일락이 피고 지고, 꽃을 버린 꽃나무들은 엇비슷한 연둣빛 잎새를 겹겹이 키워 초록옷을 해 입지. 꽃이 필 때, 마냥 달아오른 춘정의 두근거림을 숨기고 나무들은 순수한 색깔로 똑같이 섞여 서로가 서로의 안부를 묻고, 아주 먼 곳으로부터 여행을 떠나온 바람과 그 바람이 데려다주는 꽃씨와 소곤소곤 이야기를 나누지.

그런데 그중에 유독, 봄이 다 가고 여름이 와도 켜 놓은 꽃등을 끄지 않고 발그레하니 불을 밝힌 나무가 있었어. 그게, 좀처럼 꽃을 떠나보내지 않고 열매를 위해 한 계절의 생명이 다하도록 오래도록 종을 울리는 석류나무야. 붉은색과 노란색이 주홍빛으로 물들어 석류꽃이 피어나던 늦은 봄, 가지마다 푸른 잎들이 한 알씩의 석류를 품에 안고 태양을 응시하던 여름, 석류가 익어 알알이 박힌 눈망울을 빛내던 가을, 그 맑고 깨어질 듯 쏟아지는 향기 속에서 수영아! 석류꽃 같은 입술, 석류알처럼 부서질 것 같은 수영이의 눈망울이 함께 떠올랐어.

석류를 보면, 수영아! 나는 네 생각을 해. 석류꽃 꽃통에 루즈를 묻혀 입술에 바르며 웃고, 석류나무 주변을 서성거리며 남몰래 석류를 따서 주머니에 담던 너.

"쟤, 있잖아. 머리가 좀 돈 애래."

사람들은 너를 보고 그렇게 수군거렸지.

"정말?"

나는 네 머리가 정말로 어떻게 돌았는지 궁금해서, 처음에는 순전히 그런 이유 때문에 너를 유심히 살펴보았지. 너는 어떤 경로를 통해 들어왔는지는 모르지만 화단에 석류꽃이 필 무렵에 입사를 했지. 내가 그해 여름, 노동조합 상근 사무장으로 올라가기 전이니까 한 두어 달, 나는 너와 함께 같은 라인에서 일을 한 적이 있어. 물론, 너는 일하는 게 아주 서툴고 엉망이어서 조립라인을 이리저리 쫓겨다니다시피 옮기곤 했어. 그래서 내가 너랑 같이 앞뒤에서, 함께 손발을 맞춰 일해본 적은 아마 없을 거야.

너는 거의 박스나 나르고 납땜 불량이나 처리하고, 아니면 검품이 가장 쉬운 육안검사나 포장을 했지. 나는 너와 마주 보고 이야기를 나눈 적도, 식당에서 한자리에 앉아 밥을 먹은 적도, 하다못해 자판기에서 커피를 뽑아 건네준 적도 없었어. 간혹 화장실에 갈 때면 본 체 만 체 지나치거나 출퇴근길에 급하게 마주치긴 했지만.

미안해, 수영아!

나뿐만 아니고 아무도 너를 친구로 받아주질 않았어. 너 역시도 사람들 곁으로 쉽게 다가오지 않았잖아. 너는 항상 혼자 돌아다니고 혼자 앉아 있었어. 일도 혼자 할 때가 많았지. 내가 너를 조금 더 가까이서 알게 된 건 노동조합 상근을 할 때부터야. 조합 일이란 게 바쁘게 현장에서 돌지 않으니까 일단 몸은 좀 편했지만, 안팎으로 이 일 저 일 잡다하게 걸리는 게 훨씬 더 많아. 나는 항시 신경이 곤두서 있었어.

밤늦도록 모임을 하고, 술자리가 길어졌던 날이었어. 다음 날, 내가 평상시보다 늦게 출근을 하던 중에 회사 정문 앞에서 너를 만났어. 내가 경비실을 거쳐 들어가려는데, 너는 택시에서 막 내리더라고. 너는, 택시 문을 열고 내리자마자 경비실 쪽으로 헐레벌떡 뛰어 들어왔어. 나는 네가, 출근 시간에 늦어서 그러는 줄 알았지. 그런데 너를 태우고 온 택시기사가 너에게 뭐라고 소리를 치면서 네 뒤를 쫓아오는 거야. 나는 무슨 일인가 싶었지. 바로 내 앞에서 너는, 뛰던 발걸음을 멈추고 섰지.

"이런, 쌍년이 있나?"

나이가 좀 지긋해 보이는 택시기사는 나이에 전혀 어울리지 않는 입을 가졌는지, 너를 향해 다짜고짜 욕을 퍼붓더군. 너는 아무 대꾸도 않고 멈칫하더니, 그냥 회사 안으로 뛰어가려고 했어. 그러자 기사가 네 어깨를 꽉, 움켜잡았어.

"아침부터 뭐 이런 미친 게 다 있어? 돈 내!"

돈? 나는 그제야 택시기사와 네가 택시비 때문에 시비가 붙었다는 것을 알았어. 기사에게 붙잡힌 너는 처음엔 무척 겁먹은 얼굴이더니, 이내 너무나도 차분해졌어. 바지 주머니에서 돈을 꺼내 택시기사에게 주더군.

"돈, 여깄어요!"

네가 아무 망설임 없이 기사에게 준 것은 달랑 오백 원짜리 동전 한 개였어.

"이 미친년이 진짜, 환장하겠네!"

기사는 당장 너의 뺨이라도 몇 대 올려붙일 듯이 성깔이 뻗쳐 있었어. 그도 그럴 만하지. 택시비로 세상에 오백 원이 뭐야. 기사는 도저히 안 되겠다 싶었는지, 너를 강제로 끌어다 택시에 태우려고 했어.

"파출소로 가자!"

너는 끝까지 가지 않으려고, 정문 철책을 잡고 버텼어.

"돈 줬잖아요."

너는 울지도, 잘못했다고 빌지도 않고, 그렇다고 무서움에 떨지도 않았어. 나는 당신에게 돈을 줬지 않느냐, 그런데 뭐가 문제란 말이냐? 너의 태연한 태도는 오히려 주변 사람들을 어리둥절하게 만들었어.

"무슨 일인데 그러세요?"

마침, 경비실 아저씨도 그 소동에 끼어들었지.

"아니, 마포에서 태웠는데, 그냥 가버리잖아. 돈 없다고!"

기사가 너의 어깨와 팔을 또 잡아당겼어. 투둑, 네 상의 단추가 터졌고 네가 몸을 뒤로 뻗대자, 옷이 찢어지며 상의가 거의 벗겨질 태세였어.

"아저씨, 이 손 놓으세요. 택시비 얼만데요?"

나는 너에게 얼른 달려들어 옷을 추스려주었어. 지갑을 열어 기사에게 택시비를 줬지. 기사는 내게 돈을 받고서, 그 우악스런 손길을 뿌리치고 차를 돌리면서도 너에게 욕을 뱉어놓고 갔어.

"비켜! 확 갈아버릴라."

택시가 나가자, 너는 예의 그 태연한 표정으로 마치 아무 일도 없었다는 듯이 회사로 들어가더군. 나에게 고맙다는 말 한마디 없이… 나는 너와 함께 걸었어.

"왜? 돈이 없었어?"

갓 스물? 너는 나보다 열 살이나 나이가 어렸으므로 동생을 대하듯 친근하게 물어보았지.

"예… 오백 원밖에."

너는 엷게 웃었어. 언제 챙겼는지, 택시기사가 울화통이 터져 집어던진 오백 원짜리 동전을 너는 손에 꼭, 쥐고 있었어. 나는 너의 그 헤프고도 맑은, 말 못할 슬픔이나 서글픔의 냄새가 살며시 배인, 지을락 말락 한 미소에 금방 빠져들고 말았어.

그 황당한 일을 겪고 나서부터, 나는 너를 보면 그냥 모른 체 지나치지 않고 인사를 건넸어. 간간이 안부를 묻고 알게 모르게 너에게 관심을 가졌던 거야. 며칠 새 네가 보이지 않으면 은근히 무슨 일인가 궁금하기도 했어.

하루는 조합 사무실로 너는 무언가를 들고 왔어. 잔업도 없고 사람들이 모두 퇴근하고 없는 저녁 시간에 말이지.

"이거, 먹으세요!"

너는 종이봉투를 나에게 내밀었지.

"뭔데?"

그것은 아직 따뜻한 온기가 남아 있는 핫도그였어.

"핫도그네?"

핫도그는 두 개였는데, 케첩이 엉망으로 묻어 있었어. 나는 사실 핫도그 같은 밀가루로 튀긴 음식은 별로 좋아하지 않았거든.

"저번에… 고마웠어요."

"아? 뭘, 그걸 새삼스럽게!"

한참이 지나서야 너는, 내가 택시비를 내준 답례를 하러 핫도그를 사가지고 왔던 거야. 나는 그러한 네 정성이 가슴 뭉클하도록 고마웠어.

"잘 먹을게. 너도 먹어!"

핫도그 하나를 너에게 주었어. 너는 핫도그를 먹으며 이런 말을 했지.

"이거 알아요?"

"뭘?"

"이 핫도그 알아?"

"핫도그 알지. 그런데?"

가만 들어보니, 너는 나에게 말을 높였다가 반말을 했다가, 말투가 영 들쭉날쭉하더군. 네가 곤경에 처할 때나 부끄러움을 느낄 때면 너는 존댓말을 했고, 네가 신이 나거나 기분이 좋아 상대를 편하게 느낄 때면, 너는 서슴없이 반말을 하더군. 그게 무의식적인 너의 말버릇인지도 몰라.

"이거 무쟈게 싼 거야."

"그래? 얼만데?"

너는 반쯤 먹은 핫도그를 들고 핫도그로 손짓까지 해가면서 말했어.

"이 앞에 분식집에서 핫도그 한 개에 얼만 줄 알아?"

"글쎄, 오백 원인가?"

"맞아. 한 개 오백 원이다. 근데 버스 타는 데, 포장마차는 댑다 싸다. 두 개나 줘!"

"두 개?"

"그래. 천 원 주면 핫도그 두 개나 줘. 지금 거기서 사왔거든."

나는 잠깐, 핫도그 한 개와 두 개의 차이를 돈 오백 원과 천 원의 차이 속에서 발견하지 못하고 착각할 뻔 했어. 나는 너에게, 넌지시 천 원에 두 개짜리 핫도그가 오백 원에 한 개짜리 핫도그와 값이 똑같다는 설명을 해주고 싶었어.

"애, 천 원에 두 개면 싼 게 아니야. 분식집하고 똑같은 거야."

"아니야. 분식집은 한 개밖에 안 준다니까."

"거기도 오백 원이라면서?"

"맞아."

"그럼 같은 값이지. 포장마차가 싼 게 아니야. 거긴 천 원 주니까 오백 원에 한 개씩, 두 개를 준 것이지."

"아니라니까요!"

너는, 갑자기 울상이 되어버렸어. 나의 등가에 대한 설명이 핫도그를 싸게 샀다고 생각해 신이 났던 너를, 무척이나 당황스럽고 혼란하게 만들었던 거야.

"아! 그렇지. 그럼 이제부터 포장마차에서 핫도그 사 먹어라."

그러니까 너는, 금세 안심한 얼굴로 웃음기가 환하게 펴졌어. 그때까지 나는 핫도그를 한 입도 먹지 못하고 있었어. 솔직히 너를 어떻게 대하는 게 적절한지, 그 방법을 잘 알 수가 없었거든. 너를 대할 때마다 나는 그것을 몰라 쩔쩔매곤 했지. 그렇지만 다른 사람들은 너를 아주 쉽게 무시하면서, 아주

우습게 대하기 일쑤였어.

"쟤 좀 봐. 또 석류꽃을 따러 간다."

점심시간, 밥을 먹고 화단 근처에서 또래또래 모여 쉬고 있던 애들이 너를 가리키며, 너를 지켜보고 있었어. 너는 그것을 아는지 모르는지 석류나무 밑으로 가서, 석류꽃을 작업복 주머니에 넣고 본관 2층으로 올라갔어. 너는 꼭 휴게실이나 화장실이 있는 1층에는 가지 않고, 반드시 2층 화장실로 들어간다지. 2층 화장실에서 너를 몇 번인가 본 사람이 그랬어.

"루즈를 말이야. 석류꽃에 발라서, 화장실 거울 앞에서, 얼마나 화장을 열심히 하는지. 점심시간 내내 그러고 있다니까."

맞아, 석류꽃이 한창 숨 가쁘게 피던 그때부터 너는 화장을 하기 시작했어. 본래 너는 얼굴이 어디 빠지지 않게 예뻤으니까. 화장한 얼굴은 훨씬 빛나 보였어. 얼굴만 보면 누가 감히 너의 미숙함과 부족함을 짐작이나 할 수 있겠어.

"쟤가, 공무과 기사를 좋아한대."

언젠가 애들이 그러더군. 네가 그렇게 화장을 하는 이유가 바로 공무과에 있는 어떤 기사를 좋아하기 때문이라고. 누구일까? 나는 네가 좋아한다는 그 기사가 자못 궁금하기 짝이 없었어. 그런데 도통 조합이라고는 오지 않던 네가, 뜬금없이 나를 찾아왔어.

"옷 만들지 알아?"

너는 대뜸, 나에게 옷을 만들 줄 아느냐고 물었어. 그리고 그걸 좀 가르쳐달라고 했어. 네가 좋아한다는 그 기사 때문이었지.

"난, 옷 만들지 몰라."

"뜨개질 할 줄 알잖아?"

"뜨개질은 하지만 옷은 못 만들어."

나는 조합원이나 동료들의 생일날에 모자나 장갑 같은 소품들을 뜨개질로 떠서 선물을 해주었어. 그걸 어떻게 알았는지, 너는 뜨개질을 가르쳐달라고 졸랐어.

"옷은 안 떠봤는데…."

난 옷 만드는 데 정말로 자신이 없었거든. 그럼에도 도대체 네가 왜 뜨개질에 관심이 있는지 물어보았지.

"누구 줄려고?"

그러나 너는 고개만 끄덕일 뿐, 그 사람이 누구인지는 대답하지 않고 의자에 걸쳐 있는 조합 조끼를 보더니, 다시 나를 졸랐어.

"조끼는 만들지 알지?"

"조끼?"

"조끼나 옷이나 팔만 떠서 이어 붙이면 되지 않을까?"

나는, 내가 가지고 있던 바늘과 털실을 너에게 주었어. 너는 너무 좋아라고, 너무너무 기뻐하며, 날마다 조합에 들러 나에게 뜨개질을 배우고 갔어. 나도 뜨개옷은 처음이라서 최대한 쉽고 간단하게, 시작하는 단의 처리와 코 만드는 방법을 너에게 알려주었지. 하지만 옆구리와 목을 어떻게 파고 끝단은 어떻게 매듭지을까, 고민스러운 점도 많았어. 무엇보다도 누가 여름에 뜨개질을 하겠어? 그러나 너는 그 여름과 가을, 가을이 지나 겨울이 오기까지 오로지 뜨개질에만 매달렸어. 얼마나 그 집요함과 집중력이 대단한지, 너는 점심시간에 밥을 먹으러 가지도 않았어. 잔디밭 화단의 석류나무 아래에서 항상 뜨개질을 하고 있었지. 비가 오거나 날씨가 궂은 날이면 조합 사무실로 올라와 뜨개질을 계속했어. 그나마 솜씨가 어설퍼 코 하나를 풀고 뜨고, 다시 풀고 뜨고를 수백 번씩 반복했을 거야.

"밥 먹으러 안 가니?"

너무 뜨개질에만 매달려 있기에, 밥 먹으러 가자고 말을 걸어도 너는 들은 척도 안 했어. 전력을 다해 모든 정성을 옷 만드는 데만 바쳤지.

짧은 여름이 가고, 네가 자리 잡고 앉은 석류나무에도 드디어 빠알간 가을이 왔어. 그 석류나무는 어느새 너의 나무가 되었어. 너를 주인으로 섬기는 한 그루의 나무가 되어 있었던 거야. 그래서 사람들은 석류나무 근처에서 익어가는 석류를 바라만 볼 뿐, 감히 어느 누구도 석류를 따려고 접근할 엄두를 내지 못했어. 왜냐면 그것은 너의 나무였으니까. 한번은 누가 가지 하나를 꺾어 석류를 땄잖아. 그러니까 너는 실뭉치를 집어던지고 울고불고 난리를 쳤지.

"수영이가 글쎄, 석류를 따가지고 화장실에서 혼자 먹더라고!"

누군가에게 나는 그런 이야기를 들었어.

"왜 걔가 밥을 안 먹는 줄 알아? 점심때, 주머니가 불룩하게 석류를 따가지고 화장실에 들어가 야금야금 먹는다니까."

네가 나간 뒤에, 화장실 휴지통에서 먹고 버린 석류 껍질을 보았다고 그랬어. 그 소문은 회사에 금방 퍼져, 너는 사람들 사이에서 석류 아가씨로 불리게 되었어.

석류가 익고 저녁 종소리. 싸늘한 바람이 하늘 끝까지 종을 밀어 올려 유리구슬처럼 반짝이는 울음이 종을 울리려 애를 쓰고 있었네. 푸른 잎은 붉고 노랗게 단풍져 흐르는데, 수영아! 너는 그때까지도 뜨개질을 끝내지 못했는지….

그 무렵, 회사에서는 사원들 부서이동과 생산라인 재배치 문제로 어수선

했어. 그러다가 마침내 정리해고의 칼바람이 내리치기 시작했어. 나는 조합 대책회의에다 지역연대에다 정신없이 바빴으므로, 한동안 너를 잊고 있었어.

"본사에서 공장을 이전하기로 결정이 났습니다."

오래전부터 흉흉하게 나돌던 이야기들, 수도권 공장을 통폐합하고 우리가 일하는 회로판 생산을 중단한다는 것이었지. 노조위원장은 워낙 사람이 영악하고 이중적인 인물이라 애초부터 크게 기대는 하지 않았지만, 회사의 통폐합 과정에서 노골적으로 사측에 붙어버렸어. 나는 참았던 울분이 끓어올랐어.

"어떻게 할 건데요?"

"글쎄… 정리해고 이거, 아무도 못 말리잖아!"

위원장은 마치 남의 이야기하듯 말했어. 노조 대의원회의가 소집되고 위원장에 대한 성토가 빗발쳤어. 위원장이 본사 부장급으로 진급해서 일부 단말기 라인을 안고 중국으로 가기로 했다는 소문도 돌았어. 위원장 탄핵과 불신임을 강력히 제기했지만, 위원장은 콧방귀도 뀌지 않았지. "위원장 더러워서 못해먹겠다. 어디 때려치울 테니 맘대로 해보라"는 식으로 숫제 어깃장을 부리고 나왔어. 그동안 형식적인 노조에 길들여진 조합원들의 단결도 여의치 않았고, 선전물 몇 장으로 투쟁이나 파업을 조직하기도 쉽지 않은 일이었어. 도무지 어떤 대책이나 결의를 찾아내기가 어려운 상황이었어. 유일하게 현장에서 몇몇이 함께 해온 소모임에서는 내가 노동조합 사무장이라는 이유로 늘 어떻게 싸울 것인지에 대한 질문과 대응에 관한 책임이 주어졌어. 나는 날이 갈수록 막막한 낭패감에 휩싸였고 차츰 버거움에 지쳐가고 있었어.

그해 겨울, 새해가 바뀌는 막바지 연말이었을 거야. 깜박 잊고 있던 수영이 네가 뜻밖에도 곱게 뜨개질한 옷을 들고 나를 찾아왔어.

"어머, 옷이네! 조끼 만든다고 하지 않았어?"

너는 하늘색 실로 아주 예쁘게 만든 옷을 들고, 너무나 난처한 표정을 지었지.

"왜 그래? 그 사람이 이 옷 싫대?"

"아뇨."

"그럼?"

"옷을 잘못 만들었어요."

나는 옷을 살펴보았어. 아무 이상 없이, 끝단 매무새도 좋고 꼬임으로 무늬코까지 넣어서 누가 봐도 그 정성이 탐나는 옷이었어.

"너무 크니? 아니면, 작아?"

나는 옷의 크기가 안 맞아서 그런 줄 알았어. 그런데, 그게 아니었어.

"어?"

옷을 한번 입어보려던 나는 뭔가 옷이 잘못되었다는 것을 알고 깜짝 놀랐지.

"아니, 왜 소매를 이렇게 붙여버렸지?"

그랬어. 너는 통으로 이어서 팔이 들어가야 할 소매를 그냥 바느질하듯 그대로 붙여버렸던 거야. 그러니 어깨가 막혀서 팔을 소매에다 끼워 넣을 수 없었던 거지. 너는 금방이라도 울음을 터뜨릴 것만 같았어. 아니 실제로 주룩, 눈물이 흘러내렸어.

"울지 마. 풀고 다시 뜨면 되지. 아니면, 이대로 소매만 떼어내고 조끼로 만들면 되지! 생각보다 아주 멋진데?"

그러나 너의 절망은 옷이 아니었나봐.

"그 사람이요. 옷을 나한테 던져버렸어요."

소리도 없이 눈물을 떨구는 너를, 나는 달래고 달랬지만 너는, 더 서럽게 훌쩍이며 그 옷을 풀어냈어. 몇 달째, 점심을 굶고 지극정성으로 만든 옷을, 혼자 간절했던 그 마음을, 너는 수북하게 풀어내서 내 앞에 헤쳐놓았지.

그렇게 뒤엉킨 털실이 조합사무실 한구석 종이 상자에 쌓여 있는데, 수영아, 너는 어디로 갔니? 너는, 그날 뜨개질을 잘못한 옷을 조합사무실에 풀어놓고 간 이후로 회사에 나타나질 않았어. 내가 나중에 사람들을 통해 알아보니까, 네가 좋아했던 공무과 기사는 너를 당연히 안중에도 두지 않았나봐. 오히려 네가 자신을 좋아한다는 사실을 알고 무척이나 화를 내고 불쾌하게 생각했다더군. 너에게, 공무과에 얼씬도 하지 말라고 욕을 퍼붓고, 네가 따가지고 간 석류를 밖으로 아주 멀리 던져버렸다면서? 네가 뜨개질한 옷! 그것을 그는 입어보지도 않고 팽개쳐버렸는데, 옆에 있던 사람이 그 옷을 입어보니 팔이 들어가지가 않더래. 그러자, 그 기사가 너에게 또 욕을 했다지.

"저런, 병신이! 그럼 그렇지."

그 사람을 위해 얼마나 따뜻한 겨울을 선물하고 싶었는데, 그게 너의 못난 약점을 들춰내는 꼴이 되고 말았나봐. 그러니 내색 없이 말 못하고 마음 졸인 너의 상처가 얼마나 크고 깊었겠니…. 상자에 헝클어진 하늘색 털실에서 너의 손 마디마디에 맺힌 눈물이 파랗게 배어나오는 것만 같았어.

수영이 네가 무단결근으로 퇴사하고 얼마 지나지 않아서 회사에는 통폐합 공고문이 나붙었어. 사람들은 하루아침에 공장에서 쫓겨나고 말았어. 나가라면 나갈 일이지, 죽어도 못 나가겠다고 대항했던 사람들은 회사 정문 앞에 텐트를 치고 농성에 돌입했지. 스무 명도 채 안 되는, 나를 비롯해서 대의원 몇 명과 현장 소모임 인원이 전부였어. 그렇다고 그 농성이 형편없고 지리멸렬했던 것만은 아니야. 나름대로 지역의 지원을 받았고 다른 사업장과 연대해서 싸울 때는 굉장히 열심히 이빨 악물고 싸웠거든.

아, 끝이 보이지 않는 농성장의 겨울은 얼마나 길고 추웠던가. 그 추운 밤에 텐트 안에서 침낭 하나를 의지해 오그리고 누워, 김밥과 라면으로 끼니를 때우던 밤. 뼛속까지 얼어붙은 겨울을 보냈지. 지독하게 외롭고 쓸쓸했던 농성장, 우리는 생선가시처럼 날카롭게 말라갔어.

마침내 깜깜한 겨울을 봄꽃이 밀어내었지만, 회사와 맞붙은 소송에서도 우리들이 이길 가망은 별로 없었어. 회사가 문 닫을 근거를 억지로라도 마련하기만 하면 일하는 사람들은 언제 정리해고를 시켜도 유효하게끔 법이, 그렇게 만들어져 있었던 거야. 우리들의 의견은 단 한마디도 들은 바 없이, 정부와 국가기관과 정치인들이 그런 법을 만들었어. 그런 법을 감독해야 할 노동부와 올바르게 법을 집행해야 할 법원은 그 누구도 일하는 사람들의 편이 아니었어. 그들은 언제나 일을 하는 사람들 편에 서기보다는 일을 시키는 사람들의 편에 서 있었어.

해가 바뀌고 봄비가 촉촉이 내리던 봄날이었을 거야. 수영아! 세상에 네가, 다시, 내 앞에 나타났어. 사방이 꽃물 들어 눈물이 다 아련하게 봄비가 내리던 날. 네가 우산도 없이 추적추적 회사 앞으로 걸어오더라고. 너는 농성장 텐트에 있는 나를 지나쳐 문 닫은 공장 안으로 들어가려고 했어. 나는 깜짝, 반갑게 뛰어나가 네 손을 잡았어. 그러나 너는, 나를 처음 본 사람처럼 무표정하게 바라보았어.

"웬일이야? 그동안 잘 지냈어?"

너는 아무 말도 않고 빗물이 고인 땅바닥만 발끝으로 헤집었지. 나는 텐트 안에서 우산을 가져와 너에게 씌워주었어. 비에 젖은 네 모습이 한없이 측은해 보였거든.

"다시… 취직하려고 왔어요!"

낮은 목소리로 더듬듯이 말한 너는, 공장으로 들어가려고 했지.

"아, 수영아!"

나는 너를 붙잡고 무슨 말을 어떻게 해야 할까, 무척이나 난감해졌어.

"수영아, 회사 문 닫았어. 이젠 취직이 안 돼!"

너는 입술을 다물고 가만히 서 있더군.

"봐! 회사에 아무도 없잖아!"

"근데, 언니는 왜 여기 있어?"

나는 말문이 턱, 막혀왔어. 나도 모르게 눈물이 나오려는 걸 입술을 깨물고 참았어. 내가 회사 앞에 남아 있는 이유를, 너에게 알기 쉽게 설명해주지 못하는 내가, 어쩌면 너보다도 더 바보인지 몰랐어. 정말 바보같이 나는 결국 눈물이 나오고야 말았어. 울다가, 그 자리에 그대로 주저앉고만 싶었는데, 내 울음이 그치기도 전에 너는, 내가 준 우산을 쓰고 버스정류장 쪽으로 하염없이 걸어갔어. 나에게 무슨 작별 인사를 한 것도 아니고, 어디로 가는지 뒤도 안 돌아보고, 너는 네 갈 길로 간 거야. 그게 수영이 너와 나의 마지막 작별이었어. 그날 이후, 나는 다시는 너를 만나보지 못했으니까.

우리들의 싸움은 일 년이 넘게 끌었어. 농성 인원도 절반으로 떨어져나가고 세 사람이 구속되었어. 아, 여태 내가 한 가지 말을 안 했구나. 나는 그때, 결혼한 지 이태 만이었고 농성 중에 임신을 한 상태였어. 어찌 할까, 동료들이 누구보다 기뻐하며 나에게 아이를 지키라고 했어. 나는 정말이지 몸이 너무나 좋지 않은 상태였고, 점차 달이 차고 배는 불러오고, 어쩌겠어. 나는 동료들보다 먼저 농성을 정리했어. 결국 마지막까지 남은 사람들도 내가 아이를 낳을 즈음에 텐트를 걷기로 했어. 그땐 봄, 여름이 지나고 다시 가을,

어느새 석류의 계절이 우리 곁에 다소곳이 다가와 있었지.

농성장을 떠나며 나는 쇠사슬로 굳건하게 묶인, 문 닫힌 공장 안을 기웃거려 보았어. 화단에, 빨갛게 잘 익은 석류가, 아직도 수영이 너를 기다리고 있는 것이 보였어. 아무도 따가지 않고 아무도 그 아래 앉아 있지 않는 석류나무가 왜 그리도 쓰라리게 빛나는지. 아무리 귀를 기울이고 들어도 종소리가 들리지 않았어. 나는, 또다시 울고 말았어. 네가 있어야만, 꽃등을 타고 내리는 빛살을 꿰어 뜨개질을 하고 있는 네가 있어야만, 너의 석류나무는 낭랑한 종을 울리고 알알이 붉은 소리를 쏟아내는 것을.

임성용

시인. 화물운수노동자. 제11회 전태일문학상 수상. 시집 《하늘공장》, 《풀타임》, 《흐린 저녁의 말들》, 산문집 《뜨거운 휴식》 등

- 25년 전, 정리해고 칼바람이 몰아칠 때 노조 사무국장이었던 아내는 큰아이를 임신하여 노조 상근을 정리했다. 하지만 남은 해고자들은 1년을 싸웠다. 석류 아가씨는 당시 어리숙한 한 노동자의 이야기다.
- 인류사에서 예술은 본래 만인이 향유하는 가치였으나, 오늘날 모든 것이 자본의 상품으로 팔린다. 특히 자본이 장악한 저작권 독점은 횡포에 가깝다. 예술과 지적재산권이 돈보다는 사회적 공공재가 될 수 있도록 뜻있는 작가들의 공유의식과 열린 마음이 필요하다. 카피레프트 운동이 널리 확산되었으면 한다.

유폐(幽閉)

박현식

*
*
*

　강에서 인면어(人面魚)가 잡혀 올라오고, 중훼(仲虺)의 아이는 기어코 죽
어 나왔다. 늙은 몸뚱이에도 꺼지지 않은 욕망이 어린 첩의 몸에 뿌린 씨앗
이었다. 여러 차례 경험한 불운임에도 밀려드는 허탈감은 잦아들지 않았다.
어부들 중 몇몇은 요행을 바라고 인면어를 왕에게 바치자 했지만, 대다수는
형벌로 돌아올 흉사(凶事)가 두려워, 배 위에서 토막을 치고 강에 버렸다고
했다.

　민심은 점점 젊은 왕의 성정(性情)이 흉포함을 알아가고 있었다. 사산(死
産)된 아이는 중훼가 혀로 베어낸 무수한 목숨들이 악착같이 챙겨간 빚일까
싶었다. 중훼는 긴 그림자를 끌며 서서히 스며든 노을빛 음울(陰鬱)을 덤덤하
게 바라보았다. 아비가 되지 못한 불운과 서서히 한쪽으로 기울어가는 민심
과 무엇보다 이윤(伊尹)의 침묵이 몰고 온 불안감이 어지럽게 겹겹이 포개져

208

왔다. 백성들의 항설(巷說)은 근거 없이 떠돌다 제 풀에 꺾이는 경우가 허다해서 믿을 만한 말이 드물긴 하지만, 대읍(大邑: 상나라의 수도)이 이윤의 그늘 아래 있다는 풍문은 중훼도 과히 틀린 얘기가 아니라고 여겼다.

그런 이윤이 마치 산 채로 무덤 속에 기어든 듯 칩거하고 있었다. 시기도 묘해서 어린 왕 태갑이 등극했던 무렵부터 벌써 햇수로는 세 해가 넘었다. 사람들은 겉모습만으로 칩거의 이유를 엉뚱하게 넘겨짚거나 혹은 저마다 이야기를 지어 퍼뜨렸고, 한동안 대읍은 풍문으로 뜨거웠다. 태무왕의 죽음으로 이윤이 슬픔을 이기지 못해 넋을 놓았다는 말과 이미 대업을 이루었으니 스스로 물러났을 것이라는 추측이 뒤엉켜 번졌다.

어린 왕 태갑이 이윤을 거북하게 여기고, 그를 서서히 떠밀어낸 것이라는 이야기도 은밀히 돌았다. 칩거에 이어 그의 침묵이 길어지면서 사람들의 뜨거운 입방아는 이내 식었지만, 중훼는 달랐다. 모든 음모는 침묵 속에서 싹을 틔웠고, 중훼는 침묵이 도사린 곳과 입을 닫은 자들을 언제나 경계했다. 어린 왕은 이윤의 긴 침묵을 쇠락해가는 거인의 굴종으로 여겼으나, 왕국의 제1 재상인 중훼에게는 대읍을 한순간에 휩쓸어버릴 강의 범람처럼 두려웠다.

아비가 되지 못한 불운과 몸을 포갠 채 일렁이는 불안감은 더 무거웠다. 사달이 날 것만 같았다.

'사달이라….'

마음속에 돋아난 말을 혼자 되뇌며 중훼는 고개를 가로저었다. 기이하게 이물질처럼 거북했다. 살아 있는 동안 왕조를 수호해 달라던 태무왕의 유명(遺命)을 받은 공신이어서 예감이 실제 벌어진다면 사달임에 분명했으나, 중훼의 마음 한구석에 차라리 그가 일을 도모하였으면 하는 바람도 일렁거렸다. 이윤의 출신이 미천하여 하찮게 여겼던 적도 있었고, 점점 감당키 어려운 거인임을 알아가면서 불같은 시기심에 오래 몸살을 앓기도 하였으나, 중훼가 태무왕과 더불어 가장 믿고 의지했던 이가 이윤이었다.

중훼의 조상은 흑수와 요하 사이 광활한 대륙의 동북 땅에서 살았다. 14대 조부가 태무왕의 조상들과 함께 남으로 내려와 큰 강에 다다랐다. 서쪽 변방에서 황하에 먼저 터를 잡은 화하족(華夏族)의 나라는 중훼의 선조들을 동북에서 내려온 변방의 이족(異族), 야만인으로 업신여기며 조롱했다. 조부와 부친은 어린 중훼의 여물지 않은 머리를 소의 어깨뼈로 삼아 선조들의 이야기를 신성한 갑골문처럼 새기고 또 새겼다.

― 중훼야, 저들이야말로 진짜 야만인들이다. 저들은 소인배들일 뿐, 너른 땅과 광활한 하늘을 품을 수 있는 심장을 갖지 못한 족속들이다. 우리보다 먼저 와서 잠시 주인 행세를 할 뿐이다. 잊지 마라. 우리가 이 너른 땅의 진짜 주인이 될 날을.

열기에 사로잡힌 조부의 눈동자를 중훼는 또렷이 기억했다. 중훼의 선조들은 황하 근처에 정착하기 좋은 곳을 찾았지만, 이미 선왕조(先王朝)가 지배하던 땅이었다. 선왕조의 군사들이 선조들을 들판으로 몰아내고 무릎을 꿇렸다. 왕의 명령이 내려오면 들판에서 사지가 찢길 처지였다. 선조들의 우두머리와 장로들은 부족의 모든 귀중품을 거두어 도읍의 성문 앞에 쌓아놓고 머리를 조아렸다. 비가 세차게 쏟아지는 날에도 절을 올렸다. 선왕조의 왕은 낯선 부족이 혹시 감추고 온 반역의 싹이 고개라도 내밀기를 모질도록 시험했다. 왕은 굳이 반역의 낌새가 아니더라도 흠잡을 만한 불손함이 드러나길 기다렸다. 왕은 기다리며 즐거워했고, 선조들은 버티며 참아냈다. 간절한 청이 땅 위를 구르며 비굴의 흙먼지를 잔뜩 뒤집어쓰고 난 후에야 겨우 성문이 열렸다.

왕의 사자(使者)는 귀중품만 거두어 성 안으로 돌아갔다. 모욕의 날들이 또 침묵 속에 이어졌다. 귀중품 중에 잘 벼린 청동 창날들이 왕의 눈길을 끌었다. 선왕조의 청동은 조악했다. 구리가 많이 섞여 붉은 빛이 돌았다. 날을 벼리기에는 물러서 창날이 투박하고 허약했다. 선조들의 청동 창날은 단단하고 예리한 푸른빛을 머금고 있었다.

— 이 쇠를 부릴 수 있느냐?

왕의 사자가 성 밖으로 나와 무릎을 일으켜 세웠다. 사신은 휘청거리는 무릎을 향해 왕의 은혜를 기억하라고 긴 말을 늘어놓았다. 허기진 배 속으로 미미한 불손(不遜)도 반역으로 응징하겠다는 으름장을 우겨 넣었다. 정착의 기쁨은 연달아 이어진 고난 속에 침몰했다. 선조들은 선주민 부족들이 그어 놓은 경계와 텃세의 틈새에 끼어, 마치 생과 사의 협곡 사이로 외줄 타듯 살아남았다. 한 발 헛디디면, 부족의 이름은 까맣게 지워진 채 포공영(蒲公英: 민들레) 씨앗처럼 흩어져 각자 노비로 살아가거나, 푸른 들판 위에 백골로 눕는 길뿐이었다.

14대의 모진 세월을 지나오며 마침내 사방 70리의 나라를 일궜다. 대을(大乙: 사기에는 성탕. 상나라 시조)은 부족의 지도자로 추앙을 받으며, 선왕조의 제후가 되었다. 선조부터 내려온 오랜 인연과 충성심 그리고 치밀함까지 대읍 안에서 대을이 중훼보다 더 믿고 의지할 인물은 없었다.

이윤(伊尹: 이름은 지(摯). 윤은 재상을 뜻하는 관직이라고 전함)이 대을의 그늘 아래 찾아든 것도 그 무렵이었다. 대을이 유신씨(有莘氏) 부족장의 딸과 혼례를 치를 때, 이윤은 잉신(媵臣)으로 따라왔다. 노비와 다를 바 없는 신분이어서, 이윤이 대을과 마주 앉는 일은 불가능에 가까웠다. 이윤에 대해 떠도는 소문들이 신화(神話)처럼 부풀려져 대읍과 멀리 방국(邦國)까지 퍼져나간 데는 그의 미천한 출신이 극적으로 작용했다.

어느 날 대을이 상에 올라온 특별한 요리에 크게 흡족하여 요리사를 찾아오라고 명했다. 요리사 이윤이 처음 대을 앞에 모습을 드러냈다.

– 요리가 참으로 훌륭하다. 보답을 하고 싶은데, 무엇을 바라는가?

– 요리는 먹는 사람이 흡족하길 바라며 하는 일입니다. 흡족하셨다면 그보다 더한 보상이 어디 있겠습니까?

이윤의 대답이 대을의 마음을 사로잡았고, 대을은 그날 이윤과 오래 이야기를 나누었다고 전해 들었다. 이윤의 등용은 파격이었다. 수런거리는 말들이 물길도 없는 곳에서 솟아나 대읍 안에서 넘실거렸다. 이윤의 관직을 시샘하는 무리들은 끼리끼리 모여 수군거리며 숨어서 할퀴고, 대읍 안에 거주하는 노비와 평민들은 이윤을 숭배했다. 이윤의 재능은 야바위 기술처럼 폄훼되거나 비와 구름을 부르는 도술처럼 과장되어 퍼져나갔다.

대을의 나라가 번성할수록 선왕조는 무너질 듯 휘청거렸다. 선왕조의 의심과 경계는 광기를 띠기 시작했다. 일상적인 대화조차 주변을 살피고 목소리를 한껏 낮춰야만 했다. 큰 소리는 반역이었고, 낮은 소리는 음모로 의심을 받았다. 신분에 상관없이 사람들은 시도 때도 없이 죽어나갔고, 도성 안은 머물기 두려운 곳으로 변했다. 왕은 반역이 두려워 사나워졌고, 사나워질수록 두려움은 더 무거워졌다. 왕은 자신이 키운 두려움에 짓눌려 가쁜 숨을 헐떡였고, 두려움을 벗기 위해 음주와 황음(荒淫)에 몸을 맡겼다. 선왕조의 마지막 왕인 걸(傑)은 제후와 신하들의 충성심을 확인하는 일에 병적으로 집착했다. 중훼는 걸의 광기 어린 감시와 포악한 칼날 아래 대을의 목숨을 지키려고 사력을 다했다. 젊은 대을의 정의감을 충언으로 달래며, 걸의 시험은 비루함을 연기하며 막아냈다. 충신 관룡봉(關龍峰)이 걸에게 직언을 고하였다가, 만

212

취한 걸에게 맞아 죽었다. 중훼가 울분에 찬 대을을 달래기 버거웠을 때 이윤이 나섰다. 이윤은 대을에게 오래 가슴속에 묻어온 새로운 길을 고했다.

 - 위민(爲民)이 천명(天命)입니다. 백성이 왕과 더불어 기뻐하면 아직 땅 위에 천명이 살아 있다는 징조이며, 백성이 왕을 두려워하고 기휘(忌諱)하면 천명이 떠나는 전조(前兆)입니다.

천하를 품으라는 이윤의 간언은 대을의 울분을 새로운 물길로 이끌었다. 걸은 유력한 제후인 대을을 끝없이 시험했고, 대을은 기꺼이 땅 위를 굴렀다. 중훼는 걸의 올가미가 대을의 목에 휘감기지 않도록 흙먼지를 뒤집어썼다. 이윤은 무시로 대읍을 벗어나 먼 땅을 잠행했다. 이윤이 대읍에 머물면 두 사람은 매일 만났고, 밤을 새워 잔을 나눴다. 대을이 시샘하여 가끔은 막무가내로 들이닥쳐 셋이서 같이 밤을 새웠다. 이윤이 먼 길을 한번 다녀올 때마다 부족들이 찾아와 대을에게 머리를 숙였다. 대을의 목숨을 지킨 이가 중훼였다면, 대을의 품 안에 너른 땅을 담아준 이는 이윤이었다. 대을의 품은 구주를 품을 만큼 넉넉했고, 이윤은 대을의 가슴에 치세의 도를 각인시키려 애를 썼다.

 - 왕이 없으면 백성은 위태롭고, 백성이 없으면 왕도 없습니다.

이윤은 대을과 중훼의 단단한 틈 사이를 비집고 들어왔다. 대을은 중훼를 충성스러운 신하로 여겼고, 이윤을 사부로 대했다. 대읍 안에서도 이윤은 경외의 대상이 되었으며, 시샘하는 자들의 뒷말은 땅속으로 숨어들었다. 대을이 이윤을 바라보는 눈빛을 보며, 중훼의 심연에 감추어진 날것의 욕망이 가끔 발작을 일으켰다. 기묘한 시기심과 질투심이 솟아오를 때면 식은땀이 났다. 부정하려고 애를 쓸수록 스스로 더럽다 여긴 심사는 자꾸만 몸체를 불려갔다. 이윤의 비범함에 견줄 수 없음을 자각할수록 솟구친 좌절감은 비틀린 심사에 기름을 부었다.

새 왕조를 세웠던 대을(大乙)이 왕위에 오른 지 열두 해 만에 선조들의 영혼이 머무는 땅으로 돌아갔다. 백마 열 마리와 시종과 노비 삼백 명을 왕의 무덤 곁에 순장했다. 열흘 동안 제사는 성대하고 엄숙하게 치렀다. 투병 중이던 장자 태정(太丁)을 대리하여 둘째 외병(外丙)이 상주(喪主)를 맡고, 이윤이 제사를 주관했다. 대읍에서 멀지 않은 곳에 봉토하여 무덤을 조성했다. 하관하는 날, 하늘은 시리도록 푸르렀고, 더없이 맑았다.

군중들은 왕이 하늘의 축복을 받으며 귀환했다고 수군거렸다. 마침 현조(玄鳥) 한 마리도 날아올라서 선조들이 왕의 넋을 데려간다고 감격했다. 조용히 제사를 이끌었던 이윤이 기어코 무너져내렸다. 하관을 하고 관 뚜껑을 덮기 전에 제례에 따라 왕과 신하들은 삼배를 올리고 절을 마쳤다. 이윤은 이마를 땅에 찧으며 혼자 수없이 절을 올렸다. 제례가 잠시 중단되었고, 왕과 신하들은 당황하며, 이윤의 예를 벗어난 행동이 빨리 끝나기를 우두커니 보고만 있었다. 제례에 참석했던 군중들의 시선도 일제히 이윤에게 쏠렸다. 중훼는 이윤의 눈에서 쏟아지는 붉은 눈물을 보았다. 갑자기 고개를 든 이윤이 땅에서 양손으로 흙을 움켜쥐고 제 몸 위로 미친 듯이 뿌리며 천둥처럼 통곡했다. 왕의 눈짓에 젊은 신하 몇 사람이 이윤을 부축하듯 끌고 나갔다. 그 길로 이윤은 자신의 초옥(草屋)으로 돌아가 스스로 문을 잠갔다. 태무왕을 이어 왕위에 오른 외병(外丙)이 이윤에게 사신을 보내 태무왕의 유언을 전했다.

— 이윤이 살아 있는 동안 누구도 윤의 직위를 폐할 수 없다. 이윤은 이 나라의 윤이다. 윤은 살아 있는 왕들을 나를 보듯 섬기고, 왕이 된 자들은 이윤의 말을 나의 명으로 여기고 따르라.

얼마 후 이윤은 아예 거처를 내성 밖으로 옮겨 나갔다. 아무도 이윤의 말없는 행동을 또렷이 이해하지 못했다. 제멋대로 가늠한 말들이 오랫동안 대읍 안에 무성했다. 태무왕의 장자가 왕위에 오르지 못하고 요절했고, 남은 두 형제가 연이어 왕위를 이었지만, 각각 네 해, 한 해 만에 단명했다. 두 왕의 즉위식과 장례에는 이윤이 참석했다. 태무왕의 장손, 태갑이 세 해 전에 사왕(嗣王)했을 때, 이윤은 직책에 따라 즉위식을 주관했다. 예식을 마치고 태갑은 시종장 불회를 배석시킨 채 이윤과 얘기를 나눴다고 한다.

중훼는 태갑의 시종장 불회에게 그날 오고 간 얘기를 추려서 들었다. 늦게 왕성을 나서던 중훼를 불회가 불러 세웠다. 불회는 조상 대대로 태무왕 집안의 집사 노릇을 맡아오다가, 태무왕이 왕위에 오르고 시종장이 되었다. 두 명의 왕이 자리의 무게에 눌려 휘청거릴 때, 불회는 왕을 지켜내려고 안간힘을 썼다. 뜻밖에 권력의 물길이 불회에게도 흘러들었고, 불회는 서서히 권력의 단맛에 취했다. 불회는 늘 허리를 깊숙이 숙인 채 마음을 감추는 데 능했다. 말들이 오가는 길목을 능숙하게 다뤘다. 불회의 혀는 매실매실했다.

– 이윤이 왕께 태무왕의 업적을 고하시고 엄한 교훈을 전해 올렸습니다.

숨을 고르고, 불회는 다음 말을 그윽이 빚어냈다.

– 저는 미욱하여 그 뜻을 다 헤아릴 수 없었으나 듣기에 아름다웠습니다.

직접 찾아와 전하는 말 치고는 간이 심심했다. 딱히 응대할 말이 없어 인사만 전하고 돌아서려는 순간, 조금 다급해진 불회의 목소리가 중훼를 다시 부여잡았다.

– 이윤이 가시고, 왕께서 하문하셨습니다.

불회의 눈빛이 허리를 굽히며 사방을 조심스레 살폈다.

– 이윤이 연로하니, 국정의 짐을 이윤과 나눠질 만한 인물이 있는지 물으셨습니다.

중훼는 불회가 '엄한 교훈'이라고 빚어낸 말이 거슬렀다.

– 이윤과 왕의 대면이 아름답지 않았구나.

불회의 낮은 목소리가 먹잇감의 굴속을 찾아드는 뱀처럼 기어들어갔다.

– 태부 중훼가 적임자라고 전해 올렸습니다.

불회의 눈이 뱀 혀처럼 중훼의 얼굴을 재빨리 훑었다. 중훼는 미간을 찡 그렸다. 찰나의 변화를 감지하고, 불회는 쏟아놓은 말들이 흘러가는 물길을 살짝 비틀었다.

– 대읍에 미천한 자들도 윤과 태부를 알고 있습니다. 저는 다만 민심을 전하였을 뿐입니다.

중훼는 굳은 얼굴로 가벼이 묵례를 올리고 돌아섰다. 태무왕의 장례식날 터져나온 이윤의 울음소리가 얼핏 환청처럼 들려왔다.

태갑이 왕위에 오르고 두 해 즈음 중훼도 거처를 옮겼다. 두 해 동안 이 윤은 성문 위에 나부끼는 깃발로 살았고, 중훼는 왕의 사부로 외양(外樣)은 화 려하게 보냈다. 불회가 태갑의 그늘 아래 앉아 그려낸 치세지도(治世地圖)였 을 뿐이다. 불회의 꿍꿍이는 일찍 알아챘으나, 중훼는 어깨뼈에 새겨진 선조 의 간절한 부탁과 태무왕의 유언을 더 소중하게 여겼다. 태갑을 태무왕에 버 금가는 군주로 기르고 싶었다. 불회는 어쩌면 중훼의 내심뿐만 아니라 심연 에 감춰둔 질투심까지 훤히 읽었는지도 모른다. 중훼가 불회의 그물에 걸려 지내면서도, 태갑에게 무던히 공을 들였으나 힘이 부쳤다. 점점 무거워지는 심화들로 갑갑하여 집을 옮기면서 또 이윤을 떠올렸다.

무슨 일이든 궁구(窮究)하여 치밀하게 방략(方略)을 세운 후에야 움직였던 중훼가 말없이 이사한 일을 두고 중인(衆人)의 뒷공론이 또 한동안 초여름 원 야(原野)의 잡풀처럼 무성했다. 왕이 아침 조회가 파한 뒤 농처럼 중훼에게 물었다.

　－ 공은 어찌 왕성에서 멀리 터를 옮기셨습니까?

　－ 구주(九州)가 모두 왕의 품 안입니다.

　태갑은 중훼의 대답 속에 담긴 헛헛함을 읽어내지 못하고 크게 웃었다. 왕은 술과 여자에 제 몸을 가누지 못하고 휘청거렸다.

　해는 멀리 태행산 머리 위에 서성이며 하늘 한 곳을 붉게 물들였다. 현조(玄鳥) 한 마리가 담장 위에 내려앉았다. 큰 길로 소금마차가 지나가는지 바퀴 소리와 인부들의 왁자지껄 떠드는 소리가 시끄러웠다. 집사가 다급히 달려와 이윤의 방문을 전했다. 중훼는 맨발로 대문까지 한달음에 달려갔다. 태행산을 호위로 배종한 듯 이윤이 열린 대문 사이로 들어섰다.

　객청에 술상을 차리고 말없이 잔을 주고받는 동안 저녁도 뒤따라 스멀스멀 얼굴을 내밀었다. 산을 손님으로 들인 듯 이윤은 오래 말이 없었다. 이윤이 중훼를 그윽이 바라보며, 낮지만 단단한 소리를 밀어냈다.

　"왕을 유폐(幽閉)하려 합니다."

　그가 처음 꺼낸 말은 중훼에게 놀라움과 섭섭함을 불러왔다. 중훼의 노회한 연륜(年輪)이 울컥 솟구치는 심사를 겨우 막아섰다. 꼼꼼히 짚어보면 크게 놀랄 일은 아니기도 했다. 왕위에 오른 지 불과 세 해 만에 태갑은 무도(無道)의 낭떠러지를 향해 무섭게 내달리고 있었다. 왕성 안에 태갑의 사람이 하나씩 늘어날수록 태갑의 오만함이 일그러진 얼굴을 내밀었다. 중훼의 간언조차 태갑은 드러내놓고 싫은 기색을 보였다. 태갑이 구주를 담기에는 그릇이 작았고, 중훼는 태무왕이 그리웠다.

　"공(公)의 말은 언제나 여백이 많습니다."

　중훼는 유폐만이 아니라 지나온 추억들 속에 담긴 섭섭함을 담았다. 이윤이 소담스럽게 웃었다. 오랜 칩거의 음울함이나 적조함의 어두운 기색은 흔적이 없었다. 중훼는 이윤을 잘못 판단한 건 아닌가 싶은 생각이 들었으나, 눈앞에 닥친 사건의 위중함이 더 걱정이었다. 중훼에게 유폐는 간단히 결행할 수 있는 일이 아니었다. 유폐도, 그리고 유폐가 불러올 파장도 가늠하기 힘들 만큼 복잡했다. 전후를 잘라버린 이윤의 말을 미로처럼 헤매며 중훼는 무슨 말을 골라야 할지 혼란스러웠다.

"불충(不忠)입니다."

비어져 나온 그의 말은 모호했다. 중훼는 태무왕의 유언을 기억하는지 묻고 싶었다.

"충(忠)입니다."

이윤의 대답은 선선했다. 적조했던 세월에 대해서도 유폐를 어떻게 도모할지, 또 준비해둔 것은 무엇인지도 말하지 않았다. 중훼는 신음하듯 이윤에게 물었다.

"제가 어찌 하면 되겠습니까?"

태갑은 왕위에 오르자 제일 먼저 왕성 호위군을 늘렸다. 이윤의 침묵을 무기력으로 여기고, 이윤의 기색을 살피며 조심스럽게 명을 내렸다. 태갑은 황성 호위군을 3군으로 늘리고 각 군의 수장인 태위(太衛)를 직접 임명했다. 조회장에서 어렵게 꺼낸 안건은 이윤의 부재와 중훼의 동의로 쉽게 처리되었다. 불회가 천거하여 태위 2명을 골랐고, 1명은 왕이 지명했다. 자신감을 얻은 태갑이 군대의 노장들까지 교체하기 위해 중훼에게 조언을 청했다. 그때는 중훼가 태갑을 말렸다. 노장들이 아직 건재하기에 변경의 방국(邦國)들은 왕을 두려워하고 있었다. 태갑은 섭섭한 기색을 내비쳤으나 중훼의 간언을 받아들였다. 홀로 태갑을 보좌하는 동안, 중훼는 새삼 이윤이 얼마나 많은 것들을 이루어 놓았는지 절감했다. 이윤이 품에 담아온 나라들은 단단했다. 제후들은 기꺼이 대읍으로 찾아와 조공과 예를 올렸다. 왕의 자리가 휘청거릴 때도 제후들의 충성심은 흔들리지 않았다. 대읍에 들어오면 제후들은 왕을 접견하고 난 후, 돌아가는 길에 이윤을 방문하고 예를 올렸다. 이윤이 쌓아놓은 주춧돌 위로 태갑의 설익은 망치질이 이어지면서 성벽에는 실금이 하나둘 늘어갔다.

중훼의 절박한 물음에 이윤은 연한 웃음과 흔하디 흔한 말 한마디만 남겨두고 돌아갔다. 객청을 서성거리다 중훼는 무작정 집을 나섰다. 놀란 집사가 노비 둘을 데리고 따라나섰지만 엄한 얼굴로 돌려보냈다. 좁은 길을 나와 대로에서 오른쪽으로 방향을 틀었다. 초저녁 거리는 오늘 하루 또 무사한 생들이 기지개를 켜고 나와 흥성거렸다.

– 곧장 내처 가면, 왕성이다. 호위병은 왕성 안에 기별을 넣을 것이고, 시종장 불회가 왕에게 고할 것이다. 왕은…

– 오늘 밤도 술과 황음에 젖어 있을 것이다.

중훼는 느릿느릿 내성 문을 향해 걷다가 네거리에서 멈춰 섰다.

대로 왼쪽의 좁은 길, 저 길로 곧장 가면 이윤의 집이 그곳에 있다. 맞은편 골목에서 바람이 불어 나왔다.

– 태부는 태부의 일을 하십시오.

피리 소리가 스며왔다. 애잔하게 높은 소리를 밀며 뒤이어 낮은 곳으로 가락이 산비탈을 타듯 내려가다 다시 높이 솟았다.

– 이족(異族)의 가락이구나.

좁은 강을 둘러막은 장엄한 협곡과 가파른 산들, 그 사이로 불어가는 바람, 악을 쓰며 버티다가 산채가 무너질 때는 먼저 살기 위해 아귀다툼을 벌이던 무리들…. 피리 소리는 우물 속에서 흐릿한 기억들을 길어 올렸다. 몸은 어느새 소리를 따라 걷고 있었다. 등불을 내건 술집에서 문을 열고 나오던 사내 하나가 중훼를 비켜 지나갔다. 중훼는 열린 문으로 들어서서 아래로 난 계단을 내려갔다.

반지하의 술집은 취객들로 가득했다. 소금 짐을 부리고 하루 삯을 받은 평민들과 궁성에 기거하는 병졸들이 주인 없는 말들을 내키는 대로 왁자하게 쏟아내고 있었다. 사내들의 거친 손길에 앞섶이 풀어헤쳐진 여인들은 사내들의 품안에서 이리저리 자리를 옮기며 흥을 돋우었다. 포로로 끌려와 노비로 팔린 여인들일 것이다. 눈치 빠른 주인이 잔 셈하듯 눈알을 굴리며 다가왔다. 대읍의 장사는 눈치가 생명임을 보여주는 면상(面相)이었다. 검소하게 살아온 중훼의 의복은 평민과 다를 바가 없어 주인은 고개를 갸웃했으나, 중훼의 허리띠를 보았다. 동이(東夷)는 허리띠를 살아 있는 동안 영혼을 온전히 간수하는 물건으로 신성하게 여겼다. 월장석을 알알이 박아놓은 허리띠는 중훼가 소유한 거의 유일한 사치품이었다. 알아보는 눈을 가진 자라면 대읍 안에서 월장석을 몸에 걸칠 수 있는 신분을 쉽게 짐작했다. 주인은 종종걸음으로 다가와 허리를 굽혔다.

"저 아이를 불러줄 수 있겠는가? 술과 안주는 알아서 내주고, 값은 넉넉히 치르겠네."

주인의 눈동자에 머뭇거림이 일렁거렸다.

"걱정 말게나. 피리 소리가 신통하여, 잠시 말벗이나 할 것이네."

주인은 금방 안도의 낯빛으로 바꾸었다.

"서쪽 강방(夷邦)의 아이라고 들었습니다. 원사(原祀: 태갑이 집권하던 해를 의미. 祀는 상나라의 해를 세는 단위)에 노예로 잡혀온 것을 사들였습니다."

– 원사에 강방과의 전쟁이라.

소녀는 고개를 들지 못한 채 중훼 앞에 섰다.

"피리는 누구에게 배웠느냐?"

소녀는 고개를 들었다. 열너덧쯤으로 보였다.

"아비에게 배웠습니다."

노비로 산 세월은 아이의 눈빛을 순하게 길들여놓았다. 주인이 눈을 부라리자 소녀는 황급히 자리에 동석했다. 떠올리고 싶지 않은 기억 속 그 비탈에서 온 아이일까? 궁금증은 차마 확인하고 싶지 않다는 망설임을 휩쓸어갔다.

"강족(羌族)이라 들었다. 북강(北羌) 출신이냐?"

"예….."

소녀는 기어들어가는 목소리로 대답했다. 그만 묻자 했으나, 궁금증은 제 혼자 한걸음 더 내디뎠다.

"북강의 대성(大城)에서 살았더냐?"

소녀는 말을 잇지 못했다. 숙인 고개에서 굵은 눈물이 뚝뚝 떨어졌다. 수없는 날들을 박박 문질러 지웠던 기억들이 다시 살아나 소녀의 혀를 휘감고 있을 성 싶었다.

– 화장한 네 눈꺼풀 뒤에 네 어미와 아비의 시신을 묻고 사는구나.

소녀가 차라리 대답을 하지 못한 상황이 오히려 중훼에게 묘한 안도감을 주었다. 중훼는 통제할 수 없었던 병사들의 핏발 선 눈들이 떠올랐다.

태갑이 왕위에 오른 해, 북강은 대륙의 서쪽 먼 곳에 살던 강족들의 패자였다. 선왕조 걸의 충신은 왕성에서 멀리 변방에 웅크리고 있었다. 선왕조의 도읍이 일찍이 함락되었음에도 북강의 부족장은 여러 해 동안 굴복을 거절했다. 이윤은 와병 중에도 무거운 몸으로 조회에 나와 태갑에게 강족의 설복을 간언했다. 거북하게 여기던 태갑이 마지못해 보낸 사신은 북강의 자존심에 불을 지폈다. 사신은 목이 잘려 돌아왔고, 중훼가 왕을 대리하여 정벌에 나섰다. 뱃길로 황화를 서진하다가 지류인 민강에서 물길을 바꿨다. 민강의 거대한 협곡에 솟아오른 높은 산들마다 북강의 마을과 요새들이 들어앉았고, 가장 큰 요새가 대성이었다. 산중에서 전투를 벌여본 경험이 없어 백전노장들도 고전했다. 산비탈을 기어오르다 적의 창에 배가 뚫렸고, 강족 아녀자가 던진 돌에 머리가 터져 죽었다. 요새 하나를 무너뜨릴 때마다 병사들의 시신은 늘어가고, 분노는 차곡차곡 쌓여 광기로 변해갔다.

대성 하나만 남겨뒀을 때 병사들은 미쳐 있었다. 중훼의 병사들은 대읍으로 돌아갈 기약이 없다면, 중훼에게조차 칼을 꽂고도 남았다. 수적으로나 기세로도 이미 패배한 북강의 질긴 저항이 병사들의 한 조각 남겨진 이성마저 휘발시켰다. 요새를 함락한 날, 살아남은 적군은 부상병까지 모두 산비탈에서 목이 잘리고 시신은 산중에 버려졌다. 사내들은 아이부터 노인까지 모두 베어졌고, 재수 없는 시신은 토막이 났다. 여인들은 겁탈당했고, 반항하는 여인들은 가랑이를 벌린 몸뚱이에 창이 꽂혔다. 치욕을 뒤집어쓰고도 살아야겠다는 여인들이 여자아이들과 함께 겨우 목숨은 건졌다. 노예들은 가축들과 대읍으로 실려왔다. 가축은 나라의 소유였고, 포로는 전공을 세운 장수와 신하들에게 전리품으로 하사되었다. 여분의 포로는 시장에서 팔렸다. 광기 어린 병사들 앞에서 무기력했던 날을 떠올리며, 심화(心火) 하나가 또 피어올랐다.

- 이윤이 북강 정벌에 나섰다면, 결과는 달랐을까.

불현듯 떠오른 생각에 조급증이 발동하여, 술집을 나와 잰걸음을 걸으며 이윤의 집으로 향했다. 이윤이 말한 태부의 일이 도대체 무엇이냐고 묻고 싶었다. 오늘 밤에는 돌아가신 태무왕의 혼백이라도 불러와 밤새 셋이 폭음하고 싶었다. 들뜬 마음의 다른 한 곳에는 차가운 방략(方略)이 중훼를 비웃으며 웅크리고 있었다. 이윤의 집은 불이 꺼져 있었다. 문을 두드릴까 했으나, 오래 비워둔 집처럼 인기척이 없었다.

– 이미 준비를 해두었구나.

중훼는 제후들을 떠올렸다. 한 해의 마지막 순(旬: 1순은 10일)이라는 시기도 절묘했다. 중훼라도 그 시기를 골랐을 것이다. 중훼가 가늠하기에 이윤의 계책은 딱 하나가 중훼의 방략과 판이하게 달랐다. 중훼가 유폐를 도모했다면, 제일 먼저 이윤을 설복할 것이다. 이윤이 반대하면, 포기했을 것이다. 섭섭함이 걷잡을 수 없이 솟아올랐다.

– 만약 내가 막아선다면 어찌 하시겠습니까? 태부는 태부의 일을 하라는 말이 무슨 뜻입니까?

한 해 마지막 순(旬) 첫째 날에 대조회(大朝會)가 열렸다. 방국(邦國)과 큰 부족을 다스리는 제후들이 모두 대읍에 입조하여 경, 대부와 함께 왕에게 하례를 올렸다. 선조들과 태무왕에 대한 제사가 가장 성대하게 열려 제후들은 달포 이상을 대읍에 머문다. 왕좌 바로 아래 단 하나를 높이 세워둔 자리에 이윤이 서고, 왕의 길을 사이에 두고 건너편에 중훼가 섰다. 제후들이 활기찼고, 이윤에게 다가가 환하게 인사를 올렸다. 태갑이 호위병에 둘러싸여 앞서 걸어 나오고, 시종장 불회와 시녀들이 뒤를 따랐다. 지난밤의 황음(荒淫)을 미처 지우지 못한 얼굴에 중훼는 눈살을 찌푸렸다. 태갑이 왕좌에 앉았고, 제후들과 신하들은 배례(拜禮)를 올렸다.

"이번 복사(卜辭)가 새해 왕의 순행이 길한지를 묻는 것이었더냐?"

복사를 주관하는 정인(偵人: 점치는 관직)이 불에 구운 소의 견갑골을 두

손으로 공손하게 내밀었다. 시종장 불회가 받아서 왕에게 전했다.

"복서(卜筮)에 부정한 일은 없었는가?"

격식에 따라 의례히 던진 질문이었다.

"복사의 길흉은 제례가 끝나고 열리는 조회에서 공표하겠노라."

"올해 마지막 제례는 가장 중요한 의식이니 경과 대부들은 차질 없이 준비토록 하라."

이윤을 바라보는 왕의 눈빛이 세 해 만에 완연히 달라져 있었다. 제례를 주관하는 일은 이윤의 책무임에도 이윤을 언급하지 않았다. 왕은 취기와 자만심이 어린 얼굴로 조회장을 급히 나갔다. 왕은 이윤의 무기력함을 확신했다. 불회의 말이라도 들었다면 저렇게 행동하지는 않았을 것이다. 이미 판단력을 잃고 불회의 간언도 통하지 않는 지경에 이른 것이다. 조회가 파하자 제후들은 이윤과 동행했다. 이상한 기미에 대부들 몇몇이 중훼와 따로 자리를 청했으나 거절했다.

객청에서 바라보면, 서북으로 태행산은 멀었고 황하는 대읍과 가까웠다. 서쪽으로 비끼면 아득히 먼 아미산과 종조산이 바짝 몸을 포개고 서 있었다. 두 산 사이에는 광활한 평지가 있었다. 염지(鹽地)가 평지를 덮었고, 염지의 소금은 왕조를 지탱하는 기둥이었다. 선왕조의 도읍을 함락하고, 제일 먼저 구정(九鼎)을 찾았다. 아홉 개의 청동 솥은 구주의 제후들이 형주산 자락에서 만들어 선왕조에게 바쳤다. 구정을 가지면 왕조는 천명을 얻는 것이고, 구정을 잃으면 왕조는 절명했다. 곧이어 바로 염지를 점령했다. 중훼는 군대를 이끌고 가서 염지와 노예들을 고스란히 넘겨받았다. 북강을 정벌했던 이유도 염지의 안위가 가장 중요한 이유이기도 했다. 염지에서 채취한 소금은 평륙(平陸)에서 중조산까지 마차에 실렸고, 산발치의 포구에서 모진도 포구까지는 황하 물길을 따라 배로 실어 날랐다. 길이 마르면 포구에서 수레로 두 식경쯤 대읍 외성에 이른다. 대읍은 판축(板築)으로 흙을 쌓아 긴 성벽을 둘렀다. 외성 문을 들어서면, 왕궁을 에워싼 내성 문까지 대로가 곧게 뻗어 있고, 길 양옆으로는 상점과 술집들이 새 왕조의 번영을 상징하는 장식물처럼 골목마다 빼곡히 들어섰다. 소금이 실려 오면 대읍은 흥성거렸고, 소금 배가 성기면 인심도 술렁거렸다.

한 해 마지막 순의 다섯 번째 날, 태무왕의 제사가 끝났다. 태갑의 명이 따로 없었으나 이윤은 팔을 걷고 나섰다. 누구 하나 이의를 제기하지 못했고, 제사를 주재했던 태갑도 별 언급이 없었다. 이윤과 중훼는 서로 엇갈려, 이윤이 중훼를 피하나 싶은 생각도 들었다. 중훼는 그 와중에 이윤의 집을 한 번 더 찾아갔다. 한낮에도 집은 여전히 비어 있었고, 노비들마저 여전히 흔적을 감췄다. 태부의 일이 무엇인지 실마리는 종적이 묘연했다.

마지막 순의 여섯째 날, 밤이 깊어 사로잠이라도 청할 무렵, 불회가 한밤중에 중훼를 찾아왔다. 이윤이 중훼의 집을 찾았던 날, 이윤은 곧장 불회를 찾아갔다고 했다. 이윤은 왕의 심복인 불회에게 왕의 유폐를 알렸다. 왕을 유폐하려는 날과 그동안의 준비를 알려주었고, 불회의 선택이 무엇인지 물었다고 했다. 이윤은 정작 중훼가 듣고 싶었던 얘기들을 불회에게 쏟아냈다.

섭섭한 감정과 다 읽을 수 없는 이윤의 꿍꿍이가 뒤섞이며 혼란스러웠다.

— 또 이윤이 무슨 말을 했습니까?

— 왕을 유폐하는 것일 뿐이니, 저는 저의 일을 하라고 했습니다.

불회는 그 말을 이해한 듯 보이는 표정이어서 중훼는 의아했다. 불회는 중훼와 다른 고민을 품고 있었다.

— 이윤의 유폐가 진정 유폐이겠습니까?

중훼는 감정을 고스란히 드러낸 불회의 얼굴을 처음 보았다. 일말의 불안감과 체념이 얼굴에 드러나 있었다.

— 선왕조의 일은 아시겠지요.

불회가 말한 선왕조의 일이란 선왕조의 제후 후예(后羿)의 반역을 거론한 것이다. 후예가 태강(太康)을 왕위에서 몰아내고 그의 동생 중강(中康)을 옹립했다가, 중강을 쫓아내고 후예가 스스로 왕위에 올랐던 사건이었다.

— 막을 자신은 있습니까?

중훼의 질문에 불회는 고개를 떨어뜨렸다. 이번 대조회에 참석한 제후들의 행차는 다른 해보다 훨씬 화려했다. 배종(陪從)한 병사들은 외성 밖에서 형형색색의 깃발을 나부끼며 숙영(宿營)했다. 노장들이 이끄는 군대는 이윤이나 중훼가 아니고서는 태갑이나 불회가 움직이기에 역부족이었다. 불회는 중훼의 물음에는 대답을 피하고, 알고 싶은 의문에 매달렸다.

— 사람의 말을 어떻게 믿겠습니까?

중훼는 이윤이 불회의 일을 말해주었는지 재차 물었다.

— 왕을 태무왕의 무덤 옆에 있는 동궁(桐宮)에 유폐하겠다고 했습니다. 왕이 돌아올 때까지 시종장은 시종장의 자리를 지키라고 했습니다. 3개 호위군의 태위들도 그대로 둔다고 했습니다. 정식으로 혼인하지 않았거나 아이를 낳지 않은 왕의 여인들은 넉넉히 재물을 주어 제 집으로 모두 돌려보낸다고 했습니다. 국정은 태부를 비롯하여, 대부와 경들이 제 역할을 다할 것이라고 했습니다.

이윤은 불회에게 중훼가 왕을 대신하여, 국정을 맡을 것이라고 했다. 중훼는 혼란스러웠다.

— 이윤의 일은 무엇이라고 말하던가요?

226

뱀 눈 같은 비가 내렸다. 왕성 호위병들은 무장을 푼 채, 숙소에 그대로 머물렀다. 왕성을 에워싼 이윤의 군대는 숫자가 적어 마치 호위병처럼 보였다. 이윤과 동행하여 왕성으로 들어간 사람은 제후들을 대표하여 한 사람이 따랐고, 노장도 한 명뿐이었다. 왕의 침전으로 들어가는 문 밖에서 이윤은 동행한 제후와 노장도 군사 수십 명과 같이 대기하도록 명했다. 불회가 침전 마당에서 이윤을 기다리고 있었다. 이윤은 불회와 함께 침전으로 들어섰다. 술기운에 젖어 여인들을 품고 잠들었던 태갑이 게슴츠레 눈을 떴다. 이윤이 그자리에 서 있어서 불쾌했고, 불회가 동행하여 의아했다. 이윤은 윗옷을 벗은 왕의 마른 몸을 내려다보았다. 태갑이 화난 눈으로 마주 보다 슬그머니 눈길을 피했다. 무언가 잘못되었다는 생각이 취기를 몰아냈다.

"원사(原祀: 태갑이 왕위에 오른 첫해)에 제가 명심하시라 전해 올린 교훈들은 까맣게 잊으신 겁니까?"

이윤의 목소리는 낮고 담담했다.

"왕이 혼몽하면 하늘이 어두워지는 것과 같고, 땅이 제멋대로 흔들리는 것과 같습니다. 아득히 어두운 하늘은 백성을 두렵게 만들고, 제멋대로 흔들리는 땅은 백성이 거(居)할 수 없게 합니다."

태갑은 절망했다.

― 불회가 배신을 하였는가?

잠시 치밀어오르던 분노는 무기력했고, 죽음이 눈앞에 어른거렸다. 왕의 권위와 살고 싶다는 간절함 사이에서 태갑은 갈등했지만, 마음이 한쪽으로 기울었다. 빌어야겠다고 마음먹은 순간에 이윤이 공손히 허리를 숙이며 말했다.

"태무왕의 무덤 곁에 모시겠습니다. 태무왕의 성덕(聖德)을 깨우치는 날, 다시 모셔 오겠습니다."

이른 아침까지 실비는 계속 내렸다. 불회는 이윤이 왕과 함께 동궁에 들겠다고 했다. 왕이 돌아오는 날, 이윤도 돌아오겠다고 했다. 이윤이 자리를 비우면 태부 중훼의 관직이 가장 높았다. 태부는 태부의 일을 하라던 그의 말에 중훼가 느꼈던 여백은 중훼가 해야 할 일들로 이미 가득 채워져 있었다.

중훼는 평복 위에 녹사의(綠蓑衣)를 걸쳐 두르고 길을 나섰다. 간밤에 누군가 연통(連通)이라도 돌린 듯 하룻밤 사이에 소문은 대읍 안에 퍼져나갔다. 골목마다 꾸역꾸역 흰옷을 입은 백성들이 왕성을 향해 걷고 있었다. 비루하여 웅크리고 있던 말들이 제멋대로 파랑(波浪)을 일으키며 출렁거렸다. 왕의 유폐 행렬은 순행 행차처럼 화려했다. 흰 바탕에 검은 새가 그려진 깃발들이 앞서고, 왕의 마차는 중무장한 호위병들이 뒤를 따랐다. 지난밤에 일어난 일의 전말을 아는 사람들은 유폐임을 알았지만 소수에 불과했고, 대읍에 떠돌던 소문을 건너 듣고 긴가민가해서 나온 무리들은 왕의 행차를 보고 고개를 갸웃했다.

이윤의 마차가 왕의 마차 뒤를 따랐다. 이윤의 얼굴을 본 군중들이 여기저기서 환호성을 질렀다. 이윤은 군중을 향해 엷은 웃음을 내보였다. 군중들은 왕의 행렬에 이윤이 동행하는 모습만으로도 안도감을 느꼈다. 중훼는 이윤을 보았으나, 이윤은 무리 속에 섞여 있는 중훼를 보지 못했다. 중훼는 숨듯이 고개를 움츠렸다. 태갑을 보위하겠다고 무엇이든 해보려던 시간들이 저절로 일었다가 사그라진 심화들을 가리기 위한 기만책은 아니었을까 싶었다. 기만책 아래 어른거리는 맨얼굴이 보일 것만 같아, 중훼는 고개를 저었다. 멀리 태행산이 실비를 맞으며 강을 건너온 듯 불쑥 흐린 얼굴을 내밀었다.

박현식
소설가. 전(前) 동아방송 예술대학 겸임교수. 한국일보 일간스포츠 공동주최 '신춘대중문학상' 수상

– 역사의 깊은 지층 아래 묻혀, 다 삭아버리고 겨우 몇 조각 먹빛 활자의 뼛조각만 남았으나 그래도 우리가 잊지 않았으면 하는 우리 먼 선조들의 부르다 만 노래를 이야기해보았다.
– 무상공유, 사람들이 서로를 보듬어줄 수 있는 세상으로 향해 가는 깃발이 되기를…!

개꿈일기

고영란

*
*
*

　새로운 바이러스가 나타났다. 고약하게도 이번 바이러스는 여성호르몬을 공격한다나? 감염되면 수족구염 같은 수포 증상이 나타나고, 얼굴과 온몸으로 피부염이 번지면서 발작과 졸도, 혼수상태, 이후에 사망으로 이어진다니! 세상의 모든 여자는 외부 활동을 전혀 할 수 없게 되어버렸다. 고령의 할머니들도 바이러스에 감염됐다는 사례가 보도되면서 지구촌 모든 여성에게 공포감을 불러일으킨다.

　남자는 괜찮고 여자에게만 옮는다니… 이 무슨 황당한 바이러스냐! 이 바이러스가 고도의 계획된 목적 아래 인간을 공격하는 누군가의 음모일 거라고 주장하는 사람들도 있다. 일찍이 정보를 접한 소수의 여성들을 제외하고 나머지 여성은 다 죽게 된다고. 그러니 여성은 절대로 만나지 말아야 하고 집 밖에 돌아다녀도 안 된다는 방역 지침이 내려졌다. 집 밖으로 외출했다간 즉시 신고당할 뿐 아니라 경찰이 바로 달려와 피부 상태를 확인한다. '건강' 상태가 확인되면 집으로 귀가조치, '피부염'이 의심되면 격리병원으로 강제 입원된다.

바이러스가 발생했다는 사실이 처음 알려진 지난겨울, 그땐 추우니까 그런대로 견디며 지나왔다. 나만 견디는 게 아니고 모두가 견디는 중이니까. 그런데 봄이 오니 몸이 자꾸 밖으로 향했다. 외출을 전혀 못한다는 사실을 견디기 힘들어졌다. TV 화면이나 영상으로만 꽃소식을, 봄의 향연을 바라봐야 한다니. 온몸으로, 내 눈으로 직접 봄기운을 느끼고 싶은데…. 꽃들만 봄에 피어나는 게 아니다. 칙칙한 겨울옷을 정리하고 밝은 패션의 봄옷을 찾아 입고픈 마음, 자신을 봄처럼 꾸미고 싶은 감정…. 사람의 몸에도, 마음에도 설렘과 함께 봄이 온다. 살아 있는 생명체니까. 내 몸이 새나 벌레로 변신해 밖으로 나갈 수만 있다면, 변신을 하고 싶을 정도였다. 나 대신 바깥으로 나가줄 무엇이 없을까?

봄기운에 마음이 싱숭생숭하던 지난 4월 초의 어느 밤, 남장을 하고서라도 밖에 나가보고 싶다는 생각이 강렬하게 나를 지배했다. 어떻게 하면 남자처럼 보일까? 머리카락이 짧아야 해, 가슴이 밋밋해 보여야겠지, 피부 톤도 바꾸고, 남자 옷이 필요하겠어, 마스크와 선글라스, 야구 모자를 꼭 눌러 쓰면 될까? 나는 모바일 영상 자료들을 찾아보았다.

남장 외출 성공하기 / 도구를 이용한 아저씨 분장법 / 남장 외출 브이로그… 영상 정보들은 기발하고도 재미있었다. 일단 중고마켓에서 변장용 도구를 알아봤다. 남성용 가발과 남성복, 그에 어울리는 신발을 대여해주는 곳도 있었다. 택배 비용만 받고 며칠간 빌려주는 이도 있었다. 싸게 빌려주면 고

맙지! 소독한 후에 또다시 빌려주면 다른 이도 사용하고. 그렇게 해서 남장용 도구 준비 완료. 동영상 자료를 보며 며칠 준비한 끝에, 드디어 남장을 하고 새벽 시간을 이용해 집 밖을 나가보기로 했다. 새벽 3시쯤 아주 잠깐, 살짝 나갔다 돌아오기로.

변장도구는 나를 60대 아저씨로 탈바꿈시켜 주었다. 거울을 보니 조금 어색한데, 연기를 잘한다면 사람들이 속아 넘어가줄 것도 같았다. 새벽 시간이니 자세히 살피지 않으면 대충 남자인가 할 것이다. CCTV에 남겨질 증거도 수십 배로 확대해서 자세히 보지 않는 한, 여자처럼 안 보일 것이었다. 사람들이 모두 잠든 새벽 3시쯤, 아무도 안 만날 가능성이 높은 시간에 나는 현관문을 살그머니 닫고 나섰다. 발걸음 소리가 나지 않게 고양이처럼 살금살금 5층에서 1층까지 계단을 내려갔다. 오피스텔 현관을 나서고, 건물 1층 끝에 있는 편의점까지 당도하는 데 성공했다.

"우와! 벚꽃이 이렇게 활짝 피었구나! 우와아! 감동!"

편의점 옆의 가로수 아래 빛나는 벚꽃이 온통 내 차지였다. 벚꽃들이 바람에 살랑살랑 꽃잎을 움직이며 봄밤의 즐거움을 내게 전했다. 밤에 보는 봄꽃이 이렇게 환하고 아름다울 수 있다는 게 새삼 감동스러웠다. 내가 살아 있다는 것, 살아 있음을 확인하게 해주는 밤.

편의점에서 나는 소주를 두 병 샀다. 금기를 깨고 담을 넘어설 때의 기분이 이런 것일까. 묘한 성취감, 스릴감에 잠깐 전율했다! 드디어 외출을 하다니, 몇 달 만이야? 편의점을 나온 뒤 밤하늘을 올려다보며 숨을 크게 내쉬었다. 별이 보이면 좋겠지만 흐린 하늘엔 달도 없이 구름이 가득했다. 하늘을 보고 서 있는데 어디서 나타났는지, 시커먼 복장의 남자 두 명이 내 앞으로 걸어왔다. 누구일까? 설마… 나는 그들과 눈을 마주치지 않으려고 반대쪽으로 등을 돌려 걸었다.

"저어, 선생님! 잠깐만요."

그들이 나를 불러 세웠다. 못 들은 척 하며 한걸음씩 걷는데, 그들이 빠르게 다가왔다. 내 양 옆으로 그들이 섰다. 온몸의 피부 세포가 곤두섰다.

"남자분이십니까?"

나는 소주를 내보이며 고개를 살짝 끄덕였다. 이들이 속아줘야 하는데.

"남자분 맞아요?"

그중 한 명이 한 발짝 더 가까이 다가오면서 내 얼굴을 찬찬히 살피더니 다시 물었다. 나는 얼굴을 살짝 찡그리기만 하고 대답하지 않았다. '그냥 좀 넘어가줘요, 몇 달 만에 밖에 나온 거라고요. 좀… 봐줘요 제발.' 간절한 표정으로 애원하고 싶었지만, 그게 통할지 알 수 없었다. 대답을 보류한 채 나는 한 걸음 더 앞으로 내디뎠다.

"죄송하지만, 일단 피부상태 확인 좀 하겠습니다."

나머지 한 명이 전자체온계처럼 생긴 기계를 내밀며 내 팔을 달라고 요구했다. 나는 가슴이 쿵쾅쿵쾅 뛰어서 꼼짝할 수 없었다. 그러는 사이, 어느새 내 팔목에 그들의 검침 기계가 "삐리릭" 소릴 내며 닿더니 피부 체크를 했다. 테스트 결과가 금방 나온 듯했다.

"피부 상태 건강!"

"선생님, 여자 맞죠? 이렇게 밖으로 나오시면 안 됩니다아!"

그들은 내 팔목 피부를 검침 기계로 찍은 뒤 모바일 앱에다 등록하며 "성함과 전화번호 확인해 주십시오"라고 말했다. 이들은 날 어떻게 알았지? 편의점 알바가 신고했나? 나쁜 놈, 좀 봐주지! 나는 속으로 편의점 알바를 욕했다.

"세대별 구성원 정보가 저희한테 다 있기 때문에 선생님이 집에서 나오시는 순간, 저희한테 알림이 뜹니다."

세상에! 내가 드나드는 것까지 이들이 다 체크하고 있다니. 나는 봄밤의 벚꽃들에게 아쉬운 눈인사를 남기며 집으로 돌아와야 했다. 첫 번째 외출 시도는 그렇게 끝나버렸다.

이런 일을 겪은 것은 나만이 아니었다. 내가 남장 외출을 시도할 정도면 남들도 벌써 시도해봤을 것이다. 모바일 커뮤니티에 들어가보니 뒤숭숭한 이야기들로 수군거렸다.

"여성이 불법으로 외출하다 걸리면 이제 벌금 1,000만 원이래요!"

"근데 왜 여자들만? 괴상한 바이러스!"

"남자는 정말 괜찮다는 거야? 그럼 트렌스젠더는?"

"이거 음모야, 여자들만 말살하려는 음모!"

"연대하고 연대하자, 전 세계 여성들이여!"

"에스트로겐 억제 주사나 테스토스테론 주사를 맞으면 괜찮지 않을까? 그런 방법을 왜 연구하지 않지?"

여성 커뮤니티나 SNS 소모임에선 겨울과 봄을 보내는 동안 남장을 하고 외출하다 발각된 여성이 꽤 많았다. 결국은 탄로 날 것을 알면서 남장 외출을 왜 하냐고? 답답하니까, 살아 있다는 걸 느끼고 싶으니까! 바이러스가 두려워 계속 갇혀 지내는 게 오히려 더 죽음 같으니까! 분명 어디선가, 누군가는, 경찰도 모르게 남장 여인이 자연스럽게 외출할 방법을 또 연구하고 있을 것이다.

4월에 잠깐의 외출을 즉시 저지당한 후에 나는 완전히 우울해졌고, 시간이 지날수록 우울증이 깊어졌다. 이럴 때 생리까지 겹치면 우울함의 극치를 달린다. 우리 친구들끼리는 "적군(생리)이 쳐들어왔다"고 표현하는데, 한동안 생리를 하지 않아서 나도 이제 완경(폐경)을 맞이하는가 싶었다. 그런데 5월이 지나고 6월, 변덕스러운 날씨처럼 느닷없이 쳐들어온 적군은 몸을 갈가리 찢어놓을 듯 나를 휘젓는다. 생리혈이 몸 밖으로 나오기 전부터 찌뿌두둥하게 허리 신경을 타고 칼로 쑤시듯 헤집어놓더니 온몸으로 적군이 돌아다녔다.

적군은 사나흘 만에 물러가지 않았다. 열흘 넘도록 끝나지 않는 생리는 내가 여자라는 사실이 저주스러울 정도였다. 가슴이 벌렁벌렁 뛰는 증상에다 편두통까지 더해 깊은 잠을 이룰 수도 없었다. 적군은 나를 죽이러 온 것일까?

결국 의사와 비대면으로 진료를 받고 택배로 처방약을 받았다. 강력한 진통제와 근육이완제였다. 고통에서 벗어나기 위해 나는 컵라면에 뜨거운 물을 붓고 소량씩 저장한 냉동 김치를 한 봉지 꺼내 식사를 했다. 처방약을 먹으니 가슴이 벌렁대는 증상이 사라지더니 편두통도 없이 평온해졌다. 온몸이 완전히 늘어지면서 깊은 잠에 빠졌다.

얼마나 자고 일어났을까? 깨어나 보니 하루 하고도 반을 잤다. 36시간을 내리 자다니! 화장실에 다녀오고, 물을 마시고, 핸드폰을 확인했다. 엄마와 언니 전화가 와 있었고, 가족 단톡방에 별일 없냐고 묻는 질문이 대답을 기다리고 있었다.

"응, 별일 없어요. 잠을 실컷 잤음."

답을 해준 뒤, 냉장고를 뒤져 간편식으로 나온 비빔밥을 데워 먹고 약을 복용했다. 약기운에 또다시 몸이 늘어진다. 일상이 몽롱한 꿈같고, 꿈속의 일이 현실처럼 느껴진다. 가끔 일어나 물을 마시고, 화장실을 다녀오고, 내게 무슨 일이 있었는지 기록을 남긴다.

202☆년 6월 5일. 날씨 모름. 지겨워!

내 머리카락을 가위로 싹둑 잘라내고 있다.

옆머리엔 가위를 대지 않는다. 이마를 가리던 앞머리카락들을 왼손으로 잡아 위로 올리며 쓱쓱 자른다. 왜 이렇게 잘라? 물어볼 겨를이 없다. 이미 어떤 결심을 한 것 같은 표정이다.

이마에서부터 머리 위쪽까지 머리카락이 잘려나가면서 머리카락이 없는 두피에 반달 모양이 생겼다. 내 이마 위로 뜨는 예쁜 반달. 만족스러워? 반달이 뜬 이마.

정신을 차리고 보니 머리카락을 잘라내면서 선명하게 새겨진 흔적, 반달 모양. 거울 속의 나를 본다. 내 표정이 어때? 원하는 게 이거였니? 나는 헤어스타일이 달라진 후 내 인상이 어떤지 본다. 눈과 볼, 코와 입, 이마를 살핀다.

"머리카락은 다시 자랄 거야, 암, 그렇지!"

거울 속의 나에게 혼잣말을 하는데… 어떤 생각이 스친다.

누군가 "잘 잘랐다!"고 내게 말해주면 좋을 것 같아.

나는 반응을 보려고 사람들을 만나러 나간다. 어릴 적부터 언제나 내 편인 은주를 만나고, 집을 나서며 마주치는 이웃도 만나고, 주차장 한구석에서 밥을 기다리는 고양이도 만나고, 평소에 자주 보는 사람들을 만난다. 온라인으로도 만나고, CCTV로도 만나고, 만나고 만난다.

그런데 아무도 내게 "잘했다"는 말을 하지 않는다. 꼬마 때부터 한 동네에 살았고 중년이 된 지금도 친구인 은주는 "그게 뭐냐? 이상하다!" 이런 말은커녕, 내 머리카락이 어찌 된 것이지 묻지도 않았다. 내 머리카락 따위엔 정말로 아무 관심이 없었다. 이웃은 날 쳐다보지도 않았고, 고양이도 슬슬 다가와 사료만 먹을 뿐이고, 지인들도 별말이 없다.

사람들이 왜 이래? 뭐라고 말을 해줘야 하잖아! 내가 상처받을까봐 모두 참는 거야?

그런데 내가 원하는 건 뭐야? 내 맘대로 머리카락을 잘라버리고, 주변 사람이 반응하지 않아도 이마와 두피가 반달 모양으로 드러나게 자른 것이 후회되진 않아. 반달이 예뻐.

202☆년 6월 7일. 또 머리카락?

오늘도 머리카락!!!

가운데 머리카락이 한 올도 없이 이마부터 머리 뒤쪽까지 오른쪽으로 훌러덩 벗겨져 있어!

자고 일어나니 내 머리카락이 그냥 그렇게 돼 있어.

슬픈 느낌이 들어. 갑자기 왜 이렇게 된 거야?

이렇게 된 내가 부끄럽고 창피해?

두 손으로 머리를 가려봤는데 손으로 가려지지 않아.

오른쪽 두상의 절반 정도가 머리카락 없이 민둥산이야.

훤히 보이는 두피가 정말 충격!

나한테 누가 이랬어? 왜 이런 일이?

나도 모르게 나를 빼앗긴 느낌이야.

202☆년 6월 9일. 또, 또, 머리카락?

이번 머리카락은 충격적인 대머리는 아닌데, 요상하게 머리카락에 힘이 막 들어갔어.

머리카락들이 하늘을 향해 치켜 올라가듯, 힘센 줄기처럼 하늘을 향해 모두 서 있네.

무성한 잡초처럼, 한 번도 가지치기 없이 마구 자라난 나무줄기처럼!

아래로 흘러내리는 머리카락이 단 한 올도 없어.

가늘고 여리고 보일 듯 말 듯 흩날리는 그런 머리카락은 용납이 안 되는 머리카락의 세계.

내가 의도하지 않았고 원하지 않았는데, 머리카락이 절로 힘을 낸 것일까? 스프레이를 뿌려 일부러 머리를 쫙쫙 힘센 풀처럼 세워놓은 것만 같아. 머리카락 한 올, 두 올, 서너 올씩 뻗쳐서 위를 향하네. 이게, 미용실에서 일부러 머리카락에 힘을 준 헤어스타일은 아닌데.

내 몸인데, 몸의 흐름을 거부하고 자기들 맘대로 뻗어 나가려는 저 힘센 머리카락을 제어할 방법이 없어. 두려운 마음이 드네. 머리카락이 저렇게 힘센데 나란 존재가 있긴 한 걸까? 저 머리카락에 내 어떤 의지가 실린 것일까? 도무지 모르겠어.

그런데 이상해. 머리카락의 반란이 싫지는 않아.

"그래, 어쩔 거야? 어디 해봐봐~"하고 내버려두고 싶을 정도. 그 다음이 궁금해.

그러다 보니 슬슬 마음이 가라앉는 듯.

나는 낯선 곳에서 여행을 하는 중이야. 동남아시아 어느 평화로운 마을 같기도 하고. 소박하고 조용한 호텔 숙소에서 아침에 일어났을 때 머리카락이 이렇게 난리였지. 난 머리카락을 감으려고 화장실에 갔는데, 숙소를 같이 쓰는 여자애들 빨래가 세숫대야, 세면대, 또 다른 대야 등에 가득 담겨 있었어. 화장실 공간이 어지럽고 복잡해서 샤워기를 찾을 수 없네. 샤워기 꼭지가 그 빨래들 속에 묻혀버렸나봐. 샤워기를 찾느라 화장실 안의 빨래 더미를 뒤지다가, 이 빨래들을 세탁기에 모두 넣고 돌려버릴까 생각했어. 그런데 빨래 주인들이 좋아할까? 또, 나중에 어떻게 구분하지? 아무도 신경 쓰지 않는 빨래를 나 혼자 신경 쓰나봐.

밖에서 바쁘게 오가는 소리가 들리고 우리가 모일 시간이 가까워졌어. 나는 세수만 겨우 하고 나갔어. 이 모임에서 중요한 존재로 보이는, 특별히 빛나는 한 남자에게 잘 보이려면 머리카락을 감아야 했는데. 어떡하나? 그 남자가 날 보고 어떤 표정을 지을까? 정말 괴상하다고 생각할 텐데. 그래도 사람들을 기다리게 하는 건 더 창피한 일이야. 볼썽사나운 머리카락은 아주 찜찜하지만.

그런데 이상해! 아무도 내 머리카락을 신경 쓰지 않아. 누군가를 초대하고, 어떤 일을 진행하고, 거기에 온통 관심이 쏠린 듯해. 이 공간을 좋게 만들고 바깥으로 나가 즐겁게 보낼 시간을 얘기하고, 돌아올 땐 저녁을 어디서 먹을지, 저녁 이후 시간에 뭘 할지, 그런 얘기로 와자지껄해. 모두 즐거운 낯빛으로 대화하는 중이고. 밀린 빨래, 내 머리카락 따위엔 아무도 관심이 없어. 나도 머리카락을 잊고 그들과의 하루를 시작하고 있어.

202☆년 6월 11일. 흐리고 컴컴, 날씨 묘해.

"유혹당하고 싶어."

해와달을 만나 말했다. 우리는 몇 년 전부터 어떤 모임에서 드문드문 만나왔는데, 우연한 기회에 아주 가까워졌다. 알고 보니 해와달은 내가 다녔던 초등학교 출신이었다. 중년의 나이를 바라보면서 어린 시절에 가까운 동네에 살았고 같은 학교를 다녔다는 사실을 서로 알았을 때 느끼는 반가움, 나이 들

어 고향 사람을 만난 느낌과 비슷하다. 내가 한 학년 위였지만, 그건 중요하
지 않다.

우리가 다니던 그 초등학교는 세월이 지나며 학생 수가 줄어들고 폐교되
면서 지금은 세상에 없는 학교다. 서울 중심가의 학교가 있던 자리, 그 주변
공간은 호텔이 들어섰다. 어린 시절에 놀던 운동장, 온갖 풀과 나무가 무성하
던 뒷산, 학교 앞길의 문방구, 학교로 향하는 언덕, 언덕을 내려와 집으로 가
는 길에 펼쳐지는 화려한 상점들, 그 모든 흔적이 추억 속에만 존재할 뿐. 해
와달이 그 초등학교를 다녔다니, 전생의 어느 날 손을 놓쳐 잃어버렸던 형제
를 미래의 어느 날 되찾은 것처럼 반갑고 뭉클했다.

"유혹당하지 말고 유혹하셔!"

어깨까지 찰랑대는 긴 머리카락을 귀 뒤로 넘기며 해와달은 웃었다. 농
담을 주고받다가 우린 사람들과 어울려 소란스러운 공간에 합류했다. 공간의
현관을 들어서면서 해와달이 아는 사람을 먼저 마주쳤다. 50대 초반쯤, 자신
을 잘 관리하는 남성으로 보이고, 키가 크고 잘생겼다. 첫눈에 봐도 매력적으
로 생긴 남자다. 복장은 편안하면서 단정하고, 정장인 듯 아닌 듯 깔끔한 차
림이 지적인 분위기를 느끼게 했다.

나는 이런 스타일의 남자를 좋아한다. 한창 어리광을 피울 어린 시절에
내 삶에 부재중이던 아버지가 이런 모습이면 좋겠다는 바람이 마음 한켠에
숨어 있다. 집에 없는 아버지 모습을 영화 속의 멋진 남자로, 그렇게 그려갔
던 걸까?

해와달을 따라 들어가는 입구에서 언뜻 스친 남자의 머리칼에선 민트향
이 나는 듯했다. 이 사람에게 유혹당할까, 아니 내가 유혹을 할까?

사람들과 어울리다 편한 자리로 돌아와보니 아까의 그 남자와 해와달과

내가 셋이 함께 있게 되었다. 우리는 칵테일이나 맥주를 한 잔씩 마셨고, 차를 마시기도 했다. 그러면서 잠깐씩 대화를 나눴는데, 해와달과 그 남자가 분명히 옆에 있었는데 동시에 안 보였다. 둘러보니 커튼이 내 앞에 처져 있고, 커튼 뒤의 사람들은 보이지 않았다. 나는 해와달이 잠시 어딜 갔나 생각했다. 그런데 커튼 자락이 화르르 움직이더니 해와달이 그 남자에게 화를 내면서 커튼을 획 닫으며 나타났다.

무슨 일인가 싶어 해와달을 먼저 살펴봤다. 해와달의 아랫도리가 벗겨져 있고, 팬티가 골반에 걸쳐진 채 아래로 내려가 있다. 해와달은 그 모습 그대로 남자에게 화를 냈다. 팬티를 제대로 올려 입지도 않고, 부끄러워하지 않았다. 커튼 속에서 드러난 자신을 당당하게 내보였다. 나는 해와달의 그 모습이 무척 섹시하고 예뻤다. 남자를 보니, 그는 이 파티에 막 입장한 사람처럼 옷차림이 정갈하고 흐트러짐 없는 자세로 서서 나를 보며 웃었다. 어쩌자는 것인지? 나는 어지러웠다.

해와달이 서 있는 뒤로 또 다른 여자가 골반에 팬티만 걸치고 위에는 옷을 그대로 입은 채 나타나더니 그 남자를 향해 빈정댔다. 이 여자도 남자에게 화를 내는데, 사랑을 나누다 거절당한 것인지 결정적인 순간에 남자가 옷을 모두 입고 나가버린 것인지 알 수가 없다. 남자는 해와달 뒤에 서서 뭐라고 시끄럽게 떠드는 여자를 신경 쓰지 않았다. 해와달 뒤에 있는 그 여자는 개성이 강하고 씩씩하고 지적인 이미지의 여자였다. 해와달보다 좀 더 어렸고, 체격이 좋았다. 그림을 그리거나 음악을 하거나 예술 활동을 하는 사람 같다.

나는 이들의 모습이 재미있고 신기하다. 저 남자가 유혹에 실패한 걸까, 해와달이 유혹에 실패한 걸까? 예술가 여성이 실패한 걸까? 저 남자는 나를 유혹할까 아닐까, 내가 그를 유혹하게 될까?

202☆년 6월 14일. 장마인가? 후덥지근해

우리 동네 M마트의 매니저. 그가 전투복 차림으로 지하철역 입구에 나타났다. 새벽 어스름한 빛 속에서 그를 발견하고 나는 걸음을 멈췄다. 반가우면서도 두렵다. 아는 척을 해야 하나, 말아야 하나? 그는 나를 몰라보겠지? 참, 난 완전히 변장을 하고 나왔잖아! 지금 난, 나이 든 아저씨야. 내 직업은 아파트 경비실 직원, 야간근무조와 교대하기 위해 출근하는 거라고. 근데 저이는 여기 왜? 저이도 나처럼 변장을 한 걸까? 맞아, 그는 그게 가능할 수도 있겠다.

평소에 그는 남자인지 여자인지 헷갈리는 사람이었다. 아이들은 얼핏 보고는 그를 "아저씨!"라고 부른다. 일단 헤어 스타일이 완전히 남자처럼 짧고, 목소리가 중저음의 남성 음성에 가깝고, 생김새도 첫눈에는 남자처럼 보인다. 마트에 고객이 붐빌 때 그는 언제나 귀에 쏙쏙 들어오게 씩씩한 멘트를 날렸다. 아이스크림 세일, 육류 세일, 과일이나 채소 세일, 그가 안내하는 얘기 들으면 무얼 사야 할지 정리될 때가 있다.

"오늘 시식 코너에 호주산 소고기 스테이크 있습니다! 꼭 들러서 맛보세요! 반값 세일합니다!" 이런 멘트가 나올 때는 호주산 소고기를 사주는 게 좋다. 말이 떨어지기도 무섭게 아이들은 소고기 스테이크를 한 점, 두 점, 바로바로 먹어치우고 입맛을 다시는데, 부모들은 결국 소고기를 여러 팩씩 카트에 담아 간다.

"저 아저씨 재밌다!" 하며 아이들이 돌아보면, 그 매니저는 "오오~ 전 아저씨 아니에요!"라고 쉰 목소리로 여자처럼 말한다. 상관없이 쇼핑을 하던 사람들이 일제히 돌아본다. 저 사람, 남자야 여자야?

"아저씨 아니래! 그럼 뭐지?"

되묻는 아이들 물음에 껄껄 웃는 M마트 매니저. 여러 해 동안 그 마트를 이용하는 사람들은 그를 알고 있다. 그는 남자처럼 보이는 여자거든. 그렇게 오해하거나 착각을 하는 이유가 있다. 그는 항상 마이크를 쥐고 남자처럼 행동하며 홍보활동을 한다. 보통의 여자보다 키가 크고 가슴과 엉덩이 근육이 우락부락해서 나도 처음엔 그가 남자인 줄 알았다. 목소리도 굵은 중저음이라 아저씨 같은데, 가까이에서 보면 그는 여자다. 우선 피부가 말해준다. 여자 피부는 남자와 좀 다르거든. 턱이 매끄럽고, 수염 자국이 없고, 얼굴 피부가 흰 편이며 매끄럽고 투명하다.

그런 그가 전투복을 입고 전철역 입구로 빠르게 뛰듯이 올라오더니, 계단 아래쪽을 향해 휘파람을 휙 불었다. 그러자 그와 닮은 사람들이 전철역에서 위로 줄줄이 올라왔다. 덩치 큰, 근육질의 아저씨 같은 여성들. 이들이 자꾸 걸어 나오면서 전철역 앞에 모이니까 대략 100명은 넘어 보였다. 이들은 전자총 같은 걸 한 손에 쥐었고, 어깨엔 커다란 배낭을 메고 있었다. 배낭이 두툼하지만 아주 무거워 보이진 않았다. 그 속에 자신을 보호할 소소한 것들이 들어 있는 것 같았다.

그런데 이상하다. M마트 매니저가 자신을 복제해 이 사람들을 만들기라도 한 것일까? 줄줄이 올라온 전투복 차림의 여성들은 대부분 M마트 매니저랑 비슷하게 생겼다. 전철역 밖에서 이들을 발견하고 멀뚱하게 서 있는 나를 보더니, 이들은 나한테도 합류하라고 손짓했다. 나는 주변을 두리번거리며 나한테만 그런 것인지, 다른 이들에게도 그런 것인지 확인해본다. 주변에 다른 사람이 없다. 나는 아파트 경비실 직원으로 출근하는 차림의 변장을 하고 나왔는데, 전철역까지 오는 동안 다행히 아무에게도 들키지 않았다. 하지만 이 사람들과 함께하려고 나온 건 아니었는데. 이들은 함께하길 권했다. 전철을 타고 딱히 내가 갈 곳은 없었다. 내가 갇혀 지내던 곳이 너무 답답해 밖으로 나와 본 것일뿐.

"우린 집에 갇혀 죽을 수 없어요. 우리 공간을 요구하고 찾아야 해요. 같이 가요!"

나는 어정쩡하게 그들을 바라보다가 그들 속으로 걸어 들어갔다.

내 뒤에 서 있던 이의 배낭 속에서 전투복이 한 벌 나왔다. 나는 이들과 함께 걸어가면서 빠르게 전투복으로 갈아입었다. 옆에 있던 이는 내게 가스총을 건넸다.

"얼굴을 향해 쏴요! 그럼 기절해요!"

가스총을 건네는 이는 내 친구들과 닮았다. 오랜 친구 은정 같기도 하고, 해와달 같기도 하고, 내가 롤모델로 삼으려 했던 사회학과 여교수님 같기도 하고. 우린 지금 우리의 생존권, 자율권, 행복추구권을 찾으러 나섰다. M마트 매니저가 앞장섰고, 비슷한 사람들이 줄을 이었다. 내가 변장을 하고 집을 나설 때 상상했던 것보다 더 멋지다!

"자, 한번 외쳐봅시다! 우린 남성들과 싸우자는 게 아닙니다! 우리의 자율권과 이동할 자유를 찾기 위해 나가는 겁니다! 우린 살아 있는 생명체입니다!"

M매니저가 외치는 걸 따라 하면서 나는 가슴이 벅찼다. 멋져!

202☆년 6월 17일. 선선한 바람이 부는 날

산이라기보다는 황량한 들판이 있고, 나무가 적은 야산과 언덕으로 이어진 길들 사이로 나는 걷는다. 그런데 내 걸음에 평화를 깨는 소리, 움직임이 느껴진다. 두려운 감정이 일어난다. 돌아보니 덩치가 커다란 야생 멧돼지가 등 뒤에서 나타났다. 놀라서 뛰면 안 된다. 나는 발걸음을 조심조심 떼면서 숨을 죽이고 언덕을 내려온다. 멧돼지는 나한테 관심이 없는지 쫓아오지 않았다.

그런데 좀 가다 보니 이번엔 넓적한 등짝에 뭉툭한 꼬리가 언덕인지 길인지 모르게 내 앞에 놓여 있다가 내가 거기에 발을 디디는 순간, 툭 나타나 움직이는 것이… 악어 같았다. 악어가 나보다 빠를까? 내가 도망가려고 허둥지둥하면 악어한테 잡아먹힐까? 나는 악어를 자극하지 않고 언덕을 내려가기로 하고 조심조심 걸었다. 가슴이 조마조마했다.

악어를 겨우 피하고 나자, 이번엔 하늘에서 뭔가 나를 향해 날아오기 시작했다. 그것은 분명히 나를 날아오는 독수리였다!

나는 몸을 숙이며, 우선 얼굴을 가리고 등을 구부리는 자세를 취했다. 주변을 보니 자잘한 돌멩이들이 눈에 보였다. 동그랗거나 잘 다듬어진 돌이라기보다는 성긴 바위가 부서져 조각난 그런 돌이 드물게 보였다. 겨우 돌을 하나 집어 독수리를 향해 던졌다. 돌은 허공에서 떨어져버리고 독수리에겐 맞지 않았다. 독수리가 잠시 주춤하는 듯하다가 더 날쌘 기세로 나를 향해 돌진했다. 얼굴을 가격할 것만 같다. 눈과 코를 공격한다면 아찔할 것 같다.

이번엔 제대로 맞춰야지, 하면서 돌멩이를 찾는데 적당한 돌이 없다. 급하게 집은 돌, 작고 콩알만 한 크기, 콩알보단 크지만 단단해 보이지 않는, 그러나 손에 힘을 집중해 나는 그 돌을 집어 독수리를 향해 날렸다. 독수리가 그 돌에 맞았다. 나는 얼른 다른 돌을 하나 집어 던지는 시늉을 했다. 독수리가 겁을 먹었는지 주변을 한 바퀴 돌더니 날아갔다. 휴~ 살았다!

202☆년 6월 20일. 미세먼지 심해, 컴컴하고 어두운 날
어이없어, 내가 죽다니!
의사가 나의 임종을 공식적으로 선언한다.

"유민영씨의 사망을 선언합니다."

집 안에 갇혀 지냈는데, 내가 결국 그, '나쁜 년'이라고 욕해주고 싶은 그, 무슨 바이러스에 감염돼 죽은 거야? 피부염이 다 번져서 결국 호흡곤란, 심장박동이 멈추고, 숨이 멎은 것?

내 가족은 엄마, 언니, 형부뿐인데. 엄마랑 언니가 왔을까? 참, 내가 키우던 잡종견 '호이'도 있지. "호이~" 하고 부르면 쪼르르 달려오는 모습이 예뻐서 이름을 '호이'라고 지었는데. 일자리가 불안해지면서 나는 호이를 언니네 집에 보냈다. 언니네는 형부도 있고, 남자 조카도 있으니까. 우리 집에 있는 것보다는 호이가 행복할 것 같아서.

나는 엄마랑 언니가 내 임종을 지켜봤는지 궁금했다. 지금 그들은 무사할까? 죽은 나는 눈을 뜰 수 없으니 가만히 주변을 느껴본다. 눈꺼풀 밖으로 아직 밝은 빛이 가느다랗게 느껴진다. 누가 내 손을 따뜻하게 어루만진다. 따뜻하고 촉촉해. 누굴까? 엄마? 언니? 형부?

바지런히 내 손을 핥는 걸로 봐서, 느낌의 주인공은 호이다. 호이! 많이 보고 싶었어. 근데 만져줄 수가 없네. 보드라운 털을 맘껏 만져보고 싶었는데.

엄마랑 언니는 여전히 감금, 격리 상태 그대로일까?

그런데 호이는 어떻게 여길 왔지?

"간단히 장례식을 치르겠습니다."

의사가 말하자, 웅성거리며 엄마, 언니, 형부, 친구들 몇 명의 목소리가 들린다. 온라인 장례식인가봐. 화면 속에 등장한 가족과 친구들, 지인들, 익숙한 목소리 사이로 그동안 연락이 뜸했던 사람들이 떠오른다. 하나하나 이름도 기억이 나질 않네. 함께하지 못한 시간이 미안해. 말다툼하다 오해를 풀지 못한 채 헤어졌거나, 약속했는데 지킬 수 없게 된 친구들, 그리운 사람들,

다 함께 모여 잔치라도 해야 하는데, 이게 뭐야? 죽기 싫다고!

흐느끼는 엄마 울음소리가 또렷이 들리고, 장례식은 순식간에 끝났다.

"잘 가라, 민영아!"

낮고 차분한 언니 목소리. 만나지도 못하고 우리의 이별은 이렇게 끝나는 거야?

차가워진 내 손을 호이가 자꾸 핥았다. 나는 마지막 남은 힘을 다해 마음을 전한다.

— 내가 없어도 모두 잘 지내겠지?

— 잘 있어, 호이.

— 엄마, 언니, 형부, 사랑해요. 건강하게 오래 살아요.

— 다정한 내 친구들, 고마웠어. 사랑해, 다음에 만나. 안녕.

바람이 분다. 나는 바람보다 빠른 날개를 달았다.

고영란

프리랜서 출판편집인. 《위대한 일화의 재발견》, 마석가구공단 이주노동자 마을의 세심한 관찰기 《우린 잘 있어요, 마석》 등

— 여러 해 동안 써본 꿈의 기록을 보다가 현실세계와 연결해보았다. 꿈은 현실의 또 다른 모습을 반영하고, 현실에서 해결하지 못한 메시지를 드러내 보여주기도 한다.

— 셀수스협동조합의 취지가 좋아 참여했다. 이런 경험이 우리 사회 구성원 서로에게 축적되어 좋은 작품을 함께 공유하고 나누는 사회가 되면 좋겠다.

조직문화 부적응者

김영서

*
*
*

1차로 소식이 왔다.

뇌에서 제일 먼저 감지된 멀미 기운이 신경세포로 전해졌다. 정원 15명 봉고차에 15명 만석 채움이 상필의 매슥거림에 일조를 했다. 파르르~ 심호흡을 하며 몸을 뒤로 기대려는데 목이 받쳐지지 않았다. 목받침대도 없다. 올 겨울 최고 한파에 맞춘 히터 열기에 식은땀이 삐죽삐죽했다. 복용한 멀미약뿐만 아니라 귀 밑에 붙어 있는 멀미방지 패치도 전혀 효과가 없었다. 허리 벨트를 최대한 느슨하게 하면서 바지 단추도 풀었다.

자정을 넘긴 시간임에도 봉고차는 가다, 서다를 반복했다. 무릎이 앞좌석 등받이에 닿을 정도로 비좁은 좌석 간격이 고통을 더해왔다. 왼쪽에 앉아 있는 선배는 코까지 골며 숙면, 오른쪽의 입사 동기는 핸드폰으로 게임을 즐기고 있었다. 상필이 곁눈질로 좁은 액정화면의 게임을 슬쩍 봤는데도 어지럼증이 동반해왔다. 샌드위치 햄처럼 끼어 있었다. 몸무게 100kg에 근접한 북극곰 같은 덩치들이 오리털 점퍼도 껴입고 양쪽에 앉아 있었다. 식은땀이 고장난 샤워기 물 새듯 이마에서 흘러내렸다. 목덜미까지 내려온 땀이 불쾌하게 끈적거렸다. 점퍼를 벗으려 지퍼를 내리다가 지퍼 사이에 옷이 끼어버렸다. 지퍼를 내리지도 올리지도 못하는 진퇴양난을 혼자서 낑낑대다가 그만, 지퍼가 쭈욱 턱밑까지 올라가버렸다. 누가 지금 이 점퍼만 벗겨주면 상필은 자기 재산의 절반을 주고 싶은 심정이었다.

봉고차로 이동하는 건 입사 후 두 번째인데 적응이 되지 않았다. 이 순간을 잊기 위해, 마인드 컨트롤을 했다. 상필은 서울 와서 기분 좋은 일을 떠올려봤다. 없었다. 그래도 소위 말하는 쿨(cool)했던 추억이 뭐가 있을까? 자신이 중학생 때, 보길도에 놀러 온 대학생이 기타로 연주했던 팝송을 끄집어냈다. 밤하늘에 별똥별이 꼬리를 길게 늘이고 날아가는 듯한 기타 선율의 '원더풀 투나잇(wonderful tonight)'. 기타의 신(神)이라는 에릭 클랩튼이 연주했던 노래다. 그러나 멀미를 진정시키기에는 어림도 없었다. 시원한 바람 한줄기가 절실했다. 방전 직전 핸드폰 배터리의 충전을 위해 충전기를 찾는 심정의 시선이 폐쇄된 뒷좌석 창문에 머무르자 눈에 눈물마저 고였다.

멀미는 임계점으로 거침없이 치달았다. 상필은 차라리 눈을 감았다. 그런데 눈이 감기자, 인간의 신체구조가 신비하게 작동했다. 후각이 예민해졌다. 앞좌석 선배 머리의 염색약 냄새뿐만 아니라 어떤 새끼가 방귀를 뀐 거 같다. 이제는 멀미가 토네이도처럼 요동치며 뇌 주름을 바싹 구겨놓기 시작했다. 연식이 오래된 봉고차 경유 냄새가 조수석 대시보드에 부착된 싸구려 방향제 향기와 한 몸이 되어 '묻지 마 관광버스 지랄 춤'을 추고 있었다. 방향제 통을 갈가리 찢어버리고 싶은 충동을 억제하고 있는데, 봉고차가 '어린이 보호구역' 표지판을 무시하고 사고방지 턱을 덜컹 넘어갔다. 마침내 위장에서 출발한 토사물을 상필이 처절하게 치아를 앙다물어 막아내고 있었다. 어릴 적, 이불에 오줌을 싸고 엄마의 눈치를 보듯 이 상황만 모면할 수 있으면 자기 재산의 전부뿐만 아니라 아버지 소유의 재산까지 강탈해서 사회에 쾌척하겠다고 속으로 비명을 지르고 있었다. 얼굴은 샛노래졌다. 현재 상태로 상필을 황인종이라 부르기에는 그 노란 색상이 표준 명도를 넘어서고 있었다. 머리 정수리부터 발톱까지 식은땀으로 범벅, '제발 세워주세요~'라는 가녀린 마음속 절규를 싸대기 치듯 봉고차가 급브레이크를 밟았다. 꾸욱! 하며 목구멍에서 묵직한 소리가 울려나왔다. 동반자는 악취였다. 자포자기, 끝났다. 토한다. 그런데 구원의 메시지가 팀장의 입에서 은혜롭게 퍼져나왔다.

"다들 내려!'

이 짧은 한마디에 사람들 얼굴에는 긴장감이, 상필의 얼굴엔 해방감이 번져왔다. 로마시대 콜로세움에서 노예 검투사와 대결을 앞둔 호랑이가 갇힌 문이 열리자마자 튀어나오듯 상필은 제일 먼저 봉고차에서 나왔다. 맨 뒷자리에서 빛보다 빠른 속도로 땅을 밟은 용감한 조직원으로 보였다.

어느 나이트클럽 앞, 입안 가득한 토사물 처리를 위해 주위를 둘러보는데 외진 골목이 짜잔! 하며 눈에 들어왔다. 저 어둠이 필요해서 그쪽으로 가수 마이클 잭슨의 백 댄스처럼 양 발을 움직이려는 순간,

"연장 챙겨!"

팀장의 명령에 타고 온 봉고차 뒷트렁크 문이 열렸다. 야구방망이, 쇠파이프가 쏟아져나왔다. 상필도 쇠파이프를 집으려고 허리를 숙이는데 바지가 무릎 근처까지 흘러내렸다. 멀미 방지로 풀어놓은 허리벨트 때문에 흡사 남의 바지 훔쳐 입고 노래하는 흑인 래퍼의 모습을 방불케 했다. 나이트클럽 입

구에서 상대방 조직원들이 기다렸다는 듯이 몰려나왔다. 양쪽이 서서히 다가 갔다. 상필은 똥 싼 바지 입은 모양새로 비척비척 따라갔다. 맨 뒤쪽이라 아무도 보지 못할 거라는 판단하에 토하기 위해 고개를 돌리는데, 뒤쪽에 숨어 있는 덩치들을 보았다. 한마디로 상필 조직은 포위됐다. 이 사실을 소리 질러 알리려 했지만 토사물만 계속 목 안으로 꿀꺽꿀꺽 되돌아왔다.

곧이어 양쪽 패거리들이 질러대는 함성소리가 건조한 겨울 공간을 쩌억! 갈랐다. 이 소리에 맞춰 상필이 치아를 대개방하는데 누군가의 쇠파이프가 등짝을 강타했다. 보통 이 정도 타격이면 헉! 소리가 나야 하는데 상필은 웩! 단어와 토사물을 동시에 뱉어냈다. 멀미를 잘 해결했다는 기쁨에 고통조차 느끼지 못했다. 그런데 토해낸 토사물이 앞쪽에서 접근하던 상대방 조직원 얼굴에 그대로 날아갔다. 그 녀석은 자기 얼굴에 달라붙은 단백질 합성체를 궁금해하다가 얼굴이 일그러졌다. 그 모습에 상필이 계면스러운 표정을 짓는데 눈앞에서 번개가 번쩍했다. 등을 가격했던 쇠파이프가 이번엔 뒤통수를 쳤다. 오늘도 주먹 한번 휘두르지 못하고 상필은 고꾸라졌다. 사시미 칼날처럼 살벌하게 차가운 아스팔트 바닥이 엄마의 품처럼 포근했다. 정신은 몽롱했지만 속이 편하니 나른하기까지 했다.

2차는 맥줏집으로 갔다.

보길도의 고향 친구들이 놀러 와 저녁으로 삼겹살을 푸짐히 먹고 맥줏집으로 자리를 옮겼다. 친구들은 상필이 구사하는 서울말이 퍼펙트하다면서 감탄을 금치 못했다. 상필이 소속된 조직 성철파에 대해 물어보는 친구들에게 현재 교도소에 수감 중인 보스가 '산은 산이요, 물은 물이다'라는 성철 스님의 법어 만화책을 중학생 때 소년원에서 읽은 후 조직명을 성철파로 지은 사연도 알려줬다. 살인미수 폭력 전과 7범인 성철파 보스 허강배는 이날 친구들에게 부처님 같은 분으로 추앙받았다.

상필은 〈어부사시사〉를 지은 윤선도가 귀양 간 섬, 보길도에서 태어났다. 부모들은 보길도에서 복어 양식을 하고 있는데, 이 가업을 물려받아 태풍만 잘 피하면 밥은 굶지 않고 살 수 있다. 하지만 결정적으로 상필이 배를 타지 못한다. 뱃멀미는 차멀미와 감히 비교 대상이 아니다. 보길도에서 중학교를 졸업하고 완도에 위치한 고등학교 입학식 가는 길이 멀미 고행의 첫 여정이었다.

방학이 되면 학생들은 귀향했지만 상필은 하숙집에 남았다. 누군가 "차 타고 배 타고 고향 갈래? 아니면 특전사 3일 밤낮 천리 행군할래?" 하고 묻는다면 상필은 찰나의 주저함도 없이 후자를 택할 것이다. 보길도 바닷바람도 막아낼 튼튼한 골격으로 일대일 맞짱 싸움을 져본 적이 없는 상필은 귀향 안 하고 껄렁껄렁한 선배들과 어울려 다닌 인연으로 현재 성철파 조직원이 되었다. 그렇지만 상대 조직 급습을 주로 봉고차로 하는 직업 세계에서 차멀미는 회사 입사에 결격사유였다. 요걸 안 밝히고 입사한 것이다.

맥주에 소주를 반반 섞어 친구들과 호쾌하게 원샷을 하는데 핸드폰 문자가 왔다. 팀장이 보낸 단체 문자는 '오늘 밤 11시 집합'이다. 허걱! 명치끝이 탁 막혀왔다. 친구들과 부랴부랴 작별을 하고 고민 끝에 한 가지 꾀를 내었다. 회사에 있는 팀장을 일찍 찾아갔다.

"형님, 제가 오늘 현장으로 직접 가면 안 될까요?"

"뭔 소리야?"

"오늘 밤에 급한 일이 있어서 그렇습니다. 형님."

"뭔 일인데?"

상필은 불철주야 복어 양식에 종사하고 계신 아버지께 용서를 빌었다.

"아버지 제삿날입니다."

평소 효자로 알려진 팀장이 '아버지 제사'에 바로 오케이를 해줬다.

집결장소는 수원. 상필은 시간 여유를 충분히 갖고 지하철을 탔다. 차기 서울시장 선거는 지하철 노선 확장을 공약으로 내세우는 후보를 무조건 찍겠다고 생각하는데, 차량이 심하게 흔들렸다. 곧이어 기계 고장으로 지하철 운행이 전면 중단된다는 안내방송이 흘러나왔다. 부실한 서울시 교통 시스템이 상필의 행보에 태클을 걸 줄이야…. 그렇지만 시간은 충분했다. 신도림역을 빠져나왔다. 서서 가면 멀미가 덜할 것 같아 버스를 타려는데 만원이다. 사람에 사람이 겹쳐 낑낑거리는 모습만 봐도 속이 울렁거렸다. 잠시 후, 얼굴 근육이 마비될 겨울바람에 창문을 활짝 내린 택시 한 대가 달려가고 있었다. 상필이 승차한 택시다. 하지만 이 방법도 멀미를 막아낼 수 없었다. 택시기사를 언제 또 볼 일이 있냐 싶어 고해성사를 했다.

"아저씨, 멀미 안 하는 방법이 있나요?"

택시기사는 직업상 멀미에 대한 노하우가 있을까 싶어 물에 빠진 사람, 지푸라기도 잡는 절박한 심정이었다.

"멀미 안 하는 좋은 방법 있지."

"그게 뭔가요? 선생님."

호칭이 아저씨에서 어느새 선생님으로 바뀌었다.

"직접 차를 몰면 절대 멀미 안 해."

기대감에 잠시 정지됐던 멀미에 다시 플레이 버튼이 눌러졌다. 택시 문이 열리고 멀미를 해대는 상필을 행인들은 연말연시 잦은 송년모임으로 술 취한 사람이 오바이트하는 걸로 착각했다. 택시로 가는 걸 포기하고 올림픽

경보 스타일로 수원역에 도착했다 이젠 집합장소까지 걸어가기에는 시간이 촉박했다. 다시 택시를 타야만 했다. 그런데 밤 12시를 넘어가니 빈 택시가 오지 않았다. 남은 시간이 자신에게 주어진 호흡 가능한 산소량처럼 심장박동 소리가 압박해왔다. 질식사할 것 같은 절체절명의 순간, 직업정신이 발휘됐다. 승객을 태운 택시 한 대가 교통신호에 걸려 멈춰 서 있었다. 상필이 다짜고짜 택시 안으로 들이밀고 들어갔다.

"지금 뭐 하는 거야? 당장 내려!"

특수부대 전우회 마크가 부착된 상의를 입은 택시기사가 호통을 쳤다. 그러나 분노한 헐크처럼 변한 상필이 러닝셔츠까지 벗어제꼈다. 상반신의 용문신이 꿈틀거렸다.

"운전수 양반! 택시가 싸가지 없는 호로새끼마냥 안 잡혀부러잉~ 나가 말이여, 지금 허벌나게 바뻐부리네, 근께 사람 맬 겁시 건들지 말고 그냥 냅두씨요. 확 그냥 척추를 접어벌랑께, 출발!"

상필이 고향 사투리를 질펀하게 질러댔다. 여차하면 이 안에서 끝장을 보겠다고 양손가락으로 머리카락을 팽팽하게 뒤로 잡아 넘겼다. 택시기사의 시선은 오직 전방만 주시했다. 뒷좌석 군인 복장의 승객도 묵묵부답, 핸드폰만 만지작거리고 있었다. 달리던 택시가 신호등 빨간불에 멈추려 하자 상필이 입으로 운전했다.

"그냥 밟아부려!"

신호위반 택시가 과속단속 지역에서 속도를 늦추려 하자

"귓구녕에 좃 박았냐, 씹새끼야, 확 그냥 밟아부려."

상필의 명령에 택시가 총알 소리를 내는데 멀미가 꾸룩 효과음을 내며 등장했다. 일단 찬바람으로 응급처방을 해야 했다. 상필이 창문을 열며 짜증을 냈다.

"히타 끄쇼잉."

택시기사의 척척 적극 협조에도 불구하고 상필이 '스톱!'을 외쳐야 했다. 차 밖으로 나오자마자 꿱꿱거리며 창자에서 소화기관까지 식도를 타고 올라온 듯했다. 상필이 재승차하려 하자 택시가 쌩하고 달아났다. 상필이 차마 글로 남길 수 없는 저주가 담긴 척살의 사투리를 쏟아냈다. 그러다가 무릎이 꺾이며 주저앉았다.

남은 시간은 10분, 불굴의 정신으로 일어나 얼빠진 좀비처럼 지나가는 차를 향해 '태워달라'고 히치하이킹을 했다. 그러나 어떤 차도 멈추지 않았다. 뛰기 시작했다. 입 언저리로 침인지 뭔지 모를 액체가 꾸역꾸역 흘러나왔지만 손으로 훔칠 힘도 없었다. 그러다가 몸이 마음을 따라가지 못해 자빠졌다. 쫘악 벗겨진 손바닥에서 피가 진하게 흘러나왔다. 일어나야 한다. 가수는 무대에서 노래 부르다 죽는 게 소원이라는데 조직폭력배는 죽더라도 현장에서 쓰러져야 했다. 기진맥진, 피와 땀 그리고 눈물까지 흘러나오는 희뿌연 시야에 낯익은 성철파 봉고차가 아스라히 보였다. 5분 지각이다.

상필이 건달 모드로 변환하여 어깨에 힘주고 팔자걸음으로 계단을 내려가는데 벌써 끝났다. 그나마 다행인 건 성철파가 상대방 조직을 제압했다. 처음 보는 낯선 놈들이 바닥에 쓰러져 있는데 카레이서를 꿈꾸는 성철파 봉고차를 운전하는 선배도 무릎을 움켜잡고 같이 뒹굴고 있었다. 오늘도 상필은 싸우지 못했다.

세 번 만에 승리했다.

올해 들어 타사 조직들과 세 번 싸워 처음으로 승전을 한 기념으로 성철파가 회식을 했다. 회식장소는 회사 근처 룸살롱인데, 여기 사장이자 밴드 마스터는 평소 호스티스들을 추행하는 패악질로 유명했다. 룸으로 오브리 밴드가 들어왔다. 노래의 기본 반주가 나오고 밴드 마스터가 거기에 맞춰 기타를 연주하는 오브리 밴드가 일손이 달려서 오늘은 사장이 직접 기타를 쳤다. 상필이 노래할 순서가 되어 팝송을 신청했다. '원더풀 투나잇'. 영어 노래 제목을 사장이 서투르게 키보드 자판으로 입력하다 말고 그런 노래는 없으니 뽕짝을 부르라고 강요를 했다. 그러자 상필이 외워뒀던 '원더풀 투나잇' 노래 신청 번호를 말하는데, 사장이 상필의 얼굴 관자놀이 부분을 오른손 검지로 쿡 찔렀다. 급습당한 느낌이었다. 일순간, 보길도 고향에서 복어를 침으로 마취시킬 때 복어 관자놀이를 아버지가 찌르던 모습이 떠올라 섬뜩했다. 사장이 단골 트로트 노래 번호를 입력하고 기타를 쳐대기 시작했다. 이 노래를 상필만 빼고 조직원들이 합창으로 불렀다.

그 다음날 상필은 2주만 연습하면 운전면허 취득이 가능하다는 학원에 등록했다. 학원 개원 이후 상필처럼 목숨 걸고 운전하는 사람은 처음이라면서 학원 강사가 혀를 내둘렀다. 조직에서 살아남기 위한 한 남자의 처절한 몸부림이었다. 봉고차 운전 선배의 병원 입원으로 1군 무대 출전 기회를 노리는 프로야구 2군 선수 같은 상필에게 마침내 기회가 왔다. 첫 운행은 일명 '차 뽀개기'였다.

성철파 중간 보스의 애인인 룸살롱 마담에게 돈으로 달라붙는 유부남이 하나 있다. 이놈을 손봐주는 거였다. 행동 강령은 간단했다. 유부남과 마담이 서울 근교 모텔로 갈 때 뒤쫓아가서 인적 드문 곳에서 그 차를 막아 세우고 쇠파이프로 차를 박살내는 거다. 단, 차만 폐차 직전으로 만들고 사람은 노터치였다. 겁만 겁나게 주는 거다.

상필이 봉고차 시동을 조심스레 걸고 있을 때, 입사 동기가 약병 하나를 팀장에게 보여준다.

"팀장님, 이것도 갖고 갈까요?"

클로로포름 마취약이었다.

"납치도 아닌데 그게 왜 필요해?"

'준비성 철저한 직원'이라고 팀장한테 칭찬받으려던 입사 동기가 약병을 슬그머니 운전석 옆에 두었다. 매끈한 흰색 벤츠를 상필의 봉고차가 미행하듯 따라갔다. 차량과 인적이 뜸한 적당한 장소가 팀장 눈에 들어왔다.

"저 앞에 큰 나무 지나자마자 끼어들어."

팀장의 지시에 상필이 액셀러레이터 페달을 깊게 밟았다. 봉고차가 중앙선을 넘어 벤츠를 추월하기 직전, 운전학원에서 배운 대로 자동차의 방향지시등인 오른쪽 깜빡이를 켰다. 그러자 벤츠가 '이 새끼가 어디를 끼어들어' 하듯이 굉음을 내며 치고 나갔다. 당황한 상필이 브레이크와 액셀러레이터를 번갈아 밟자, 차가 오른쪽으로 휘익 쏠렸다.

"어어어어어~!"

팀장이 '위험하다!'는 경고를 '어어어~'로만 표현하고 있는데 봉고차는 논두렁에 처박혔다. 제대로 뽀개졌다.

'작전 중에 깜빡이 켜고 들어갔다'는 조폭답지 않은 행동은 조직 내에서 금주의 유머 베스트로 전해졌다. 다시는 운전대를 잡지 못할 뿐만 아니라 퇴사의 위험에까지 몰린 상필은 '멀미'라는 단어로 인터넷 검색을 밤새 해야만 했다. 선글라스를 착용하면 멀미가 덜해지고, 50원짜리 동전을 양쪽 엄지손가락에 테이프로 감아 붙이면 효과가 있다는 처방에 붙은 엄청난 댓글도 발견했다. 이 와중에 영어 문장도 배웠다. '멀미가 난다'는 영어 표현이

'Butterflies in my Stomach'인데, '내 뱃속에 나비가 있다'는 말로 배가 요동친다는 뜻이었다. 선글라스와 50원짜리 동전 요법이 효과가 있는지 없는지, 그 인체 실험을 할 날이 잡혔다.

성철파가 연변의 최대 폭력 조직과 모종의 거래를 할 예정이었다. 수감 중인 성철파 보스의 최종 결재 허락도 없이, 중간 보스 중에 한 명이 조직 내 자기 지분을 확대하려는 일종의 반란이었다. 출동하는 날, 상필은 아침부터 곡기를 끊었다. 멀미약만 먹고 50원짜리 동전도 양쪽 엄지손가락에 테이프로 감아 붙였다. 안주머니에 선글라스가 있지만 안심이 되지 않아 지난번 '차뽀개기' 때 입사 동기가 갖고 왔던 클로로포름 마취약까지 챙겨왔다.

달빛 한줄기마저 열외 없이 얼어붙은 야심한 겨울 밤, 봉고차 4대가 출발했다. 상필은 승차 직전, 클로로포름을 솜에 살짝 묻혀 코끝에 갖다 댔다. 선글라스도 꺼내 썼다.

"영화 찍으러 가냐?"

팀장의 가벼운 질책에 선글라스를 벗으려는데 손이 제 멋대로 왔다 갔다 했다. 약발이 붙기 시작했다. 몽롱한 기운에 고향 보길도가 점점 크게 다가왔다. 클로로포름 환각으로 블루스 기타 소리가 레일을 달리는 기차처럼 선명히 들려왔다. 보길도에 바캉스 왔던 대학생이 기타로 연주했던 팝송 가락이 머리카락을 꼬기 시작했다. 멀미가 나지 않았다. 멀미는커녕 고등학교 시절, 국어 선생한테 그렇게 맞아가면서도 암기되지 않았던 윤선도의 〈어부사시사〉가 입에서 흘러나왔다. 마치 유유자적하게 배를 탄 윤선도가 된 기분이었다.

"배 세워라, 배 세워라, 일엽편주에 실은 것이 무언인가, 지국총 지국총 어사와, 갈 때는 안개뿐이요. 올 때는 달이로다."

262

타령조 리듬의 윤선도 시와 팝송 '원더풀 투나잇' 가사가 물과 기름이 섞이듯 기적을 만들었다.

"배 띄워라, 배 띄워라, 지국총 지국총 어사와 오~ 마이 달링, 유아 원더풀 투나잇."

상필이 만선의 어부처럼 흥이 나서 어깨까지 들썩이고 있는데 팀장이 도착 사실을 비장하게 알렸다.

"다 왔다."

봉고차들이 시동을 껐다. 성철파 조직원들이 홍콩 영화 갱들처럼 한 줄로 길게 섰다. 상필은 멀미도 안 하고 폼나게 서 있는 자신이 대견스러웠다. 다들 초조하게 앞쪽을 쳐다보고 있는데 눈 밝은 성철파 조직원 누군가 "옵니다!"라고 조용히 말했다.

차량 서너 대가 헤드라이트도 끈 채 천천히 다가왔다. 긴장감에 소름이 살짝 돋았다. 그런데 눈 밝은 성철파 조직원이 이번엔 큰소리로 외쳤다.

"짭새다!"

다가온 건 경찰차였다. 짭새라는 말에 조직원들은 도망가라는 상부 명령도 없었지만 다들 알아서 뛰기 시작했다. 상필도 몸을 피하려는데 눈앞이 깜깜, 방향감각이 없었다. 선글라스 벗는 걸 깜빡한 것이다. 순간, 등 쪽 허리띠가 낚아채였다. 자신의 손목에 철커덕 채워지는 차가운 금속성을 소리로 먼저 느꼈다. 수갑이었다. 다리 깁스를 푼 지 얼마 안 되어 잘 뛰지 못하는 봉고차 운전 선배와 상필, 둘만 경찰에 체포됐다.

"이 새끼들, 여기 왜 온 거야?"

경찰이 궁금한 사항을 약간의 구타와 섞어 다그쳤다. 이 다그침은 성철파가 모종의 거래를 하려던 사실을 경찰이 모른다는 것을 의미했다. 둘이 묵

비권을 행사하자 경찰차에 태워졌다. 차가 출발하자마자 기다렸다는 듯 상필의 어제 식사가 멀미로 변환했다. 클로로포름 약기운이 사라지자 음식물들이 나비가 되어 붕붕 날갯짓하며 나타났다. 멀미 때문에 몸부림치는 것을 체포 연행에 반항하는 걸로 착각한 경찰이 경찰봉으로 상필의 배를 가격했다. "우욱!" 하며 토사물이 입가에 번져나왔다.

"너, 왜 그래?"

경찰이 그걸 보고 깜짝 놀랐다. 상필이 입술을 오물거렸다.

"뭐… 뭘… 뭘미요."

"뭐라고?"

"멀미."

"이 새끼 또라이 아니야, 잡혀가는 놈이 멀미가 뭐야?"

그러나 연행자가 식은땀을 질질 흘리며 동공이 풀려가는 것을 보고 경찰은 창문을 내려줬다.

"토할 것 같아요."

간절한 읍소에 차가 멈췄다. 수갑을 찬 채 토했다. 상필이 도망칠까봐 팔을 잡고 서 있던 경찰이 어느새 팔을 놓고 멀찍이 떨어졌다.

"순대국 쳐먹었구먼."

경찰들이 얼굴을 찌푸렸다. 운전 선배도 체포 사실을 잊은 채 신기한 마술 구경하듯 쳐다보고 있었다. 입가에 묻어 있는 침 자국과 음식물 찌꺼기 덕분에 상필은 뒷좌석에 혼자 널찍하게 앉았다. 앉았다기보다는 널브러졌다. 그러나 경찰차 타이어가 몇 바퀴 돌지 않는데 똑같은 상황이 반복됐다. 첫 번째 토한 만큼의 양을 세 번에 걸쳐 보여줬다. 경찰들이 혀를 내두르며 특단의 조치를 취했다. 수갑을 풀어줬다.

"내려!"

"네에?"

"넌 체포 안 한 걸로 할 테니깐 그냥 가라고, 새캬~!"

상필만 도로 한복판에 남겨놓고 경찰차가 붕 하고 떠났다. 운이 좋은 건지? 하지만 한 가지 확실한 건, 건달로서 자존심이 구겨지고 짓밟혔다. 비참한 기분으로 발걸음을 옮기는데 50원짜리 동전 한 개가 또르르 앞으로 굴러갔다. 멀미 방지책으로 엄지손가락에 테이핑해놨던 동전이었다. 그 동전이 구르다가 하수구 맨홀에 쏙 빠졌다. 불안감이 코끝을 에려왔다.

4시쯤 새벽에 나타났다.

홀로 회사에 도착한 상필을 조직에서는 의심했다. 멀미 때문에 경찰이 풀어줬다는 얘기는 차마 할 수가 없었다. 그러자 상필을 경찰 프락치로 의심하는 목격진술이 이어졌다. 누구도 상필이 현장에서 싸우는 걸 한 번도 못 봤다는 거였다.

"그러고 보니 수원 작업 때도 아버지 제삿날이라면서 따로 왔었지. 핸드폰 줘봐."

팀장이 상필의 핸드폰을 뺏어 '아버지'란 단어를 입력했다. 아버지 핸드폰 번호가 뜨고 "상필아, 이 새벽에 뭔 일 있냐?"는 아버지 목소리가 흘러나오자, 팀장이 종료 버튼을 눌렀다. 조직 폭력배들이 배출하는 이산화탄소량이 사무실 공기를 흉폭하게 만들고 있었다. 팀장은 짐짓 다정히 물었다.

"왜 그랬어?"

"…"

"왜 한 번도 안 싸운 거야?"

"…."

"왜 아버지 제삿날이라고 거짓말했어?"

"…."

팀장의 '왜'로 시작하는 물음에 '멀미'라는 정답을 제출할 수 없었다. 그 후에 쏟아질 조직원들의 조롱은 죽기보다 더 견디기 어려웠다. 팀장이 주위에 있던 쇠파이프를 집어 드는데, 사무실 문이 열렸다. 같이 체포됐던 운전 선배의 등장으로 상필의 프락치 혐의가 벗겨졌다. 그 대신 '멀미'가 드러났다.

그 다음날부로 상필은 내근직 발령이 났다. 사무실에서 하는 주된 업무는 정수기 생수가 떨어지면 교체하는 거였다. 그러다 사시미 칼날을 밑에서부터 청테이프로 6cm 정도 감아 뾰족한 부분만 살짝 나오게 만드는 일도 했다. 이는 상대방을 칼로 쑤시더라도 치명상을 피하자는 거였다. 법적으로 중형을 면할 수 있기 때문이다. 같이 밥 먹으러 가는 동료도 없었다. 상필은 꼬리 잘린 도마뱀처럼 조직에서 왕따가 되었다.

시청 앞, 대형 크리스마스트리 점등식이 있던 날, 보스 허강배가 성탄절 특사로 가석방된다는 소식이 전해졌다. 조직에서는 허강배 석방 환영 도우미로 상필을 파견하기로 했다. 이 일은 모두가 꺼리는 거였다. 십여 년 전, 허강배 출소 때 환영 도우미가 두부를 왼손으로 내밀었다가 손목이 잘린 사실을 잘 알고 있기 때문이었다.

멀미 환자 상필은 허강배 석방이 있기 하루 전날 강릉교도소 근처 모텔에 미리 도착했다. 그날 밤 12시부터 해방 이후 최대 폭설이 내렸다. 쏟아져 내린 눈으로 영동고속도로가 사상 최악의 정체를 보이는데, 20톤 탱크로리까지 뒤집혀지면서 30중 추돌사고가 났다. 강릉 가는 육지의 길이 원천봉쇄

된 셈이다. 중간 보스들을 태운 승용차가 고속도로 진입조차 불가능해지자 다급히 청량리 기차역으로 핸들을 돌렸다. 가는 날이 장날이라고, 철도 노조원들의 파업으로 강릉발 열차가 전면 운행 중단된 사실에 중간 보스들의 손이 알츠하이머 환자처럼 덜덜 떨렸다. 마지막 희망이었던 김포공항의 활주로가 스키장 활강 슬로프처럼 변해 비행기 이착륙 금지라는 뉴스에, 중간 보스들의 얼굴은 뭉크의 그림 〈절규〉에 등장하는 인물 표정과 똑같아졌다.

강릉교도소 문이 열렸다. 허강배가 모습을 드러냈다. 아주 천천히 단전 호흡하며 들이마셨던 공기를 내뱉던 허강배가 숨을 턱 멈췄다. 석방 환영 인파가 한 명도 보이지 않았다. 허강배의 눈꼬리가 매섭게 치켜올라가는데 뭔가 앞쪽에서 움직이는 물체가 포착됐다. 조직 폭력배의 본능으로 일순, 긴장했다. 꿈틀대는 건 눈사람이었다. 눈사람이 힘차게 어깨를 흔들어 쌓인 눈을 털어냈다. 사람이다. 그리고 건달 특유의 자세를 취했다.

"큰형님, 나오셨습니까?"

눈사람은 상필이었다. 허강배 출소를 기다리며 내리는 눈을 그대로 맞고 서 있었던 것이다. 조심스레 두부가 내밀어졌다. 허강배가 두부를 물끄러미 바라봤다. 하얀 두부 위로 더 하얀 눈이 얹어졌다. 기분이 묘했다. "눈은 눈이고 두부는 두부로다. 물아일체(物我一體). 눈과 두부가 하나 된다"라고 허강배가 중얼거렸다.

"그런데 어떻게 너만 왔냐?"

허강배의 질문에 상필이 신입사원 면접처럼 성실히 답했다.

"저는 어제 미리 왔습니다."

"어제라? 어제는 어제고, 오늘은 오늘이니라."

허강배가 불심 깊은 스님처럼 선문답을 했다. 잠시 둘 사이에 대화가 끊겠다. 양쪽 입에서 하얀 입김만 새어나오고 둘의 공간 사이에 눈이 점점 더 채워져갔다. 콧등에 쌓여가는 눈 무게에 불현듯 허강배가 구토증을 느꼈다. 손봐줄 놈들에 대한 분노가 보잘것없는 한 점 티끌, 눈보다 못하구나… 하면서 발걸음을 옮겼다. 그 뒤를 상필이 강아지처럼 따라갔다. 때맞춰 어떤 눈보라도 뚫고 나갈 듯 사륜구동 타이어 네 짝에 체인까지 장착한 택시가 멈춰 섰다. 허강배가 택시 문을 열려다가 뒤돌아서며 물었다.

"자네 지금 하고 싶은 게 뭔가?"

"큰형님과 함께 걷고 싶습니다."

허강배의 손이 택시로부터 슬로모션으로 서서히 멀어졌다. 그리고 화두를 던졌다.

"걷다 보면 산이 나오고 물도 나올 텐데?"

"산이 나오면 산을 넘고 물이 나오면 물을 건너면 될 것 같습니다."

"그러면 어디까지 걸어갈까?"

"서울까지 걷고 싶습니다."

나무아미타불 관세음보살 같은 녀석이네…. 성철스님의 진리를 내게 가르치려 들다니, 허강배가 좋은 친구를 만난 듯 상필과 어깨동무를 했다. 이제는 하늘과 땅, 구분조차 안 되는 무색 공간을 두 명의 인간이 두 점을 표표히 찍으며 사라져갔다.

5주가 지난 후,

허강배와 상필이 회사에 나타났다. 강릉에서 서울까지 진짜로 걸어온 거였다. 조직원들은 경악했고, 더 큰 경악은 6개월 후 상필이 성철파의 보스로 등극한 거였다. 차멀미로 조직생활 부적응자가 초고속 승진을 하며 조직을 하나하나 장악해나갔다. 물론 거기엔 허강배의 절대적인 후원, 빽(Back)이 있었기에 가능했다. 자가용 대신 지하철을 이용해 출퇴근하는 상필의 모습이 어느 신문기자에게 포착됐다. 검소한 청년 실업가로 포장되면서 모 정치권에서 국회의원으로 영입하려 한다는 여의도 찌라시까지 나돌았다.

상필이 보스가 된 후, 처음으로 룸살롱에 갔다. 이 업소 사장 겸 오브리 밴드 마스터는 예전에 팝송 신청을 했던 상필의 관자놀이를 찔렀던 녀석이다. 내일, 새 출발을 하려는 상필은 어제의 일들은 다 잊었다. 상필이 오브리 밴드 마스터에게 예의를 갖춰 부탁을 했다.

"오늘은 제가 기타를 칠 테니 밴드 마스터는 보스가 되어 보시죠?"

"이러시면 안 됩니다" 하면서 손을 연신 흔들어대는 밴드 마스터에게 팁까지 두둑히 챙겨줬다. 밴드 마스터가 이게 웬 떡이냐? 싶은 액션으로 조폭 두목처럼 소파에 앉았다. 그 옆에는 호스티스 2명이 합석했다. 상필은 밴드 마스터의 '반짝이 무대 의상'을 걸치고 담배 한 개비를 입에 물었다. 노래방 기계에서 '원더풀 투나잇' 노래 반주가 시작됐다.

상필이 눈을 감았다. 보스가 된 후로는 차멀미를 한 번도 하지 않았다. 걷거나 지하철을 탔기 때문이다. 그러나 경찰, 정치인, 공무원 등에 로비해야 하는 구역질 나는 생존방식에 결심을 했다. 이 노래가 끝나면 조직생활을 청산하고 고향 보길도에 가서 허강배와 함께 '걷기여행 트래킹 사업'을 하기로 했다.

영혼의 흐느낌으로 기타를 치고 있는데 벌컥, 문이 열렸다. 감히 성철파 보스가 있는 룸에 노크도 없이 등장한 무례한 놈들 2명의 손에는 사시미 칼이 들려 있었다. 호스티스들을 끼고 거만하게 술을 마시고 있는 밴드 마스터를 보고 한 명이 소리쳤다.

"저 새끼 제껴!"

눈을 감고 연주에 몰입, 심취해 있는 상필에게 이 소리가 들리지 않았다. 그러나 조만간 펼쳐질 사태를 전광석화처럼 판단한 밴드 마스터가 '보스는 저 사람'이라고 검지손가락으로 가리켰다. 하지만 이 행동은 명을 재촉하는 손가락질 욕인 퍽유(Fuck You)로 비쳐졌고, 밴드 마스터를 향해 다가오는 사시미 칼날에는 청테이프 6cm가 감겨 있지 않았다. 이것은 찔림을 당할 상대에 대해 어떤 예의도 차리지 않고 법적 최고형까지 각오한 행위였다. 밴드 마스터의 검지손가락이 제일 먼저 댕강 날아가고 호스티스들이 질러대는 비명도 무아지경에 빠진 상필의 귀를 열지 못했다. 오늘 밤은 황홀한 밤, '원더풀 투나잇'이었다. 일말의 자비심도 없이 작업을 끝낸 자들은 도망을 쳤고 호스티스들은 피범벅된 바닥을 벌벌 떨며 기어서 나갔다.

기타 연주가 끝났다. 기타 줄의 미세한 진동도 멈췄다. 상필의 입에 물려 있던 담배의 길게 늘어진 재가 떨어져내렸다. 이 담뱃재는 사이키델릭한 조명 불빛에 나비들이 나빌레라 춤을 추듯 내려와 바닥에 흩어졌다. 세상은 참 고요했다. 그제야 상필이 감았던 눈을 떴다.

김영서
대학에서 철학을 전공한 청년

- 코로나 바이러스 때문에 사람들은 마스크 착용에 적응했다. 그런데 선천적으로 마스크 착용에 적응하지 못하는 부적응자들은 어떻게 하지? 사회가 원하는 틀에 맞춰야 하는 이야기를 해보고 싶었다.
- 가난한 사람들을 위해 마스크를 모아뒀다. 맘껏 가져다 쓰라고…. 이건 남을 위하면서도 나를 위한 거다. 무상공유는 흐뭇함이다.

머리가 큰 아이

이경연

*
*
*

"슛!"

숫돌이가 되고 싶은 누민이는 공을 잽싸게 잡았어요. 바람을 가르며 날아올라 멋지게 던졌지만, 공은 그만 골대를 맞고 튕겨져 나오네요.

'에잇, 조금만 더 날아올랐더라면….'

2차, 3차 도전했지만 결과는 똑같았어요.

"누민아, 잘했어. 공을 세 번이나 잽싸게 낚아챘잖아. 그거 쉽지 않은 기술인데, 정말 잘했어."

방과후 농구반 선생님은 누민이를 칭찬했지만, 누민이는 알았어요.

이번 주 내내 득점을 한 점도 못한 학생은 방과후 농구반에서 누민이밖에 없다는 것을.

엄마는 누민이가 실망을 하고 돌아올 때면 늘 비슷한 말씀으로 축구를 권하셨지요. 마치 처음 하시는 말씀인 것처럼.

"차라리 축구를 해 보는 게 어때?"

"아빠하고 축구 같이 하면 좋을 것 같아. 아빠가 시간 나실 때마다 가르쳐주실 수도 있고, 좀 더 크면 아빠랑 일요일에 조기축구회 나갈 수도 있지 않겠니?"

실은 누민이도 알고 있답니다. 자신은 농구에도, 축구에도 소질이 없다는 것을. 아니, 축구는 잘 모르겠지만 농구에는 소질이 분명 있는데, 자신의 큰 머리 때문에 슈팅할 때마다 번번이 중심이 안 잡힌다는 것을. 다만 자신이 많이 좋아하는 농구를 잘하게 돼서 언젠가는 멋지게 슛을 넣을 수 있는 그날이 올 것만 같았어요.

그래도 오늘은 실망이 더 컸어요. 거의, 정말 거의 골대 근처까지 공이 다다랐거든요.

'난 정말 안 되나봐. 아, 난 왜 이렇게 큰 머리를 가졌을까?'

누민이의 별명은 '대두'였어요. 유치원 다닐 때부터 친구들은 대두의 뜻이 뭔지 모르면서도 누민이를 그렇게 불렀어요.

누민이는 그 별명에 별로 신경 안 써요. 코가 납작한 친구도 있고 안경 쓴 친구도 있고 다리가 긴 친구도 있는데, 자기는 그냥 머리가 큰 것뿐인 거죠.

하지만 농구를 좋아하는 누민이는 결정적인 순간에 골을 넣지 못하자 그것이 마치 자신의 큰 머리 때문인 것 같았어요. 그래서 자신의 머리가 더 불편하게 느껴졌어요. 점점 자신의 큰 머리를 원망하는 날들이 많아졌죠.

'아, 머리가 조금만 작았어도 골을 많이 넣을 수 있었을 텐데.'

이날은 화가 나서인지, 억울해서인지 잠을 못 이뤘어요. 몇 시간을 뒤척

였는지 모르겠어요.

누민이가 눈을 뜬 건 목이 말라서예요. 물을 먹으러 부엌으로 갔죠. 한 모금 마시고 나니 갈증이 가셨어요.

식구들을 깨우지 않으려고 조심조심 자기 방으로 돌아가다가 누민이는 거실에서 이상한 광경을 목격했어요. 캄캄한 거실에서 작은 불빛이 반짝이는 거예요.

'어, 저게 뭐지?'

불빛은 커튼 근처에서 나고 있었어요. 가까이 가서 잘 살펴보니 불빛은 커튼을 잡아당기는 끈에 매달린 딱정이에게서 나는 것이었어요. 에메랄드빛을 내던 몸통의 색이 더 화려해져서 눈이 부실 지경이 됐지만, 그래도 한눈에 딱정이라는 것을 알 수 있었어요.

"딱정아, 너 거기 있었니? 내가 너를 얼마나 찾아다녔다고."

딱정이는 누민이가 아빠와 산에 갔다가 데려온 딱정벌레예요!

무슨 종류인지는 모르겠지만 머리가 유난히 커서 뒤뚱뒤뚱거리며 걷던 딱정벌레에게 '딱정이'라고 이름 붙이고, 먹이도 직접 만들어주면서 정성스럽게 키웠어요. 그런데 몇 달 뒤, 어느 날 아침에 일어나보니 사라져버렸어요. 키우던 상자의 틈에서 빠져나와 아무리 찾아보아도 발견할 수 없었죠.

딱정이를 보자 누민이는 반가운 마음에 얼른 손을 내밀어 딱정이를 잡았어요. 그러자 딱정이가 붙어 있던 커튼의 손잡이가 확 아래로 당겨지면서 갑자기 누민이의 몸이 천정으로 치솟아 올라갔어요. 너무도 순식간이었답니다.

누민이의 몸은 커튼 봉이 달려 있는 천장의 홈 부분으로 빨려 올라갔어요. 깊게 파여 있어서 올려다보면 캄캄해서 보이지 않는 저 공간에 뭐가 있을

274

까, 평소 늘 궁금하게 생각했던 바로 그곳으로요. 이제 누민이는 알게 됐어요. 그 공간은 그렇게 끝없이 뚫려 있다는 것을.

누민이는 자신의 몸이 마치 숏을 할 때 던지던 공처럼 느껴졌어요. 손으로 무언가를 잡고 있다는 감각도 사라지고, 몸이 한없이 하늘로 치솟아 올랐어요.

누민이는 순식간에 벌어진 일들에 놀라 정신을 못 차리다가 서서히 자기가 있는 곳을 둘러보았어요. 이제 몸도 더 이상 치솟지 않았는데, 누민이의 큰 머리가 마치 풍선처럼 자신의 몸을 붕붕 떠다닐 수 있게 만들었어요. 누민이는 여기가 어딘지 알 수 있었어요.

이곳은 바로 우주예요. 별들이 무수히 많아요. 별들마다 서로 다른 형형색색의 빛을 내고 있어요. 그 빛에 따라 별들의 모양도 다양했어요. 누민이는 찬란한 별들이 저마다 다른 빛을 내는 우주 한 공간에 떠 있어요. 난생처음 보는 광경에도, 아니 난생처음 경험하는 신기한 일에도 정신이 얼떨떨했어요. 무엇보다 자신의 몸이 우주 한가운데 떠 있다는 것을 믿을 수 없었어요. 누민이는 몸을 조금씩 움직여 보았어요. 그러자 신기하게도 마치 수영을 하는 것처럼 원하는 곳으로 갈 수 있게 됐어요.

누민이는 깨달았어요. 몸의 움직임을 자유롭게 하는 것이 자신의 머리가 방향을 잘 잡고 있기 때문이라는 것을. 머리가 중심을 잘 잡자 온몸이 균형을 이뤘어요.

이상하고도 낯선 환경에 얼른 적응이 되어서 누민이는 우주 공간을 자유롭게 춤을 추듯 날아다녔어요.

'우주는 이렇게 생겼구나. 참 아름답다!'

잠시 눈앞에 펼쳐진 광경에 감탄하다 한쪽 손에 무언가 꿈틀거리고 있다는 걸 알게 됐어요.

'아, 맞아. 딱정이를 잡다가 여기까지 온 거지.'

손을 펴니 딱정이가 푸르르 날아올랐어요. 딱정이는 가볍게 우주를 날아다녔어요. 더 이상 뒤뚱거리면서 걸어 다니던 딱정이가 아니라는 듯이. 그러다 잠시 후 누민이의 옷자락을 입으로 물었어요. 그리고 마치 자기를 이끄는 듯이 앞으로 나아갔어요.

딱정이를 따라 헤엄치듯 앞으로 나아가니 갑자기 주변보다 더 어두운 장소가 나타났어요. 설마 이곳이 블랙홀? 딱정이가 앞장서서 그 안으로 쑥 들어가니 누민이도 용기를 내어 따라갔어요. 눈을 딱 감고서.

머리를 내밀자마자 누민이 몸이 순식간에 안으로 빨려 들어가면서 갑자기 숨이 턱 멎는 듯했어요.

"아악!"

눈을 뜨자 바로 앞에 어마어마하게 큰 파이프오르간이 보였어요. 다시 지구의 어디로 온 것 같아요. 조금 전까지 머물렀던 우주도 넓었지만 지금 앞에 놓인 파이프오르간도 엄청 컸어요. 큰 성당 안인 것 같은데, 파이프오르간이 내는 소리가 온 성당 안에 울려 퍼졌어요.

'아, 정말 아름다운 선율이구나.'

누민이는 난생처음 듣는 곡조에 잠시 넋이 나갔어요. 자신이 어디에 와 있으며 여기 왜 와 있는지 등등의 생각들을 잠시 잊었죠. 귀가 멍멍해질 정도로 큰 음악 소리를 들으면서도 영혼을 울리는 소리가 뭔지 이제 알 것 같다는 생각이 들었어요.

눈앞에서 쉴 새 없이 움직이는 줄을 보니 파이프오르간이 내는 소리가 이 때문인 걸 알게 됐어요. 이때 사라진 줄 알았던 딱정이가 다시 나타나서는 누민이 바로 눈앞의 가장 길고 큰 파이프오르간 줄에 날아가 앉았어요. 마치 누민이에게 어서 오라는 듯이.

누민이가 잠시 망설이는 동안 딱정이가 탄 줄이 순식간에 천장으로 올라갔답니다. 그러다 줄이 다시 내려올 때, 이번에는 망설이지 않고 얼른 뛰어 올랐어요. 누민이의 큰 머리가 단단히 몸의 중심을 잡으며 날아오름과 동시에, 줄에 딱 붙어 있던 딱정이와 줄을 함께 잡았어요. 그러자 커튼 줄을 잡았을 때처럼, 아니 그때보다도 훨씬 부드럽게 누민이의 몸이 하늘로 솟구치더니 다시 내려오기를 반복했어요.

신기하게 누민이가 줄을 잡아타고 날게 된 순간부터 파이프오르간에서 내는 음악이 아주 평화로운 음악으로 변했어요. 마치 누민이의 앞날을 축복하는 것처럼요.

처음에는 정신없이 올라가고 내려가기를 반복하다가 지금은 누민이가 마치 음악을 조정하는 것만 같이 줄을 천천히 움직였다가 빨리 움직였다가 하는 것이 가능해졌어요.

누민이는 이제 파이프오르간을 조종할 수 있게 됐어요. 그리고 그 줄의 높낮이, 속도와 강도를 조정할 수 있는 것은 바로 자신의 머리라는 것도 확실히 알 수 있었지요.

누민이는 자신의 큰 머리가 마치 도르래인 것처럼 느껴졌어요. 누민이 머리의 움직임에 따라 줄이 조절되면서 음악은 슬픈 소리를 냈다가 희망찬 소리로 바뀌는가 하면, 다시 그리움의 소리로 울려 퍼져 나갔어요.

'내 머리가 나를 자유롭게 움직이게 하는구나! 아니, 내가 머리를 자유롭게 하는구나!'

누민이가, 아니 누민이 머리가, 아니 아니, 누민이가 자유자재로 소리의 마법을 부리게 됐을 때 갑자기 천둥소리가 쾅 들려왔어요.

소리와 동시에 누민이가 잡고 움직이던 줄이 끊기면서 갑자기 쏟아지는 비를 온몸에 흠뻑 맞으면서 한없이 추락하고 말았어요. 누민이는 눈을 꼭 감았어요.

"아악!"

계속 아래로 빨려 내려가는 줄 알았는데 그게 아니었어요. 누민이 몸은 추락을 멈추었고, 젖은 몸이 포근해지는 것을 느꼈어요. 환한 빛이 부셔와 눈을 떠보니 맞은편에 해가 떠 있는 게 보였어요. 주변을 돌아보니 파란 하늘이 보였어요.

'이제 진짜 내가 사는 세상으로 돌아온 걸까?'

반가운 마음에 여기저기를 살피다가 깜짝 놀랐어요.

누민이는 무지개를 타고 있었어요! 게다가 누민이는 정지 상태로 있는 게 아니었어요. 마치 미끄럼을 타는 것처럼 무지개를 타고 천천히 아래로 내려오고 있었답니다.

'무지개가 이렇게 포근했구나!'

우주에도 가보고, 커다란 파이프오르간 줄을 타고 다니며 연주도 해본 누민이지만 무지개를 타는 기분은 무엇과도 비교할 수 없을 정도로 신났어요. 빨강의 쾌활함과 주황의 발랄함, 노랑의 희망과 초록의 상쾌함, 파랑의 반듯함, 남색의 진지함, 보라의 진정성이 고스란히 누민이에게 전달됐어요.

누민이는 최대한 무지개에 오래 머무르고 싶었어요. 이번에도 누민이는 자신의 머리로 중심을 잡으며 속도를 늦추면서 무지개를 천천히 타고 내려왔어요.

어느 정도 내려왔을까? 갑자기 아이들의 함성이 들려왔어요.

아래를 내려다보니 운동장에서 친구들이 농구를 하는 모습이 보였어요. 친구들이었어요. 친구들을 보고 반가워하는 그때, 딱정이가 어디선가 날아와 심하게 퍼덕거리는 거예요.

"누민아, 바로 지금이야."

딱정이의 신호를 누민이는 알아들을 수 있었어요.

누민이는 머리의 중심을 잡고 최대한 속도를 냈어요. 솜털처럼 포근한 무지개의 감촉을 느끼면서 쏜살같이 내려왔어요. 마치 물놀이장의 미끄럼 기구를 타는 것처럼요.

누민이는 친구들이 농구를 하는 농구장 한가운데 착지했어요. 착지와 동시에 누민이 바로 위로 날아가는 공을 보았어요.

누민이는 공을 잡기 위해 몸을 최대한 날리고 단숨에 낚아챘어요. 공을 잡고 슈팅 자세를 취한 뒤 힘차게 날아올랐어요. 동시에 골대를 향해 공을 던졌어요. 자신의 머리로 정확히 중심을 잡으면서 말이에요.

이경연

중학교 교사. 〈땅을 보고 걷는 아이〉, 〈손이 찬 아이〉 등

– 외국 무용단의 실험극을 본 적이 있다. 행성의 움직임을 춤으로 표현한 이 낯선 공연은 그 배경음악
인 단순한 멜로디와 함께 며칠 동안 뇌리를 떠나지 않았다. 행성이 등장하는 꿈을 꿀 정도로⋯. 그
리고 이 세상, 어쩌면 아주 가까이에 이렇게 행성에 도달하는 통로가 있을 것만 같다. 나의 또 다른
분신인 누민이는 운 좋게 그 통로를 발견했고.

– 나눌 수 있다면 좋다. 나눌 수 있다면 행복하다. 앞으로도 나눔의 길을 가겠다.

화해의 순간, 순간들

류춘신

*
*
*

나는 죽었어. 처음 발견한 사람은 Y였을 거야.

그가 발견했을 때는 아마도 이미 숨을 멈춘 지 하루가 지나고도 해가 져서 어둑해질 때 즈음이겠지. 아침에 실오라기 하나도 걸치지 않고 나체로 곤히 잠들어 있는 줄 알고 Y는 이불을 덮어주고 나갔을 거야. 점심에 출판사에 사진을 넘겨주고, 법적으로 정리가 되지 않은 일들이 있어 변호사와 약속이 있다고 했어. 그리고 그가 집에 돌아왔을 때는 내 심장이 멈춰진 지 오래되어 온몸이 시퍼렇게 되어 의식불명의 상태로, 이불을 덮어주고 간 그 모습 그대로 누워 있었겠지.

밤 11시 44분. 14초로 넘어가는 순간. 심장이 멈췄어. 태엽을 감아 흘러나오는 오르골 소리가 일순간 멈춘 것처럼. 내 인생의 태엽은 마흔네 살의 생애만큼 감겨 있었던 건가봐. 다시 숨을 불어넣어 보태면 다시 노래가 흘러나

왔을까. 정말 죽을 수 있는 거였어. 사흘 동안에 살아생전에 만나지 못했던 사람을 만나서 풀어야 한다더구나. 예를 들자면 Y가 해결해야 할 법적 문제들을 해결하는 것마냥 어떤 방법을 써서라도 만나서 살아 있는 동안 풀지 못했던 것을 풀어내면 죽은 지 사흘 만에 다시 살아날 수 있을 거라는데. 그럴 수 있을 것 같지는 않아. 어쩌면 그저 죽으면 실컷 잘 잠이 든 것이지.

지금은 꿈을 꾸듯 바람처럼 다니고 있어. 생전에 바람처럼 유유히 떠돌아다니며 여행자처럼 살겠노라고 노래를 불렀는데 죽어서 그 소원을 이루는 것일지도 몰라. 바람이 되어 때로는 비가 되어 내리다가 흙으로 스며들어 어떤 생명의 원천으로 다시 태어날 수 있을지도 몰라. 아주 멋진 일이 될 수 있을 거 같다는 기대감이 들기도 해. 정말 꿈에서나 일어나는 일들을 볼 수 있을까. 한편으로는 귀신이 되어 구천을 떠돌아다니게 될까봐 그게 꺼림칙할 뿐. 설마 내가 귀신이 될라고. 세상에선 내가 너에게 다다랐을 때는, 너에게까지 나의 죽음이 전해졌을까? 그래. 귀신이 되어 구천을 떠돌지는 말자 생각하고 가장 먼저 너를 만나러 가는 길이야. 어떤 모습으로 너를 마주할까. 그래. 살아생전에 그렇지 못했던 것을 신나게 한판 놀아볼까 싶어.

너의 생일인 1월의 31일. 제주에는 밤새 바람에 싸락눈이 날리더니 여전히 세찬 바람이 부는 날이었어. 밥때가 되어 어제 담가둔 그릇을 씻고 있는데, 마주하고 있는 창밖으로 노래하는 새들의 모습들이 보이더라구. 눈발이 간간히 날리고 바람이 불어 추운 날씨인데, 얼마 전부터 이따금씩 "휘~포로로~휘~" 우는 제주휘파람새 소리가 들리기도 했어. 듣는 순간 환청인가 싶었어. 밥이 되는 동안에 옆 마을에 있는 재활용분리수거장에 재활용쓰레기를 버리러 갔다 왔는데, 양손에 들려 있던 봉투가 어찌나 바람이 세던지 봉투가 나를 끌고 가는 것 같았어. 직접 그 바람을 맞닥트리고 온 것에 대한 보상으로 작은방에 전기장판을 켜고 온기가 생길 때까지 오돌오돌 떨리는 손을 부여잡고 책을 펼쳤지. 그때 휘파람새가 노래하는 거야. 이렇게 바람 부는 날에? 그 소식을 Y에게 얘기를 했더니 대수롭지 않게 "휘파람새가 어디 갔다왔다더냐?" 그러는 거야. 처음 제주에 왔을 때 너무 맑은 새소리가 여기저기서 사방에서 들리는 게 잊혀지지가 않았어. 그래서 찾아봤더니 그 새 이름이 제주 휘파람새라고 하더라고. 참새과 텃새 종류. 7~ 8월까지 제주 어디에서 나 놀다가 필리핀 쪽으로 가서 겨울을 나고 돌아온다고 하더라구. 제주이기는 하지만 아직 한라산은 하얀 모자를 쓰고 있는데 어떻게 이렇게 일찍 돌아왔을까? 1월 31일. 너의 생일은 겨울이었잖아. 그래서였을까. 이 엄동설한에 휘파람새 소리를 들으니 너가 떠올랐나봐. 겨울에 태어난 아이. 너와 나의 딸 설이는 겨울에 태어났고, 혈액형이 AB형 똑같았고, 그 밖에 설이를 키우면서 보니 같이 자라면서 보았던 너와 비슷한 점이 아주 많았지. 내가 너의 첫아이이자 나의 첫 조카인 S를 보자마자 눈 녹듯이 모든 것이 마음이 평안해졌던 것처럼 나의 첫아이이자 너의 첫 조카인 설이가 태어났을 때 유일하게 행복해하고 축복해 주었잖아.

우리가 성인이 되기 전에 집을 나가 부재중이었던 엄마를 대신해서 아이를 먼저 낳아 키우고 있던 경험을 알려주고 정성껏 산후조리를 해주었지. 4 키로에 태어난 설이는 너무 커서 제왕절개를 할 수밖에 없었고, 난 뒤집어진 풍뎅이마냥 움직일 수밖에 없었지. 그런 나 대신 태어난 지 얼마 안 된 설이를 너의 배 위에 엎드려 놓고 곤히 잠든 너의 모습이 생각이 나는구나. 내가 설이가 나한테 오기 전 탈장이 되어 항문수술도 했잖아. 그때 수술하고 거동을 못했을 때 똥 수발까지 받아주며 간호해주었던 것도 너였어. 나를 간호해주러 오다가 한겨울 빙판에서 넘어졌는데, 그때 너의 둘째아이가 뱃속에 있었지. 나의 두 번째 조카 H는 정말 예쁘게 컸더라. 그 녀석이 스무 살이 된 거야? 이제 너는 아이들 다 키운 거나 진배없겠네. 그 녀석들 중 한 녀석이라도 너의 생일이라고 미역국을 끓여주었겠지? 미안하구나. 지금 생각해보니 너의 생일에 미역국 한번 제대로 끓여주지 못한 언니였구나.

　나의 마지막 오늘이 되었던 그날은 유난히 햇살이 따스한 날이었어. 어찌나 따사롭던지 끔뻑끔뻑거리게 하는 졸음이 우수수 쏟아져내리는데, 그러고 보니 그런 생각을 했던 것 같아. '아! 딱 이대로 죽기 좋은 날이구나.' 내 뺨을 가만가만 어루만져주는 햇살의 손길을 만끽하고 있었지. 해에서 지구에 있는 나에게 오기까지 1억 4,950만km를 왔던 것이라는 것을 새삼 느끼는 순간이었어. 그런 햇살은 뜨거운 볕을 마당 구석구석 풀어놓고 갔어. 겨우내 흙속에서 잠자던 풀씨들에게도. 엊그제 내린 함박눈도 햇살을 받고 스르르 녹아 땅속 깊이 스며들었을 거야. 아주 깊숙이. 땅속에 있는 그 어떤 혈관 같은 통로로 퍼져나가서 밟기만 해도 폭폭거릴 것 같았어. 한편으로는 봄이 숨 가쁘게 성급하게 온 것 같이 느껴졌어. 얼마 전까지만 해도 강풍에 대설주의보까지 내린 날씨가 있었던가 싶은. 따사롭다 못해 갑작스럽게 봄기운을 맞은 동박새들은 요란스럽게 날아다니고, 지난주부터 한두 개 조심스럽게 꽃봉우리가 터지더니 매화꽃들은 만개했어. 이 땅에 존재하는 모든 것들은 각자의 모습으로 최선을 다해 아우성을 치고 있었지. 정말이지 며칠 전에는 해와 바람이 내기를 시작하고 바람이 세상의 모든 것을 다 벗겨버릴 듯 세찬 바람이 어찌나 휘몰아치던지. 휘모리장단처럼 부는 그 바람에 벗겨져버린 것들은 너풀너풀 날아다니며 자유를 찾은 듯 휘젓고 다녔거든. 밖에 널어둔 배춧잎 우거지라든가, 쌓아둔 신문더미들이 제자리를 벗어나 살아나서 제멋대로 춤을 추는 거야.

하늘로 치솟은 삼나무들이 북풍에 남풍에 서풍에 동풍에 사방팔방 불어오는 바람에 휘갈기면서도 절대로 부러지지 않는 묘기를 보여주던 위태로운 날씨였다니깐. 모든 만물들이 대단한 굿을 벌리는구나 싶어 오싹하기도 했어. 그렇게 태풍을 만난 것처럼 호기를 부리던 궂은 날들을 보내고 오랜만에 해가 비춰서 일어나 멍하니 하늘을 보고 있는데 허참, 햇님은 바람이 가소로웠다는 듯이 이제 자신의 차례라며 공연이 시작되었는데 그 모습이 어찌나 기가 막히던지. 어느 장단에 놀아야 하는 걸까. 그나저나 햇님은 이렇게 다 터트려 놓고 일을 벌려 놓아도 되는 건지 모르겠어. 아직은 그럴 때가 아닌데 말이야. 그러다 꽃샘추위가 어김없이 심통을 부릴 텐데, 그 뒷감당은 어쩌려고 하는지 걱정이 되네. 항상 그랬듯이 이렇게 따뜻한 적이 없었잖아. 아! 여기는 제주도. 그것도 최남단의 제주, 서귀포이니 얼었던 것이 풀리고 꽃이 피고 새가 울기 시작하는 봄의 소식을 알리는 춘신(春信)이 일찍이도 찾아온 것인가.

그러고 보니 오늘이 입춘이로구나. 새로운 절기가 시작되는 입춘에 나의 세상의 시간은 멈추었구나. 어떻게 이렇게 절묘할 수 있을까?

시어질 대로 시어버린 김치로 김칫국을 끓였어. 어제 마신 술의 숙취가 가시지 않아 국물이 필요했지. 콩나물이 있었으면 좀 더 아삭하고 시원한 국이 되었을까. 날이 좋지 않았고 냉장고에는 몇 주 동안 장을 보지 않아 먹을 거라곤 김치뿐이었거든. 처음에는 의욕을 가지고 만든 갖가지 반찬들을 만들어 놓고 전쟁이 일어나도 끄떡없을 것 같았지. 문제는 만드는 수고를 덜겠다고 한꺼번에 만든 것이었어. 볶아놓은 멸치, 마늘종 장아찌, 무말랭이무침, 콩자반… 매일 똑같은 반찬에 그나마 별식으로 메추리알장조림은 아껴 먹는다고 했는데, 진즉에 밥상에서 사라진 지 오래되었고. 냉장고를 털어서 새롭게 만들 수 있는 것은 시어빠진 김치로 만드는 것뿐. 김치찌개, 김칫국, 아니면 남은 김칫국에 된장을 넣어서 두부 넣어 끓여 우려먹을 대로 먹고 신물이 나서 도저히 밥이 넘어가지 않은 거야.

Y는 절대로 반찬 투정을 하는 사람이 아닌데, 이제까지는 주는 대로 먹는 것 같더니 그도 도저히 먹을 수 없었을까. 정오가 훨씬 지나 밥때가 훨씬 지난 시간이었는데, Y와 나는 약속이나 한 듯 동시에 차려진 식탁에 밥을 한 술도 뜨지 않고 밥상을 치웠어. 밖에 나가면 뭔가 색다른 것을 먹을 수 있겠지 싶어 길을 나설 준비를 했어. 어쩌면 나만의 착각일 수도 있지만. Y는 이 집에 유일하게 거실에 달려 있는 거울을 보며 머리를 뒤로 넘겨 빗고 나서 뒷머리가 가라앉지 않자 셔츠를 입다 말고 벗어던지고는 순식간에 머리를 감고 오더라. 거뭇거뭇한 턱수염을 쓰윽 만지더니 면도를 했어. 화장실에도 거울이 있다면 그 모습을 볼 수 없었겠지. 생크림 같은 면도거품 묻히고 면도를 하는 남자의 모습을 제대로 본적이 있었던가. 그전에 같이 살았던 I도 K도 면도를 하긴 했겠지만 생각해 보니 직접 본 적이 없었거든. 드라마에서나 볼 수 있는 거였어. 난 그 모습을 꾹꾹 담으며 보았어. 언젠가는 내가 Y의 수염을 밀어주리라. 슥삭슥삭 그의 턱선을 타고 미끄러지는 칼날을 상상을 했어.

마지막 수염을 깎고 면도크림을 다 닦아낸 그 마지막까지 지켜보고 나서 그의 턱을 어루만져보았어.

"신기해! 어떻게 다시 솟아나지? 난 당신의 면도하기 전의 그 까끌까끌함이 좋은데."

그 까끌까끌함, 그가 내 귀밑을 타고 목덜미를 애무해줄 때 닿았던 순간의 느낌이 떠올랐어. 저주파 진동처럼 전해져왔던 찌르르 느껴지더니 그리고 그의 작고 말랑거렸던 그것이 솟아오르며 단단해져서 깊숙이 파고들어서 하나가 되는 그 느낌이 되살아나 아랫도리가 뜨거워지는 거 있지. 매끄러워진 그의 턱을 만지며 어차피 며칠이면 그의 턱수염도 다시 자라나 만질 수 있을 거라고 꾹 아쉬움을 달랬었는데. 아, 하지만 이제 다시는 그의 까칠한 수염이 촉수가 되어 나의 온몸을 타고 그의 것이 나의 안으로 들어오지 못하는 구나. 다시는 그의 까칠한 수염을 만질 수 없구나.

그렇게 바람이 참으로 요상스럽게 묘기를 부리던 그날. 우린 차를 가지고 나간 게 잘못이라면 잘못이었을까. 차 문을 여는 순간, 그만 바람이 사냥감을 겨냥해서 기회를 보고 있었던 건지 Y가 문을 여는 순간 세찬 바람에 앞문짝이 제껴지면서 문의 연결 부품이 끊어져버렸거든. 그때 "탕!" 하는 괴음에 조수석에 앉아 Y가 사올 커피를 기다리고 있던 나는 도로시처럼, 집이 날아가는 것처럼 차와 함께 날아가버리는 줄 알았다니까.

우린 왜 그렇게 바람이 부는 날 그곳에 가게 된 걸까?

"지금 풍력발전기가 어떻게 돌아가고 있을까?"

밤새 부는 바람소리에 잠을 설친 탓일까. 정오가 다 되어서야 잠에서 깨고 나서도 좀처럼 침대에서 내려오지 않고 핸드폰을 한참 보고 있던 Y가 불현듯 물어왔어.

바깥의 찬 기운과 집 안의 따뜻한 공기가 만나 물기가 방울방울 맺힌 창문 밖은 세찬 바람이 웅웅 소리를 내고 있었어. 그러함에도 불구하고 꼿꼿히 서 있던 삼나무를 보니 진짜 밖에는 바람이 불고 있을까 생각하고 있었어. Y의 질문에 풍력발전기가 지금 부는 바람에 거대한 바람개비가 되어 돌고 있을 모습이 상상되었어.

"지금 바람이라면, 헬리콥터의 날개처럼 돌아가고 있지 않을까?"

"바람을 담고 싶어."

Y의 말이 바람을 닮고 싶다고 말하는 것으로 들렸어. 정말 이런 날이라면 네덜란드의 풍차가 돌아가는 것처럼 거대한 바람을 볼 수 있지 않을까. 풍력발전기 날개가 얼마나 빨리 돌아갈까? 어쩌면 제주도를 들어 올릴 만큼 거대한 에너지가 모여졌을지 모르겠다는 궁금증, 그리고 눈에 보이지 않게 빨리 돌고 있어서 사진에 담으면 풍력발전기 날개가 정지되어 보이는 것처럼 찍히는 게 아닐까. 확인하고 싶은 마음이 차올라서 견딜 수 없었지. Y도 분명 그 모습을 사진으로 담아서 확인하고 싶은 거라는 확신이 들었어.

카메라 장비를 들고 무작정 그곳을 향해 수월봉을 지나 차귀도 쪽으로 가는 해변도로를 탔어. 성난 바다가 섬 주위로 몰려오는 위압감은 왠지 모를 흥분으로 넘실거렸지. 검은 바위를 집체만 한 파도가 집어삼키고 부서졌다가 내뱉고 다시 어마어마한 파도가 만들어져 공격해 오는데, 그 절정의 끝은 있을까? 그러다가 검은 바위에 하얀 점들이 뭉쳐져 새하얀 덩어리들이 살아 움직이는 것을 본 거야. 수많은 갈매기 떼들이었어. 아마도 그곳이 갈매기들의 서식지였던 것 같아. 살아 있는 동안 그렇게 많은 갈매기 떼들은 처음 봤거든. 아! 그런 갈매기 떼를 처음이자 마지막으로 본 것이 되어버렸나. 살면서 내가 알지 못했던 것, 보지 못했던 것은 얼마나 많을까? 갈매기들은 우르릉거리며 몰아치는 거센 파도를 피하기는커녕 파도가 들이닥치면 일제히 날아올랐다가 다시 내려앉고, 또 파도가 다가오면 그 파도를 넘어 날아오르는 게 왠지 그걸 즐기고 있는 것 같았어. "꼬마야 꼬마야, 땅을 짚어라. 꼬마야 꼬마야, 만세를 불러라!" 나도 저 무리에 끼어 거대한 줄넘기를 하고 싶었어.

'바다 위를 날아다니는 갈매기가 되고 싶어!'라고 말하고 다음 날 집을 나간 엄마의 마음이 그러했을까? 39살 엄마가 16살 된 너의 등을 밀어주다 말고 대문이 쾅 닫히며 사라져버렸던 그 순간을 잊을 수 없었겠지. 넌 그 소리에 놀라서 알몸을 수건으로 겨우 가리고 따라 나왔던 그 순간, 엄마를 용서하지 않을 거라 했지.

셀 수 없이 수많은 갈매기가 동시에 일제히 날아오르는 광경은 "와!"라는 탄성이 나올 만큼 장관이었어. 그 파도가 보이는 배경을 마주할 수 있는 곳에 차를 주차하자고 했어. 때마침 커피 집이 그런 풍경을 볼 수 있도록 만들어진 듯 자리 잡고 있었고. 꼭 풍력발전기를 보려고 서두를 이유는 하나도 없었어. Y가 따뜻한 커피를 사오겠다며 차 문을 여는 그 찰나, 순식간에 일은 일어난 거야. Y가 내려 발을 땅에 내딛는 동시에, 들어본 적은 없지만 거대한 쇠로 만든 종이가 구겨지는 것 같은, 단 한 번도 들어보지 못했던 소리가 났어.

"후훗… 일이 커져버렸어."

차 문이 떨어져 나가는 상상을 하게 되었어. 문짝 없이 달리는 차를 생각해봐. 그 모습이 어떨까? 얼마나 심하게 젖혀졌는지, 문이 닫히지 않는 것을 Y가 발로 문짝을 세차게 차니까 겨우 닫히긴 했는데, 아니 웬걸! 이번에는 문이 열리지 않는 거야. 내가 내려야 Y가 들어올 수 있어 문을 열다가, 또다시 바람에 날아갈까 손잡이를 꼭 잡고 내리는데, 내 쪽으로는 오히려 바람이 밀어내고 있어 문이 열리지 않는 거야. 힘을 주어 문을 여는 순간 다시 닫혀서 그만 발목이 문 사이로 껴버린 거야. 다행히 다시 힘껏 열었다가 발을 빼고 나서 재빨리 밖으로 튕겨나가듯 나갈 수 있었어. 발목에 시퍼렇게 멍이 생겼고, 걷는데 욱신거리는 통증이 가시지 않더라. 졸지에 Y는 내가 앉아 있었던 조수석을 통해 운전석에 앉고는 다시 내리지 못하게 갇혀버린 꼴이 되어버리고. 그렇게 문짝이 덜렁거리는 차를 타고 바람을 보러 갈 수 있었을까?

풍력발전기를 보러 가는 길을 포기하고 나니까 너덜너덜해진 기분이었어. 거기다가 엎친 데 덮친 격이라고, 엔진오일 경고등이 뜨는 거야. 오늘은 어차피 차가 병원에 가는 날이구나 싶은 게, 차 문짝이 이리 되지 않았더라도 풍력발전기가 있는 곳에 가려면 삼십 여분을 달려가야 했는데 얼마나 다행이야. 차일피일 지나칠 수 있었는데, 그러다가 차가 폭발할지 모르는 일이잖아. 그러고 보니 어쩐지 오늘따라 차가 유난히 덜덜거리는 거 같다는 생각을 했었는데. 그게 문제의 징조였던 거야.

그러고 며칠 후인 나의 마지막 하루였던 그날, Y는 언제 현대자동차정비소에 부품을 주문해 놓았던 것인지 부품을 구했으니 차를 수리하러 오라는 연락이 왔었다며, 사전에 한마디 말도 없이 나를 정비소로 데리고 왔어. 한편으로 처음에 뭣도 모르고 갔던 카센터를 가지 않아도 된다고 생각하니 잘되었다 싶었고. 늦게 와서 타박했던 그 카센터에서는 우리 차 부품을 주문해 놓았을까? 구해 놓았든 말든 상관할 게 뭐야, 생각했지. 어느 누가 인연이 된다면 필요한 사람에게로 가겠지. 앞에 먼저 고치는 차가 있어 한 시간을 기다려야 하고, 고치는 데 넉넉히 한 시간을 더 기다려서 두 시간 정도 시간이 필요하다고 친절하게 설명해주었어. 그리고 부품비는 생각보다 얼마 들지 않지만 미션수리비가 시간당 8만 원 해서 14만 원이라고 했어. 부품 갈아 끼우는 것도 전문가의 손길이 필요한 것이니 그 정도 돈이 들어가는 것은 받아들여야 한다고 생각했어.

차가 다 고쳐지는 동안 차도 없이 우리는 어디로 가야 하나 싶었지. 제주도에서 반 년 가까이 지내면서도 유명한 관광지들 빼고는 딱히 갈 곳이 떠오르지 않았어. 정비소 가까이에 있는 버스를 타고 서귀포 시내에 있는 서점을 갈까? 그보다 허기짐이 몰려오는데, 어디에서 짬뽕 같은 거라도 먹었으면 좋겠다 싶었지. 하지만 Y의 표정에선 그런 생각을 전혀 찾을 수 없었어. 그도 차린 밥상에 입도 대지 않았고, 밤에 자다 일어나서 새벽에 라면을 끓여 먹은 것 이외에는 물만 마셨을 텐데, 배고프다는 소리를 안 하는 거야. '뭐야, 간헐적 단식 같은 것을 하는 거야' 싶더라구. 그런 Y를 보며 맞은편에 보이는 중국집에서 짬뽕 먹자는 말이 차마 나오지 않았어. 앞서서 걷고 있는 Y의 뒤꽁무니를 따라 걸으며 '그래 사람이 갈 수 있는 길을 가는 거겠지', 그렇게 가다 보면 따뜻한 국수라도 파는 곳이 있을 거라 생각하고 따라 걸었어. 온통 사방으로 귤밭 천지인 길을 지나고, 검은 흙, 제주 특유의 돌담벼락에 붙어 자라고 있는 제주에서만 자랄 것 같은 담쟁이 덩쿨에선 새 잎이 돋아나고 있었어. 그 모습 그대로 진정한 예술 작품이더라고.

"봄의 기운이 느껴져? 오늘 입춘이래요."

Y는 그 말에 싱긋 미소를 지었던가.

뺨에 전해져오는 찬기를 잠재우는 바람의 숨결은 어느 혼령의 마음을 담은 것일까. 햇살도 좋고, 바람도 꿈결같이 한없이 부드러웠지.

"태양광도 풍력발전기도 새처럼 제 할 일 하기 좋은 날이네."

Y는 여전히 앞서 걸으면서 가지에 매달려 있던 귤 한 개가 툭 떨어지듯 얘기했어.

처음 발을 딛는 곳이기에, 처음 가보는 이 길을 가다 보면 어디가 나올지 전혀 예상할 수가 없었지. 여기가 어디일까. 핸드폰도 지갑도 차에다 두고 와서 만약에 Y가 나를 두고 간다면 나는 어떻게 집에 찾아갈까? 한두 살 어린애도 아니지만 그런 생각을 하니 진짜 그렇게 될 것 같아 막막해졌어. 햇살에 별처럼 반짝이는 정체 모를 것들은 애초에 어느 돌이었을까? 아니면 모래 알갱이 하나하나가 모여 돌멩이 하나가 되는 것일까. 다시 원래의 집이었던 그

돌의 일부가 될 수 있을까? 흙이 파헤쳐진 곳에 앙상하게 죽은 나무만 덩그러니 서 있는 벌판이 나오니 사막 한가운데를 걷는 듯했어. 반복적인 풍경이 단조로운 일상이 된 듯 금세 익숙해진 길. 정처 없이 발길 닿는 대로 얼마나 걸었을까.

물이 흐르지 않는 천을 만났어.

하늘에서 비로 내려와 한라산의 작고 작은 옹달샘에 머물다가 그 옹달샘에서 흘러나와 스며들어 바다까지 이르는 과정 중일 텐데, 그 물들은 무사히 바다로 흘러간 걸까. 내가 마지막까지 살아 있던 그 순간은 그 과정의 어느 부분이었을까.

이곳이 서귀포 시민 70%가 사용하는 상수도 보호지역이라고. 철망이 세워져 있으면서도 그 모습이 보호하기 위한 장치로 보이지 않았지. 깨끗하게 보존되어야 할 이곳이 흙먼지 풀풀 날리며 사방이 다 파헤쳐 있지를 않나, 도대체 왜 허공을 찢어내는 듯 굉음을 내고 있을까.

6년 전 그때 여길 왔을 때까지만 해도 남원에서 쇠소깍 가는 제주 올레길을 걷다가 마주하는 제주는 아름답고 아름다운 지상의 낙원이라는 데 부족함이 없었어. 게스트하우스에서 하루를 묵으며 나처럼 여행 온 사람들과 만나 서로 알게 되면서 보았던 은하수. 제주의 말로는 '미리내'라고 하더라고. 제주의 미래내를 본 것이 꿈같았던 깊고 푸른 밤이었어. 아! 그런 밤을 보내고 나서 조식을 먹고 있는데 너에게 전화가 왔었지. 너의 전화를 받으면서 내가 있는 곳이 어디라고 말하기가 꺼려졌었어.

"아빠는 지금 생사를 오가고 있는데, 넌 살맛이 나냐! 넌 사람도 아닌 거 알지? 니가 무슨 언니냐? 미친년!"

아빠 상태가 나빠져서 응급실로 실려왔다고 했지. 일주일 전에 내가 가

평에 있는 요양원에 갔을 때 아빠는 분명 괜찮다고 했어. 아빠는 주변의 천을 따라 산책도 하고 운동도 하면서 항암치료가 잘 되고 있다고, 이제 살았다고. 얼굴도 많이 편안해 보였어. 그리고 자신은 꼭 이번 항암치료가 끝나면 나을 거니까, 자기 나을 때까지 신경 쓰게 하지 말고 아빠가 전화할 때까지 오지 말라고 했었어. 자신을 닮아 고들빼기김치를 좋아하는 내가 오려고 그날 반찬이 고들빼기가 나와 담아놓았다며. 그 고들빼기김치를 가져온 그대로 내가 서울을 떠나올 때까지 몇 년간 열지도 않고 있었는데.

어떻게 일주일도 안 되어서 본 아빠가 어떻게 앙상한 나뭇가지처럼 말라버릴 수 있는 걸까. 그 일주일 안 되는 시간 동안 무슨 일이 있었던 걸까. 이렇게 죽어서도 그 의문은 풀리지 않아. 너의 전화를 받고 가장 빠른 비행기를 타고 병원에 갔을 때 아빠는 뼈가 다 드러날 만큼 말랐고 배만 복수가 차서 터질 듯한 풍선처럼 부풀어 있었어. 조금이라도 손을 대면 휘이이이 바람이 새는 소리가 날 것 같았어.

사람들은 한낮의 꿈이었을 욕망을 채우기 위해 절대로 해서는 안 될 짓을 하고 파렴치한 인간으로 추락하는 것일까. 왜? 한때는 영원히 화려할 것 같았던 놀이공원의 놀이기구들이 여러 사연들로 인해 하나둘 멈추고 녹이 슬어가고 있었던 것처럼 굳어버렸던 나. 치워버리기 골치 아픈 고물이 되거나 다시는 돌아가지 않을 회전목마처럼 나의 삶이 방치되어가고 있었던 거야. 내가 죽어버렸으니 사람들은 속이 후련할지도 몰라.

바람소리인가 싶었지. 예사롭지 않은 소리가 자꾸 귀에 거슬렸어. 공사로 쉴 새 없이 으드드드거리는 소리가 잠깐 끊어질 때마다 들리는 휘이이이 바람이 새는 듯한 소리. 그렇게 파헤쳐지고 찢겨지고 패이다 못해 너덜너덜 해져서 피 맺힌 고름이 고여 줄줄줄 흐르는 모습으로 '아파! 아파! 살려줘! 살려달라'는 비명 소리, 땅에서 전해오는 울음이었을까. 그 소리에 이끌리듯 가다 보니 어느 숲이 나왔어. 그 숲속으로 가는 산책로를 따라 가면서 산책로의 난간이 부서져 있어 우지끈거리며 금방이라도 부러져 자칫 위험해질 것 같았어. 수리가 되지 않고 딱 봐도 오랫동안 방치되어 있는 것으로 보였지.

그 산책로 끝에 다다르니 숲길이 나왔어. 지금까지 걸어오면서 참담한 마음을 담고 왔던 것인가. 말로 표현하기 힘든 그 어떠한 것도 침범할 수 없는 영험한 기운이 느껴졌어. 가파른 길을 내려와 보니 그 절벽에 우뚝 솟아 있는 나무를 맞닥뜨리게 되었어. 그 앞에 선 순간, 영겁의 세월을 돌고 돌아온 것 같았어. 저런 모습을 하고 이곳에서 얼마나 있었던 것일까. 자칫 그 뿌리가 거꾸로 자라는 가지가 엉겨져서 비틀어지고 있는 모습이었어. 여러 곳에 나 있는 구멍들이 괴로움에 몸부림을 치고 있는 기괴한 표정들을 자아내고 있었어. 족히 오백 년도 넘은 나이를 가지고 있는 나무일 거란 생각이 들었지. 이름도 생소한 '담팔수'라고 불리는 나무. 여기까지 오면서 강정동 담팔수라는 이정표가 나와서 물과 관련 있는 줄 알았는데, 나무 이름이었다니 신기하기도 했지. 어쩌면 태초에 제주도가 만들어질 때부터 그 자리를 지키고 있었던 것은 아닐까. 제주도에서만 자생하는 담팔수 나무 중 가장 오래된 나무로 2013년 4월 16일에 천연기념물 제544호로 지정되었다… 다음해 2014년 4월 16일 세월호 참사가 일어났지. 4월 16일, 4월 3일… 그 날짜는 제주의 원혼의 아픔이 맺혀 풀리지 않고 있는 숫자이지. 그 날짜만 되면 가슴이 먹먹해지는 이유겠지. 일 년 전 이 나무는 천연기념물로 지정되고 나서 그런 말도 안 되는 참사가 일어날 줄 알고 있었을까.

진혼굿.

왜 한 번도 제대로 보지 못했던 진혼굿이 떠올랐을까.

한을 가지고 원치 않은 죽음을 맞이한 원혼들의 한을 풀어내주는 굿판이 이곳에서 얼마나 풀어내졌을까. 몸이 나도 모르게 들썩들썩 마음을 진정할 수 없었던 그 기운은 무엇이었을까.

저 나무 앞에서 신령님께 애달픈 마음을 담아 간절히 치성을 드리고 무당은 굿을 하며 뭐든지 쏟아내게 하는 당의 자리에 있는 신목이었던 거야.

불을 놓아
겨울 끝자락 마른 바람은 찬데
금빛 햇볕 아까운 등 짝은
화아 따뜻하네
강가에 바짝 마른 갈대밭
지난여름 폭우에 쓸려온 쓰레기들이 강가 낮은 나무 가지 가지마다
정체 모를 깃발처럼 걸려 있구나
불을 싸질러 버리고만 싶구나
(장진희 〈불을 놓아〉 中에서)

이렇게 세상이 돌아가다가는 언젠가 기어이 버티지 못하고 저 담팔수가 불타 버려질까 먹먹했어. 그냥 주저앉아 하염없이 그 나무를 바라보고 싶었어. 무언가가 잡고 놓아주지 않으려는 끈을 부여잡고 싶었는데 나풀나풀거리며 나를 칭칭 동여매고 있던 끈이 맥없이 녹아버리는 것 같았어. 이 나무에 깃들여져 하염없이 끝없이 영원히 깨지 않을 잠이 들듯 스며들어 부러진 가지에서 다시 생성되는 꿈. 이 나무와 일부가 되는 꿈을 꾸는 듯했어. 이 나무를 찾아들어온 이들의 한을 풀어주고 아낌없이 자신을 내어주는 그 나무가

있는 숲은 나의 정원이요, 나의 집인 것 같았지. 나도 모르게 크게 숨을 몰아 쉬었어. 내가 그곳에서 보았던 것은 무엇이었을까. 왜 내가 내 생애 마지막 날에 그 나무를 마주하게 되었을까.

내 돌아갈 곳은 어디일까. 나의 돌아갈 집은 어디일까? Y와 살고 있는 집일까. 발길이 쉽게 떨어지지 않았어. 다리가 후들거리며 멍이 가시질 않은 발목에서 통증이 느껴졌어. 단순한 다리 통증이었을까. Y, 앞서서 가고 있는 그가 이따금 뒤돌아볼 때마다 난 미소를 보냈던가.

Y는 작년 봄이 오기 전에 서울을 정리하고 제주로 내려왔다고 했어. 무작정 천 권이 넘는 책을 싸들고 와서 지금 사는 집을 급하게 구했다고 했어. 몸담았던 사회단체 조직에서 불미스런 사건이 있었던 모양이야. 그와 나는 십 년 전 같은 방향을 보고 같은 활동을 하고 있었어. 일상 속에서 진심이 통하는 사람 사는 세상을 만들고 싶었지. 호감을 넘어 그를 동경하고 따르고 싶었던 난, 남모르게 연정의 나무를 키우고 있었는지 모르지. 그는 제주에 온 지 일 년이 되었어.

우리에게도 딱 일 년이 된 일이 있구나. 내가 그때 카톡으로 남긴 메시지가 너에게 보내는 마지막이 되었구나. '오늘 오전에 우리를 있게 해준 외할머니께서 돌아가셨어. 10년 동안 요양원에 계셨다가 외할아버지께서 계신 의성에서 장례 치르고 할아버지 옆에 모신다고 하네. 외할머니 상으로 장례를 치러야 한다고 내일 조정일 참석할 수 없다고 법원에 서면 제출했어. 엄마는 그렇게나마 모두 모여 얼굴 본다고 기대했는데 이렇게 외할머니께서 돌아가셨다니 힘들어하고 있을 엄마에게 문자라도 보내면 좋겠다'고. 그렇게 너에게 문자를 보낸 일 년 만에 나의 죽음의 소식을 알게 되겠구나. 나의 죽음을 알게 된 너의 마음은 어떨까. 자신을 낳아준 엄마가 돌아가시니 정말로 고아가 된 우리의 엄마는 더 이상 너랑 법적 문제로 싸우고 싶지 않다고 모든 것을 다 그만두었어. 깊은 깨달음이라고 했지.

*

소주 한 병을 마셨어. 정확히는 나만 마셨지. Y는 운전해야 하기 때문에 술을 마시지 않았지. 그래서 혼자 소주 한 병을 다 마시기도 했고, 하루 종일 먹은 것 없이 빈속이었기에 다른 때보다 취기가 많이 올라왔어. 그동안 내가 마신 술은 얼마나 될까. 잘 기억나지 않지만 언젠가 취한 상태에서 너에게 전화를 했던 적이 있었던 것 같아. 엄마와 내가 너에게 재산분할소송을 할 수 있냐며, 엄마가 아무것도 받지 않고 취하를 했는데도 불구하고 "다시는, 죽어도 전화하지 마!"라고 했을 때, 나도 너에게 연락을 하지 않겠다고 다짐했지. 내가 꼭 매달릴 필요는 없잖아. 그리고 할 수 있을 때 하면 좋은 거라고 생각하는 게 나쁜 게 아니잖아.

아직 너에게 갈 길은 멀었어. 난 그것을 알아. 난 여기서 머무르고 싶은 마음이 커. 그래서 아무런 일도 일어나지 않았으면 좋겠어. 아무리 퍼즐을 맞춘다고 해도 너무도 다른 것들… 아니 어쩌면 그 자체가 생생히 살아 있는 것인데, 내가 그것을 억지로 끼워 맞춘다고 될 문제가 아니었잖아. 언젠가는 지금 내 마음에게 물어보면서 합류하고 싶었던 거야. 일방적인 합의가 아니라, 합의가 안 된다고 싸우는 것이 아니라 살다 보면 알게 될 거라고, 그때를 기다리는 것이 중요하다고.

"자기는 백신이 나오면 맞을 거야?"

말고기를 양념장에 찍어 입에 넣으면서 Y가 물어왔어. 난 잔에 남아 있는 소주를 들이키며 무슨 투사가 된 것처럼 대답했지.

"누구 좋으라고 백신을 맞아요. 애초에 코로나가 있기는 할까? 사람은 누구나 한번은 죽는데, 목숨을 가지고 장난하는 이 짓거리에 놀아나고 싶지 않아요. 당신은 맞을 거예요?"

"맞으라고 하면 맞아야지. 별 수 있어?"

"그것 맞는다고 살 수 있어? 왜 우리는 죽는 것도 맘대로 죽지 못할까요?"

백신을 맞지 않아 코로나로 내가 죽을 거라면 그것을 선택하고 싶었지. 백신을 맞지 않을 선택을 내가 할 수 있는 것처럼 죽음은 내가 선택하고 싶어. 죽고 싶을 때 죽는 사람이 있기는 하지. 반대로 사는 것에 연연해하다가 죽지 않으려고 발버둥치면서 사는 게 대부분 사람들이지. 나도 사람이기에 그랬고, 아빠는 죽고 싶지 않았을 거야. 모르핀이 전혀 들지 않자 그 고통을 참을 수 없었을 때 마지막 손을 저으며 이제 그만하라고, 멈추라 했던 그가 죽음을 맞닥뜨릴 때 촛불 꺼지듯 꺼진 것처럼. 죽음은 일순간 세상의 시간이 끝나는 거야. 죽어보니 세상의 시간은 거스를 수 없이 물 흐르듯 흐르는 것이구나 싶어. 그래서 우리는 죽음 너머 그 바다 같은 곳에서 만나게 될 수밖에 없을지도 몰라.

*

차가 다 고쳐졌다는 연락을 받고 다시 왔던 길을 되돌아가기에는 시간이 늦어질 것 같아서 버스정류장을 찾아 나왔어. 그곳이 어디쯤인지를 알 것 같았어. 강정. 제주의 작고 작은 마을. 해군기지가 생기면서 너무도 아팠던 곳. 신기하게도 맞은편 버스정류장 옆에 생선들을 다듬고 있는 아주머니들이 있었어.

"이 생선들 팔려고 하시는 거예요?"

나는 대야 같은 곳에 생선 가득 담아 있는 생선들을 손질하느라 바쁘신 아주머니께 다가가서 물었어.

"하영봅서. 참 좋거 마쑤다양."

난 눈을 꿈뻑꿈뻑거리며 얼추 알아들은 체하며 다소 시간이 걸려 아나고, 조기, 그리고 제주에서 잡히는 물고기라는데 울퉁불퉁 못생긴 분홍빛 나는 물고기는 제주 방언으로 얘기를 듣는 통에 이름은 기억이 나지 않지만 등이 푸른 고등어까지 여러 생선들을 바로 다듬어서 파는구나 파악하게 되었지. 어째 용케도 김치찌개 해서 먹으면 맛있다는 말을 알아듣고 흥정하려고 하려는 순간, 택시가 왔다며 Y가 불렀어. 아, 이 절묘한 타이밍이란.

왜 그렇게 걸음이 느리냐는 말을 듣는 순간, 하루 종일 Y의 뒤꽁무니를 졸졸 쫓아다닌 것 같아 못내 서운해지더라. 내가 지금, 그제야 아직 발목이 제대로 낫지 않았다는 것을 상기하고 내일 한의원에서 침을 맞으리라 마음을 먹었어. 내가 살아 있다면 내일 한의원을 갔을까? 그러고 나면 시큰거림이 한결 나아졌을까? 차를 찾아와서 여기 다시 와서 아나고 몇 마리 사고, 아침에 갓 잡아 올려와 손질까지 다 된 그 제주도에서만 산다는 생선을 사자고 마음먹었어. 그 생선들은 오늘 아침까지만 해도 저 깊고 푸른 제주 바다를 헤엄치고 누비고 다녔겠지. 어쩌면 저 생선들은 누군가의 입속으로 들어가서 누군가를 튼튼하게 해줄 양분이 되어 새로 태어나는 것이지. 다시 태어나는 방법은 여러 가지가 있구나. 난 무엇이 되어 너에게 가고 있는 것일까? 다시 되살아나고 싶어 가는 것일까?

세상은 어느덧 햇볕이 주황빛으로 짙게 물들어가고 있었어. 이 순간에 낡게 되면 무장해제가 되는 거 같아. 노곤노곤해진 나를 황금빛 보자기로 곱게 아주 곱게 감싸주는 듯해. 그 따뜻함에 침이 고인다. 집으로 돌아가 가족들을 위해 밥을 안치고 생선을 굽고 보글보글 끓는 구수한 된장찌개면 몇 가지 반찬도 필요 없지. 함께 밥상에 둘러앉아 하루 있었던 이야기를 나누고 밥 먹고 귤을 까먹으며 TV 드라마를 보며 웃기도 하고 울기도 할 수 있는 그런 가족의 모습이 당연하게 생각나는 이유는 뭘까. 그래서 '어느 즐거운 곳에서 날 오라 하여도 난 내 집뿐'이라는 노래처럼, 넌 그 순간에 너의 가족들과의 모습이 이러했을까. 넌 행복하니? 너와 내가 함께 살았던 우리 가족의 모습에서 그런 순간들을 떠올릴 수 있을까?

우리 차는 말끔히 고쳐져 있었지. 워낙 심하게 제켜져서 약간 문짝이 들떠 있는 것 같지만 그것도 느낌상 그런 것이고. 뭔가 큰일을 해결했다는 기분이 들었지. Y에게 다시, 생선을 팔던 그곳에서 생선 몇 마리를 사서 집에서 밥을 해서 먹자고 했어.

"다시 가면 끝나지 않을까?"

말은 그렇게 하면서도 주황빛으로 덮여 있었던 그곳으로 갔는데, Y의 말대로 흔적도 없이 사라져 있는 거야. 이십 분 만에 그 많던 생선들이 다 팔렸을까? 나의 얼굴에서 실망한 표정이 역력하자 Y는 뜬금없는 말을 하더라고.

"우리, 말고기 먹을까?"

넌 내가 제주에서 살고 있다는 것을 꿈에도 몰랐겠지? 내가 말고기를 먹게 될 줄은 상상도 못했어. 말띠인 내가 말고기를 먹는다는 것이 선뜻 내키지 않았지만 Y가 어떤 마음이 생겨 뭘 먹자라고 하는 것만으로도 반가웠어. 난 꽁치, 고등어를 넣은 김치찌개를 먹지 않았지만 유일하게 너가 해주었던 꽁치통조림을 넣고 무를 넣고 너가 담근 묵은김치를 넣은 김치찌개면 밥을 두 그릇 먹었었지. 제주도에서만 나는 생선을 김치찌개를 해먹으면 맛나다는 말을 용케 알아들었던 것은 너가 해준 꽁치김치찌개처럼 생선으로 김치찌개를 먹고 싶었던 거였을까. 그런데 말고기라니. 내가 죽기 전 마지막으로 먹었던 것이 말고기였다니.

Y가 있는 제주에 처음 왔을 때 개벚꽃나무 꽃잎이 흐드러지게 피어 있는 봄날이었어. 봄이 일장춘몽처럼 벚꽃 잎이 흩날려 부서지듯 지나가더라. 참, 누구나 사는 것이 아픈 나날들이었지. 작년 이맘때부터 코로나가 기승을 부리더니 꼼짝없이 마스크에 갇혀서 지내고, 그 마스크를 사겠다고 시골의 작은 면의 우체국 앞에서 동네 할아버지 할머니들이 긴 시간 줄을 서는 풍경이란. 그렇게 아침부터 일어나서 악착같이 마스크를 사서 도시에 있는 자식들에게 보내 주더라고. 자신은 살 날이 얼마 남지 않았지만 갈 길이 까마득하게 2만 리나 되는 자식들 생각뿐이셨겠지. 얼마 전까지는 확진자 수 1천 명이 넘더니, 지금은 그 반으로 줄었다고 하니 많이 줄어든 것 같네. 처음 그때는 일도 아니었구나. 올해 4~5월쯤 확진자가 2~3천 명은 넘어갈 확률이 높다고 하는데, 누가 몰아가면 내가 코로나로 죽었다고 명단에 남길 수도 있겠다 싶어. 폭탄이 떨어지는 전쟁통도 이보다 더하진 않았다며, 살면서 이런 난리가 없었다고들 했지. 그러게, 정말 너무나 잔인하고 힘들었던 한 해였어. 모두들 어떻게 살아남았을까.
그 난리 시국에 난 무슨 바람이 들었는지 전국 방방곡곡 떠돌아 다녔을까. 내가 있는 곳에서 영주에 있는 엄마에게 가려면 광주에서 대구까지 가는 버스를 타고 대구에서 영주까지 가는 버스를 갈아타야 하는데, 일곱 시간 가까이 걸리는 거 같아. 할머니 돌아가신 후 엄마와 2월 달은 보름 정도 함께 보내고 나서, 다시 거쳐온 대구에서 신천지 때문에 코로나가 비상이 되었고,

그 후로 반 년 동안 엄마를 볼 수 없었던 거야. 그래도 엄마뿐이야. 너에게는 아빠를 버리고 집 나간 엄마로 쉽게 지워지지 않겠지. 스물 살도 안 된 엄마가 아빠에게서 원하지 않게 내가 생겨버렸다고 많이도 원망했지. 맞아, 내가 아니었으면 그렇게 살지 않았을 거야. 참, 우리는 엄마와 많이 닮은 건 어쩔 수 없지. 너도 엄마처럼 스무 살도 채 안 돼서 S를 낳았으니. 무작정 대출받은 돈을 쪼개서 오래된 중고차 한 대를 샀어. 엄마한테 가기 위해서였어. 면허를 딴 지 이년도 안 된 내가, 운전을 하는 게 두려웠던 내가 웬만한 고속도로를 다 달려봤다면 너는 믿을 수 있겠니? 상상이 안 갈 거야. 나도 아직 믿기가 힘든데.

어릴 적부터 차 타는 것을 무서워했던 것은 너가 두세 살 때였을 거야. 내가 크게 교통사고 났던 것 때문이었다는 것을 넌 믿지 않았잖아. 애초에 그런 일이 있었다고 넌 믿지를 않았지. 그때 죽은 줄 알았는데, 딱 사흘째 되는 날 의식이 돌아왔대. 그런 내가 엄마한테 주말마다 오고 가는 게 일상이 되어가고 있었어. 언제든 마음이 생기면 엄마한테 가는 길에 그간 만나고 싶었던 사람들을 만나러 이 산 저 산 오르듯 전국 방방곡곡을 바람처럼 다니게 된 것이지. 그러다 Y와 있는 곳까지 날아든 것은 우연이 아니었어. 나비가 꽃을 찾듯이 그 이끌림에 의하여 만날 수밖에 없는, 거부할 수 없는 운명이었다고 믿었어. 살고 싶어졌어. 다시 시작하는 봄처럼 난 Y에게 피어났지.

너의 첫 조카 설이는 담양에 있는 공고에 다니며 기숙사에 있고, 주말에 오면 관광지에 있는 놀이공원에서 놀이기구를 돌려주는 알바를 하고, 평일에 학교 근처에서 짬짬이 편의점 알바를 하면서 지내고 있어. 나보다 수입이 많을 때도 있어. 그렇게 돈을 모아서 쌍꺼풀 수술을 하겠다네. 훗, 이제 이 아이가 19살이구나. 내 나이 19살 때 스무 살 차이 나는 엄마가 떠난 나이였지.

어쩜 이건 무슨 업보란 말인가. 난 내려와서 그곳에서 돈을 벌려고 했던 것일까. 그것도 주변 사람들이 말하는 술장사를 해서 말이야. ㄱ군 읍내 중앙에 호프집이었던 가게를 덜컥 인수했지. 내 딴에는 그곳에서 뿌리내려 살아보겠다고 빚내서 그 가게를 인수한 거야.

넌 내가 계속 J와 살고 있다고 알고 있을까? 그동안 남자 바꾸면서 살고 술집이나 했다고 나를 더더욱 비난하겠구나. 죽어도 너한테 손 내밀기 싫었던 걸까. 그 빚으로 살면서 빚은 이제 내가 감당하기 버겁다 못해 짓눌릴 만큼 커져버렸어. 도저히 캐피탈, 저축은행에서 받은 대출의 이자를 감당하는 것이 힘들어 파산을 신청하려고 하는데, 난 그럴 수 있는 대상이 아니었어. 그래, 아빠가 우리에게 남겨준 집 때문이지. 잘 알고 있어. 그 집 가까이 경전철이 생겼다며. 어쨌거나 그전에도 전철역 부근이어서 집값이 떨어지지 않는 곳이라는 것을 알고 있어. 솔직히 얘기하면 그게 유일하게 믿는 구석인가 봐. 그래도 아직 바닥까지 치지 않고 버틸 수 있다는. 나도 아빠의 딸인데, 그것도 큰딸인데. 그것 때문이라도 당장 빚 때문에 죽고 싶다는 생각을 한 적은 없었어. 그저 살고 싶지가 않더라. 솔직히 너는 너의 가족들과 즐거운 너의 집을 만들며 아이들 잘 키우고 웃으며 잘 살고 있다면 그것만으로도 더 바랄 것 없다고 생각하다가도, 속에서는 천불이 났어.

나도 사람인데. 아무리 못나도 똑같은 아빠의 딸이잖아. 내가 정말로 죽을 만큼 힘들었다면 너가 도와주었을까? Y와 머물 곳 있는 제주에서도 밤에 쉽사리 잠들지 못하면 보통 맥주 네 캔 거기에 한라산 소주 한 병을 마시고 나서야 겨우 잠들 수 있었어. 그렇게 술에 취해 언제 잠들었는지 지난밤의 기억이 아득하기만 한데 난데없이 까마귀가 까악까악 울어대는 통에 눈이 떠지더라. 일어나 쭈그리고 앉아 자고 있는 Y의 잠자는 모습을 보며 중얼거리듯 말했어. 얼마 전 그가 나에게 뜬금없이 얘기했던 것처럼.

"까마귀 보러 가자!"

유독 제주에는 까마귀가 많은 걸까. 까마귀가 전신줄에 까맣게 다닥다닥 앉아 있는 것을 많이 볼 수 있지. 제주 하면 넌 무엇이 떠오를까? 너도 그때 아빠가 항암치료가 잘되어서 나아지면 아빠랑 같이 제주도에 오자고 했던 그 약속이 떠오를까? 아빠는 항암치료 받다가 급격하게 나빠지셔서 온몸에 전이가 되어 복수가 차오르고 코마 상태가 되어 깨지 못하고 그에 따라오는 통증으로 굉장히 힘들어하셨지. 그렇게 일순간 숨이 멈추어도 이상한 일이 아니라 했던 의사의 말이 똑똑히 기억이 나. 아빠가 응급실로 와서 한 달여 동안 난 왜 병실 밖에 있어야 했을까? 왜 너는 나를 못 오게 했을까? 그 해를 기적적으로 넘기고 1월을 맞이했어. 아빠와 같이 제주도로 여행 올 수 있을 거라는 실낱같은 희망. 머릿속에 희망 한 줄기라도 있으면 아빠는 절대로 삶을 포기하지 않을 거라고 믿었어. 아빠와 풀어야 할 게 많았지. 하지만 아빠는 췌장암이라고 판정받은 지 일 년도 안 되어서 그렇게 허망하게 가버리신 걸까. 너는 알고 있니?

아빠가 그렇게 힘들어했다는 것을 넌 누구보다도 잘 알고 있겠지. 1월 하얀 눈을 맞으며 그 차가운 눈 속에서도 붉은 꽃망울을 피우기 시작해 4월까지 피고 지고 떨어지는 동백나무를 보면 아빠가 떠오르는구나. 그렇게 내가 반대했던 항암치료를 아빠가 받지 않았다면 어땠을까. 모르핀 주사로 겨우 통증만 가시게 할 뿐 치료방법이 없고 보호자 1명만 만날 수 있는 병원이 아니라 호스피스 병동에 있었다면, 아빠가 그토록 살고 싶었던 삶을 더 살지 않았을까. 최소한 마지막으로 첫 수술을 받았던 병원 근처 벚꽃 길에서 아빠와 마지막이 될 사진을 찍었던 그때처럼 4월의 남산 벚꽃을 보러 갈 수 있지 않았을까. 동백꽃과 까마귀가 어떤 묘한 관계인지, 이야기를 쉽게 꺼내기가 힘들구나. 도대체 왜! 아빠가 그렇게 되기까지 나를 못 오게 하고 왜 나를 궁지 속으로 몰아가는 쥐처럼 만든 걸까? 난 잘 몰랐어. 여기가 4·3으로 인해 무수한 사람들이 동백꽃처럼 떨어진 곳이라는 걸. 그때 까마귀는 몹시도 서럽게 울었던 것일까. 까마귀는 어쩌면 효자일까? 화해의 길조일까?

제주에서 살고 있는 집은 한라산으로 올라가는 길목 입구 마을에 있지. 그래서 종종 북쪽 제주시에 가게 되면 한라산 1,100고지인 지점을 거쳐서 한라산 중간을 가로질러 맞은편 제주시로 넘어갔다가 왔어. 지나가는 길 성판악 등산 코스의 초입에 있는 관음사라는 절을 간 적이 있어. Y는 어느 순간 술을 먹고 내가 제대로 기억하지 못할 만큼 쓰러져 정신을 잃는 게 무섭다는 거야. 숨을 쉬지 못할 만큼 코를 골다가 일순간 멈추는데 죽은 줄 알았대. 그런 일들이 술 먹을 때마다 양치기 소년의 거짓말처럼 몇 번을 반복하니 죽은 것은 아니라고 Y는 마지막에도 그렇게 생각했겠지.

이렇게 알코올의존증이 심해지니 Y의 권유로 제주시에 있는 정신과를 다니게 되었어. 우선 잠을 잘 수 있는 수면제와 우울증에 대한 약을 한 달 치 처방을 받아 왔어. 약을 먹으면 쉽게 잠이 드는데 꿈에서 헤어나오지 못하는 거야. 그래도 술을 마시면 금방이라도 죽은 듯이 잠에 들어. 그리고 마음 한구석 답답하게 차 있는 화가 꽁꽁 싸매진 채 멀리 사라져버리는 것 같기도 해. 헤헤거리며 웃기도 하고 세상사 다 좋아 보일 때도 있더라. 세상 모든 것과 싸움을 멈추고, 서로 엉기고 엉겨 있던 실타래처럼 꼬인 것도 사르르 녹아지는 것 같다고 느껴지기도 했어. 나도 모르게 손을 뻗는 순간 마주하면 연리지가 되어 되살아나는 화해의 순간, 순간들. 그 평화로운 순간을 놓치고 싶지 않았어. 문제는 대책 없이 쏟아지는 것이겠지. 그렇게 고장난 시계추와 같은 나를 품어준 Y와 엉겨붙어 하나가 되어버리고 나면 세상의 모든 것들을, 내가 그를 깊이 빨아들이는 것처럼 그렇게 내가 모든 것을 사랑하면 되는 것 같았어. 아, 그마저 없다면 정말 어떻게 되었을까? Y가 분명 죽어가는 나를 살리고 있었던 거야.

*

멀리서 까악까악거리는 까마귀 소리가 감싸고 있는 관음사로 이어진 일주문을 지나면 다양한 크기와 모양을 하고 있는 불상들이 자리한 기다란 통로가 나와. 불상은 관음사를 찾아온 사람들에게 편안한 맘으로 반겨주는 듯 양쪽으로 자리하고 찾아온 이들을 반기는 모습으로 인자한 미소를 지으며 바라보고 있었어. 언뜻 보면 같아 보였는데 가까이 다가가서 보니 얼굴 모양이며 손동작도 다르고, 입고 있는 옷도 달라. 이처럼 하나같이 다 다른 얼굴들. 세상에 똑같은 사람이 어디에 있을까. 그 많은 석상들 중 유독 눈에 들어오는 석상이 있었어. 둥글넓적한 모습이, 왠지 친근한 모습이 참 좋은 거야. 모든 석상들은 하나같이 똑같은 머리에 돌로 만든 모자를 쓰고 있더라고. 무거운 돌을 머리에 이고 끝나지 않을 것 같은 고행을 하고 있을까. 불상들 뒤쪽으로 삼나무가 울창하게 자라고 있는 모습이 불상과 묘한 조화를 이루고 있었어. 하늘을 솟아오를 듯이 잭과 콩나무처럼 그 나무를 오르면 하늘 어딘가에, 다른 세계를 가볼 수 있지 않을까. 혹시 우리들의 아빠가 그곳에 계실까? 나도 너에게 다 쏟아내고 나면 갈 곳일까?

1908년에 관음사를 창건한 봉려관 스님. 그 봉려관 스님 동상 오른쪽에는 조그마한 언덕 모양의 동굴이 있어. 그곳이 봉려관 스님이 6년간 먹지도 자지도 않고 용맹정진하신 해월굴이야. 깊은 깨달음을 낳은 굴 안에는 스님을 생각하며 찾아온 사람들이 놓아둔 촛불들이 가득 자리하고 있었어. 추운 겨울에도 따뜻한 기운이 가득하겠구나 생각하며 합장하고 돌아서려는 그 찰나에 그 촛불들이 놓여 있는 곳 아래 뭔가 살아서 꿈틀거리는 것이 포착되었어. 쥐였던 거야. 그 쥐는 나와 눈이 마주쳤는데도 크게 놀라지 않고 도망가지 않는 게 신기했어. 연신 무얼 얘기하려는 듯 한자리에서 맴돌고 있었어. 해월굴을 마치 집처럼 여기고 있었나봐. 근데 어찌 내 눈에 띄게 된 걸까. 지금 돌아보니, 지금 나처럼 그곳에서 내가 올 줄 알고 기다리고 있던 우리의 아빠가 아니었을까. 그래서 내가 너에게 갈 수 있는 길을 알려주려고 했던 것인가. 그래서 그렇게 싫어했던 쥐를 맞닥뜨리고도 차마 내치지 못했던 것일까. 내가 어떻게 나를 있게 한 아빠를 미워할 수 있을까? 넌 내가 그렇게도 미웠을까? 난 너가 미웠을까? 그래, 너가 얘기했던 것처럼, 난 술만 먹으면 했던 말 또 하고 또 하면서 주변 사람 괴롭히는 아빠와 같다고 했지. 그래, 난 아빠처럼 알코올중독자야. 그놈의 술 때문에 죽은 거야.

　내가 죽은 마지막 날 내가 보았던 그 담팥수나무에 머물러 있다 보면 알게 될 거 같아. 그래, 그곳으로 가야겠다. 그곳에서 언젠가 진혼굿이 한바탕 신명나게 펼쳐질 거라고. 언젠가 그 나무가 나였다는 것을 알게 될 그 순간, 순간이 있을 거라고. 아빠가 돌아가시고 3일째부터 아빠 49재 때까지 매일 꿈속에서 아빠를 만났었지. 꿈에서 어디선가 곡성 소리와 요령 소리를 내며 상여가 지나가는 것을 함께 보면서 "아빠도 그랬어요?" 아빠에게 물었지. 아빠는 말없이 고개를 끄덕이며 미소를 지어 주었어. 아주 어렸을 적 언젠가 나에게 보여주었던 그 미소와 닮아 있었어. 그리곤 내가 무수히 꿈속에서 아빠에게 화를 내고 소리 질러도 아빠는 그 미소를 잃지 않고 아빠처럼 나도 아파서 바람 빠진 풍선처럼 몸이 흐물흐물거리는데, 화장실 가는 것을 도와주고

308

나의 아이를 봐주며 설이에게 태블릿을 보며 놀게 해주었어. 너가 나를 간호해주었던 것처럼. 그렇게 아빠는 나한테 화해의 손을 내밀었던 것일까. 그래, 난 49재 되는 날까지도 아빠의 죽음이 실감나지 않았어. 그 전날 소설집을 낸 선배의 출판기념회 자리로 마련한 북콘서트에 갔다가 날이 밝아올 때까지 진탕 술을 마시고 겨우 비틀거리며 와서 49재를 지냈지. 술이 깨지 않은 상태에 술은 술로 해장해야 한다며, 친척들 다 모여 밥을 먹는 자리에서도 술을 마셔댔지. 그리고 내가 그 어떤 주정을 부렸던가. 그래, 내가 생각해도 내가 미친년이었던 게야. 살아 있는 동안 너와 내가 남보다 못한 사이가 된 사달이 그렇게 시작된 것이었구나.

말고기의 갖가지 부위가 노릇노릇해지도록 다 익어갈 즈음, 정작 고기는 제대로 몇 점 먹지 못했어. 그야말로 빈속에 술로 채웠는지 모르겠다. 그놈의 소주 한 병을 더 시켰던가.

불금이고 퇴근시간이었는데 관광지에서 맛집이라고 알려져 있는 이 식당에 왁자지껄하게 떠들어야 할 사람들이 등장하지 않았어. 식당은 코로나 예방 차원의 거리두기로 자리를 듬성듬성 떨어지게 배치해두었어. 그렇게 떨어져 있으면서도 그 떨어져 있지 않는 일행인 듯한 사람들이 세 사람, 두 사람으로 나누어 앉더라고. 난 보았어. 분명 사람들 그 사이로 짙은 갈색의 갈기를 가진 말 한 마리가 유유히 왔다 갔다 하는 것을.

"자기는 여기 말이 안 보여요?"

내가 말띠니까 말이라고 했다가, 토끼띠인 Y에게 어떻게 같은 풀을 먹는 말을 먹을 수 있냐며 횡설수설거렸던 것으로 보였겠지. 종업원이 그 다음 코스 요리로 말고기 수육 접시를 우리자리로 가져다주는데, 뒤따라서 또다시 그 말 한 마리가 나타난 거야. 이번에는 우리 자리 앞에서 서성이면서 울음을 터트리려 하고 있었어.

"진짜 여기에 있는 말이 안 보여요? 정말 안 보이냐구! 왜 나만 미친년인 거야?!!!"

그 자리에서 소리를 지르는 나를 바라보는 Y의 눈빛은… 내가 마지막으로 기억하는 그의 눈빛은 진심으로 꿈속에서 나를 걱정했던 아빠의 눈빛이었어. 혀를 끌거나 한심해하지 않았지. 그저… 옷가지를 챙겨들고 일어서며 내뱉는 Y의 한마디.

"집에 가자."

나의 가슴을 어루만져주는 Y의 마지막 손길에 따라 타닥타닥거리며 나의 온몸이 뜨겁게 타올랐어. 그의 그것은 내 그곳 은밀한 곳으로 깊숙하게 들어와 휘저어주며 그와 끈끈하게 엉겨 붙어 비틀어질 때마다 '헉헉!' 새어나오는 신음 소리는 연기처럼 뿜어져나왔어. 그가 나에게 떨어지려는 순간, 나풀나풀 풀어지는 그 끈을 놓을 수가 없었어. 그 끈이 끊어진다면 그냥 이대로 죽었으면 좋겠다는 생각을 했을까. 아니 그냥 '그대로 멈춰랏!' 간절히 주문을 외쳤는지 모르겠어. 아빠의 복수가 찬 배가 풍선에 바람이 부풀어오르는 것처럼, 그러다 빵 터지는 순간. 밤 11시 44분. 14초가 넘어가는 순간 딱 나의 심장은 일순간 정지. 사람은 진짜 죽을 수 있는 거였구나.

지금 나는, 나의 육체라고 불리던 몸뚱어리는 어디에 있을까. 나의 발목에 남아 있던 그 푸른 멍은 사라졌을까. 그 멍에 대해 그는 의아해하지 않을까. 그가 나의 장례를 치르고 있을까. 나의 아이 설이에게 뭐라고 했을까. 너는 Y와 인사를 나누었을까. 이 모든 것을 알게 될 순간, 순간들이 어떤 바람들로 불어올까.

마지막 머물던 나의 집에 살고 있는 나의 Y. 그날 밤 당신의 밤은 얼마나 길었나요? 살아 있는 동안 나의 일부, 아니 전부였던, 나였던 Y. 우리 꿈속에서 만나요!

류춘신

소설가. 〈시다의 꿈〉, 〈마지막으로 가는 비상구가 있다〉, 〈내 스물두 살의 시〉 등

- 세상사 세찬 바람에 버겁다가 햇살이 드리우고 나면 살겠다는 의지가 생긴다. 이렇게 사는 순간순간, 찰나에 맞물리는 그 어떤 일들이 화해의 메시지였을까? 잊고 있다가 다시 끄집어내는 일, 추억하는 일이 힘겹지만 쏟아내어 풀어지는 화해의 순간일지도 모르겠다는 마음으로 쓴 이야기이다.
- 산과 바다, 온 만물의 것은 어느 누구의 것이 아니다. 주인 없이 피어나는 작은 들풀에게 배운다. 이 배움을 베풀고 사는 것이 무상공유라는 생각이 든다.

톨스토이의 마지막 순간!

함영준
단국대 노어노문학과 교수

1910년 늦은 가을 새벽, 82세의 톨스토이 백작은 자신이 가장 사랑했던 가족과 고향 영지를 버리고 비밀리에 집을 떠났다. 그가 챙긴 것은 작은 가방 하나와 담요 그리고 낡은 코트뿐이었다. 가족 중 유일하게 아버지를 이해하고 지지했던 막내딸과 주치의 두 사람만이 톨스토이의 마지막 길을 동행하였다. 그가 이토록 절박한 발걸음을 내디딘 이유는 무엇이었을까?

34세의 톨스토이는 오랜 탐색과 선택 끝에 18세의 소피아와 결혼하였다. "가정의 행복이 나를 완전히 삼켜버렸소"라는 말처럼 이 시기에 그는 행복을 만끽하였다. 그리고 이 행복은 작가의 예술적 절정과 연결된다. 프랑스

작가 앙드레 말로가 '러시아의 일리아드'라고 찬양한 《전쟁과 평화》에 이어, '19세기 문학의 최고 걸작'이라는 《안나 카레니나》에 이르기까지! 아내 소피아는 악필이었던 작가의 작품을 정서해주며 출판에 관여하는 등 작가의 가장 든든한 동반자였다.

그러나 전 세계적인 성공을 거둔 이 소설들 이후, 가장 행복한 창조의 시간은 돌연 '영적 위기'라는 새로운 시기로 접어들며 중단된다. "사람은 왜 사는가? 죽음은 무엇인가? 죽음 이후는 어떻게 되는가?"라는 그의 오래된 질문은 사회 비판과 정치평론 그리고 《참회록》의 시간으로 이어졌다. 이전의 위대한 소설에 경탄하고 칭찬하고 존경하는 사람들을 향해 톨스토이는 이렇게 말하였다.

"사람들이 나를 《전쟁과 평화》, 《안나 카레니나》의 작가로 사랑한다는 것은, 에디슨이라는 과학자를 마주르카를 잘 추기 때문에 존경한다고 말하는 것과 같습니다."

이러한 톨스토이의 '회심'에 가장 큰 불만과 불안을 가진 사람은 아내 소피아였다.

이때부터 부부 관계는 심각한 균열이 가기 시작하였다. 톨스토이는 귀족이 아닌 농민의 삶으로, 채식주의자로, 교회를 숭배하는 종교인이 아니라 진정한 신앙인으로, 전쟁이 아닌 무한대의 평화주의자로, 그리고 무엇보다 세상의 욕망이 아닌 인류의 미래에 보탬이 되는 삶을 추구하였다. 바로 이 마지막 지점에서 아내의 분노는 폭발하였다.

1891년 톨스토이는 "1881년 이후에 쓴 모든 작품을 러시아와 해외에서 무료로 출판할 권리는 물론, 공연 권리를 모든 사람에게 부여한다"는 글을 공식적으로 발표하였다. 인류 최초의 '저작권 거부' 사건의 하나인 톨스토이의 결정을 알게 된 천재 작가의 불행한 아내는 통제력을 잃고 히스테리 증세에 자살 시도까지 하게 되었다. 전 세계로부터 들어오는 막대한 저작권료를 포기하라는 것은 그녀에게 가족의 생활을 포기하는 것과 같은 의미였다.

43년에 걸친 결혼생활, 13명의 자녀를 둔 행복한 삶의 원천이기도 했던 가정은 이제 고통의 지옥으로 변했다. 톨스토이는 자신의 '창작'이 돈으로 거래된다는 사실을 견딜 수 없었다. 인류의 지식이 강물처럼 자유롭게 전달되어 왔던 것처럼, 자신의 지성이 그 어떤 권리나 사적 소유에 의해서가 아니라 모두에게 자유로이 활용되어야 한다는 자신의 믿음을 가장 사랑하는 가족이 받아들이지 못한다는 사실 앞에 그는 절망하였다. 그러던 중 아내가 자신의 '유언장'을 찾기 위해 서재를 뒤지는 소리를 듣던 날 새벽, 그는 집과 가족을 버렸다.

집을 떠난 지 열흘째 되던 날, 이 위대한 노인의 건강이 급격히 악화되었다. 급기야 '아스타포보'라는 러시아 시골의 작은 역사에서 톨스토이는 82년간의 마지막 순간을 맞이하고 있었다. 이 소식은 전 세계로 타전되었고, 수많은 국내외 기자들과 그를 사랑했던 사람들이 구름처럼 몰려들었다. 물론 아내 소피아도 달려왔지만 면회는 허락되지 않았다. 그녀는 창문을 통해 남편을 바라보았고, 마지막 숨이 넘어가기 전 의식이 없을 때에야 비로소 곁으로 다가갈 수 있었다. 1910년 11월 20일 오전 6시 5분이었다!

"…진리… 많이 사랑해… 사람들 모두는…."

톨스토이의 마지막 말이었다.

'사람들 모두' 중 하나인 우리는 '어떻게 살아야 할 것인가?'

PS: 톨스토이의 유언장

"1910년 11월 첫째 날, 나는 건강한 정신과 기억을 가지고 내가 죽을 경우 다음과 같은 순서를 정한다 : 지금까지 기록된 나의 모든 문학작품과 내가 죽기 전에 쓴 모든 것, 혹 쓰게 될 모든 것, 이미 출판되었거나 아직 출판되지 않은 것, 예술작품이든 그렇지 아니하든, 완성된 것이든 미완성이든, 연극공연 작품을 비롯하여 기타 모든 형태의 번역, 개작, 일기, 편지, 스케치, 개별 생각 및 메모, 한마디까지 예외 없이 모든 것을, 그것이 어디에 있든, 누가 간직했든, 내 모든 작품에 대한 소유권을 내 딸 알렉산드라 톨스타야의 완전한 소유권으로 유증한다." *

---

* 막내딸 이름으로 유증을 남긴 것은 당시 법적으로 반드시 생물학적 인물에게 상속해야만 했기 때문이다. 따라서 톨스토이는 자신을 지지했던 유일한 딸에게 이를 유증하여 저작권을 완벽하게 풀도록 하였다.

카피레프트,
톨스토이 어깨에 올라타다

초판 1쇄 인쇄 | 2021년 6월 10일
초판 1쇄 발행 | 2021년 6월 10일

지은이 | 유니게, 김정애, 안재성, 이은, 김남길, 김형진, 임성용, 박현식, 고영란, 김영서, 이경연, 류춘신
기　획 | 셀수스협동조합
발행인 | 김태호
편　집 | 고영란
표지디자인 | 양미정
편집디자인 | 장혜란
캘리그라피 | 고천성
펴낸 곳 | 도서출판 지식의 풍경

　　　　주소 10497 경기도 고양시 덕양구 화중로104번길 28 704호
　　　　전화 031-968-7635(편집), 031-969-7635(영업), 031-964-7635(팩스)
　　　　이메일 vistabooks@gmail.com
　　　　신고번호 2013-000046호 (1999. 5. 27)

값 14,000원
ISBN 978-89-89047-40-7　03810
ⓒ 셀수스협동조합

모두의 콘텐츠

Something From Nothing

로마 시대에 세계 최초의 도서관 '셀수스'로 세상의 모든 책들이 모였습니다.
지혜의 샘이 되고자 했던 '셀수스'처럼
셀수스협동조합은 동영상, 사진, 스토리 등을 모아서
콘텐츠가 필요한 사람들에게 무상으로 공유하려 합니다.

"셀수스협동조합의 첫 번째 책을 소개합니다."

셀수스협동조합 기획
김조광수 외 54명 지음

기후위기를 넘어 기후행동으로!

나무는 최고의 탄소저금통!

[글로벌 카본 프로젝트 및 국립산림과학원 자료 기준]

대한민국 1인당
연간 12.4t의 이산화탄소 배출

나무 1그루 당
연간 6.6kg 이산화탄소 흡수
(소나무 30년산 기준)

1인당
1,879그루 식재 필요

탄소저금통 활용 방법

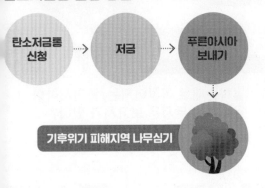

탄소저금통 신청 방법

① 전화문의 02-711-6675
② 카카오톡 '푸른아시아' 친구추가 후 신청

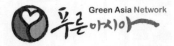

Green Asia Network
푸른아시아   www.greenasia.kr

후원계좌 KEB하나은행 203-910040-61904 (사)푸른아시아 **주소** 서울시 서대문구 경기대로68, 5층

대표번호 02-711-6675   greenasianetwork   푸른아시아   푸른아시아

김찬휘TV

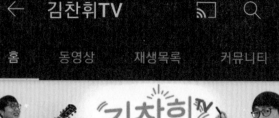

김찬휘TV
구독자 1.7만명

구독

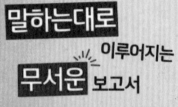

 말하는대로 이루어지는, 동아시아를 움직이는 무서운 보고서가 있다? -...
김찬휘TV · 조회수 1.4천회 · 4개월 전

이보다 명쾌할 수 없다.
Youtube 교양방송
'김찬휘TV'

전설의 일타강사와 함께
세상을 보는 눈을 키우자.

● 지금 바로 김찬휘tv '구독'!
● 영어 강의도 있어요.

김찬휘TV

김찬휘블로그